DANIEL SPECK
YOGA TOWN

Roman

Erschienen bei FISCHER Taschenbuch

© 2023 S. Fischer Verlag GmbH,
Hedderichstr. 114, 60596 Frankfurt am Main
Die Nutzung unserer Werke für Text- und Data-Mining im Sinne von
§ 44b UrhG behalten wir uns explizit vor.
Zu diesem Buch ist bei Argon ein Hörbuch erschienen.
Zitate (jeweils mit freundlicher Genehmigung)
Susie Q – Music and Lyrics by Eleanor Broadwater, Dale Hawkins, Stanley J. Lewis
© ARC MUSIC / GOOD TUNES MUSIC AG
The End – Words and Music by John Densmore, Robby Krieger,
Ray Manzarek and Jim Morrison
Copyright © 1967 Doors Music Company, LLC
Copyright Renewed
All Rights Administered by Wixen Music Publishing, Inc.
All Rights Reserved Used by Permission
Reprinted by Permission of Hal Leonard Europe Ltd.
A Whiter Shade of Pale – (T: Keith Reid / M: Gary Brooker / Matthew Fisher)
© Onward Music Ltd, Rechte für Deutschland, Österreich, Schweiz, Griechenland,
Türkei & Osteuropa ESSEX MUSIKVERTRIEB GMBH Hamburg
Long, Long, Long – Words and Music by George Harrison
Copyright © 1968, 1981 Harrisongs Ltd., Copyright Renewed 1997
All Rights Reserved Used by Permission of Hal Leonard Europe Limited
Satz: Dörlemann Satz, Lemförde
Druck und Bindung: GGP Media GmbH, Pößneck
ISBN 978-3-596-71200-7

Kontaktadresse nach EU-Produktsicherheitsverordnung:
produktsicherheit@fischerverlage.de

Für Roman Bunka, der auf die Reise gegangen ist.

PROLOG

Es gibt drei Arten von Reisenden: Die einen wollen von irgendwo weg. Die anderen wollen irgendwo hin. Und dann gibt es Leute, die reisen, um unterwegs zu sein: Nie stehen bleiben. Nie zurückschauen. Immer weiterziehen. Das waren meine Eltern. Als sie jung waren.

Heute, wo du vorher schon weißt, wie es anderswo aussieht, gibt es kaum noch Reisende, nur noch Touristen. Der Unterschied ist, dass Touristen wegfahren, um ein anderes Land zu sehen, dort aber Teil des Problems werden, dass alles, was dieses Land ausmacht, zunehmend verschwindet. Reisende brechen ins Unbekannte auf, um als andere Menschen zurückzukehren. Ich frage mich, wie das Leben meiner Eltern verlaufen wäre, wenn sie damals nur Touristen gewesen wären. Warum konnten sie nicht einfach ein paar Fotos machen und wieder umdrehen? Warum mussten sie unbedingt das Tor zum Paradies knacken und vom Baum der Erkenntnis essen? Sie hätten ein paar exotische Souvenirs mitgebracht, lustige Anekdoten, aber keine Geschichte. Ihr Leben wäre leichter verlaufen.

Nur, ohne diese Geschichte wäre ich nie auf die Welt gekommen.

Die Reise, von der ich dir jetzt erzähle, ereignete sich im März 2019. In einer heiligen Stadt am Fuß des Himalayas. Einundfünfzig Jahre, nachdem die Beatles an denselben Ort gereist waren, um *peace of mind* zu finden. Kurz danach lösten sie sich auf. Aber vorher brachten sie noch eins ihrer besten Alben heraus. Die Songs hatten sie in Indien geschrieben, am Ufer des Ganges, im Schatten eines verwunschenen Paradieses. Und jedes Mal, wenn ich das Weiße Album höre, denke ich an meine Eltern, die damals dabei waren. Einige unvergessliche Wochen lang. Um es vorwegzunehmen: Ihren *peace of mind* haben sie dort nicht gefunden. Sie haben eher etwas verloren. Und ich musste hinfahren, um es zurückzuholen.

1

> We forget all too soon the things we thought we could never forget. We forget the loves and betrayals alike, forget what we whispered and we screamed, forget who we were.
>
> *Joan Didion*

»Sie ist weg.«

»Wer?«

»Deine Mutter.«

»Wie, weg?«

»Na, futsch. Ausgeflogen. Verschwunden.«

Wir waren mitten im Schulterstand, als Lou in mein Studio platzte. Durchnässt wie ein Hund und bleich, als hätte er die Nacht durchgemacht. Lou, mein Dad. Zwanzig Augenpaare drehten sich zu ihm.

»Sorry«, murmelte er in die Runde und fuhr sich verlegen durch die langen grauen Haare. Regenwasser tropfte von seiner alten Lederjacke auf das Parkett.

Lou kam öfter mal vorbei, machte sich einen Chai Latte und erzählte allen, dass er mein Dad ist. Stolz wie Bolle. Als wär's eine Riesenleistung, Yogalehrerin zu sein. In Berlin, wo es gefühlt mehr Yogalehrer als -schüler gibt. Aber an diesem Tag war es anders. Lou war völlig von der Rolle.

»Warte im Flur, okay?«

»Lucy…«

»Zwanzig Minuten.«

Meine Stimme, schärfer als beabsichtigt, zerriss die Konzentration im Raum. Im nächsten Moment bereute ich meinen Tonfall. Ich liebe meinen Dad. Aber wenn ich unterrichte, beschütze ich den Raum. Er verstand es und verkrümelte sich hinter die Glastür.

»Und die Knie zur Stirn sinken lassen... Arme ausstrecken... Hände zum Boden bringen... Wirbel für Wirbel abrollen... Ausatmen.«

Ich versuchte, mir nichts anmerken zu lassen, aber warf immer wieder ein Auge auf Lou. Er telefonierte am Handy und tigerte unruhig im Loft herum. Jetzt wurde ich auch nervös. Konnte meine Gedanken nicht mehr einfangen. Wann hatte ich meine Mutter zum letzten Mal gesehen?

»Und in die Planke! *Chaturanga Dandasana*. Handgelenke unter den Schultern, Fersen nach hinten, die Spannung halten...«

Vor den Fenstern war es längst dunkel; der Fernsehturm blinkte. Ich beendete die Stunde früher als sonst. Noch bevor alle ihre Matten und Kissen verstauten, kam Lou in den Raum.

»Du hast doch ihren Wohnungsschlüssel«, sagte er leise.

»Was ist denn passiert?«

»Sie geht nicht ans Telefon, beantwortet keine Nachrichten... – nichts, nada.«

»Vielleicht will sie einfach mal ihre Ruhe.«

»Wann hast du sie zuletzt gesprochen?«

»Vor zwei, drei Wochen oder so.«

»Alles okay, Lucy?«, fragte jemand.

Wir standen im Weg. Ich zog Lou beiseite.

»Jaja, alles okay. Bis nächste Woche!«

»Ich fahr jetzt raus nach Potsdam«, sagte Lou. »Vielleicht liegt sie tot in der Badewanne.«

»Jetzt, so spät?«

»Kommst du mit?«

»Ich hab noch zu tun, ich muss...«

»Dann gib mir ihren Schlüssel!«

Ich fragte mich, ob er was getrunken hatte. Ob er in diesem Zustand fahren konnte. Ich hatte ihn selten so durcheinander erlebt.

»Warte, ich zieh mich kurz um.«

Mütter verschwanden nicht. Mütter waren immer nur einen Anruf entfernt. Vor allem eine Frau wie Corinna, die ihr Leben vor der Kamera verbracht hat. Die ganze Republik kannte sie, weil die halbe Republik schon auf ihrem Sofa gesessen hatte. Corinna Faerber kontrollierte ihr öffentliches Image, überließ nichts dem Zufall. Sicher, ihre beste Zeit war vorbei, aber seit ihre Talkshow abgesetzt worden war, moderierte sie Panels, saß in Gremien, förderte Nachwuchs, hörte nicht auf, Corinna Faerber zu sein. Und jeder Artikel über sie begann mit einem Spruch darüber, wie jung sie doch geblieben sei.

Sie hatten sich schon lange getrennt, Lou und Corinna. Aber sie haben das Kunststück fertiggebracht, gute Freunde zu werden. Es gibt Männer, die ersetzen ihre Frau innerhalb von Wochen gegen eine neue. Leben das gleiche Leben weiter, nur in neuer Besetzung. Lou hat das nie getan. Der Thron, auf den er Corinna einmal gesetzt hatte, blieb leer. Alle, die danach kamen, hatten keine Chance. Die Trennung war von ihr ausgegangen, aber er hat nie gejammert, keinen aussichtslosen Kampf geführt, sie nie runtergemacht. Er ertrug das Unausweichliche, liebte sie aus der Ferne, nur dass die Art seiner Liebe sich änderte. Einmal habe ich ihn gefragt, wie er das schaffte. Er zuckte mit den Schultern und sagte: »Wir hatten 'ne gute Zeit. Die besten Jahre meines Lebens.« Besser wurde es nicht mehr, jedenfalls für ihn. Corinna hatte nach der Scheidung noch einige Männer – intelligente, prominente, spannende … und ein, zwei komplette Reinfälle. Aber sie hat niemanden mehr so nah an sich rangelassen wie meinen Dad. Die Männer haben sich alle verflüchtigt, geblieben ist die Freundschaft mit Lou. Vielleicht liegt es an mir – keiner der beiden hat später nochmal Kinder bekommen. Unser Dreigestirn gab es nur einmal. Und es gab ein unausgesprochenes Gesetz: Auch wenn jeder seiner eigenen Umlaufbahn folgte, durften wir uns nie zu weit voneinander entfernen. Wenn einer der drei Sterne wegfiele, würden die anderen zwei ihren Halt verlieren.

Ich wartete an der offenen Tür, während er seine Autoschlüssel suchte. Die feuchte Märzluft auf meiner Haut, die Stille des Hinterhofs am Landwehrkanal. Ich mochte die konzentrierte Ruhe seines kleinen Ladens. Hier lebte er mit seinen Freunden, den Gibsons, Martins und Fenders. Dutzende Gitarren an den Wänden, elektrische und akustische. Kaputte Verstärker, die nie repariert wurden, Musikmagazine und Plattenregale bis zur Decke. Hier drin war er nie allein. Die Poster seiner erweiterten Familie an den Wänden – BAP, Lindenberg, Jethro Tull. Alle Konzerte, auf denen er gewesen war, festgehalten auf Plakaten, Polaroids und Eintrittskarten. Lous Museum der verklungenen Töne. Er kannte die Vorgeschichte jedes Instruments und viele Vorbesitzer persönlich. Wusste, welche Gitarre man in welcher Werkstatt restaurieren ließ und welche besser im Originalzustand blieb. Er mied Auktionen und Sammler, die auf Wertsteigerung spekulieren. Die Künstler kamen zu ihm. Sie wussten, was er draufhat. Und dass er niemanden übers Ohr haute. Seine Kunden waren Legenden, auch wenn sie außerhalb der Szene keinen Namen hatten: Studiomusiker und *hired guns*, die ihr musikalisches Handwerk beherrschen, aber wenig Aufriss machten. Typen wie er. Manchmal, wenn kein Kunde kam, saß er auf einem Verstärker und spielte stundenlang das Solo von *While My Guitar Gently Weeps*, immer exakter, bis er der einzige Mensch auf Erden war, der es vom Original unterscheiden konnte.

Während meine Augen ihm folgten, steuerte Lou durch sein Chaos wie ein Fisch durch ein Korallenriff. Verschwand irgendwo und ließ mich zurück in der Nachtstille, die nach Holz, Lack und Leim roch. Ich fragte mich, was eines Tages aus diesem Laden werden sollte, wenn Lou nicht mehr da sein würde. Unvorstellbar. Jede Ecke atmete seine Persönlichkeit. Aber er wurde älter, unübersehbar, nicht nur einfach älter, sondern alt. Eigentlich gehörte Lou zu den Männern, die mit jedem Jahr besser aussahen. Männlicher, lässiger. Er rannte mit über siebzig noch in Turnschuhen und T-Shirt rum. Duzte jeden. Und war noch frisch in der Birne. Meistens jedenfalls. Aber er hatte den Ausstieg verpasst. Hing an seinen Kunden, die immer weniger wurden, und sie hingen an ihm. Nichts an seinem Alltag änderte sich, außer ihm selbst. Letztens hatte er immer ein bisschen zu viel Zeit, wenn wir telefonierten, und jedes Mal, wenn ich mich verabschiedete, fiel ihm noch eine Geschichte ein, die er mir unbedingt erzählen wollte. Während ich mit Vollgas auf dem Highway meines Lebens fuhr. Zu beschäftigt, um einen Gedanken daran zu verschwenden, was die Zeit und alles, was im Stillen arbeitet, mit uns machte.

Es beruhigte mich, zu hören, wie er in seinen Schubladen herumkruschte.

»Und bei dir, alles okay?«, rief er herüber.

»Ja.«

Normalerweise merkte er, wenn ich schwindelte. Heute hatte er selbst genug um die Ohren, zum Glück.

»Die Kids?«

»Läuft.«

Dann kam er raus, endlich, mit dem Schlüsselbund in der Hand.

»*Let's hit the road.*«

»Hast du was getrunken?«

»Nö.«

»Ich fahr trotzdem.«

»Wieso?«

»Gib mir die Schlüssel.«

Der alte Jaguar wollte nicht geweckt werden. Er orgelte und spotzte und hätte lieber würdevoll vor sich hin gerostet. Er roch wie Lous Laden, seine Jacke, seine Haut: Holzlack, altes Leder und Rock'n'Roll. Rechtslenker, immer auf der falschen Seite; ich konnte mir Lou nicht in einem normalen Auto vorstellen. Vorsichtig quälte ich den Oldtimer aus der Hinterhofgarage und öffnete die linke Tür. Lou als Beifahrer, das wäre früher unvorstellbar gewesen. Aber etwas verschob sich zwischen uns, je älter er wurde, fast unmerklich, doch wir beide spürten es, ohne darüber ein Wort zu verlieren. Weil es für uns beide besser war, so zu tun, als hätte er noch dieselbe Kraft wie früher. Als wäre er noch der Vater, der die ganze Nacht durchfuhr, bis ans Meer, während ich auf dem Rücksitz döste, und das Radio lief und er summte mit und erzählte seine Geschichten.

»Behutsam warm fahren, ja? Das sind acht Liter Öl, die müssen erst auf Temperatur kommen...«

»Wann kaufst du dir endlich 'n neues Auto?«

»Ich mag keine neuen Autos.«

Lou hat ein Geschäft daraus gemacht, nichts Neues zu mögen. Er hatte Kunden, die für eine runtergerockte Les Paul mit rissigem Lack fünfzigtausend Euro zahlten. *Klingt besser als 'ne neue*, sagte Lou. Damals hatten sie die Teile in Handarbeit zusammengezimmert; das waren nicht nur Techniker, sondern Musiker gewesen. Jedes Instrument hatte seine eigene Persönlichkeit. Oft miserabel verarbeitet, aber fünfzig Jahre Schwingungen im Körper konntest du nicht ersetzen. Das Holz speicherte sie. Wer darauf gespielt hatte, Rock oder Blues, Bühne oder Studio, all das machte einen Unterschied. Lou nannte es das Mojo. Kein Messgerät konnte es erfassen, aber Lou hörte es. Er hat mal einen Blindtest mit mir gemacht, und ich fand, er hatte recht. Dasselbe Picking ging mir tiefer unter die Haut.

Deshalb bunkerte er seine besten Stücke. Jede Gitarre, sagte er, warte auf den passenden Gitarristen. Manche warteten schon zwanzig Jahre. Mit anderen Worten: Lou war nicht der größte Geschäftsmann. Er hing an den Instrumenten wie an Erinnerungen, die im Alter immer wichtiger wurden. Man sagt ja, Erinnerungen verblassen mit der Zeit, aber bei Lou war das

Gegenteil der Fall: Seine Erinnerungen überstrahlten die Ereignisse. So sehr, dass man sich fragte, ob seine Stories mit der Zeit ein Eigenleben entwickelten.

Das war der Unterschied zwischen ihm und Corinna: Er liebte Dinge und hatte kein Händchen für Geld; sie hatte Geld, aber hing nicht an Dingen. Einmal – ich war vielleicht zwölf Jahre alt gewesen –, war er nach Hause gekommen und hatte mir stolz den abgebrochenen Hals einer E-Gitarre gezeigt. Ohne Saiten, übel zugerichtet.

»*Das*«, verkündete er, »ist wertvoller als Gold!« Als wäre es das Überbleibsel eines Raumschiffs.

»Das ist ein Stück Schrott«, sagte Corinna.

»*Das* ist die Stratocaster, die Jimi Hendrix in Monterey auf der Bühne angezündet und zerlegt hat. Nachdem er Sex mit ihr hatte.«

»Woher weißt du das?«

»Er hat die Teile ins Publikum geworfen. Und der Typ, der mir das verkauft hat, war dabei. Ganz vorne. Hat das Ding gefangen. Er hat mir seine Eintrittskarte gezeigt. Monterey Pop Festival, 1967, Wahnsinn! Die Mutter aller Woodstocks. Das Teil hatte jahrelang unter seinem Bett gelegen.«

»Was ist das wert?«, fragte ich.

»Davon kann ich uns ein Haus kaufen«, erklärte Lou.

Kurz darauf tauchten sechs weitere Hendrix-Hälse auf dem Sammlermarkt auf. So viele Gitarren hätte der gute Jimi an einem Abend nicht zertrümmern können. Lou war auf einen Schwindler reingefallen. Corinna fackelte das Teil dann auf dem Balkon ab, Lou legte *All Along The Watchtower* auf, und wir tanzten dazu. Ein Haus hat er uns nie gekauft.

Es wurde einsam auf der Autobahn. Lou war eingenickt, der alte Jaguar schnurrte. Das Schweigen bei gleichzeitiger Bewegung tat mir gut. Niemand stellte mir Fragen über mein Leben, niemand versuchte, meine Probleme zu lösen. Früher hatte Lou nicht aufgehört zu erzählen, wenn wir unterwegs waren. Zu Hause dagegen war er ein leiser Vater gewesen. Er konnte stundenlang auf dem Sofa sitzen und eine Gitarre reparieren, während das Radio lief und Corinna herumschwirrte. Nur auf Reisen fing er an, zu erzählen. Du wusstest nie, ob seine Geschichten wahr oder erfunden waren. Aber sie waren gut. Sie handelten nie von ihm selbst und meist von Musikern, die er verehrte. Wie Michael Jackson seine weißen Lamas ins Studio gebracht hat und Freddie Mercury, mit dem er gerade eine Platte aufnahm, deshalb ausgeflippt ist. Solche Stories. Lou hatte sie alle drauf. Weil er Freddies Studiogitarristen kannte. Ich bin mit Udo Lindenberg und Patti Smith aufgewachsen, als wären sie Freunde der Familie. Meist schlief ich irgendwann auf der Rückbank des Jaguars ein, Lou und Corinna wechselten sich am Steuer ab, und wenn ich die Augen wieder aufmachte, waren sie immer noch da, nur die Landschaft hatte sich verändert. Bis Corinna eines Tages nicht mehr dabei war und ich groß war und auf eigene Reisen ging. Wer zurückblieb, das waren Lou und der alte Jaguar.

Er hatte mein Baujahr. 1968. Als Lou mir das mal erzählte, stolz wie Bolle über den Edelschrott, den er aus einer englischen Scheune gerettet hatte, fand ich das toll. Aber jetzt, wenn mein Blick über die Risse im Leder, die vergilbten Teppiche und Risse im Holz wanderte, kam ich mir alt vor. Mehr als fünfzig Jahre Mojo. Mein Körper könnte Geschichten erzählen. Nur dass, im Unterschied zu alten Gitarren und Jaguars, sein Marktwert nicht stieg. Wenn ich aber sah, womit sich meine Kinder heute herumschlugen, war ich froh, in den Sixties geboren zu sein. Es waren geilere Zeiten gewesen. Vielleicht war das auch ein Mythos, und die Zeiten waren genauso unsicher wie heute, aber eines war besser: die Zukunft. Als ich in die Schule kam, habe ich meine Eltern gefragt, warum ich keinen deutschen Namen habe. Luzilla, Luzie oder so.

»Weil wir wollten, dass dir die ganze Welt offensteht«, sagte Corinna. »Lucy kann jeder aussprechen.« Und Lou spielte mir auf seiner Gitarre *Lucy in the Sky with Diamonds* vor. Ich mochte den Song sofort, noch bevor er mir verriet, dass sie meinen Namen nach ihrem Lieblingssong ausgesucht hatten. Als er mir den Text von dem Mädchen mit der Sonne in den Augen übersetzte, stellte ich mir vor, dass sie mir nach der Geburt einen Blumenkranz auf den Kopf gesetzt hatten. Gelb und grün, aus leuchtendem *cellophane paper*.

Es war kurz nach Mitternacht, Regen setzte ein, die Lichter des Gegenverkehrs zersplitterten auf der Scheibe.

2

Als wir in Potsdam ausstiegen, beschlich mich ein mulmiges Gefühl. Feiner Nebel stieg aus dem See und verschluckte alle Geräusche. Corinnas Haus lag im Dunkeln. Unter einem blätterlosen Baum stand ihr Cabrio, lang nicht mehr gewaschen. Sie hatte es nicht in die Garage gefahren. Hier war sie rausgezogen, als Potsdam noch erschwinglich, aber schon angesagt gewesen war. Und damit kühlte auch der Kontakt etwas ab. Ich gehörte nicht in diese Welt, wo die Leute davon ausgingen, dass ihnen ein Seegrundstück zustand, bloß weil sie im Fernsehen auftraten. Ich war lieber bei meinen gestressten Kreuzberger Muttis, die ich verstand, weil ich selbst eine war. Das Gartentor quietschte. Der Briefkasten quoll über. Ich zog die Briefe heraus, und wir sahen uns um, nervös wie Diebe. Dann durchquerten wir den Garten. Das alte Haus lag am Ende des Grundstücks, hinter Bäumen versteckt, fast verwunschen. Nicht die beste Lage, etwas abseits vom Schuss. Aber genau das wollte sie, als sie von ihrer Dachterrassenwohnung raus ins Grüne gezogen war. Irgendwo hinter dem Haus rollte ein Güterzug durch die Nacht. Gespenstisch, der schweigende

Garten – wenn Corinna ihre Feste feierte, hing hier alles voller Lichtgirlanden.

Ich drehte den Schlüssel im Türschloss. Sie hatte zweimal abgesperrt. Lou drängte sich vor, als würde das irgendetwas bringen. Schlüpfte in das dunkle, abgekühlte Haus und suchte den Lichtschalter. Ich stellte mir vor, dass Corinna gleich aus einer Tür kam, in ihrem Bademantel, mit einem Drink in der Hand und einem Lächeln, das uns wie Idioten aussehen ließ. Das Parkett knarzte unter unseren Füßen. Corinnas Renovierung hat der Gründerzeitarchitektur ihre Schwere genommen. Helle Farben und wenige, ausgesuchte Möbel aus der klassischen Moderne. Viel Raum, viel Luft. Und trotzdem habe ich mich immer gefragt, wo hier noch ein Mann reinpasste. Das Geheimnis einer guten Beziehung, hatte sie mal gesagt, seien getrennte Wohnungen.

An den Wänden ihre imposanten Bilder. Hier draußen hat sie angefangen zu malen. Mandalas, Labyrinthe. Symmetrische, gerade Formen. Ich versuchte, irgendwo einen Hinweis zu finden. Eine Ankündigung ihres Abgangs. Ihr weißer Kaschmirpulli, über die Couch geworfen, ein aufgeschlagener Bildband. Die Seite zeigte das Schwarzweißfoto eines Schaufensters bei Nacht: eine Schaufensterpuppe im Smoking, ohne Kopf. Als hätte ein Mensch nur seine Hülle zurückgelassen. Es war ein Buch von ihrem Lieblingsfotografen Robert Frank: *The Americans*. Corinna war oft in den USA gewesen, und ihre Freunde aus New York flogen zu ihren Geburtstagspartys über den Teich. Rauschende Feste mit hundert Gästen aus aller Welt. Jetzt schwieg das Haus wie ein ausgemusterter Atlantikdampfer ohne Passagiere. Ich habe immer eine Spannung zwischen Corinnas Ich und ihrem öffentlichen Leben gespürt: So wie Lou ein Einsiedler war, der nie allein sein konnte, war Corinna ein Gesellschaftstier, das nie abhängig sein wollte. Ihr Siebzigster war der Wendepunkt. Eigentlich wusste sie, wie sehr sich Menschen an den Rummel um ihre Person gewöhnten und dann in ein Loch fielen, wenn sie erfuhren, wie austauschbar sie tatsächlich waren. Aber dass es auch ihr passieren konnte, hatte sie erfolgreich verdrängt. Ich wollte ihr helfen, aber wusste nicht wie. Damals kam mir ein Gedanke, der sich jetzt bestätigte: Alle glaubten, Corinna zu kennen, weil sie eine so unverwechselbare Persönlichkeit war, aber niemand kannte sie wirklich. In Wahrheit hatte Corinna kein Interesse daran, gekannt zu werden. Sie war glamourös, aber auf eine unangestrengte, stille Art, die viele Stars, die sie interviewte, in den Schatten stellte. Die Kamera blieb oft auf ihrem Gesicht, selbst wenn sie »nur« zuhörte, was viel faszinierender war als die oft mittelmäßigen Gedanken, die ihre Gäste zum Besten gaben. Corinnas unausgesprochene Gedanken waren interessanter anzusehen. Lange Zeit war das der Grund ihres Erfolges – und dann der Grund, warum sie ersetzt wurde. Nicht ihr Alter, sondern ihr Intellekt. Corinnas Nachfolgerin, mit der sie nie sprechen wollte, hatte alles, was Corinna fehlte: ein stilloses Plappermaul, witzig aber anbiedernd, die schnelle Pointe suchend, von sich selbst eingenommen. Aber Stil entsteht aus Haltung, und Haltung aus Erfahrung. Haltung und Meinung sind nicht, wie viele meinen, dasselbe. Eine Meinung kann jeder haben.

Wir durchkämmten die Küche. Der Müll war ausgeleert, der Kühlschrank halb voll, das Obst verschimmelt. Plötzlich riss ein Klingeln mich aus meinen Gedanken. Das Festnetztelefon. Wer rief so spät noch an? War *sie* das? Wusste sie, dass wir hier sind?

»Hallo?«

Ich hörte ein Atmen in der Leitung. Dann eine ältere Frauenstimme.

»Wer sind Sie?«

»Wer sind *Sie*?«, fragte ich zurück.

»Mein Name ist Kirschner. Von nebenan. Ich hab Licht gesehen…«

»Oh. Ach so. Ich bin Corinnas Tochter.«

»Ach, guter Gott, und ich dachte schon… Wo ist sie denn?«

»Ähm, wir schauen nur nach dem Rechten.«

Lou schob den Vorhang beiseite und linste in den Garten.

»Ihre Mutter hat mich gebeten, die Katze zu versorgen. Übers Wochenende. Das war vor drei Wochen! Ich hab so was nie erlebt, sie ist doch eine sehr zuverlässige Person…«

Lou winkte mich zu sich. Draußen vor dem Gartentor stand eine Frau im Mantel, mit ihrem Handy am Ohr.

»Jetzt sehe ich Sie im Fenster«, sagte die Nachbarin. »Kann ich kurz reinkommen?«

Lou winkte ab.

»Ähm, hat meine Mutter sich bei Ihnen gemeldet?«, fragte ich zurück.

»Nein. Bei Ihnen?«

»Nein.«

»Glauben Sie denn, ihr ist was zugestoßen?«

»Nein. Alles gut. Ich melde mich, ja? Gute Nacht.«

Ich legte auf. Lou schloss den Vorhang. Er war dankbar, dass wir unter uns blieben, und ich war es auch. Als schämten wir uns für etwas, das in unserer Mitte geschah.

Ohne zu wissen, was.

»Sollen wir ihre Briefe öffnen?«, fragte ich.

»Nee, lass mal.«

Ich legte die Briefe auf Corinnas Sekretär im Wohnzimmer. Ihr Laptop stand noch dort, aufgeklappt, als wäre sie nur mal kurz spazieren gegangen. Ich fuhr ihn hoch. Passwortgeschützt.

»Du weißt nicht zufällig ihr Passwort?«

Ich drehte mich um und sah Lou auf dem Boden knien. Vor der Stereoanlage. Er hob verwundert ein Plattencover vom Boden auf. Das Weiße Album.

»Sie hat vergessen, die Anlage auszuschalten.«

Das blaue Licht des Verstärkers leuchtete stumm vor sich hin. Lou öffnete den Deckel des Plattenspielers und grübelte. Dann stand er ruckartig auf, ging entschlossen zu den Briefen und durchsuchte sie. Ein Spendenaufruf von »Ärzte ohne Grenzen«. Ein arte-Magazin. Und ein Brief von der Haspa.

Den riss er auf.

»Lies mal vor. Ich hab die Brille nicht dabei.«

Es war Corinnas letzter Kontoauszug. Abbuchungen für Strom und Internet, Banalitäten, Dinge, die ich nicht wissen wollte. Aber dann: eine Barauszahlung. In einer Hamburger Filiale, vor drei Wochen.

»50 000 Euro. Cash.«

»Was zum Teufel…«

Wilde Gedanken schossen mir durch den Kopf. Erpressung, Betrug, solche Sachen. Ich zwang mich zur Vernunft. Vielleicht hatte sie ein Auto gekauft. Und war an die Ostsee gefahren.

Lou riss noch einen Brief auf.

»Lies vor!«

Es war Corinnas Kreditkartenabrechnung. Ich überflog die einzelnen Posten.

»Na, lies doch!«

Biomarkt, Drogerie, Apotheke, Restaurant, Klamotten, Bücher. Nichts Besonderes. Aber dann, weit unten:

»Lufthansa. Ein Ticket für 1960 Euro.«

»Wohin?«

»Steht da nicht.«

Lou riss mir die Auszüge aus der Hand. Blätterte um, versuchte die gedruckten Buchstaben zu entziffern und stutzte.

»Fuck!«

Ich blickte auf das Blatt in seinen Händen und sah, auf der letzten Seite, den letzten Posten:

40 000 RS Deposit, Avis Car Rental, Delhi IGI Airport.

»Indien?!«

Lou starrte auf das weiße Plattencover am Boden, als könnte es meine Frage beantworten. Ich hatte das Gefühl, dass er mehr wusste, als er mir sagte.

Ich kannte dieses Gefühl von früher. Indien war die große Familienlegende. Und das große Tabu. 1968, mein Geburtsjahr. Lou und Corinna fuhren als Hippies nach Indien, trafen dort die Beatles, und als sie wieder nach Hause fuhren, kam ich auf die Welt. Das war, wenn man so wollte, unser Gründungsmythos. Aber so cool die Story auf den ersten Blick klang, lag immer ein dunkler Schatten darauf. Es gab einen Teil, den Lou gern ausschmückte – John, Paul, George und Ringo mit Blumenketten um den Hals auf dem Erleuchtungstrip – und einen Teil, den man besser nicht ansprach: Lous jüngerer Bruder. Marc. Sie waren zusammen losgefahren, aber nur einer von beiden kam lebendig zurück. Lou und Corinna sind nie mehr nach Indien gefahren. Wenn sie über indische Kultur sprachen, dann auf eigenartig vertraute Weise, als wäre es ein Teil von uns. Andererseits blieb Indien eine Büchse der Pandora, die du nicht öffnen durftest, außer du wolltest von der Schlange gebissen werden, die darin lebte.

Und jetzt überkam mich das mulmige Gefühl, dass Corinnas Verschwinden kein Zufall war. Karma, das erzählte ich meinen Yogaschülern, ist das Prinzip von Ursache und Wirkung. Alles, was geschieht, hat seine Ursache in einem früheren Geschehen und eine Wirkung auf das, was zukünftig geschehen wird.

»Was macht sie in Indien?«, fragte ich.

»Woher soll *ich* das wissen?«

Ich durchsuchte die restlichen Briefe. Einen öffnete ich, weil mir der Absender auffiel:

Praxis für Psychoanalyse und Psychotherapie
Dr. med Friedlinde Osterwald
Pestalozzistr. 11
10625 Berlin

Es war eine Rechnung. Für wöchentliche Sitzungen. Darauf klebte ein gelbes Post It: »Schöne Grüße, bis Mittwoch, F. O.«

Die Rechnung war drei Wochen alt.

Und dann zog ich noch etwas aus dem Umschlag: ein Rezept.

»Was ist das?«, fragte Lou.

Ich versuchte das Medikament zu entziffern und googelte es.

»*SSRI. Selektive Serotonin-Wiederaufnahmehemmer. Gehört zur Gruppe der modernen Antidepressiva.*«

»Wusstest du das?«

»Hat sie nie was von erzählt.«

Vor sechs Jahren hatte Corinna mich angerufen, um mir mitzuteilen, dass sie Brustkrebs hat. Nüchtern, fast beiläufig heruntergespielt und mit Statistiken versehen, so dass ich tatsächlich nicht mit dem Schlimmsten gerechnet habe. Auch nicht in den Monaten ihrer Chemo und danach. Corinna stirbt nicht, Corinna ist stark, sie hat so viel geschafft, sie wird auch das schaffen. Und ja, sie hat es geschafft. Sie war wieder glücklich. Strahlend. Unternehmungslustig. Aber anscheinend hat es Spuren hinterlassen, unsichtbare. Oder war ihr Strahlen nur aufgesetzt? Warum habe ich das nicht bemerkt?

»Und die schluckt ja noch anderes Zeug!«, sagte Lou und lief durchs Zimmer, als würde er sich mit ihr streiten. »Alle vier Wochen muss sie zur Antikörpertherapie. In dem Zustand kann sie nicht einfach nach Indien fahren! Fuck! Und ohne das Rezept hat sie keine Tabletten dabei!«

Der Gedanke, sie nie wiederzusehen, schoss mir durch den Kopf. Unerträglich. Sofort verscheuchte ich ihn wieder. Corinnas Rationalität hatte sie immer vor Unglück bewahrt – und jetzt brachte sie sich selbst in Gefahr. War ihr eine Sicherung durchgebrannt, bestrafte sie uns für ihre Einsamkeit, lag sie in irgendeinem indischen Krankenhaus? Und natürlich hat sie nicht darüber nachgedacht, was das alles mit *uns* machte.

Ich faltete die Rechnung auf und rief kurzentschlossen die Berliner Praxisnummer an. Auf der Mailbox meldete sich eine ruhige, aufgeräumte Frauenstimme. Ich nahm den Rest meiner

Fassung zusammen, erklärte ihr, wer ich war und bat um Rückruf. Dringend. Danke.

»Hat sie noch Freunde in Indien?«, fragte ich Lou.

Statt mir zu antworten, kniete er sich vor den Plattenspieler und legte den Tonarm aufs Vinyl. Das Geräusch eines landenden Flugzeugs, dann das berühmte Intro.

Back in the USSR.

»Als Paul das zum ersten Mal gespielt hat, auf der akustischen Gitarre, da waren wir dabei. Der Geburtstag von Mike Love. Dieser Beach Boys Style, der Chor, hörst du? Das war schon cool, mitten im Kalten Krieg ...«

»Lou. Hat sie noch Freunde dort?«

»Nein!«

»Warum fliegt sie dann nach Indien?«

»Was weiß ich!«

Lou ging zum Fenster und schaute in den Garten, während die Musik weiter lief. Er holte ein Paper raus und rollte sich eine Zigarette. Wie immer, wenn ihm was unter den Nägeln brannte: Er verzog sich. Ich ließ ihn stehen und ging die Treppe hoch. Ich erinnerte mich an ein Foto, das im Schlafzimmer hing. Aus Indien, von ihrer großen Reise. Die Tür stand offen, das Bett war gemacht. Neben dem Fenster hingen viele kleine Fotos. Stationen ihres Lebens. Corinna als Kind in Schwarzweiß, verkleidet als Indianerin, Corinna in den neunziger Jahren auf der Bühne des Deutschen Fernsehpreises, Corinna auf ihrem Talkshow-Sofa mit dem Dalai Lama, Corinna in Washington mit Michelle Obama ... nur das gelbstichige Foto, das ich suchte, fehlte. Dann fand ich es, oder genauer gesagt, die leere Stelle, an der es gehangen hatte. Der Nagel steckte noch in der Wand.

Das Foto war mir immer schon ins Auge gefallen, denn es war die einzige Erinnerung aus Indien, die Corinna aufgehängt hatte. Kein Foto mit Lou. Sondern mit einer anderen Frau. Beide splitternackt, vor einem Wasserfall, wie die ersten Menschen auf der Erde. Sie lachten in die Kamera. Nichts Erotisches lag in der Szene, weder im Blick der Frauen noch im Blick des Fotografen. Unfassbar jung, meine Mutter, kurz bevor ich auf die Welt kam. Die zweite Frau hatte große Augen, kurze blonde Haare und eine verträumte Aura. Wie eine Fee, versunken in einer Zauberwelt.

Lous Blick bohrte sich in meinen Rücken. Er stand in der Tür, ohne das Zimmer zu betreten. Ich deutete auf die leere Stelle an der Wand.

»Erinnerst du dich an das Foto aus Indien?«

Lou kam näher, nachdenklich.

»Wer war die andere Frau?«

Die Vierte auf dem Hippie-Trail, so ging die Story, war Lous erste Liebe gewesen.

»Marie«, sagt er leise.

»Auf dem Foto sahen sie aus wie beste Freundinnen.«

Lou schwieg.

»Vielleicht hat sie das Foto mitgenommen.«

»Oder abgehängt.«

»Wo lebt Marie jetzt?«

Er zuckte mit den Schultern.

»Ich hab sie seit fünfzig Jahren nicht mehr gesehen.«

»Und Corinna? Hatte sie Kontakt mit ihr?«

»Kann ich mir nicht vorstellen.«

»Kann's sein, dass sie Marie wiedersehen will?«

»Kann auch sein, dass sie den Dalai Lama wiedersehen will! Komm, wir fahren nach Hause!«

Er wandte sich unwirsch ab und lief die Treppe hinunter. Dann fiel die Eingangstür ins Schloss. Typisch Lou. Erst macht er eine Welle, dann weiß er nicht, wohin mit seinen Gefühlen.

Ich starrte noch eine Weile auf den leeren Fleck an der Wand. Er sagte mehr über Corinna als alle anderen Fotos. Ich ging nach unten, hob den Tonabnehmer von der Schallplatte und schaltete die Anlage aus. Es wurde still, so unheimlich still, dass ich die Flucht ergriff.

Lou saß im Jaguar, diesmal am Steuer, rauchte einen Joint und starrte in die Nacht. Ich öffnete die Beifahrertür und setzte mich neben ihn. Er wollte losfahren.

»Hast du den Schlüssel?«

Ich wollte ihn nicht auskommen lassen, nicht dieses Mal.

»Das Foto mit Marie… unter dem Wasserfall. Wo war das?«

»Irgendwo.«

»Du warst doch dabei. Du hast es doch gemacht.«

»Ich weiß nicht… vielleicht war's auch… Keine Ahnung.«

Er vermied es immer noch, den Namen seines Bruders auszusprechen.

»Marc?«

Er nahm einen nervösen Zug und betrachtete seinen Joint, während er den Rauch gegen das Lenkrad blies. Reichte ihn mir, ohne mich anzusehen. Ich nahm einen Zug.

»Corinna«, sagte ich leise, »hat neulich mal erwähnt, dass sie sein Grab besucht hat.«

»Wann?«

»Weiß nicht. Vor drei, vier Monaten.«
»Hat sie mir nicht gesagt.«
»Du hast mir nie erzählt, was damals genau passiert ist.«
»Hab ich doch.«
»Wie er gestorben ist.«
»Weißt du doch. Hat sich umgebracht.«
Es verschlug mir die Sprache. Als würde mir jemand die Hand über den Mund legen. Als ich klein war und zum ersten Mal an seinem Grab gestanden hatte, hieß es: »Marc war in Indien und hat eine Tropenkrankheit bekommen.« Das hatte mich so stark beeindruckt, dass ich nie dorthin wollte. In die wilden Tropen, wo man so krank wurde, dass man tot zurückkam. Später, als ich älter war, hörte ich eine andere Version. Ich erinnere mich noch an diese Autofahrt, nachts, auf einer Landstraße. Wir waren gut gelaunt, bis dieser Song im Radio lief. *Across the Universe*. Lou konnte auf einmal nicht mehr weiterfahren, hielt am Straßenrand, stieg aus und zündete sich eine Zigarette an. Ich fragte Corinna, was denn los sei. Er käme gleich wieder, sagte sie. Aber er blieb dort stehen und starrte ins Leere. Der Motor lief weiter, Nachtluft zog herein, und wir hörten John Lennons Stimme. Ich verstand nur Bruchstücke des Textes, aber die Melodie war zauberhaft, weshalb ich nicht begriff, was meinen Vater so traurig machte. Aus dem Refrain hörte ich die ersten Sanskrit-Worte meines Lebens: *»Jai Guru Deva«* und *»Om«*. Instinktiv spürte ich, dass es um Lous Bruder ging. »Er hat ihn sehr geliebt«, sagte Corinna, als ich nachfragte. Und dann, als ich nochmal nachfragte, weil mir das nicht genügte: »Er ist an einer Überdosis gestorben.« Verbunden mit einer mütterlichen Warnung vor Drogen. Als Lou endlich wieder einstieg, sah ich, dass er geweint hatte. Corinna bedeutete

mir, still zu sein. Seitdem war eine Irritation zurückgeblieben: Welche der beiden Versionen stimmte – Tropenkrankheit oder Überdosis? Aber ich hatte verstanden, dass man Lou besser nicht nach seinem Bruder fragte. Um seinen *peace of mind* nicht zu stören.

Und jetzt sollte es Selbstmord gewesen sein?

»... Ich dachte, er hat 'ne Überdosis genommen?«

»Sag ich doch.«

Lou nahm mir den erkalteten Joint aus der Hand und zündete ihn wieder an.

»Also war's kein Unfall? Hat er bewusst eine Überdosis...«

»Das hat doch jetzt nichts mit Corinna zu tun!«

»Und wenn doch?«

»Unsinn. Die ist nach Indien abgehauen, Marc liegt in Harburg auf'm Friedhof. Seit über fünfzig Jahren. Gib mir die Schlüssel.«

Lou startete den Jaguar und fuhr los.

Kein einziges Wort, als wir das schlafende Potsdam verließen, nur beredte Stille zwischen uns, halb vertraut, halb unheimlich, als liefen wir über einen zugefrorenen See und hörten das Eis unter unseren Füßen knacken.

»Warum wolltet ihr damals ausgerechnet nach Indien?«

»Alle wollten nach Indien.«

»Aber was habt ihr da gesucht?«

»Nach Indien fährst du nicht wegen Indien. Sondern um dich selbst zu finden.«

Ich verkniff mir die Frage, ob er sich gefunden hat. Meiner Meinung nach suchte er immer noch, wie nach einem Werkzeug, das er irgendwann verlegt hat in seinem Chaos. Und ich ließ ihn, wie er ist. Ich hielt nichts von dem Konzept, dass man sich selbst finden musste, und dann wäre alles gut. Ich wusste nicht, wo das wohnte, dieses Selbst. Immer wenn ich mal eins gefunden hatte, waren daneben noch andere aufgetaucht.

»Ein Teil von uns«, sagte Lou, »ist nie aus Indien zurückgekommen.«

Und dann erzählte er, ohne dass ich ihn gefragt hätte, aber weil er wusste, dass ich es wissen wollte, von damals. Ich dachte, ich kannte die Geschichte, dabei hatten sie immer nur so viel ausgepackt, wie es nötig war, um meine Neugier zu befriedigen. Die Eckdaten, die Beatles-Anekdoten, die Sache mit dem Tiger. Was man eben so erzählte, um vom Eigentlichen abzulenken. Jahrzehntelang hatte ich mich damit begnügt – warum eigentlich? Vielleicht habe ich im Innersten gewusst, dass es besser war, nicht zu wissen, dass ich nichts wusste. Damit unser Dreigestirn intakt bleiben konnte.

Dabei war das alles nur eine schöne Illusion gewesen.

3

> When I went to school they asked me
> What I wanted to be when I grew up.
> I wrote down »Happy«.
> They told me I didn't understand the assignment.
> And I told them they didn't understand life.
>
> *John Lennon*

PALAM AIRPORT, NEW DELHI, APRIL 1968

Das Ende einer Reise. Drei Hippies auf dem Heimweg, drei Hippies und ein Sarg. Lous Bruder war tot, und Corinna war schwanger. Mit mir.

Sie trugen kein Gepäck, nur Klamotten, die sie unterwegs gekauft hatten, in Istanbul oder Kabul, Orten, die jetzt keine Bedeutung mehr hatten. Nichts hatte mehr Bedeutung. Lautsprecherdurchsagen, unzählige Reisende in der Abflughalle, indische Familien, die auf dem Boden saßen, müde Hippies und Geschäftsleute; es roch nach Klimaanlage, Schweiß und Curry. Corinna ging voran, Lou folgte ihr, und Marie ging wenige Schritte hinter ihnen. Corinna zeigte die drei Bordkarten vor, Lou kramte nach seinem Pass, und als er ihn fand – Corinna war schon durchgegangen –, drehte er sich kurz nach Marie um. Er sah sie nicht mehr. Er rief sie. Corinna blieb stehen. Er sah Maries Kopf in der Menge verschwinden. Er rief sie, jetzt laut, aber sie kam nicht zurück. Hinter ihm drängten die Leute nach. Corinna begriff früher als er, was hier gerade geschah. Sie nahm seine Hand und zog ihn weiter. Das war das letzte Mal, als sie Marie gesehen haben.

Lou und Corinna stiegen ins Flugzeug und flogen nach Hause, mit einem Toten im Gepäckraum und einem Embryo unterm Herzen. Keiner von beiden war derjenige geblieben, als der er losgefahren war.

Drei Monate vorher war Marie die einzige gewesen, die nicht nach Indien fahren wollte. Es war kurz vor Weihnachten 1967, dem Jahr des *Summer Of Love*, dem Jahr von Sergeant Pepper, als das Fernsehen bunt wurde und die Popmusik explodierte. In Bonn starb Adenauer, und Jimi Hendrix wurde in der Nacht, als er seine Stratocaster zerlegte, zum Weltstar. Lou war ein zweiundzwanzigjähriger, langhaariger Revoluzzer, der in Berlin studierte und nicht wusste, was er mit seinem Leben anfangen sollte. Die Musik spielte in London und San Francisco, Deutschland war ein Winterland im Schatten des Kalten Kriegs. Graue Häuser, graue Anzüge, grauer Himmel. Es roch nach Nebel und Kohleöfen. Lou kam für die Feiertage zurück nach Harburg, seinem Geburtsort. Ein paar Kilometer und einen Buchstaben entfernt von Hamburg, aber eine völlig andere Welt. Vorstadt, Kleinstadt, Klinkerfassaden, das Reihenhaus des Vaters, nicht zu groß und nicht zu klein, seine Arztpraxis im Erdgeschoss, die winzigen Kinderzimmer im ersten Stock und die gehäkelte Gardine vor dem Küchenfenster. Hier war Lou aufgewachsen, zusammen mit seinem Bruder Marc. Als Kinder hatten sie noch in Ruinen gespielt, Blindgänger gefunden und zugesehen, wie im Hafen versenkte Schiffe gehoben wurden. Als Jugendliche waren sie mit der S-Bahn über Wilhelmsburg zum Hafen gefahren, raus aus dem Muff, auf die Reeperbahn. Große Freiheit, kleiner Geldbeutel. Um punkt elf wieder zu Hause, sonst setzte es was. Als sie *Jailhouse Rock* sahen, fühlten sie sich wie Elvis, obwohl sie doch nur zwei Vorstadtjungs waren. Und als Lou seine erste Beatles-Platte kaufte, ärgerte er sich maßlos, dass er nicht mitbekommen hatte, wie die Pilzköpfe auf der Reeperbahn gespielt hatten. Das war das Thema seiner Jugend: Das Leben spielte sich woanders ab. Und es gab kein richtiges Leben im falschen. Nach außen zeigte er das nicht, weil er damit die beiden Menschen gekränkt hätte, die ihm am nächsten standen: seinen Vater, der für ihn sorgte und seinen Bruder Marc, für den er sich verantwortlich fühlte, seit ihre Mutter gestorben war. Im Gegensatz zu Marc hatte er sie noch zwei Jahre lang erlebt. Aber er war zu jung, um sich an mehr zu erinnern als ein diffuses Gefühl: Liebe, bedingungslos. Ohne etwas dafür tun zu müssen, einfach nur, weil man da war.

Als Marc auf die Welt kam, starb die Mutter. So simpel war das. Ein Leben kam, ein Leben ging. Lou sah sie zum letzten Mal, als der Vater sie zu seinem VW führte. Sie hielt ihre Hände unter den Bauch und schickte Lou ein Lächeln. Als gingen sie nur kurz Brötchen holen.

Wenige Tage später stand Lou verstört neben einem offenen Grab. Er begriff nicht, warum alle Menschen eine Schaufel Erde auf die Holzkiste warfen und fragte sich, ob darin wirklich seine Mutter lag. Am Abend glaubte er, sie würde gleich zur Tür hereinkommen und ihm ein Gutenachtlied vorsingen. Stattdessen hörte er das Baby schreien. Stundenlang. Sein Vater tat, was er immer getan hatte: Er redete nicht über seine Gefühle, biss die Zähne zusammen und machte weiter. Oma kam, um auf das Baby aufzupassen, Oma kochte auch für die Jungs. Der Kleine bekam die Zärtlichkeiten, der Große bekam die Aufträge. Milch holen, Medizin holen, Tisch decken. Als Marc größer wurde, fuhr Lou ihn im Kinderwagen spazieren. Das mochte er, weil er so mal rauskam aus der drückenden Stimmung, die Oma verbreitete. Konnte endlich mal Gas geben. Marc liebte das und feuerte Lou mit seinem Lachen an, schneller zu fahren. Einmal stürzte der Wagen am Bordstein um, und Marc schrie wie am Spieß. Aber als sie zurück nach Hause kamen, hatte er es schon wieder vergessen. Marc liebte seinen großen Bruder. Lief ihm immer entgegen und umarmte ihn fest, wenn er aus der Schule heimkam. Wollte immer mit ihm Fußball spielen. Marc war nicht gern allein, während Lou sich oft wünschte, nicht mehr Bruder und nicht mehr Sohn sein zu müssen. Auf dem Rückweg von der Schule bummelte er mit dem Fahrrad herum, um später nach Hause zu kommen. Das Reihenhaus mit der Klinkerfassade war der Ort, wo er, sobald er die Tür hinter sich schloss, Aufträge bekam. Sich kümmern musste.

Und niemand fragte, wie es *ihm* ging.

Er hing lieber im Plattenladen ab, wo er stundenlang Songs hörte, die wie Botschaften aus einer anderen Welt kamen, in der er sich bald besser auskannte als der eigenen. Erst wenn der Hunger ihn heimtrieb, gab er nach. Dann wurde er oft losgeschickt, um Marc zu suchen, der mal wieder »herumlungerte«, wie der Vater sagte. Lou fand ihn meist am nahegelegenen Fluss, manchmal auch *im* Fluss, wo er Steine sammelte, Fische beobachtete und sich freute, wenn sein Bruder mit ihm ein Baumhaus baute. Die schönsten gemeinsamen Erinnerungen, das war dieser kleine Strom neben dem Neubaugebiet, in dem sie das Gefühl hatten, Teil der Landschaft zu sein. In der Abenddämmerung gingen sie nach Hause, mit Schlamm auf den Schuhen und Steinen in den Taschen, und Lou war derjenige, der die Standpauke dafür bekam, war er doch als Älterer dazu bestimmt, vernünftig zu sein.

In diesem Winter des Jahres 1967, als er in Berlin studierte, hatte Lou keine Lust auf Weihnachten in Harburg, aber sein Vater bestand darauf. Marc hatte zum zweiten Mal sein Abi versemmelt, obwohl er intelligent war, obwohl die Lehrer ihn mochten. Einfach nur, weil er keinen Sinn darin sah, Wissen anzuhäufen, das niemand zum Leben brauchte. Er hing lieber mit Mädels ab – in den Worten des Vaters: Er gammelte rum.
Lou sollte helfen, ihn zur Vernunft zu bringen.
»Auf dich hört er doch.«
Der Vater hatte Marc noch nie verstanden. Er war durch und durch rational; Marc war verträumt, verspielt, wild und gefühlvoll. Sie lebten an den zwei Enden des Spektrums zwischen Vernunft und Spaß – ein Wort, das der Vater nur mit verzogenem Mundwinkel äußerte, als sei das etwas für ungebildete Leute. »Ssspasss«. Für so was war keine Zeit; das Leben bestand aus Arbeit. Wenn der Vater nicht seine Patienten betreute, schrieb er Leserbriefe ans Ärzteblatt und engagierte sich in der evangelischen Gemeinde. Er war kein besonders religiöser, aber ein moralischer Mensch, durchdrungen von preußischem Pflichtgefühl. Die Mutter hatte das durch Wärme, Großzügigkeit und Sinn für Schönes ausgeglichen, und es schien, als hätte Marc alles von ihr, aber nichts von ihm geerbt. Ihre Körper,

Gefühle und Gedanken verstanden einander nicht. Wenn der Vater an Marc verzweifelte, dann weil das Thema, das sein eigenes Leben bestimmte, obwohl er nie darüber sprach, bei Marc nicht verfing. Es hatte mit Krieg und Schuld zu tun und hing über ihm wie ein Schatten. Manchmal schwieg er am Tisch, und du fühltest dich, ohne zu wissen warum, schuldig. Lou verstand diese Schattensprache besser als Marc. Als er sich einmal zum Fasching als Cowboy verkleidete und von seinem Taschengeld einen Plastikrevolver kaufte, heimlich natürlich, versteckte er ihn im Keller. Als er ihn später wieder rausholen wollte, war er verschwunden. Damit wusste er, dass der Vater davon wusste. Und beide verloren kein Wort darüber.

Gewalt war Tabu. »Nie wieder Krieg« war der moralische Imperativ, der alles bestimmte. Lou übernahm ihn bedingungslos, doch als er erwachsen wurde, entlarvte er die Doppelmoral des Vaters, der, als die Amerikaner Vietnam bombardierten, stumm vor dem Fernseher saß, aber auf die demonstrierenden Studenten schimpfte, weil sie Gewalt anwendeten. Sie seien nicht besser als die Nazis, sagte er. Das war der Punkt, an dem Lou ihm heftiges Kontra gab. Seine Worte mussten den Vater sehr verletzt haben, wie der Bruch eines unausgesprochenen Paktes, denn er entzog sich in ein noch tieferes, noch vorwurfsvolleres Schweigen. Lou fand in Marc keinen Verbündeten, denn ihn schien das Thema deutscher Schuld, das alle Gemüter bewegte, nicht zu berühren. Als wäre er vom Himmel gefallen, statt einem Stammbaum anzugehören.

Marc war der goldene Prinz. Seine wilden blonden Haare, seine Muskeln, seine strahlenden Augen, die dich unverstellt anschauten, ohne loszulassen. So charmant, dass du ihm nichts übelnehmen konntest. So kraftvoll und ansteckend, dass du übersahst, welches Päckchen er zu tragen hatte – das Leben der Mutter als Preis für seines. Er wirkte als Kind schon wie ein Erwachsener, und als Erwachsener blieb er ein ewiges Kind. Und er konnte als einziger nicht sehen, dass die Götter ihn geküsst hatten. Stattdessen entwickelte er ein erstaunliches Talent, sich in Schwierigkeiten zu bringen. Hing zur falschen Zeit am falschen Ort mit den falschen Leuten ab, schwänzte die Schule, baute Mist. Lou boxte ihn immer wieder raus.

Als Lou nach Berlin zog, war Marc auf sich allein gestellt. Lou hatte ein schlechtes Gewissen, aber als er Marc in diesem Winter wiedersah, staunte er nicht ohne Stolz, wie erwachsen er geworden war. Ihre Umarmung am Hauptbahnhof war kräftig und liebevoll. Marc freute sich unbändig, Lou zu sehen. So wie der Vater von Lou erwartete, ihm zu helfen, suchte Marc in seinem Bruder einen Verbündeten.

Als erstes besuchten sie ihren Plattenladen auf St. Pauli. In diesem Herbst kam eine Flut von neuen Alben heraus, eines herausragender als das andere: *Disraeli Gears* von Cream, *Live Sunshine* von den Beach Boys, *The Who Sell Out* von The Who, *Axis: Bold As Love* von Hendrix, *Universal Soldier* von Donovan, *Their Satanic Majesties Request* von den Stones. Und die *Magical Mystery Tour* der Beatles, allerdings nur als UK-Import unter der Theke, zu horrenden Preisen. Der Plattenhändler gab Lou und Marc zwei Kopfhörer, die am selben Verstärker hingen, und dann hörten sie zum ersten Mal *The Fool On the Hill* und *I Am the Walrus*. Dazu *Penny Lane* und *Strawberry Fields Forever*. Songs für die Ewigkeit, im selben Jahr wie *Sergeant Pepper's Lonely Hearts Club Band*, dem Jahrhundertalbum. Diese Jungs aus Liverpool, kaum älter als Lou und Marc, schufen ein Meisterwerk nach dem anderen, scheinbar mühelos. Und sie waren nicht die einzigen. Als hätte sich ein kreativer Vortex geöffnet, der die Welt immer schneller drehen ließ und jeden, der nicht auf das Karussell aufsprang, schwindlig zurückließ.

Marc trommelte, die Kopfhörer auf den Ohren, den Takt auf dem Tresen mit. Er schloss die Augen. Die *Magical Mystery Tour* war keine normale Platte, sondern das Ticket für einen Trip durch Raum und Zeit.

Lou und Marc konnten Songs in ihre Bestandteile zerlegen. Der eine sang die Bass Line, der andere trommelte den Takt. Aber während Lou ein analytischer Zuhörer war, der auf Konzerten lieber am Rand stand, als zu tanzen, wurde Marc eins mit der Musik. Du brauchtest ihm nur ein Instrument in die Hand zu geben, und er machte es sich zu eigen. Lou musste jahrelang Klavierunterricht nehmen, ohne je herausragend zu spielen. Marc schnappte sich eine Gitarre und lernte innerhalb kurzer Zeit, damit Töne zu erzeugen, die noch niemand gehört hatte. Er entwickelte eine Picking-Strumming-Percussion-Technik, bei der er die Gitarre als Melodie- und Rhythmusinstrument zugleich benutzte. Trommelte auf dem Holz herum wie ein Schamane, so dass es klang, als ob eine ganze Band spielte.

Marc suchte keine Perfektion. Er spielte, um sich zu befreien. Er hatte zu viele Gefühle, um sie für sich zu behalten. Früher waren sie unkontrolliert in eine Außenwelt übergeflossen, die wenig damit anzufangen wusste. Erst die Musik verlieh seinen Gefühlen eine Sprache. Damit war er dem, was von innen auf ihn einströmte, nicht mehr ausgeliefert. Takt, Rhythmus und Melodie gaben der wilden Flut eine natürliche Ordnung, der

Marc intuitiv folgen konnte. Die Grammatik der Musik brachte ihn wieder in Einklang mit der Welt. Seine erste Gitarre liebte er wie eine Mutter.

»Mach was draus«, sagte Lou. »Geh auf die Musikhochschule.«

»Ohne Abi nehmen die mich nicht.«

»Dann mach das doch. Du verschwendest dein Talent«, sagte Lou.

»Ach, ich bin nicht so schlau wie du. Medizin und Philosophie und alles. Ich gammel halt rum.«

Marc grinste und zuckte mit den Schultern, als wäre es ihm egal.

»*I'm a loooser*«, sang er, »*I'm a loooser!*«

»Du könntest Karriere machen«, sagte Lou. »Von der Musik leben.«

»Du klingst wie Papa«, gab Marc zurück, was Lou kränkte. »Ich mach Musik, weil's Spaß macht. Nicht für die Kohle.«

Dann streiften sie mit ihren Platten über den Dommarkt, rauchten, tranken Bier und schossen Plastikblumen. Es war kalt, aber sie hatten keine Lust, nach Hause zu gehen. Irgendwo spielten zwei schlechte Straßenmusiker *Blowin' in the wind*.

»Schau dir die Beatles an«, sagte Lou. »Die haben sich den Arsch abgespielt, jede Nacht auf der Reeperbahn. Als sie noch Teenager waren.«

»Das war die Chuck-Berry-Phase. Da waren sie noch nicht sie selbst. Die besten Songs kamen später.«

»Weil sie sich weiterentwickelt haben! Die sind nie stehen geblieben. Und du…«

»Weißt du, was das Geheimnis der Beatles ist? Drei Buchstaben: L. S. D.«

»Was ich mein, ist: Wenn du von Papa weg willst, musst du dein eigenes Geld verdienen.«

»Ach, ich weiß nicht«, sagte Marc, auf einmal nach innen gekehrt. »Manchmal fühl ich mich wie ein Paket, das jemand auf der Straße abgestellt hat und weggefahren ist. Ist doch alles sinnlos hier. Falscher Film.«

Es tat Lou weh, das zu hören. Und er mochte die Rolle nicht, die ihm dabei zugewiesen wurde. Weil sie ihn unter Druck setzte. Der Lieblingssohn. Der Einserschüler. Der Intellektuelle. In Wahrheit ging Lou den Weg des geringsten Widerstandes. Tatsächlich studierte er nicht Medizin, um etwas Sinnvolles für die Gesellschaft zu tun, sondern um es seinem Vater recht machen. Und er war nicht nach West-Berlin gegangen, um sich der Revolution anzuschließen, sondern um dem Wehrdienst zu entkommen. Im ersten Semester Anatomie, als sie eine Leiche zerlegen mussten, war er ohnmächtig geworden. Was ihn wirklich begeisterte, war Musik. Längst hing er mehr in Plattenläden herum, als in die Vorlesungen zu gehen. Aber er hatte nicht den Mumm, es seinem Vater zu gestehen. Berlin war eine Sackgasse, und Lou war zu feige, es zuzugeben. Marc wusste es, und er war der Einzige, der ihm das verzieh.

»Wieso gründen wir keine Band?«, sagte Marc aus heiterem Himmel. »Du und ich, zusammen.«

Lou war überrascht, aber die Idee reizte ihn. Ausbrechen, alles anders machen. Nur jetzt, als Marc vorpreschte, musste Lou an seinen Vater denken, und was er von ihm erwartete: *Bring den Jungen zur Vernunft.*

»Ich bin nicht gut genug«, sagte er.

»Mach dich nicht so klein«, sagte Marc.

Im selben Moment zog, wie aus dem Nichts kommend,

eine Gruppe Hare-Krishna-Jünger vorbei, bunt und laut und androgyn, die Antithese zum deutschen Muff, mehr noch: eine offene Provokation, eine gewaltfreie Kampfansage gegen das Spießertum.

Hare Krishna, Hare Rama, Hare Hare, Hare Krishna.

Lou hatte keine Ahnung, was das bedeutete, aber was ihn faszinierte, war, dass diese Leute, nicht älter als er, die Angstschwelle durchbrochen hatten; sie waren stolz darauf, unangepasst zu sein.

»Hey Lou, ich hab's«, sagte Marc. »Wir fahren nach Indien.«

Lou nahm ihn nicht ernst. Sie hatten keine Ahnung von Indien, also nichts, was über Hermann Hesse und George Harrison hinausging. Aber allein die Idee von Indien brachte eine Saite in ihm zum Schwingen. Es klang wie der ideale Ausweg aus seiner Sackgasse: Zwischen allen Entscheidungen, die er treffen musste, war der Hippie-Trail die Verlockung des dritten Wegs – nämlich gar keine Entscheidung zu treffen. Und daraus eine Philosophie zu machen. Aussteigen als Gebot der Stunde. Mehr Zeitgeist, mehr Avantgarde, mehr Utopie ging nicht.

Später, in den Siebzigern, warst du ein Spießer, wenn du *nicht* nach Indien fuhrst. Bhagwan, Poona, Hare-Krishna-Jünger in jeder Fußgängerzone. Aber '67, '68, das war die Zeit der Experimente. Die Zeit der Unschuld. Sie hatten keinen Plan. Sie hatten Sehnsucht, das war alles. Sehnsucht nach einem Paradies, das sie verloren hatten, ohne es je gekannt zu haben.

»Hast du Schiss?«, fragte Marc.

»Nee. Aber Marie würde nie mitkommen.«

Mädels waren das andere Thema, bei dem Marc, der Jüngere,

die Nase vorn hatte. Sie flogen auf ihn, ohne dass er irgendetwas dafür tun musste. Er nahm es leicht. Er konnte alle haben, aber blieb bei keiner. Der Typ, der blieb, war Lou. Er war mit Marie zusammen, seit er sechzehn war. In der Schule galten sie als unzertrennlich, und manche sagten, sie wirkten wie ein altes Ehepaar. Marie war verträumt und unauffällig, eher klein, aber kräftig. Sommersprossen auf den Wangen, schulterlange blonde Haare und große Augen. Obwohl sie als schüchtern und sensibel galt, war sie diejenige, die Lou auf die Erde zurückbrachte, wenn er sich in Gedanken verlor. Sie war die Frau, der du alles erzählen konntest. Die dich nachts im Suff nach Hause brachte. Lou und Marie stritten nie, hingen immer zusammen, hörten Beatles und lasen Hermann Hesse. Als Lou nach Berlin zog, begann Marie in Harburg eine Ausbildung zur Erzieherin. Sie sahen sich, so oft es ging. Aber Lou schob die Tatsache, dass Liebe allein nicht genügte, sondern Entscheidungen brauchte, um über die Zeit zu bestehen, immer weiter heraus. Marie hatte keine Zweifel daran, dass Lou einmal der Vater ihrer Kinder werden würde. Sie war bei ihrer alleinerziehenden Mutter aufgewachsen, aber zog aus der Abwesenheit eines Elternteils eine andere Schlussfolgerung als Lou: Sie wollte sich das Nest, das sie nie hatte, selbst bauen; er wollte sich von aller familiärer Last befreien. Als Maries Ausbildung zu Ende war, wollte sie wissen, ob er zurückkommen würde oder sie sich eine Stelle in Berlin suchen sollte. Zwar mochte sie Berlin nicht, es war ihr zu groß und kaputt, aber mit Lou wäre sie überall hin gegangen. Sie konnte nur ganz oder gar nicht lieben. Und sie teilte nicht gerne. Je länger er die Entscheidung herausschob, desto eifersüchtiger wurde sie auf die Studentinnen, mit denen er in Berlin abhing.

In diesem Dezember 1967, als Lou Marie wiedersah, wusste er zwar, dass er sie liebte. Aber was die gemeinsame Zukunft anging, kam er nicht in die Puschen. Der Entscheidungsdruck lähmte ihn. Er sprach über die Entfremdung des Menschen in der Konsumgesellschaft, aber tatsächlich hatte er einfach den Kontakt zu seinen Gefühlen verloren. Sie stritten sich wegen Marc, um sich nicht darüber zu streiten, was eigentlich zwischen ihnen stand: Er war zu unerfahren, um zu heiraten, und Marie war zu unerfahren, um das wahrzuhaben, weil sie sich in den Jungen verliebt hatte, der Lou in seiner Familie war: der große Bruder, der einen guten Vater abgeben würde – genau die Rolle, der Lou ebenso verzweifelt wie erfolglos zu entkommen versuchte.

4

»Hast du schon mal LSD eingeworfen?«, fragte Marc.
»Nee. Du?«
»Vielleicht bekomm ich bald ne Pappe.«
Es war der Morgen des Vierundzwanzigsten. Sie lagen im Keller neben der Modelleisenbahn, hielten ihre Köpfe nah an die im Kreis fahrenden Züge und rauchten einen Joint. Marc hatte das Gras von einem Freund. Im Tausch gegen die *Magical Mystery Tour*. Sie hatten die Platte mit dem Tonbandgerät ihres Vaters aufgenommen, es dann in den Keller getragen und an eine Monobox angeschlossen. Die Idee war, das komplette Album high zu hören. Um verborgene Botschaften zu entschlüsseln. Wer war das Walross, war Paul in Wahrheit tot, waren die *Strawberry Fields* ein Waisenhaus in Liverpool oder eine psychedelische Landschaft? Und wenn ein Song auf Acid komponiert wurde, musste man ihn dann auf Acid hören, um seine Bedeutung zu verstehen?

»Aber George geht jetzt auf'n neuen Trip. Transzendentale Meditation.«
»Vielleicht trennen sie sich.«

»Der Maharishi kam nach England. Die Beatles waren da. Mick Jagger auch. Und am selben Tag starb Brian Epstein.«
»Überdosis oder was?«
Solche Sätze, zusammenhanglos. Die Zeit dehnte sich. Paul McCartneys verträumtes Mellotron, John Lennons verlangsamte Stimme, Ringos rückwärts abgespieltes Becken, Georges Slide Guitar, die große Leinwand der Streicher und Bläser ... Lou und Marc sahen den rollenden Zügen zu, schlossen ihre Augen und liefen durch die Erdbeerfelder.
»Hast du Yogananda gelesen?«, fragte Marc.
»Nein.«
»Der Typ kann zugleich an zwei verschiedenen Orten sein.«
»Abgefahren.«
»Und nur mit seiner Gedankenkraft neutralisiert er eine Kobra. Indem er ihr seine Liebe schickt.«
Lou öffnete die Augen, als der Zug entgleiste und durch die grüne Papplandschaft flog. Er musste an die Sommerwiese am Bach denken, wo sie als Kinder gespielt und die Zeit vergessen hatten. Damals hatte alles so groß ausgesehen. Er setzte den Zug zurück auf die Spur.
»Aber wir können nicht in 'ner Höhle sitzen und meditieren«, sagte er, »während Vietnam brennt. Wir müssten da hinfahren und den Bauern helfen, ihre Dörfer wiederaufzubauen.«
»Oder die Schweine umlegen, die Che Guevara ermordet haben.«
»Könntest du jemanden töten?«
»Hättest du Hitler umgebracht?«
»Das ist 'ne Fangfrage.«
»Ich hätt's getan. Boom, nicht lang nachdenken. Das ist die

Natur. Tiere sind grausam. Du kannst 'nen Löwen nicht zum Vegetarier erziehen.«

»Gandhi hat Indien gewaltlos befreit.«

»Gandhi wurde erschossen.«

»Wie kommst du da jetzt drauf?«

»Man muss seinen Instinkten folgen. Wir sind total entfremdet.«

»Aber die Gesellschaft beruht auf Instinktkontrolle.«

»Dann ist das die falsche Gesellschaft. Hey, wir hauen ab, Lou. Zusammen.«

»Wohin?«

»Nach Indien.«

»Wieso Indien?«

»Wir lernen meditieren. Wir steigen aus und werden erleuchtet.«

»Haha, *du* willst auf einmal Mönch werden? Wieso?«

Marc setzte sich auf und sah Lou ruhig in die Augen. Auf einmal wirkte er überraschend erwachsen.

»Ich will wissen, warum der Buddha so lächelt.«

Die Tür ging auf. Im Gegenlicht der Neonröhre unter der Kellerdecke erschien das zornige Gesicht des Vaters. Seine Hornbrille, sein Kinnbart, seine hilflose Rechtschaffenheit. Was ihnen einfiele – Drogen in seinem Haus, eine Unverschämtheit! Er riss das Fenster auf. Ein eisiger Wind blies herein. Marc versuchte das über den Boden gewehte Gras mit den Händen aufzufangen. Der Vater schaltete das Tonbandgerät aus. Statt eine Standpauke zu halten, machte er auf dem Absatz kehrt und ging nach oben. Marc zupfte ein paar Krümel aus dem Teppich.

Lou folgte dem Vater und fand ihn im Wohnzimmer neben dem lamettageschmückten Baum, wo er in seinem Sessel kauerte und seine Wut in sich hineinfraß. Er verstand es einfach nicht, sagte er, eher aufgewühlt als vorwurfsvoll, wie Marc sein Leben wegwerfen konnte.

»Als ich so alt war wie ihr«, sagte er, »lag alles in Trümmern. Hier stand kein einziges Haus mehr. Wir hatten nichts außer einer unfassbaren Schuld. Wir waren der letzte Dreck unter den Völkern. Wir haben nicht gejammert, sondern dieses verwüstete Land wieder aufgebaut. Wir haben geschuftet, damit ihr es mal besser habt. Und jetzt zieht ihr durch die Straßen, wollt alles niederreißen und zerstört eure Gehirne mit Drogen! Wisst ihr nicht, was ihr besitzt? Was das für ein unschätzbares Privileg ist, in Frieden und Wohlstand aufzuwachsen?«

Lou versuchte zu erklären, dass sie selbst herausfinden mussten, nach welchen Werten sie leben wollten. Dass materieller Besitz nicht erstrebenswert sei, dass der Kapitalismus die Menschen von der Natur entfremde und der amerikanische Imperialismus eine Gefahr für den Weltfrieden sei. Bis der Vater mit hochrotem Kopf aufsprang und schrie, wir könnten froh sein, dass die Amerikaner uns vergeben hätten, und wenn Lou den Kommunismus für das bessere System halte, solle er doch nach drüben gehen! Es war sinnlos, weiter zu reden. Und die Liebe, die der Vater für seine Söhne empfand, blieb unter einem Berg von Anklage und Selbstanklage verschüttet. Unten im Keller drehte Marc das Tonbandgerät wieder auf.

I am the Walrus.

Heiligabend war im Arsch. Lou verbrachte die Nacht bei Marie. Ohne über Marc zu sprechen. Um zwei Uhr morgens wachten sie von Schneebällen auf, die ans Fenster schlugen. Lou zog die Gardine weg und schaute hinaus. Vor dem Haus stand der schwarze Mercedes seines Vaters im Schnee. Und daneben stand Marc in einem viel zu großen afghanischen Fellmantel. Gelb, mit rotem Blumenmuster, so einen wie John Lennon ihn trug. Er warf Schneebälle und grinste.

Lou öffnete das Fenster.

»Was machst du da?«

Marc wedelte mit dem Autoschlüssel, öffnete die Beifahrertür und verbeugte sich theatralisch. Lou lief in Unterhose die Treppe hinunter und riss die Haustür auf.

»Komm rein, du Clown!«

Marc lachte.

»Zieh dir was an! Oder willst du so mitkommen?«

»Wohin?«

»Na, wohin wohl. Nach Indien.«

»Bist du bescheuert?«

»Alter Spießer!«

Marc zog seinen Fellmantel aus, legte ihn über Lous Schultern, hakte ihn unter und zog ihn zum Auto.

»Wo hast du den Mantel her?«, fragte Lou.

Marie lief aus dem Haus.

»Marc! Was soll das?«

»Tut mir leid. Ich bring ihn heil wieder zurück!«

Lou machte sich los.

»Jetzt steig ein!«, rief Marc. »Bevor Papa was merkt.«

»Ist jetzt nicht dein Ernst.«

»Na klar.«

Lou griff nach den Autoschlüsseln. Marc versteckte seine Hand hinter den Rücken. Er war fieberhaft entschlossen, ohne den geringsten Zweifel.

Maries Mutter kam auf die Straße gelaufen, im Frottee-Bademantel überm Nachthemd.
»Kinners, kommt rein! Ihr holt euch ja den Tod!«

Dann saßen sie in der Küche. Maries Mutter machte Kakao, und sie redeten im Ernst darüber, wie es wäre, jetzt nach Indien zu verreisen. Maries Mutter, Erdkundelehrerin von Beruf, erklärte ihnen, dass es dort Malaria gab, Tigerpythons und Leprakranke. Dass sie also besser hierblieben. Als Marc aufs Klo musste, ging sie zum Telefon und rief Lous Vater an.
»Sie sind hier.«
Marc, der den Verrat durch die Tür hörte, stürzte in die Küche und wollte von Lou wissen, auf welcher Seite er stand.
»Entscheid dich! Ich fahr auch allein!«
»Mensch, Marc, so was muss man echt sorgfältig planen. Das ist...«
»Deine Sachen sind schon im Kofferraum.«
Er verließ das Haus, ohne eine Antwort abzuwarten. Lou stand wie gelähmt in der Küche. Marie rannte raus und versuchte Marc zur Vernunft zu bringen. Er zerrte Lous Reisetasche aus dem Kofferraum und warf sie auf den Gehweg. Marie kam zurück und sagte:
»Red mit ihm. Aber ohne Vorwürfe.«
Lou ging nach draußen. Sie redeten leise miteinander. Dann kam Lou ins Haus und zog seine Klamotten an.
»Tut mir leid, Marie.«
Sie konnte es nicht fassen.
»Ich kann ihn nicht allein lassen«, sagte er.
»Und was ist mit mir?«

Als der Vater um die Ecke bog, stiegen Marc und Lou ins Auto. Maries Mutter schrie herum. Marie rannte in einer hastig übergestreiften Jacke aus dem Haus und sprang in den Mercedes, bevor ihre Mutter sie erwischen konnte.

»Fahr los!«, rief Marie, überrascht von der eigenen Courage. Marc gab Gas. Mit quietschenden Reifen fuhren sie an ihrem Vater vorbei, der wie ein Verrückter auf die Straße lief und etwas rief, das sie nicht mehr hörten.

Niemand dachte, dass sie wirklich nach Indien fahren würden. Jedenfalls nicht Lou und Marie. Nur Marc war entschlossen wie einer, der nichts zu verlieren hatte. Lou durchsuchte die Reisetasche auf seinem Schoß – Marc hatte alles für ihn eingepackt: Klamotten, Waschbeutel, der Pass, den er mitgenommen hatte, um die DDR zu durchqueren ... und die Platten. Was natürlich fehlte, war ein Plattenspieler.

Marc fuhr nach Süden, ohne Ziel, nur um Raum zwischen sich und dem Vater zu schaffen. Um sich unterwegs darüber klar zu werden, was sie eigentlich wollten. Marie zweifelte, ob Lou sie wirklich dabeihaben mochte. Und Lou fragte sich, ob sie nur mitgekommen war, um nicht allein zu bleiben. Er erinnerte sich daran, wie sie im Sommer *She's leaving home* gehört hatten, als wäre es ein Film aus einer anderen Welt. Ohne zu ahnen, dass sie über Nacht zu Darstellern dieses Films werden sollten. Dann diskutierten sie über die Richtung, stritten darüber, ob sie umkehren sollten, und Marc baute einen Joint, der von Hand zu Hand wanderte. Als die Sonne aufging, tankten sie an einer Raststätte, standen auf dem Asphalt herum und bliesen Wolken in die eisige Luft. Auf einmal überkam Lou ein unerwartetes Glücksgefühl. Als wären sie die einzig bunten Menschen in einem Schwarzweißfilm. Die wenigen anderen, die zu dieser Zeit unterwegs waren, wirkten wie betäubt in ihrer winterlichen, weihnachtsverkaterten Morgenroutine, dick eingepackt in ihre Mäntel, freudlos und steif. Lou begriff die Einmaligkeit der Chance, die ihnen zugefallen war. Als sie weiterfuhren, mit ihm am Steuer, begannen sie, *California Dreamin'* zu singen. A capella, im Chor, und Marc trommelte aufs Armaturenbrett. In diesem Moment wussten sie es nicht, aber im Nachhinein dachte Lou: Das war der Morgen, an dem sie von kleinen Vorstadtkindern zu Hippies wurden, von Zaungästen zu Protagonisten einer Bewegung. Alles im Flow, und sie mittendrin.

Turn on, tune in, drop out.

Unterwegs sein hieß, frei zu sein. Den Puls des Lebens zu spüren. Einen Sinn zu haben. Und einen Sinn zu haben hieß, jemand zu sein. Im Umkehrschluss bedeutete das: Stehenbleiben hieß, niemand zu sein. Und das war das Letzte, was Lou wollte. Es ging nicht darum, irgendwo anzukommen. Oder zu wissen, wann man zurückkam. Oder ob man überhaupt zurückkam. Der Aufbruch selbst war das Ziel, ein Aufbruch ohne Ende – Indien war nur ein anderer Name für die ganze Welt, die sie erwartete.

5

Auf einem Parkplatz in Zagreb verhökerte Marc den Benz. Zwei zwielichtige Typen schraubten die Nummernschilder ab und gaben Marc eine Handvoll Dollars. Lou stand mit gemischten Gefühlen daneben. Ihm war mulmig, wenn er an den Vater dachte, dem sie nicht einmal eine Postkarte geschrieben hatten, aber die Unwiderruflichkeit dieses Moments berauschte ihn. Jetzt waren alle Brücken nach Hause abgebrochen.

Es war reiner Zufall, dass sie dieses englische Pärchen trafen. Sie waren auf dem Rückweg von Katmandu und schraubten an ihrem VW-Bus herum. Lange Haare, verwaschene Baumwollklamotten und zerschlissene Sandalen. Lou und Marc halfen ihnen, und als der Motor wieder lief, fragte Marc, wozu sie die Karre eigentlich noch brauchten. Die Engländer waren so abgebrannt und *homesick*, dass sie ihnen den Bus fast schenkten. Er war halb weiß, halb orange, besaß ein undichtes Faltdach und magische Kräfte, denn es war ein Wunder, dass er es bis Katmandu und zurück geschafft hatte. Seine Haut war übersät mit Beulen und Schrammen, das Reserverad fehlte und das Fahrwerk quietschte, als nisteten Mäuse darin. Aber am Innenspiegel hing ein Traumfänger, und hinten gab's eine Liegefläche. Das Lenkrad war auf der falschen Seite, also perfekt für den indischen Linksverkehr, und die Windschutzscheiben konnte man aufklappen. Es gab sogar eine Uhr, die nicht mehr funktionierte. Dazu geblümte Bettwäsche, Gardinen und Werkzeugkasten. 34 PS und eine Höchstgeschwindigkeit von 105 km/h, je nach Beladung und Rückenwind. Ein *rolling home*, duftend nach Dope, Bratfett und Patchouli.

»*She's called Penelope*«, sagten die Engländer. »*You must not change her name!*«

»*Why?*«

»*Trust me. It's a magic bus.*«

»*So why do you sell it?*«

»*It's a mystery.*«

Lou rechnete aus, dass die Kohle, die sie bei den Hostels sparten, locker bis Indien reichen würde. Auch wenn noch nicht geklärt war, wo genau sie überhaupt hinwollten: Goa, Katmandu, vielleicht sogar Bangkok. Die Engländer verkauften ihnen auch die Camping-Ausrüstung, den Gasbrenner, die Plastikteller, ein Taschenmesser, zwei Schlafsäcke und ein Bündel zerfetzer Landkarten. Dazu die letzten Spaghetti, Dosentomaten und drei Kelim-Teppiche. Alles, was die Rückkehrer nicht mehr brauchten. Bis auf den schwarzen Afghanen.

Den rauchten sie zusammen.

»Wie ist es in Katmandu?«

»*A bit chilly.*«

Dann trampten die Engländer weiter, um einen Haufen Blümchenschrott erleichtert, und Lou hatte den Eindruck, dass sie froh waren, bald wieder in einem englischen Bett zu schlafen. Irgendwie schien ihr Trip aus dem Ruder gelaufen zu sein.

Aber sie redeten nicht darüber. Marie fand, der Bus habe mieses Karma, und sie räucherte ihn mit Weihrauch aus.

Danach roch er wie der Petersdom an Weihnachten.

Mit Penelope, dem *magic bus*, begann das Thema mit den Tramperinnen. Jetzt war mehr Platz, und an jeder Raststätte standen Freaks mit Rucksack rum. Der Autoput durch Jugoslawien führte sie alle zusammen, die Sinnsucher, Träumer und Heimatlosen aus dem Westen. Wenig Kohle, großer Idealismus. Man erkannte sich an den Klamotten, an der Frisur, an der Art, sich zu begrüßen wie alte Bekannte und sich zu verabschieden wie namenlose Nomaden.

See you down the road.

Hippie-Busse waren die ideale Mitfahrgelegenheit, denn Gastarbeiterautos waren schon mit Koffern und Kindern beladen, und Geschäftsreisende verachteten die Aussteiger. Marc, der alte Frauenmagnet, war jetzt der coole Macker mit dem orangenen Bulli. Er nahm gerne jemanden mit, und immer war dieser Jemand eine Sie. Pennte dann mit Marc auf der Matratze. Nur, das Problem mit Penelope war: Zwei Leute passten prima rein. Also hinten, zum Schlafen. Drei gingen gerade so, allerdings lief dann nichts mehr. Aber vier waren einer zu viel. Der musste dann ausziehen und im Zelt pennen. Das war nicht so romantisch wie es klang. Wenn es stürmte oder pisste und alles im Matsch versank. Mit den ersten beiden »Miezen«, wie er sie nannte, ging Marc noch ins Zelt, aber bei der dritten hieß es: »Jetzt seid ihr mal dran! Jessy hat Schnupfen«. Lou und Marie endeten im Exil.

Marie, die fürs leibliche Wohl zuständig war, musste immer ein, zwei Portionen mehr kochen, und Lou wusch die Teller ab, während Marc mit seiner Mieze am Feuer saß. Er hatte ein Herz für Außenseiter. Ausgestoßene, kaputte Seelen, die wie Vögel mit gebrochenen Flügeln auf der Türschwelle landeten, um sich aufzuwärmen... und nicht mehr weiterflogen. Nachts lagen Lou und Marie wach und hörten, wie Marc und die Miezen – mal eine, mal zwei – fröhlich vögelten. Und wenn sie am nächsten Tag vorne mitfuhren, an Marcs Schulter gelehnt, musste Marie nach hinten, wo ihr immer schlecht wurde. Sie litt still in sich hinein, wie ein Fisch ohne Wasser. Lou spürte, dass sie es bereute, mitgefahren zu sein, und er bereute, sie mitgenommen zu haben. Irgendwo in Griechenland, als sie im Neonlicht eines Waschsalons standen, nahm er Marc beiseite.

»Marie ist frustriert. Wegen der Mädels.«

Marc lachte und rollte sich eine Zigarette.

»Bist du eifersüchtig?«

»Nein! Aber das geht so nicht weiter.«

»Weißt du was? Du und Marie, ihr seid so 'n altes Ehepaar.«

»Wieso?«

»Wie 'ne schlechte Cover-Version eines guten Songs. Ihr hattet mal nen guten Vibe, aber jetzt...«

Marc zündete sich die Zigarette an und sah Lou provozierend in die Augen. Er wusste, dass Lou wusste, dass er recht hatte. Marie, die solche unausgesprochenen Dinge zu spüren schien, sagte am selben Abend:

»Ich bin doch nur ein Klotz am Bein.«

Marc nahm sie in den Arm, noch bevor Lou es tun konnte.

»Hey, Marie. Wir sind zusammen abgehauen, und wir bleiben zusammen. Du bist wie meine Schwester, okay?«

Lou mochte den Vergleich nicht, machte er sie doch auch zu *seiner* Schwester. Aber Marie schien Marcs Umarmung gut zu tun. Sie sagte ihm, was sie störte, und am Ende einigten sie sich auf eine Regel: Tramperinnen waren okay, aber keine durfte länger als eine Nacht bleiben. Am Morgen mussten sie raus. Marc fand das, zu Lous Überraschung, gut. Vielleicht wegen der Abwechslung, vielleicht weil die eine oder andere doch mehr seelisches Gepäck mitbrachte, als er tragen wollte.

Die Abschiede fielen ihm leicht, leichter als den Frauen, die am Straßenrand zurückblieben, um auf den nächsten Bus zu warten.
See you down the road!
Und so etablierte sich ein unausgesprochenes Gesetz: *No goodbyes*. Kein Anhaften, keine Sentimentalitäten, keine Gefangenen. Freiheit über alles.

Die nächsten Tage waren entspannt. Als würden sie auf einer langen Welle surfen, bis zum Ende Europas. Am Silvestertag standen sie an der Galatabrücke in Istanbul, wo die Fähren über den Bosporus abfuhren. Musik lag in der Luft, unzählige Menschen flanierten am Ufer, das Wetter war frühlingshaft. Sie waren nicht allein; hier parkten Bullis aus Paris, Rom und Amsterdam. Istanbul war das Nadelöhr, an dem sie alle entscheiden mussten, ob sie nach Asien übersetzen oder umkehren sollten.

Während Lou sich um Penelope kümmerte und Marc auf dem Schwarzmarkt nach Gras suchte, telefonierte Marie aus einem Café mit ihrer Mutter. Sie wollte ihr sagen, dass sie sich keine Sorgen machen sollte, aber ihre Mutter überzog sie mit Vorwürfen. Als die drei sich am Bus wiedertrafen, heulte sie. Lou fand, sie hätte das nicht tun sollen. *Don't look back.* Doch Marie hatte Heimweh. Nicht nach ihrer Mutter, aber nach einem Gefühl. Ein scharfer Wind wehte über den Bosporus, und sie vergrub ihren Kopf im Fellkragen von Marcs Jacke.

»Hey, Marie«, sagte Marc aufmunternd und zeigte ihr einen großen Plastikbeutel voll Hasch, den er unter der Jacke versteckte.

Sie schüttelte den Kopf. Lou blickte sich nach Bullen um.

»O Mann, pack das Zeug weg!«

Marc lachte.

»Willst du jetzt echt umkehren?«, fragte er Marie.

»Ich weiß nicht.«

»Come on, Marie! Jetzt geht's erst richtig los!«

»Lass sie«, sagte Lou.

»Hast du auch Heimweh?«

»Lass uns erstmal was essen.«

»Lou, du Flasche!«

Marc trommelte mit den Händen gegen den Bus, grinste Lou an und sang dazu:

Du Flasche, Lou
Du Flasche, Lou
Baby I love you
Du Flasche, Lou

Lou erkannte den Song. Creedence Clearwater Revival. Er warf Marc ein ironisches Grinsen zu. Marie wischte sich die Tränen aus dem verheulten Gesicht. Lou versuchte Marc mit einem Blick zu verstehen zu geben, dass er besser aufhören sollte. Aber jetzt legte Marc erst richtig los. Seine Hände suchten trommelnd das Blech ab, die tieferen und höheren Klänge, die Hohlräume, die Scheiben, das Chrom. Dabei drehte er sich zu Marie, kniete sich auf den Boden und trommelte gegen die Radkappen.

I like the way you walk
I like the way you talk
Marie Q

Er strahlte sie an, bis sie schmunzeln musste. Marc zog eine Radkappe ab, setzte sich damit auf den Boden und trommelte wie ein Schamane darauf herum. Passanten blieben stehen, staunten, lachten und nickten im Rhythmus mit. Lou bemerkte, wie Maries Körper sich entspannte. Marcs Hände flogen. Wo hat er dieses Taktgefühl her, dachte Lou, diese aberwitzige Geschwindigkeit, diese unglaubliche Körperbeherrschung?

Say that you'll be true
And never leave me blue
Marie Q

Gib ihm eine Gitarre, und er feiert sie. Gib ihm ein Klavier, und er zerlegt es. Gib ihm eine Radkappe, und halb Istanbul hält den Atem an. Aber tatsächlich spielte Marc nur für Marie. Und wenn irgendjemand sie zum Lachen bringen konnte, dann er. Jetzt schnippte er die zweite Radkappe ab und trommelte auf beiden. Lou liebte ihn dafür, auch wenn er wusste, dass er selbst nie so ausflippen könnte. Immer mehr Leute versammelten sich um den Bus und staunten über den Verrückten.

Say that you'll be mine
Babe all the time
Marie Q

Marc warf die Radkappen in die Luft, fing sie auf und jonglierte mit ihnen. Die Leute klatschen. Und riefen nach mehr.

»Hol die Klampfe!«, rief Marc. Lou zögerte, aber als Marie begeistert nickte, stieg er in den Bus und zog die Gitarre raus.

»Okay, was spielen wir?«

»Was du willst.«

Lou blickte zu Marie, und da fiel ihm etwas ein. Sie hatten den Song in ihrer letzten Nacht in Harburg gehört, und er wusste nicht, ob er alle Akkorde hinbekam. Aber Marc hatte seinen Ehrgeiz angefacht. Er fing mit einem Picking an, das im Verkehrslärm fast unterging.

Es klang gar nicht so schlecht. Wenn er nur die Stimme von Cat Stevens gehabt hätte.

Im Schatten von Marcs Rhythmusexplosion kam Lou sich unbedeutend vor. Doch dann schaute er Marie an. Sie erkannte den Song und lächelte.

The First Cut Is the Deepest

Marc stieg ein. Und zusammen wurden sie richtig gut. Marcs Spielfreude trug Lou durch seine Unsicherheit. Schließlich sang auch Marie den Refrain mit, und der fliegende Bäcker, der am Straßenrand seine Zuckerkringel verkaufte, trommelte mit zwei Zangen auf seinen Holzwagen. Nach dem Schlussakkord war es still, die Straßenbahn klingelte und der Muezzin rief zum Abendgebet ... dann applaudierte das Publikum. Der Zuckerbäcker rief etwas auf Türkisch herüber, und das Publikum verlangte nach mehr. Lou fühlte sich auf einmal riesengroß.

Also, so groß jedenfalls, wie ein Anfänger sein konnte, der ohne Verstärker spielte, vor fremden Leuten in einer fremden Stadt, aber zusammen mit den Menschen, die er liebte und für die er es immer wieder tun würde.

Sie spielten bis in die Nacht. *San Francisco, Chain Of Fools* und alle Songs aus *Sergeant Pepper*. Die anderen Hippies setzten sich dazu, einige jammten mit, dann kamen zwei türkische Studenten, die Saz und Doumbek spielten. Zwei charmante Französinnen sangen im Chor, gingen mit ihren Hüten herum und sammelten Geldscheine. Die Istanbuler tanzten. Silvesterraketen zischten in den Himmel und erleuchteten die Minarette, die Schiffe, den weiten Bosporus.

Alles war möglich in dieser Nacht.

Als sie die Instrumente weglegten, um Tee zu trinken und Süßigkeiten zu essen, die herumgereicht wurden, kam ein Amerikaner zu ihnen, der sagte, er hätte schon viele Bands gehört und könne echtes Talent von Mittelmaß unterscheiden.

»Ihr habt das Zeug, um groß rauszukommen«, sagte er.

»Erstmal müssen wir nach Indien«, sagte Marc und lachte. Die Französinnen, die mit ihren Hüten herumgegangen waren, schüttete den Inhalt vor den Brüdern aus. Es waren mehr Münzen, als sie je auf einem Haufen gesehen hatten.

Das Wichtigste aber: Marie war glücklich.

»Also, fahren wir weiter?«, fragte Lou.

»Vielleicht«, sagte Marie und lächelte. »Aber jetzt denken wir nicht an morgen. Okay?«

»Okay«, sagte Lou, und sie schmiegte sich an seinen Körper.

Auf der Straße zündeten Jugendliche Böller, Motorroller rasten hupend vorbei, die Fähren bliesen ihr Horn.

»Ich hab ein bisschen Angst vor Indien«, sagte Marie.
»Warum?«
»Ich weiß nicht«, sagte sie. »So 'n Bauchgefühl. Aber ohne dich kehr ich nicht um.«
»Ich bleib bei dir«, sagte Lou und umarmte sie. »Versprochen.« Er meinte es wirklich, in diesem Moment. Aber er hatte auch Angst. Nicht vor Indien, sondern davor, sich zwischen Marc und Marie entscheiden zu müssen.

Die Menge verstreute sich in die Cafés und Bars von Galata. Marc verschwand mit einer der Französinnen im Bus, die andere zog mit den Studenten weiter, und Lou wanderte mit Marie durch die Stadt, die nicht aufhörte zu feiern, bis über dem anderen Ufer die Sonne aufging.

6

Am Neujahrstag tauchte Corinna auf. Wie aus dem Nichts, ohne Begleitung, mit ihrem breiten Strohhut und Perlenketten um den Hals, in Bluejeans und Wildlederstiefeln. Spazierte durch die Glastür des Pudding Shop in der Sultanahmet-Straße und kam, um zu bleiben. Die Kneipe mit den Blümchensofas, Bücherstapeln und Platten war der letzte europäische Hangout auf dem Hippie-Trail. Hier trafen sich alle, um Informationen auszutauschen, Musik zu hören und Mitfahrer zu finden. Es gab Mokka, Reispudding mit Zimt und filterlose Zigaretten. An den Wänden hingen bunte Zettel mit Liebeserklärungen, Entschuldigungen, spirituellen Weisheiten und Busfahrplänen. Im Fenster stand ein blinkender Tannenbaum aus Plastik, weil Idris, der Gastwirt, meinte, das würde seinen Pilgergästen ein Gefühl von Heimat geben. Alle fanden den Baum Scheiße, aber waren zu freundlich, um Idris die Wahrheit zu sagen. Lou, Marc und Marie saßen mit ein paar Holländern am Tisch und tranken türkischen Kaffee. Die späte Nachmittagssonne schien zum Fenster herein. Sie waren am Morgen schlafen gegangen, mittags aufgewacht und müde hergekommen, um zu frühstücken und zu überlegen, wie es weiter gehen sollte. Für Asien brauchte man Tipps von Ortskundigen und fuhr am besten zusammen mit anderen Bussen. Marie hatte sich nachts verkühlt und war in einen dicken Schal gewickelt. Lou hielt sie im Arm, während er mit den Holländern über Ginsberg diskutierte. Marc hörte zu und blies Rauchkringel in die Luft.

Den Moment, als Lou Corinna zum ersten Mal sah, muss man sich vorstellen, als würde jemand mitten im Nebel ein Licht anknipsen, so hell, dass es blendete. Corinna trat durch die Tür der verrauchten Kneipe, als hätte sie sich aus einer besseren Zukunft in die Gegenwart verirrt. Ihr aufrechter Gang, ihre langen Beine, ihre grünen Katzenaugen. Die Blicke, die sie entschlossen zuwarf und nonchalant entzog. Scheinbar selbstvergessen fuhr ihre Hand durch ihre langen Haare. Niemand wusste, woher sie kam und was passiert war, dass diese junge Königin allein durch Istanbul streifte. Mit einer alten Ledertasche über der Schulter und Gitarrenkoffer in der Hand. Allen fiel sie auf, aber niemand traute sich, sie anzusprechen. Sie war, auf ihre Weise, die Verkörperung des ungeschriebenen Gesetzes zwischen Lou, Marc und Marie. Corinna gehörte niemandem, und niemand gehörte zu ihr.

Lou beobachtete sie über die Köpfe der anderen hinweg aus dem Augenwinkel, während er mit den Holländern sprach. Sie besaß eine faszinierende Ernsthaftigkeit, eine Spannung in ihrem Körper, die signalisierte, dass man ihr besser nicht zu nahe kam. Sie ging zur Wand mit den Zetteln und las sie, als hätte sie alle Zeit der Welt. Der Kellner begrüßte sie herzlich. Sie reichte ihm ein zerfleddertes Buch. Vielleicht hatte sie es ausgeliehen, vielleicht lieh sie es gerade aus, jedenfalls war sie hier keine Unbekannte. Hinter dem Tresen legte jemand eine neue Platte auf. Es war das neue, völlig abgefahrene Cream-Album. Marc schien sich kaum für das Gespräch über die Revolution zu interessieren und trommelte den Takt mit den Fingern auf den Tisch, während sich Eric Claptons peitschende E-Gitarre mit dem Tellerklappern aus der Küche und den Tischgesprächen vermischte. *Strange Brew.* Eine Holländerin summte den Text mit. Draußen ging die Sonne unter und tauchte die Straße in ein bernsteinfarbenes Licht.

Lou beobachtete den Kellner, der Corinna ein Glas Tee brachte. Wie ihr Gesicht sich schlagartig aufhellte, als sie den Kellner anlächelte. Sie setzte sich nicht, stellte das Glas auf dem Bücherregal ab und zog ein Buch heraus. Blätterte ein wenig darin, um dann, scheinbar ohne Eile, Münzen aus der Jeanstasche zu ziehen. Sie legte das Buch weg und warf die Münzen von einer Hand in die andere. Dann noch einmal. Und noch einmal. Lou versuchte den Titel des Buches zu erkennen. Corinna drehte sich um, als würde sie seinen Blick im Rücken spüren, aber es war Marc, nicht er, den sie ansah, um herauszufinden, wo das Trommeln herkam. Sie schien den Groove zu mögen, aber wandte sich wieder ab. Marc registrierte sie, ohne aber aus dem Takt zu geraten wie Lou, der sie kaum aus den Augen lassen konnte. Obwohl Marie neben ihm saß. Corinna blätterte in dem Buch, während ihr Körper sich zur Musik bewegte, als würde sie Marcs Hände spüren und ihnen etwas zuflüstern.

Marie löste sich aus Lous Umarmung und sagte:
»Sie wirkt einsam.«
In ihrer Stimme lag keine Eifersucht, eher Mitgefühl. Und

jetzt bemerkte auch Lou, dass diese schöne Frau eine Unruhe in sich trug, die sie von den anderen Menschen im Raum isolierte. Marc schloss die Augen und trommelte leise weiter. Dann endete der Song, und die Spannung wich aus dem Raum. Jemand legte eine andere Platte auf, und als Lou zu Corinna zurückblickte, stand sie nicht mehr dort. Er wandte sich um, aber sah sie nicht mehr.

Nur ihr Gitarrenkoffer lehnte an der Wand.

Später, als draußen der Muezzin sang, hielt ein alter Mercedes-Bus im Neonlicht vor dem Pudding Shop. Ein schnurrbärtiger Türke verkaufte die letzten Tickets. Wer noch keine Mitfahrgelegenheit hatte, packte seinen Rucksack und stieg ein. Marc stand auf einmal auf und ging nach draußen. Lou zahlte, und als er mit Marie vor die Tür trat, sah er, wie Marc und Corinna vor dem Bus zusammenstanden. Sie rauchten und unterhielten sich über ihr Buch.

»Du hast deine Gitarre vergessen«, sagte Lou zu ihr.

»Die kann sich jemand nehmen, der sie braucht.«

»Aber...«

»Ich spiel nicht. Du?«

»Also, wenn ihr jetzt umkehren wollt«, sagte Marc zu Lou, ohne Corinna vorzustellen, »nehm ich den Bus nach Teheran.«

»Nein«, sagte Lou. »Wir bleiben doch zusammen. Oder, Marie?«

Sie blickte überrumpelt zu Marc.

»Okay, entscheidet euch«, sagte Marc und nahm ohne Eile einen Zug aus seiner Zigarette.

»Wer hat denn von Umkehren gesprochen?«, fragte Lou.

»Marie«, sagte Marc.

Sie schien sich über Marc zu ärgern, aber sagte nichts.

»Warum werft ihr kein I Ging?«, fragte Corinna und reichte Lou das Buch mit einem Lächeln, das er bezaubernd fand. Er wartete immer noch darauf, dass Marc ihm die Frau vorstellte. Stattdessen schulterte sie ihre Tasche.

»Aber legt es zurück in den Laden, okay? Klauen bringt schlechtes Karma.«

Sie lächelte Marc an und gab ihm einen Kuss auf die Wange.

»Bye, Mr. Tambourine Man.«

Dann ging sie zum Busfahrer. Lou hielt ratlos das I Ging in den Händen.

»Wer wirft?«, fragte Marc und kramte drei Münzen aus der Tasche. Lou sah Corinna nach. Sie redete mit dem Busfahrer.

»Warte mal«, sagte Lou. Er konnte sich nicht vorstellen, zwischen Marc und Marie wählen zu müssen. »Machen wir dann wirklich, was das Orakel sagt? Auch wenn wir keinen Bock drauf haben?«

Marie nahm Lou das Buch aus der Hand, schlug kurzerhand eine Seite auf und las vor.

»*Unternehmungen bringen Unheil. Die Pflege der Kuh bringt Heil.*«

Marc musste lachen.

»Also, was heißt das jetzt?«, fragte Lou. Marie schwieg, als wartete sie darauf, dass er die Entscheidung traf. Für oder gegen sie. Hinter ihm rief der Fahrer seine Leute in den Bus. Alle stiegen ein, nur Corinna blieb vor der Tür stehen.

»Was ist?«, rief Marc ihr zu.

»Gibt keine Tickets mehr.«

Sie zuckte mit den Schultern und lachte.

»Kismet. Sollte nicht sein.«

»Fahr doch 'n Stück bei uns mit«, sagte Marc. »Bis Kabul oder so.« Er warf Lou einen fragenden Blick zu. Lou nickte.
Damit war es entschieden.
Lou blickte unsicher zu Marie, aber sie wich ihm aus.

Lou ging zurück in den Pudding Shop und öffnete den Gitarrenkoffer. Er pfiff durch die Zähne. Es war eine Gibson J-45.
»Wem hat die gehört?«
»Nimm sie, wenn du willst«, sagte Corinna. »Ziehen wir los?«
Sie ging nach draußen, wo Marc mit Marie redete. Lou zögerte kurz, dann nahm er die Gitarre mit.

»Sie hat nichts zum Pennen«, erklärte Marc später, als sie auf der rostigen Autofähre standen. »Hatte Stress mit ihrem Typen.«
Das Schiff pflügte durch die Wellen. Aus einem Transistorradio spielte türkische Musik. Die Lichter des asiatischen Ufers tanzten auf dem Wasser.
»Aber wir hatten 'ne Regel vereinbart«, sagte Marie.
»Ich vögel ja nicht mit ihr. Die Regel war für Mädels, mit denen was läuft. Außerdem, Regeln sind dazu da, dass man sie bricht.«
Lou stand daneben und sagte nichts. Er blickte zu Corinna, die allein an der Reling stand. Ihre Haare flatterten im Nachtwind. Als er sich wieder zu Marie drehte und sie umarmen wollte, wandte sie sich von ihm ab.

7

Awake, sleep no more!

Yogananda

Drei Uhr nachts. Zu spät zum Einschlafen, zu früh zum Aufwachen. Ich mag Berlin um diese Zeit. Wenn die Leute aus den Clubs kommen, am Späti stehen und darauf warten, ob noch was passiert. In dieser Schwebe findet die Stadt, in der jeder von irgendwo her kommt, endlich zu sich: Niemand will nach Hause. Lou öffnete sein Fenster und ließ die Nachtluft herein. Von mir aus hätten wir jetzt einfach weiterfahren können. Wir zwei, der alte Jaguar und Lous Geschichte. Als säßen Corinna, Marc und Marie auf der Rückbank.

»Du hast mir kaum was über Marie erzählt.«
»Wieso, hab ich doch.«
»Lou. Es ging immer nur um die Beatles.«
»Stimmt doch gar nicht.«
»Wieso ist Marie in Indien geblieben?«
»Das war halt ihr Ding.«
»Was?«
»Diese Guru-Nummer. Ist sie voll drauf abgefahren.«
»Habt ihr keinen Kontakt mehr?«
»Nein.«

Er klang, als würde er es bereuen.
»Wegen Corinna?«
»Nee.«
»War Marie eifersüchtig?«
»Ach, da stand sie drüber.«
»Oder hast du's nicht mitbekommen?«
»Ich hab sie geliebt.«
»Beide?«
»Ja. Na und?«
Er sieht mich an, als hätte ich ihm einen Vorwurf gemacht.
»Ich hab das nicht wertend gemeint«, sagte ich.
»Das war halt der Spirit. Alles hinterfragen. Warum sollen Beziehungen Besitzverhältnisse sein?«
»Und dann hattet ihr 'nen Dreier, so *love and peace*-mäßig?«
»Hey, es ging um viel mehr. *Love, peace and freedom*, das war ein *state of mind*. Der Traum einer Generation. Wir wollten die Gesellschaft verändern.«
Er schaffte es mal wieder, abzulenken. Statt einer Erklärung für Corinnas Verschwinden gab er mir eine Geschichtsstunde.
»Wenn du mich fragst«, entgegnete ich, »wart ihr die erste hedonistische Generation.«
»Okay, es gab die Hedonisten und die Politischen. Aber wir standen auf der gleichen Seite. Gegen das Establishment. Heute muss jeder sich selbst optimieren, bei der kleinsten Kritik sind alle beleidigt, und jeder macht 'n Riesending aus seiner Identität. Damals waren wir einfach alle gleich, das war die Idee, und wenn du zur Karawane stoßen wolltest, *welcome*!«
Natürlich hat er nicht ganz Unrecht. Vielleicht sind wir, die Kinder der Achtundsechziger, laktoseintolerante Spießer geworden, die ihre verwöhnten Kinder mit dem SUV in die

Waldorfschule fahren. Trotzdem, seine Früher-war-alles-besser-Nummer hat etwas Unaufrichtiges. In Lous goldenen Zeiten herrschte Kalter Krieg, Homosexualität war strafbar, und Frauen brauchten eine Unterschrift vom Ehemann oder Vater, wenn sie arbeiten wollten.

»Aber die Zukunft war besser«, sagte Lou. »Wir hatten Hoffnung.«

»Wenn damals die Zukunft besser war, müsste ja heute die Gegenwart prächtig sein.«

»Vor allem die Musik geht in den Arsch.«

Er zog eine sarkastische Schnute und parkte den Jaguar vor meiner Wohnung.

»Weißt du, was der Unterschied ist, Lou? Ihr hattet weniger Angst.«

Ich beneidete meine Eltern darum. Vielleicht war Corinna nach Indien gefahren, um diesen Spirit wieder zu finden. Ich linste durchs beschlagene Fenster nach oben. In meiner Wohnung brannte kein Licht. Der letzte Ort, an dem ich jetzt sein wollte.

»Und wenn wir hinfahren?«, fragte ich.

»*Good luck*. Indien hat wieviel Einwohner? Eins komma vier Milliarden, eins komma fünf?«

Er griff nach seinem Tabakbeutel.

»Noch 'n Kaffee bei dir?«

Er wollte nicht allein sein.

»Ist jetzt nicht so der optimale Moment.«

»Wieso?«

»Andere Baustelle. Schlaf gut, Lou.«

Ich wollte aussteigen, aber der alte Jaguar ließ mich nicht raus. Die Tür klemmte.

»Habt ihr Zoff?«

Er hatte einen guten Riecher, das musste man ihm lassen.

»Ich bin ausgezogen.«

»Was?«

»Ich schlaf im Studio.«

»Aber... warum... wolltest du dann nicht...«

Ich sah ihn einfach nur an, und er kapierte, was Sache war.

»Du wolltest hier aussteigen, warten, bis ich ums Eck fahre und dann ins Studio gehen.«

»So ungefähr.«

»Hey, Lucy, wenn ihr Stress habt, red doch mit mir.«

»Als ob du der große Beziehungsexperte wärst.«

Wir saßen schweigend nebeneinander.

»Willst du bei mir pennen?«

»Fahr mich ins Studio, okay?«

»Okay«, sagte er und fuhr los. Was er nicht sagte, ist so was wie: »Das ist echt Scheiße« oder »Reißt euch zusammen« oder »Ich dachte, du wärst endlich mal angekommen.« Dad-Sprüche, die keiner gebrauchen konnte. Und dafür liebte ich ihn. Er fuhr mich einfach woandershin. Er würde mich immer woandershin fahren, egal wie viele Brücken ich verbrannte.

»Kaffee schwarz, ohne Milch?«, fragte er.

»Ja.«

Ich blieb im Auto und sah zu, wie er zwischen den Hipstern am Späti stand, Münzen aus den Taschen kramend. Ich sah mich selbst dort stehen, vor sieben Jahren, noch verschwitzt und aufgeputscht vom Tanzen, eine Flasche Bier in der Hand, und auf einmal kam Adnan ums Eck. Sein großer Körper, seine riesigen Schuhe, sein leicht nach vorn gebeugter Gang – im ersten Moment denkst du, was für ein Bär, aber an seinen Augen und seiner Stimme merkst du, er ist der sanfteste Mensch auf der Welt. Wir redeten ein bisschen, er erzählte von seinen Kindern, und obwohl wir so unterschiedliche Leben führten, hatten wir das Gefühl, uns schon ewig zu kennen. Später sagte er mir, er habe in diesem Moment gespürt, angekommen zu sein. Mir ging's genauso. Zu einem Zeitpunkt, als ich schon nicht mehr daran glaubte. Ich hatte schon eine Philosophie daraus gemacht, nie anzukommen. *No attachment. Lifelong learning. Love yourself first.* All diese verkopften Sprüche, die chronisches Scheitern zur Lebenskunst verklären. Ganz Berlin ist Meister darin.

Es war nicht so, dass ich's nicht versucht hätte. Aber immer, wenn ich kurz davor gewesen war, meine Koffer abzustellen und zu bleiben, ging was schief. Ein verdammter Fluch. Wie ein Fremder in mir. Adnan war der erste gewesen, der sich davon nicht aus der Ruhe bringen ließ. Weil er ein Bär ist. Weil er lieben kann. Weil er der erste Mann war, mit dem die Kinderfrage keine Debatte, sondern längst entschieden war: Er kam im Dreierpack mit Jasmin und Jonas. Also alle oder keinen. Ich jagte den Fremden in mir zum Teufel und bekam eine Familie geschenkt. Eine Rolle als Mutter. Ein Zuhause. Sieben Jahre lang hat es gehalten. Mehr als gut. Richtig gut.

Und dann, als ich ihn fast vergessen hatte, kam der Fremde zurück. Grinste, packte über Nacht meine Koffer und nahm mich an der Hand. Wir tauchten ab ins vertraute Unglück. Wie alte Komplizen. Überraschte mich das? Nicht wirklich. Der Fremde wusste, dass Unsicherheit die Regel ist und Sicherheit eine Illusion.

Es war nur so schön, das zu verdrängen.

»Wem gehören denn die Umzugskisten?«

»Keine Ahnung.«

An der Wand meines Studios stapelte sich, schlecht hinter einem Vorhang versteckt, mein provisorisch verpacktes Leben. Wir saßen auf dem Boden und aßen Pizza. Typisch Lou: Wenn er Kaffee holen geht, kommt er mit einer Familienportion Pizza zurück. Plus Rotwein. Er hat nie kapiert, dass das Letzte, was Corinna brauchte, ein Versorger war. Sie ist nicht gegangen, weil er zu wenig geliebt hat. Im Gegenteil. Menschen gehen nicht, wenn sie zu wenig bekommen. Menschen gehen, wenn sie zu viel bekommen. Und es nicht aufwiegen können. Frag den Fremden in mir.

»Bist du echt ausgezogen?«

»Nein. Ja, doch. So halb.«

»Hast du 'nen Anderen?«

»Nee.«

»Was ist denn passiert?«

Was passiert war, konnte ich niemandem erklären. Nicht, ohne für verrückt gehalten zu werden. Vielleicht *war* ich ja verrückt, wer weiß.

»Und die Kinder, wie geht's den Kindern?«

»Die kommen zurecht.«

Ich räumte den Pizzakarton weg, um das Gespräch zu beenden.

»Ich schlaf jetzt 'ne Runde. Um acht kommen die Leute.«

Lou machte keine Anstalten, nach Hause zu gehen. Er wanderte zu meiner Anlage, durchsuchte die Playlists und kommentierte sie. Als ich aus dem Bad zurück kam, lief *The Long Road* von Eddie Vedder, und Lou war auf einer Matte eingenickt.

Ich deckte ihn zu und schob ihm ein Kissen unter den Kopf. Ich betrachtete sein vertrautes Gesicht, die Falten auf seiner Stirn, die grauen Bartstoppeln. Gut, dass er jetzt nicht allein war.

Ich löschte das Licht, rollte meine Matte aus und versuchte zu schlafen. Die Umrisse der Umzugskisten schälten sich als ungelöste Frage aus dem Dunkel.

Ich bin ein Fan von Verdrängung. Ehrlich. Ohne Verdrängung drehte sich die Welt nicht weiter. Die meisten Probleme ließen sich eh nicht lösen, nur verwalten. Also Verdrängung, bewährtes Mittel, dreimal täglich, zu Nebenwirkungen fragen Sie Ihren Arzt oder Psychiater.

Nur, diese Umzugskisten, die mich aus dem Dunkeln anstarrten, waren ein reales Problem, das nach einer realen Lösung schrie. Ich konnte nicht ewig im Studio pennen. Es war nicht mal meins; die Hauptmieterin war Rike. Ich war, wie die meisten Yogalehrerinnen, eine Studionomadin. Montag hier, Dienstag dort. Rike hat die Ausbildung zusammen mit mir gemacht, aber sie hatte die Kohle gehabt, um das Studio von unserem Lehrer zu übernehmen. Mir war's recht, ich blieb lieber unabhängig. Jetzt war sie gerade auf einem Yogafestival, vier Wochen Fortbildung, und ich war froh, solange ihre Stunden zu vertreten, statt nach Indien mitzukommen. Rike war eine echte Freundin – als ich sie angerufen und ihr von meiner Krise erzählt hatte, sagte sie sofort, dass ich erstmal im Studio schlafen konnte. Bis zu ihrer Rückkehr.

Von den Kisten wusste sie noch nichts.

Am Morgen, als Lou noch schlief, klingelte mein Handy.

»Osterwald, Praxis für Psychoanalyse.«

»Oh... Hallo.«

»Frau Faerber?«

»Ja. Danke, dass Sie zurückrufen. Ich mach mir Sorgen um meine Mutter.«

Stille in der Leitung.

»Wussten Sie«, fagte ich, »dass sie nach Indien gefahren ist?«

Stille in der Leitung.

»Hat sie vielleicht irgendwas gesagt ... wo sie hinwollte, oder zu wem?«

»Sie wissen ja, dass alles, was Ihre Mutter mir anvertraut hat, der Schweigepflicht unterliegt.«

»Ich weiß. Aber sie ist verschwunden. Ohne eine Spur zu hinterlassen.«

Wieder Stille. Und dann:

»Hätten Sie kurzfristig Zeit? Jetzt um neun? Da kam eine Absage rein.«

Ich weckte Lou und schrieb einen Zettel, den ich hastig an die Tür klebte. Mit schlechtem Gewissen.

»*Early Bird fällt heute aus. 18 Uhr Level III findet statt.*«

Fuck. Hoffentlich rief niemand bei Rike an.

Wir fuhren nach Charlottenburg. Es war ein Tag, an dem man den Frühling noch nicht sehen, aber schon riechen konnte. Die Praxis lag in der Beletage eines Altbaus hinter hohen Bäumen. Lou zündete sich eine Zigarette an und warf sie gleich wieder weg, als ich klingelte. Eine große Jugendstiltür, roter Läufer auf der Treppe, goldene Namensschilder. Frau Osterwald öffnete persönlich. Sie war jünger als erwartet, etwa mein Alter, auch wenn sie älter erschien. Nicht physisch, sondern in ihrem großbürgerlichen Gestus. Sie wirkte so aufgeräumt wie die Wohnung. Ausgezeichneter Geschmack, Antiquitäten und moderne Kunst. Daneben fühlte ich mich wie eine Straßenkatze. Sie sah mir etwas zu lang in die Augen.

»Schön, Sie kennenzulernen, Lucy«, sagte sie, als wüsste sie schon alles über mich. Dann reichte sie Lou die Hand.

»Und Sie sind…«

»Lou.«

»Mein Vater.«

Sie lächelte ihn weg und bot uns eine Tasse Tee an, die wir ablehnten. Dann bat sie ihn, im Wartezimmer Platz zu nehmen und wandte sich an mich:

»Kommen Sie bitte mit.«

Lou warf mir einen verdutzten Blick zu.

»Sie sind die Tochter«, sagte Frau Osterwald und öffnete die Tür des Zimmers gegenüber. Was sie nicht sagte, war: »Er ist nur der Ex.«

Lou tat mir leid. Er hatte es nicht verdient, ausgeschlossen zu werden.

»Ich hab vor meinem Vater nichts zu verbergen.«

»Ich weiß. Kommen Sie bitte.«

»Schon okay«, murmelte Lou und schlug eine Zeitschrift auf.

Sie führte mich in das große Erkerzimmer und schloss die schallgedämmte Tür.

»Bitte, nehmen Sie Platz.«

You never get a second chance to make a first impression, dachte ich. Osterwald, du hast's verbockt. Sie setzte sich ungerührt auf den Corbusier-Sessel mir gegenüber und sah mich an, als suchte sie in meinem Verhalten eine Antwort auf das Rätsel, das meine Mutter ihr aufgegeben hat. Ich konnte mir gut vorstellen, wie sie dort saß und verzweifelt versuchte, Corinnas Pokerface zu knacken. Ich nahm mir vor, nur das Nötigste auszupacken.

»Ich hatte mich schon gefragt, warum Ihre Mutter zu den letzten Sitzungen nicht erschienen war. Ohne abzusagen – das ist eigentlich nicht ihre Art.«

Na, dann kennst du sie ja gut, dachte ich.

»Haben Sie 'ne Idee«, fragte ich, »was sie in Indien macht?«

Statt einer Antwort drehte sie sich zum Beistelltisch und griff nach einer Postkarte, die sie offenbar bereitgelegt hatte.

»Das hat sie mir geschickt.«

Klasse, Corinna. Deine Tochter bekommt nicht mal eine Kurznachricht, aber Frau Dr. Osterwald eine handgeschriebene Postkarte. Schön für sie. Das Foto zeigte einen großen, meditierenden Shiva vor einem breiten Fluss. Auf seinen Schultern kletterten Affen. Daneben stand:

Doing what others told me
I was blind.
Coming when others called me
I was lost.
Then I left everyone,
myself as well.
Then I found everyone,
Myself as well.

– Rumi –

»Es ist nicht davon auszugehen«, sagte Frau Osterwald nachdenklich, »dass jemand sich nach ein paar Tagen in Indien ›selbst findet‹. Ich würde also annehmen, dass es sich bei dem letzten Satz um die Formulierung eines Wunsches handelt.«

Was mich mehr traf, war der vorletzte Satz:

»*I left everyone, myself as well.*«

Meine Mutter hatte offenbar genug von sich selbst. So wie andere genug von ihrem Mann hatten, ihrem Beruf oder ihren Kindern. Der Gedanke schockierte mich. Was an ihrem Leben war so unerträglich?

Im selben Moment klingelte mein Handy. Es war Adnan. Mein Puls ging hoch. Warum musste immer alles gleichzeitig passieren? Warum konnte das Leben nicht so geordnet sein wie diese Wohnung, oder, okay, wenigstens wie mein Billy-Regal, mehr brauchte ich nicht – links oben Adnan, rechts oben die Kinder, unten die Eltern, in der Mitte das Yogastudio, daneben Freundinnen, alles sauber getrennt, und für jedes Fach die passenden Bücher: Ratgeber, Romane, Sachbücher. Je nach Lebensphase konnte man die einzelnen Fächer größer oder kleiner machen, Hauptsache, keiner ordnete was falsch ein. Ich wollte das klingelnde Handy ausschalten, dabei fiel es mir aus der Hand. Dicker Perserteppich, zum Glück. Ich klaubte es auf.

»Möchten Sie darüber sprechen?«

»Worüber?«

»Wie es Ihnen geht.«

Nein, auf gar keinen Fall mochte ich darüber sprechen, vor allem nicht in Mutters Therapiesessel. Ich wusste schon selber, was mit mir passiert war: Dieses alte Regal, das schon einige Umzüge hinter sich hatte, war eingestürzt. Zu viele Bücher. Jetzt lagen sie auf dem Boden, wild durcheinander, und niemand war zu Hause, um sie aufzuheben.

Ich drehte die Karte um. Versuchte den Poststempel zu entziffern. 28. Februar. Kurz nach ihrer Abreise. Der Ort war schwer erkennbar. Ich suchte die Karte nach Spuren ab. Unten fand ich den Namen eines Buchladens: »*R. Singh Bookshop, Geeta Bhavan Road, Rishikesh, Uttar Pradesh, India*«.

Jetzt konnte ich auch den Stempel entziffern:
RISHIKESH.
Es lief mir kalt den Rücken hinunter.

Rishikesh war der Ort, wo Lou und Corinna die Beatles getroffen haben. Wo, der Familienlegende nach, ein Kind namens Lucy gezeugt wurde. Rishikesh, die Wiege des Yoga. Eine Yogalehrerin, die Rishikesh nicht kannte, war ungefähr so ernst zu nehmen wie ein Moslem, der nicht wusste, wo Mekka liegt oder Tangotänzer, die noch nie in Buenos Aires waren. Aber für mich war Rishikesh immer ein karmischer Ort gewesen, der mich gleichzeitig anzog und abstieß. Während meiner Ausbildung wollte ich unbedingt hinfahren. Aber immer kam was dazwischen. Und wenn ich ehrlich bin, waren das Ausreden. Jedes Mal habe ich im letzten Moment kalte Füße bekommen. Vielleicht war es diese alte Geschichte.

Er ist an einer Tropenkrankheit gestorben.
Er ist an einer Überdosis gestorben.
Er hat sich umgebracht.
In Rishikesh.

»Waren Sie mal dort?«, fragte Frau Osterwald. Finger in die Wunde.
»Nein. Aber meine Mutter.«
Ich versuchte, in ihren Augen zu lesen, ob sie es wusste.
»Okay, Sie sind an die Schweigepflicht gebunden, aber hat meine Mutter erwähnt, dass sie da hinwollte?«
Sie schüttelte stumm den Kopf.
»Und warum haut sie einfach ab?«
Frau Osterwald ließ sich nicht in die Karten schauen.

»Soll ich sie suchen?«

»Das müssen Sie selbst entscheiden.«

Ihre Zurückhaltung machte mich verrückt.

»Braucht sie Hilfe?!«

»Ich kann Ihnen nicht sagen, was der Vertraulichkeit unterliegt. Aber ich weiß, welche Medikamente sie nimmt. Und wann ich sie zum letzten Mal verschrieben habe. Wenn eine Patientin die einfach so absetzt, ohne psychotherapeutische Betreuung, ist das nicht ungefährlich.«

»Psychopharmaka?«

Sie neigte den Kopf, als wollte sie sagen: Wegen Schnupfen war sie nicht in Behandlung.

»Ein Antidepressivum?«

»Mehrere Medikamente.«

Corinna, die alles wuppte, die immer gut drauf war. *Never complain, never explain.*

Frau Osterwald sah mich prüfend an. Als ginge es um mich, nicht um meine Mutter.

»Aber auch mit Medikamenten im Gepäck hätte ich ihr nicht geraten, nach Indien zu fahren.«

»Warum nicht?«

»Manche Menschen meinen, sie könnten die Antworten auf ihre Fragen finden, indem sie möglichst weit wegfahren. Aber wissen Sie, die erstaunlichsten Reisen geschehen hier in diesem Raum. Ich würde sagen, der Weg nach innen ist das letzte Abenteuer der Menschheit.«

»Ich bin Yogalehrerin, Frau Osterwald.«

»Ja, und?«

»Warum kam meine Mutter in Therapie? Was ist passiert?«

Sie lehnte sich nach vorn und sah mich direkt an.

»Das darf ich Ihnen nicht sagen. Und ich *kann* nicht sagen, warum sie abgetaucht ist. Ich könnte nur Vermutungen anstellen, was unseriös wäre. Aber sie jetzt *nicht* zu suchen, wäre möglicherweise unverantwortlich.«

Sie legte die Stirn in Falten, wie um zu unterstreichen, dass sie es ernst meinte. *Unverantwortlich.* Das bekamen normalerweise Eltern reingedrückt, nicht Kinder. Aber im Alter drehen sich die Rollen um. Die Eltern bauen Mist, und wir müssen aufräumen. Gut gemacht, Corinna, dachte ich. Das würde ich jetzt auch gern tun, mich rausziehen und alles stehen lassen. Ich hab's versucht, bin aber auf halbem Weg stecken geblieben. Und jetzt muss ich mich auch noch um dich kümmern.

»Gut, danke. Ich werd dann mal…«

Ich stand auf. Im selben Moment wurde mir schwarz vor Augen. Meine Beine gaben nach. Ich griff nach dem Sessel, aber schaffte es nicht mehr. Mein Körper knallte auf den Teppich. Dort blieb er erstmal liegen. Dort war es gut. *Shavasana.*

Ich kam wieder zu mir, als ein Kissen gegen meine Schenkel drückte. Ich lag auf der Couch. Sie saß daneben, stützte meine hochgelegten Beine und reichte mir ein Glas Wasser.

»Wie fühlen Sie sich?«

Blöde Frage. Ich trank einen Schluck. Das tat gut.

»Möchten Sie darüber sprechen?«

Ich richtete mich auf.

»Ich glaub, ich geh dann mal wieder.«

»Wollen Sie sich nicht kurz ausruhen? Sie sehen bleich aus.«

»Ich schlaf dann zu Hause«, murmelte ich, ohne ihr zu verraten, dass ich kein Zuhause mehr hatte. Sie hätte daraus gleich eine Geschichte gemacht. Ich misstraute Geschichten. Was auch immer geschieht, mach keine Geschichte daraus.

Beweg dich, mach Yoga, geh tanzen, bis sich was verändert. Geschichten liefern Erklärungen, aber lassen keinen Raum. Konstruieren aus Zufällen Zusammenhänge. Legen dich auf eine Identität fest. Deshalb glaube ich an Yoga mehr als an Psychotherapie: Psychotherapie analysiert deine Person, Yoga ist die direkte Verbindung mit dem Leben. Ein ständiger Fluss von Asanas, eine geht in die andere über. Du interpretierst die Stellung, identifizierst dich einen Moment lang damit, dann bewegst du dich weiter. Du gehst hindurch, schaust nicht zurück, folgst dem natürlichen Fluss des Lebens. Psychotherapie führt dich in deine Vergangenheit, um die Gegenwart zu verstehen, aber du riskierst, dort steckenzubleiben. Was in deiner Kindheit geschah, wird zu deiner Geschichte, und diese Geschichte wird zu deiner Identität festgezurrt. Ich staune, wie sehr Leute an Stories hängen, die sie über sich selbst erzählen. Als müsste man ein Label tragen, um jemand zu sein – selbst wenn so was draufsteht wie: »Extravertierte, bipolare Co-Abhängige«. Bei solchen Gesprächen denke ich mir immer: Leute, wir teilen 65 % unserer Gene mit einer Banane. Wir sollten uns nicht so wichtig nehmen.

»Frau Faerber, warten Sie«, sagte Dr. Osterwald an der Tür. »Ich muss relativieren, was ich Ihnen geraten hatte. Wenn Sie mir die Bemerkung erlauben… in Ihrer Verfassung würde ich nicht in ein Land wie Indien fahren. Sie brauchen jetzt Ruhe.«

»Schon klar, danke.«

Als würde ich ausgerechnet in Berlin Ruhe finden. Vielleicht brauchte ich aber gar keine Ruhe. Vielleicht wollte ich jetzt lieber was kaputt machen.

Wieder auf der Straße. Die kühle Luft auf der Haut. Endlich spürte ich meinen Körper wieder. Ich bemerkte, dass ich meinen Schal vergessen hatte. Jetzt bloß nicht zurückgehen. Lou lehnte an seinem Jaguar. Er schnippte die Zigarette weg.

»Und?«

Ich stieg ein. Er setzte sich ans Steuer und sah mich an, als wäre etwas nicht in Ordnung mit mir. Ich mochte das nicht.

»Fahr los!«

»Was hat sie gesagt?«

»Nichts. Sie weiß auch nicht mehr als wir.«

Ich konnte mich nicht mehr kontrollieren. Meine Lippen bebten. Ich ballte meine Hände zu Fäusten. Aber sie zitterten.

»Hey, Lucy. Bist du okay?«

Lou nahm mich in den Arm. Jetzt bloß nicht weinen. Am liebsten hätte ich ihn jetzt Papa genannt, nicht Lou. *Es geht mir nicht gut, Papa. Nichts ist okay.*

»Was ist los mit dir?«

»Ich weiß nicht mehr, wer ich bin. Ich glaub nicht mehr, was ich denke. Und ich kann kein Yoga mehr unterrichten.«

»Was?«

Ich musste mich aus seiner Umarmung lösen. Schnell. Sonst hätte ich losgeheult.

»Vergiss es. Fahr mich bitte nach Hause.«

»Wo nach Hause?«

Wenn ich das gewusst hätte. Wenn ich nur mal hätte durchschlafen können. In meinem Bett. Warum ich kein Bett mehr hatte? Weil ich mit Adnan gestritten habe. Weil er mich nicht mehr verstanden hat. Weil ich ihm nicht erklären konnte, was mit mir los war. Weil ich kurz mal ausgeflogen war und nicht mehr zurückfand, in diesen Käfig namens Leben.

»Was ist denn passiert, Lucy?«

Ich wischte die beschlagene Seitenscheibe frei, um einen Blick in den ersten Stock zu werfen. Als hätte ich es geahnt: Am Fenster stand Muttis beste Freundin und beobachtete uns.

»Lass uns abhauen.«

Lou startete verunsichert den Motor. Dann sagte er etwas, das mir nicht gefiel:

»Wir fliegen jetzt nicht nach Indien. Du brauchst erstmal Ruhe.«

In mir bäumte sich Trotz auf. Gegen alle, die meinten, sie wussten es besser. Ich zog Corinnas Postkarte aus der Tasche und reichte sie Lou.

I left everyone, myself as well.

So leicht kommst du mir nicht davon, Corinna. *Ich* entscheide, ob du mich verlässt.

»Schau, da unten rechts. Die Adresse des Buchladens.«

»Ich hab meine Brille vergessen... Was steht da?«

»Rishikesh.«

»Fuck.«

8

Im Studio drehte ich Hip Hop auf und powerte mich aus. Bis der Kopf leer wurde, jede Pore schwitzte und jeder Muskel schmerzte. Mittendrin gaben meine Arme nach. Ich fiel auf die Matte. Atmete tief. Schloss die Augen, öffnete sie wieder, fühlte meinen pumpenden Puls. Draußen verschwand das Licht. Je dunkler der Raum wurde, desto größer erschien er. Je größer der Raum erschien, desto einsamer wurde ich. Je einsamer ich mich fühlte, desto näher rückten die verfluchten Umzugskartons, in denen mein Leben steckte, das nicht mehr mein Leben war. Ich sah zu, wie die Kisten sich öffneten, langsam, eine nach der anderen, und alles herausstieg, wovon ich heute nicht erzählt hatte, um nicht für verrückt erklärt zu werden. Auf einmal flutete die Erinnerung meinen Körper. Alles war wieder da. Ich gab nach.

Endlich konnte ich hemmungslos heulen.

Ich war froh, dass mich jetzt keiner sehen konnte. Und zugleich wünschte ich, jemand wäre bei mir. Jemand, der mich verstand, weil er mir ähnlich war. Ich habe der Psychotante nichts erzählt, weil ich mich geschämt habe. Dabei war das Ereignis, das mein Leben aus der Spur geworfen hatte, nichts, wofür man sich schämen sollte. Sondern etwas Wunderbares.

Es war dort geschehen, wo niemand ein Wunder erwartet, bei Ikea, an einem stinknormalen Samstag. Wir brauchten ein paar Aufbewahrungsboxen, Regalbretter, Kleinkram. Die Kinder waren nicht dabei, aber ihre Einkaufslisten poppten auf meinem Handy auf, während ich den Wagen durch die Wohnlandschaften schob. Gehetzt und genervt wie alle anderen Familien und Halbfamilien in Winterjacken, die mit Maßbändern vor Kinderbetten und Küchenschränken herumhantierten. Ich verirrte mich zwischen Sachen, die niemand brauchte, Körbe, Kissen, Kuschelhunde. Die Pfeile auf dem Boden wiesen zur Kasse, aber immer wenn ich dachte, jetzt käme sie, nahm der Weg eine neue Biegung, und überall hingen Schilder, die nirgendwo hinführten, außer zu Preissenkungen und Rabatten und Familienkarten. In riesigen Regalen stapelten sich Kartons voller Schnäppchen namens Äpplarö, Lundskär und Björksnäs. Kein Ausgang, kein Fenster, dazu Wohlfühlmusik in Endlosschleife. Ich fragte mich, ob manche Endverbraucher hier übernachteten, in den Malm-Betten unter Barndröm-Decken, weil sie nicht mehr hinausfanden, bevor die Türen schlossen. Gefangen im Einrichtungsrausch, und das in einer Stadt, wo doch eigentlich niemand zu Hause blieb, wo alle unterwegs waren, aber nie ankamen. Ich sah die Anspannung in ihren Gesichtern, die soziale Überforderung, die Unbehaustheit zu vieler Stunden in der U-Bahn. Und ich war... eine von ihnen. Schreckliche Vorstellung – man denkt immer, man sei anders, aber dann ist man doch nur das: eine kleine Termite in einem großen Termitenbau, wo jeder rastlos auf seiner Termitenstraße rennt. Und wozu das Ganze? Damit neue Termitenbabys nachkommen, die auch nichts anderes taten als Termitenbauten zu bauen, wenn die Alten starben von zu viel Herumgerenne.

Plötzlich spürte ich eine drückende Enge in der Brust. Kalten Schweiß auf der Stirn. Ich legte meine Hände aufs Schlüsselbein und versuchte meinen Puls mit Bauchatmung zu beruhigen, aber mein Herz raste. Das künstliche Licht, die surrende Klimaanlage – ich fühlte mich eingesperrt in dieser Fensterlosigkeit, in meinem eigenen Körper. Ich bekam Angst, zu ersticken. Brauchte frische Luft. Blickte mich um und sah eine Tür mit grünem Schild: NOTAUSGANG. Durch das Milchglasfenster schien Tageslicht. Ich hielt mich an meinem Einkaufswagen fest und schob ihn darauf zu. Zehn Meter, eine Ewigkeit. Niemand bemerkte es.

Mit letzter Kraft rammte ich den Wagen gegen die Tür. Sie klemmte. Ich warf mein ganzes Körpergewicht auf den Bügel, bis die Tür nachgab und mich nach draußen spuckte. Kälte schlug mir ins Gesicht. Es schneite. Ich rang nach Luft, spürte meine Haut, meinen Puls in den Schläfen.

Dann wurde mir schwarz vor Augen. Meine Beine gaben nach, als wären sie aus Gummi. Ich schlug auf den Asphalt. Erschrak darüber, wie hart er war. Ich verlor nicht das volle Bewusstsein, nur einen Teil davon – eigentlich war es anders herum: das Bewusstsein verlor *mich*: meine Sinneseindrücke, Gedanken, Gefühle – alles verschwand. Was übrigblieb, war: Bewusstsein. Ich weiß, das klingt seltsam, aber es gibt keine Worte, um das begreiflich zu machen; es war jenseits von allem, was ich kannte.

Und zugleich so natürlich, als wäre es nie anders gewesen. Ich lag dort. Wer weiß, wie lange. Die Welt blieb stehen. Nur die Schneeflocken bewegten sich. Ich beobachtete sie staunend, wie sie vom Himmel schwebten, auf meinem Gesicht starben und sich in Tropfen verwandelten. Hunderte, Tausende, die in zufälligen Bahnen zur Erde tanzten, jede einzelne ein Meisterwerk der Natur. Weiße Sterne, die vom Himmel fielen. Wie konnte etwas so Banales wie gefrorener Regen so schön sein? Ich erkannte jedes Detail ihrer Kristallstruktur, die feinen Verästelungen und Winkel, wie aus winzigen Tannenzweigen, präzise symmetrische Prismen, geformt durch Zufall und Gesetz, aus Wasser und Luft, Leere und Fülle.

Ich empfand ein Gefühl von grenzenloser Freiheit. Ich spielte mit den Flocken. Ich konnte ihren Fall verlangsamen, indem ich mein Bewusstsein ausweitete, bis Zeit keine Rolle mehr spielte. Ich war mittendrin in diesem Kaleidoskop aus perfekten, sich wandelnden Formen, gleichzeitig Beobachterin und Teil davon. Ich konnte in alle Richtungen schauen. Und dann sah ich mich selbst: Ich lag dort, mit geschlossenen Augen, und beobachtete mich gleichzeitig von oben. Ich sah auch die anderen Menschen auf dem Parkplatz. Niemand bekam etwas von dem Wunder mit, das über ihren Köpfen geschah. Ich war die einzige, die es bewusst erlebte, während alle schlafwandelten – diese stille, ekstatische Freude, ausgelöst von einem Augenblick perfekter Schönheit, der ohne mein Zutun geschah. Die Zeit dehnte sich endlos aus. Ich hielt mich nicht länger mit den anderen Menschen auf, wandte mich ab und stieg nach oben, mühelos wie ein Ballon. Ohne Angst, ohne Eile, mitten im Wirbel der Schneeflocken. Irgendwo hinter den Wolken erahnte ich die Sonne.

Ich bewegte mich auf das Licht zu... aber gleichzeitig zog mich etwas nach unten, ein dumpfer, dunkler Klang – da war ein fernes Rufen, und plötzlich ein Gefühl von Kälte. Ich sah einen Mann und eine Frau neben meinem Körper knien. Sie fühlten meinen Puls, schüttelten meine Arme. Ich beobachtete es einen Moment lang, ohne daran teilzunehmen, aber dann saugte die Schwerkraft mich zurück in meinen Körper. Ich fühlte einen pochenden Schmerz am Kopf und öffnete die Augen.

»Geht's Ihnen gut?«

»Können Sie mich hören?«

Der Mann hob meinen Kopf hoch, die Frau hinderte ihn daran, sie stritten sich, und ich war unfassbar enttäuscht, wieder hier zu sein. Ich war so nah an der Sonne gewesen.

Wer mir das nicht glaubt, kann mich jetzt für verrückt erklären. Aber ich schwöre, so ist es gewesen. Es war nichts Übernatürliches. Ich bin keinem Engel begegnet. Mein Herz ist nicht stehen geblieben. Mein Leben ist nicht als Film vorbeigezogen. Es war keine Nahtoderfahrung, nur ein Seitensprung. Ich habe Liebe mit einem anderen Leben gemacht.

Mein Fehler war, davon zu erzählen. Gleich, nachdem ich nach Hause gekommen war. Die Kinder lachten mich nicht mal aus. Jonas war hungrig, weil ich zu spät kam, und Jasmin fand es viel wichtiger, dass sie gerade Stress mit ihrem Freund hatte, weil wir ihr nicht erlauben wollten, mit ihm nach Amsterdam zu fahren. Außerdem schmeckte ihr die Lasagne nicht. Adnan sagte gar nichts dazu; er war einfach froh, dass mir nichts passiert war.

Als wäre mir nichts passiert.

Dann redeten wir über Alltägliches. Mathe-Hausaufgaben, Jasmins Zahnarztrechnung und wie lang mein Mobilfunkvertrag noch lief, damit Jonas mein altes Handy bekommen konnte. Ich saß am Küchentisch wie in einem Film, den ich nicht geschrieben hatte. Später fragte mich Adnan, ob ich okay war. Ja, alles okay, sagte ich, und dachte: Okay genügt nicht. Ich hatte etwas Unfassbares erlebt. Und wollte es wiederhaben.

Vielleicht war es das, was die alten Yogis *Samadhi* nannten? Die absolute Ruhe des Geistes, der Zustand der reinen Erkenntnis? Aber dann wäre ich nicht so unruhig zurückgekommen. Ich habe dem Greifbaren immer mehr als dem Ungreifbaren vertraut, dem Körper mehr als dem Geist, denn der Körper lügt nicht. Mein Yoga funktionierte auch ohne Meditation; mein Mojo war Bewegung. Also ging ich allein ins Studio und versuchte, in einer sanften Yin-Sequenz zurück in diesen Zustand zu kommen. Doch die Tür zur anderen Wirklichkeit war wieder zugefallen. Alles was ich spürte, waren Nackenschmerzen und das Gefühl, in meinem Körper eingesperrt zu sein. Dann kam die Abendklasse. Ich ließ mir nichts anmerken und versuchte, mich wieder zu fokussieren. Unterrichten, also Richtung geben, nordet mich immer ein. Aber was früher funktioniert hatte, funktionierte jetzt nicht mehr. Es war die mieseste Stunde meines Lebens. Yoga bedeutet Vereinigung, aber ich hatte mich noch nie so abgeschnitten gefühlt. Abwesend. Unbeteiligt. Ich fragte mich, ob mein Gehirn bei dem Sturz was abbekommen hatte. Ob ich lieber abbrechen sollte. Es gibt einen Trick, um herauszufinden, ob man seinen Körper in der Yogapraxis übermäßig beansprucht. Lächle während der Asana. Wenn du nicht lächeln kannst, bist du zu verkrampft.

Dann hör auf. Geh an die frische Luft, geh schlafen, aber lass deinen Körper in Ruhe. Aber ich konnte lächeln. Ich war ja Profi. Aber dabei kam ich mir vor, als würde ich Beruhigungstabletten verkaufen. Ich hörte meinen eigenen Worten zu, als würde ich mich selbst belügen.

»Tschuldigung.« Eine Teilnehmerin aus der letzten Reihe meldet sich. »Bei der Musik kann ich echt nicht entspannen!« Es war eine Frau, die immer was zu meckern hatte. Normalerweise hatte ich so was im Griff. Jetzt merkte ich, dass meine Playlist aus Versehen auf Zufall geschaltet war. Statt Om Shanti Shanti lief Alicia Keys. Ich klickte zurück, doch da kam ein schnelles Stück von Anoushka Shankar. Dann ging das Getuschel los. Dass nur indische Musik zur Entspannung taugte. Dass indische Musik total nervig sei. Dass man das wahre, authentische Yoga nur in Indien fände. Ich verlor die Autorität im Raum. Statt entspannt zu bleiben, motzte ich zurück:

»Wer die Musik nicht mag, wechselt einfach die Stunde!«

Die Meckertante stand auf, ging raus und knallte die Tür. Im selben Moment bereute ich es. Alle starrten mich an.

»Sorry«, murmelte ich, »das war jetzt unangemessen.«

Ich schaltete die Musik aus und versuchte, den schlechten Vibe mit dreimal Om zu bereinigen. Aber beim dritten Mal chantete niemand mehr mit; alle wurden unruhig, und meine eigene Stimme klang fremd in meinen Ohren. Ich fühlte mich fehl am Platz. Die Anspruchshaltung der Schüler, ihre Humorlosigkeit, ihre geistige Verspannung. Sie taten so, als nähmen sie an einem yogischen Weltgeist teil, der aber keine Herzen verband, sondern irgendwo über den Köpfen schwebte. Jede saß für sich allein im Raum.

An diesem Abend begriff ich, dass noch eine andere Tür

zugefallen war: die zu meinem alten Leben. Ich konnte mich nicht mehr mit mir identifizieren. Als wäre da eine Wand aus Glas zwischen meinem Ich und meinem Bewusstsein. Durchsichtig, aber undurchdringlich, egal wie fest ich daran klopfte.

Ich hatte noch nie am yogischen Weg gezweifelt. Sicher, es gab mal Lampenfieber, Muskelkater, Erschöpfung, doch sobald ich vorne stand und den Kurs leitete, war ich bei mir. Yoga, das war ich. War schon immer in mir. Aber manchmal habe ich daran gezweifelt, wer *ich* war. Wenn ich nach der Stunde wieder zurück in mein Leben ging, fühlte ich mich wie eine Schauspielerin, die ohne ihre Rolle verloren war. Und dieses Gefühl, das nur manchmal aufgeflackert und meist vergessen war, übernahm jetzt mein Leben. Ich hing im Niemandsland fest. Nicht hier, nicht dort. Ich stellte alles in Frage. Wer ich eigentlich war, und wofür ich lebte. Meine Existenz kam mir unglaublich begrenzt vor. Sicher, ich liebte meine Familie. Ich liebte Adnan. Ich liebte, wie meine Yoginis abgehetzt in die Stunde kamen und am Ende dieses Lächeln im Gesicht hatten. Aber unter all den möglichen Wegen, die ich hätte nehmen können, war das, was ich jetzt mein Leben nannte, nur einer von vielen. Dadurch, dass man ein Ich lebt, verschwinden die anderen nicht. Man vergisst sie nur. Räumt sie weg in die Kammer der ungelebten Möglichkeiten. Mit jedem Jahr wird die Kammer voller – jede Abzweigung, die man nicht einschlägt, landet dort: verpasste Liebhaber, ungeborene Kinder, verschobene Reisen, versäumte Karrieren. Man wird nie herausfinden, wie es gewesen wäre, wenn man die Chance ergriffen hätte und stattdessen das Leben, das man jetzt lebt, in die Kammer der ungelebten Möglichkeiten verräumt hätte. Und während sich dort die unerfüllten Träume stapelten, hatte sich die eigene Existenz auf einen eng getakteten Plan reduziert. Vom Frühstückmachen für die Kinder übers Einkaufen bis zur Kontoführung nachts im Bett – ich lebte nicht, sondern arbeitete Listen ab. Mit allen Bällen, die ich gleichzeitig jonglierte, scheiterte ich an meinen Ansprüchen. Und mir ging die Zeit aus. Wenn das Leben eine breite Straße war, von der hier und dort Abzweigungen zu anderen Straßen führten, wurden diese Ausfahrten mit den Jahren immer seltener. Und bald war die Autobahn zu Ende. Man sah es noch nicht, aber wusste, dass es nicht mehr lange dauern konnte.

Ich schämte mich für diese Gedanken. Luxusprobleme. Andere schliefen unter der Brücke. Aber es fühlte sich existenziell an. Lucy Faerber funktionierte nicht mehr, weder als Lehrerin, noch als Mutter oder als Freundin; sogar zum Einkaufen war sie zu blöd, weil sie Dinge vergaß und ihr die Einkaufstüten rissen. Lucy Faerber lief hinter rollenden Apfelsinen her. Aber sie fand auch nicht mehr in dieses grenzenlose Gefühl zurück, reines Bewusstsein zu sein, frei und gleichzeitig mit allem verbunden. Lucy Faerber war ein Alien im Supermarkt, ein Zombie auf der Yogamatte. Ganz zu schweigen von der Liebe.

Leben geschieht dort, wo man sich einlässt. Das wusste ich, und trotzdem wurde ich diese Stimme nicht los, die mir einflüsterte, ich gehörte woanders hin. Adnan hielt mich nachts im Arm und sagte, dass er mich liebte. Ich wollte es erwidern, aber konnte die Glasscheibe, die uns trennte, nicht durchdringen. Nicht weil die Liebe fehlte – er war der beste Mann, den ich je hatte. Sondern weil etwas in mir ihn dafür verantwortlich machte, dass ich in diese Falle namens Familie geraten war. Ich liebte die Kinder, keine Frage. Trotzdem, ich hatte sie mir nicht ausgesucht.

Adnan hat mir nie etwas vorgemacht. Gleich bei der ersten Begegnung hat er von seiner Familie erzählt. Und obwohl wir uns auf Anhieb sympathisch fanden, hätte er nie was mit mir angefangen. Er war noch mit Geraldine zusammen. Adnan brachte die Kinder in die Nachmittagsstunde, als sie ihre Chemo machte. Dann ging er in sein Restaurant, und nach dem Yoga gingen Jasmin und Jonas allein nach Hause. Manchmal kam Geraldine, um sie abzuholen. Wir mochten uns. Sie hatte Hoffnung. Wenn das alles vorbei ist, sagte sie, komm ich auch zum Yoga. Und eines Tages kam sie nicht mehr. Bei ihrer Beerdigung fehlte ich. Es ist schwer zu erklären, warum ich das nicht schaffte, aber sagen wir einfach: Ich kann keine Beerdigungen.

Die Kinder kamen weiter zum Yoga. Adnan fiel in ein Loch. Oft blieben die Kinder noch länger im Studio, setzten sich in eine Ecke und machten Hausaufgaben. *It takes a village to raise a child.* Irgendwann lud Adnan mich zum Essen in sein Restaurant ein. Er kochte für mich, und als die Küche schloss, saßen wir im leeren Lokal zwischen den hochgestellten Stühlen, lachten, tranken und erzählten Geschichten. Alles war einfach und selbstverständlich. Als hätten wir aufeinander gewartet. Weder ließen wir es zu langsam angehen noch zu schnell. Jede Berührung fühlte sich gut an. Es gab nichts, worüber man nachdenken musste. Sicher, man hätte über eine Menge nachdenken können, aber das war einer der seltenen Momente, in denen einfach alles stimmte.

Obwohl wir in vielem grundverschieden sind, oder vielleicht gerade deshalb, konnten wir uns gegenseitig heilen. Ohne Anstrengung. Indem wir einfach da waren, füreinander. Die alten Dämonen verloren ihre Macht. Zwischendurch hatte er mal Angst, mich zu verlieren, und ich hatte Angst, dass der Fremde in mir zurückkam. Aber wenn wir uns mal aus den Augen verloren, brachten die Kinder uns wieder zusammen. Bei jedem Jahrestag wunderte ich mich darüber, dass wir immer noch ein Paar waren, und Adnan wunderte sich, warum ich mich wunderte. Er war es auch, der vorschlug, zusammenzuziehen, und wenn er nicht gewusst hätte, dass ich Heiraten unnötig finde, hätte er mir längst einen Ring an den Finger gesteckt. Aber er schien zu spüren, dass er den Fremden in mir besser nicht aus dem Schlaf weckte. Alles lief ja gut.

Bis zu diesem verdammten Samstagmittag, als mein mühsam erarbeitetes Ich sich auflöste und der Fremde meinen Platz einnahm.

Adnan verstand mich nicht.
»Hast du wen kennengelernt?«
»Nein.«
»Hab ich irgendeinen Mist gebaut?«
»Nein.«
»Magst du nicht mal zum Arzt gehen?«
»Nein.«
Er bezog es auf das Greifbare. Schlug Lösungen im Alltag vor. Als ob man einen Menschen, der nicht mehr funktionierte, einfach reparieren könnte. Ihm verständlich zu machen, was an diesem Samstagmittag geschehen ist, war, als würdest du ver-

suchen, einem Blinden das Sonnenlicht zu erklären. Er wird es, auf seine Weise, nachvollziehen können, weil er ja Wärme auf der Haut spürt und auch *etwas* sieht, aber ihr werdet dabei nie die gleichen Erinnerungen und Gefühle haben. Das macht dich verrückt und du zweifelst daran, ob er der Richtige ist, weil er auf einmal so fremd wirkt. Dabei bist du es ja selbst, die sich entfremdet hat, aber das merkst du in diesem Moment nicht.

Dann lief es auch im Bett nicht mehr. Unsere Körper redeten aneinander vorbei, verpassten sich, verbarrikadierten sich. Adnan war erst traurig, dann wütend, dann nur noch einsam.

In der Nacht, als alles hochkochte und wir uns so laut stritten, dass die Kinder wach wurden, packte ich überstürzt meine Sachen und verließ die Wohnung, nur mit einer Sporttasche in der Hand. Ohne den Kindern was zu erklären. Ich fragte Rike, ob ich ein paar Nächte im Studio schlafen könnte.

»Klar«, sagte sie. »Ich bin eh erstmal weg. Aber was du jetzt brauchst, ist 'ne Auszeit. Du siehst nicht gut aus. Komm doch mit aufs Festival. Tank deine Seele auf.«

»Ich pack das jetzt nicht, Indien.«

»Das hast du schon letztes Jahr gesagt. Und vorletztes Jahr. Du bist die einzige Yogalehrerin, die noch nie in Indien war.«

Mich überforderte das. Ich brauchte jetzt kein Festival mit Tausenden von Leuten, noch dazu in Indien, das ich mir als eine Attacke auf alle Sinne vorstellte. Ich brauchte ein Schneckenhaus. Wo mich keiner fragte, wie es mir ging. Weil ich keine Antwort hatte. Dann lag ich nachts im Studio und wünschte mir, jemand wäre da, um mich zu fragen, wie es mir geht. Total paradox, ich weiß.

Am nächsten Tag kamen Jasmin und Jonas. Sie brachten eine Playlist mit, die sie gemeinsam für mich erstellt hatten. Meine Lieblingssongs. Dabei war sogar *Lucy in the Sky*. Wir saßen zusammen auf dem Studioboden, und ich fing an zu heulen. Dann sagte Jonas: »Komm nach Hause, Mama.« Nicht wie sonst »Lucy«. Der Satz traf mich ins Herz. Nicht weil er damit anerkannte, dass ich auf Geraldines Platz sein durfte. Das hatte er schon früher getan. Sondern weil ich in diesem Moment spürte, dass ich gut genug für ihn war. Ich hatte oft das Gefühl gehabt, den Anforderungen nie gerecht zu werden. Adnan war der geborene Papabär, und ich wusste nie, ob ich ein guter Mamabär war. Jasmin und Jonas hatten ja immer was zu meckern. Und wenn es nicht deine eigenen Kinder sind, denkst du, du wirst der Aufgabe nicht gerecht. Dabei war es schon genug. Ich musste nicht noch mehr tun. War längst angekommen. Und die beiden waren dankbar dafür.

Diese Erkenntnis setzte eine Kaskade von Gedanken und Gefühlen in Bewegung. Eine Seite von mir wollte sofort mit ihnen nach Hause gehen. Aber der Fremde in mir witterte Gefahr. Und ich, hinter der verdammten Glaswand, konnte nicht sagen, warum. Also bat ich um Bedenkzeit. Sie umarmten mich zum Abschied, alle beide. Ich wusste nicht mehr, wie wir ohne einander leben sollten.

Nachts, als ich allein mit dem Fremden war, spürte ich Heimweh. Adnans Wohnung, in die ich nach Geraldines Tod eingezogen war, hatte ich nach und nach zu meinem Zuhause gemacht. Anfangs war es schwer gewesen, meinen Raum zu finden und nicht einfach nur eine Ersatzfigur zu sein. Wir hatten die eine oder andere Auseinandersetzung, und Adnan stieg jedes Mal in meiner Achtung. Sicher, er trauerte um Geraldine, aber sein Herz war offen. Wir strichen die Wände und bauten um. Schickten alles raus, was mir zu düster war. Ich mag es hell. Nach und nach wurde sein Zuhause auch meins. Warum ich mich jetzt sträubte, zurückzukehren, hatte einen tieferen Grund: Die Wohnung war zu meiner Komfortzone geworden – sicher, behütet, papabärmäßig, aber etwas fehlte. Ich sah mich selbst in dieser Wohnung, als würde ich von draußen durchs Fenster schauen, auf das Leben einer anderen Frau. Ein Leben, das seinen Namen nicht verdiente, viel zu eng und beschränkt und betäubt. Sollte ich die letzte Ausfahrt nehmen, bevor es zu spät war? Könnte ich nochmal neu anfangen? Oder wäre ich unfassbar dumm, Adnan loszulassen – weil es nicht mehr besser würde? Ich lag die ganze Nacht wach. Machte Asanas und Pranayama. Versuchte meine innere Stimme zu spüren. Aber die Verbindung war gerissen, und ich bekam das lose Ende nicht mehr zu fassen. Wie eine Astronautin, die sich zu weit herausgetraut hatte und in der Schwerelosigkeit trieb, immer weiter entfernt vom Mutterschiff. Unter mir die winzige, unbegreiflich schöne Erdmurmel, ringsherum das dunkle All. Der Sauerstoff wurde knapp, und das Funkgerät streikte.

Am nächsten Tag gingen der Fremde und ich in die Wohnung. Als alle weg waren. Wir packten meine Sachen in ein paar Umzugskisten, trugen sie ins Auto und fuhren sie ins Studio. Dort stapelten wir sie in einer Ecke, staunend, wie viel Zeug sich angesammelt hatte und wie wenig man eigentlich zum Leben brauchte. Abends rief Adnan an, und wir heulten am Telefon. Ich habe nichts entschieden, sagte ich, aber du verdienst keine halbe Liebe. Entweder komm ich ganz zurück oder gar nicht. Das Verrückte war: Je mehr Adnan um mich kämpfte, desto mehr entfernte ich mich. Wenn er mir die Hand reichte, sagte ich: »Ich brauch jetzt meinen *space*.« Wenn er sagte: »Alles wird gut«, bekam ich Angstschweiß auf der Stirn. Ich hoffte, er würde mich aufgeben. Damit ich nicht mehr diesen Druck spürte, dass alles von mir abhing. Aber er ließ nicht los.

Alter Papabär.

Warum, zum Teufel, konnte ich ihm nicht vertrauen?

Dafür bröckelte es an einer anderen Front. Dort, wo ich mich immer sicher gefühlt hatte. Die Arbeit war mein Anker gewesen. Aber jetzt kündigten die ersten Leute ihr Kurs-Abo.

»*Ist nichts Persönliches, Lucy.*«

»*Ich will mich nur 'n bisschen umschauen.*«

»*Du solltest mal 'ne Auszeit machen.*«

Sie konnten meine Schwäche riechen; nichts sprach sich so schnell herum wie das Gerücht, ein Lehrer hätte Burnout. Gerade in einer Szene, wo sich alles um mentale Gesundheit drehte. Yoga war längst zum Leistungssport geworden. Und wenn Schüler mal die Lehrerin wechselten, kamen sie selten zurück. Ich war dabei, mein wichtigstes Kapital zu verlieren: das Vertrauen meiner Schüler. Jetzt bekam ich wirklich Angst. Dass ich mich allein nicht mehr ernähren konnte.

Der Fremde stand hinter mir und schwieg.

Dann, eines Abends, platzte auf einmal Lou ins Studio.

Durchnässt wie ein Hund und bleich, als hätte er die Nacht durchgemacht. Er fuhr sich verlegen durch die langen grauen Haare und sagte:

»Sie ist weg.«

9

Die Türklingel schrillte. Ich stand von meiner Matte auf, schaltete das Licht ein und begrüßte meine letzten treuen Fans, die Teilnehmer der 18-Uhr-Stunde. *Namasté, namasté,* ja, mir geht's gut, sehr gut sogar. Während sie sich umzogen, rief ich Lou an.

»Lucy...« Er räusperte sich, als hätte er geschlafen. »Bist du okay?«

»Lou. Wir fliegen nach Indien.«

»Nein.«

»Wieso sträubst du dich?«

»Vielleicht will sie gar nicht gefunden werden.«

»Kann schon sein. Aber ich will mit ihr reden.«

»Über was?«

Wenn ich das gewusst hätte. Aber ich wusste, dass ich hier keine Ruhe fand. Corinna hatte es richtig gemacht: Wenn man schon abhaut, dann konsequent. Nicht auf halbem Weg stecken bleiben. Wenn es stimmte, was Lou sagte, dass sie damals ein Stück von sich in Indien gelassen hatten, dann war Corinna dorthin gefahren, um es wieder zu finden. Und ich wurde das

Gefühl nicht los, dass mir genau dieses Stück fehlte, um alles, was hier auseinanderflog, wieder zusammen zu fügen.

»Manchmal«, sagte Lou, »muss man die Vergangenheit ruhen lassen.«

»Wenn du nicht mitfliegst, flieg ich allein.«

Flughafen Berlin-Tegel, 17. März 2019. Sitzplatz 33B. Ich war tatsächlich in diesen Flieger gestiegen. Nach Delhi. Die Turbinen heulten auf, der Schub presste meinen Körper in den Sitz. Ich war nicht mehr hier und noch nicht dort.

Meine Umzugskisten hatte ich in Lous Laden gebracht, und den Schlüssel vom Studio in den Briefkasten geworfen. An diesem Morgen hatten die Leute vor verschlossenen Türen gestanden. Als Rike mich anrief, bin ich nicht rangegangen.

Zwei Reihen hinter mir saß Lou. Er hatte den letzten Platz ergattert, als er geschnallt hatte, dass ich die Sache durchzog. Hätte er nicht gedacht. Ich, ehrlich gesagt, auch nicht. An Adnan habe ich erst heute Morgen eine Nachricht geschrieben.

Bin in Indien. Komme bald wieder. Warte nicht auf mich. Küss die Kids von mir. Love, Lucy.

Ganz so spurlos wie Corinna wollte ich nicht verschwinden. Aber feige war ich trotzdem. Adnan war zum Flughafen gerast, um mich aufzuhalten. Zu sehen, wie durcheinander er war, brach mir fast das Herz. Ich war froh, dass die Kinder nicht dabei waren; ich hätte es nicht fertiggebracht, sie zurückzulassen. Aber tatsächlich *ließ* ich sie zurück. Die Schuld wurde dadurch nicht kleiner, dass ich nicht in ihre enttäuschten Augen sah. Lou versprach Adnan hoch und heilig, dass er auf mich aufpassen würde. Als hätte ich das nötig. Ich befürchtete eher, dass ich jetzt auf Lou aufpassen musste. Er war ziemlich von der Rolle. Stand im Flieger auf, noch bevor die Anschnallzeichen erloschen waren, und laberte meine Sitznachbarin zu, dass sie doch bitte mit ihm tauschen solle. Ihr Gangplatz gegen seinen Mittelplatz.

Entschuldigen Sie, sagte ich. Es war mir peinlich.

Sie weigerte sich, und Lou erzählte ihr von Corinna, bis sie entnervt aufstand. Der Flugbegleiter ermahnte Lou, sich auf seinen Platz zu setzen, aber Lou quetschte sich auf den Sitz neben mir. Jetzt hatte ich ihn an der Backe. Doch eigentlich war ich froh, dass er sich überwunden hatte mitzukommen. Weil zwischen mir und Corinna nicht nur eine Flugstrecke von viertausend Meilen, sondern eine Distanz von über fünfzig Jahren lag, die ich überwinden musste, um sie zu finden. Und das Einzige, das diese Distanz verringern konnte, war Lous Geschichte. Ich hatte, das war mir jetzt klar, ein paar Sachen nicht mitbekommen. Weil sie es mir nicht erzählen wollten oder weil ich es nicht wissen wollte, um unsere heile Welt zu erhalten.

Es hatte mal eine Zeit gegeben, als Erzählungen die Welt in Ordnung brachten. Als ich klein war, las Lou, nicht Corinna, mir jeden Abend Gutenachtgeschichten vor. Sie fand Märchen bourgeois. Und er hatte Spaß daran, immer etwas was dazu zu erfinden. Ich habe Grimms Märchen zuerst in Lous Cover-Version kennengelernt und später im Original. Schneewittchen & die Sieben Zwerge waren eine Country-Band, Aschenputtel hieß Cinderella, und auf ihrem Ball tanzten Figuren aus Dylan-Songs: *Napoleon in rags. A diplomat who carried on his shoulder a Siamese cat.* Und *Corinna, Corinna*, die nach Mitternacht mit dem Glöckner von Notre Dame die *Desolation Row* fegte.

Später, als ich selbst lesen konnte, war ich furchtbar enttäuscht. Nicht von Lou, sondern von den langweiligen Brüdern Grimm. Seitdem wusste ich, dass ich alles, was mein Dad erzählt, mit Vorsicht, oder zumindest mit Humor genießen sollte.

Dann suchte Corinna ihre Freiheit. Ich war dreizehn oder so. Alt genug, um alles mitzubekommen, aber zu jung, um alles zu verstehen. Die beiden standen im Wohnzimmer vor der Stereoanlage und teilten gerade die Platten auf, als ich reinplatzte. Corinna sagte etwas zu mir wie: *Ich zieh in 'ne andere Bude, aber das ist gar nicht weit weg, du kannst immer zu mir kommen.* Erst als ich Lous kalkweißes Gesicht sah, wusste ich, dass gerade etwas Schlimmes geschah.

»Warum?«, fragte er sie, fast flehend.

»Weißt du doch«, sagte Corinna.

»Wir können doch über alles reden.«

»Wir zwei schon. Aber wir sind nicht allein. Da ist immer noch ein Dritter mit im Raum.«

Ich erschrak, weil ich dachte, *ich* wäre schuld daran, dass sie nicht miteinander reden konnten.

»Nein, nicht du«, sagte Lou und strich mir liebevoll über den Kopf. Es war mir unangenehm. Ich hatte das Gefühl, ich dürfte hier nicht sein.

»Wer denn sonst?«, fragte ich, und Lou sah Corinna mit diesem seltsamen Blick an, den er immer draufhatte, wenn sie über Erwachsenendinge sprechen wollten. Corinna beantwortete seinen Blick mit Schweigen, was sie nur dann tat, wenn er diesen Blick draufhatte. Sonst war sie nie um eine schlagfertige Bemerkung verlegen. Doch dieses Mal wollte ich mich nicht abspeisen lassen.

»Wer ist der Dritte?«, fragte ich, gerade alt genug, um zu wissen, dass in eine Beziehungskiste – so nannten sie das – manchmal mehr als zwei Menschen passten.

»Niemand«, sagte Corinna und erklärte Lou, dass er die Beatles behalten könne, wenn sie die Doors bekäme. Ohne seine Antwort abzuwarten, zog sie die Doors-Platten aus dem Regal und packte sie in die offene Tasche, die neben ihr auf dem Flokati-Teppich stand. Ich erinnere mich noch an das Gesicht von Jim Morrison auf dem Cover, engelhaft und düster, als würde er mich schamlos anstarren.

Am Abend, als Lou und ich allein waren, durfte ich so lange fernsehen, wie ich wollte. Aber ich hatte keine Lust dazu. Ich wollte wissen, wer dieser Niemand war. Und Lou, der seine Plattensammlung neu sortierte, brachte kein Wort heraus. Dann, als würde er einen Schalter umlegen, sagte er, dass es Zeit zum Schlafen sei und er mir eine Geschichte vorlesen würde. Aber ich wollte keine Geschichte.

Später lag ich in meinem Zimmer und hörte durch die angelehnte Tür, wie er auf seiner Gitarre einen der Songs spielte, die sie mitgenommen hatte.

This is the end, beautiful friend
This is the end, my only friend
The end of our elaborate plans
The end of everything that stands

Ich stellte mir vor, dass er nicht allein im Wohnzimmer saß. Sondern mit dem Niemand, seinem *beautiful friend*.

Und ich wünschte mir, ich hätte auch so jemanden.

Das Flugzeug legte sich in die Kurve. Durchs Kabinenfenster konnte ich die kahle Berliner Stadtlandschaft sehen.

»Hast du eure Reisefotos dabei?«, fragte ich Lou.

»Nee.«

»Du hast doch versprochen, sie mitzubringen.«

»Ich hab überall gesucht, aber... keine Ahnung, wo die geblieben sind.«

»Du hebst sonst alles auf!«

»Vielleicht hat Corinna sie mitgehen lassen.«

Oder er hat gar nicht gesucht. Ich erinnerte mich, dass ich die Fotos mal als Jugendliche gesehen habe. Und dann, wie so vieles, was man für bedeutungslos hält, weil anderes an Bedeutung gewinnt, vergessen habe. Ich musste an den leeren Fleck an Corinnas Fotowand denken. Sie hatte die Erinnerung nicht weggeräumt wie Lou. Sie hat ihr einen Platz gegeben. Ich war sicher, dass sie das Foto mitgenommen hat. Die Frage war nur: Warum gerade das Foto mit Marie? Wollte sie sie treffen? Wenn ja, warum gerade sie, Lous Jugendliebe?

»Das Foto von den beiden Frauen... wer hat das aufgenommen?«

»Welches Foto?«

»Das, was fehlt.«

»Ach so. Weiß nicht, da hat jeder mal rumgeknipst. Ich hatte sogar Fotos von den Beatles, wenn ich die mal finden würde...«

»Und du warst in Corinna verknallt?«

»Alle waren in Corinna verknallt.«

Ich spürte, dass ich nicht durchkam. Ich musste einen anderen Weg suchen. Ich lehnte mich in meinem Sitz zurück und drehte mich zu ihm.

»Okay, Lou. Erzähl mir von Marie.«

10

*All he needed was a wheel in his hand
and four on the road.*

Jack Kerouac

HIPPIE-TRAIL, 1968

Also, erstmal muss gesagt werden: Das Foto von Marie und Corinna wurde gar nicht in Indien aufgenommen. Den Wasserfall, der aussieht, als läge er im Paradies, hatten sie zufällig neben einer Landstraße gefunden. In Kappadokien. Vielleicht war's auch im Iran. Oder in Afghanistan. Die Landschaften verschwommen ineinander, die endlosen Straßen, die Namen der Städte. Der Große Ararat, wo Noahs Arche gestrandet war, die blühenden Gärten von Isfahan und die verfallenen Paläste von Persepolis. Hohe Wolken, träge Mittagsstunden, der Blick durch die Windschutzscheibe wie ein abgefahrener Trip in Cinemascope, untermalt vom Bass des Motors und Marcs schöner Stimme. Seine Mähne flatterte im Fahrtwind, während er *Sunshine of Your Love* sang und aufs Lenkrad trommelte. Flimmernde Asphaltbänder durch gottverlassene Gegenden, die aussahen, als hätte sich noch nie ein Mensch hierher verirrt. Sträucher, Disteln, Hyänen. Heiße Tage und klirrend kalte Nächte. Penelope hielt durch. Manchmal lehnte Lou den Kopf aus dem Fenster und starrte auf die rotierenden Räder unter seinen Füßen. Der Anblick machte süchtig. Und wenn er nachts die Augen schloss, hörten die Räder nicht auf, sich in seinem Kopf zu drehen. Dann rechnete er aus, um endlich einzuschlafen, wie viele Umdrehungen sie nach Indien tragen würden, Hunderttausende, Millionen.

Jedenfalls, Marie und Corinna, das waren zwei Welten. Erde und Feuer. Das Foto, auf dem sie aussahen wie beste Freundinnen, war nur ein zufälliger Schnappschuss gewesen. Vielleicht hatte Marc sie gerade zum Lachen gebracht. Dann hatte er Lou, der hinter ihm stand, die Pocketkamera in die Hand gedrückt und war ins Wasser gesprungen. Arschbombe, splitternackt. Er besaß kein Schamgefühl, im Gegensatz zu Lou, der immer etwas befangen war. Marc sah nackt auch besser aus. Muskeln wie ein griechischer Gott. Und trotzdem lief nichts mit Corinna. Keiner machte einen Move. Vielleicht weil es irgendein Gesetz gab, nach dem ein junger Gott und eine junge Göttin nichts miteinander anfangen durften. Einer von ihnen müsste Mensch werden, und darauf hatten beide keine Lust.

Als Lou schließlich ins Wasser stieg, fiel es ihm schwer, Maries und Corinnas Körper nicht zu vergleichen. Maries Brüste waren weiblicher, aber Corinna strahlte mehr Hitze aus. Marie stand lauschend vor dem Wasserfall, während Corinna ihren Kopf hineinhielt und vor Freude aufschrie. Lou fand, die beiden gehörten nicht ins selbe Wasser.

Nach dem Baden rubbelten sie sich gegenseitig trocken, dann zogen die Männer los, um Feuerholz zu suchen.

Marc stieß Lou in die Seite.

»*Come on*, du willst sie doch auch!«

»Quatsch.«

Lou hob einen Ast vom Boden auf. Ein warmer Wind fuhr über die felsige Landschaft.

Marc lachte. »Sei wenigstens ehrlich zu dir selber.«

»Sie ist 'ne scharfe Braut, ja. Aber man kann sich auch mal zusammenreißen, oder? Um jemanden, den man liebt, nicht zu kränken. Das unterscheidet den Menschen vom Tier. Warum hast *du* eigentlich nichts mit ihr?«

Marc grinste ihn an.

»Mann, Lou. Immer der Treue, der sich aufopfert. Immer moralisch. Aber hey, du bist genauso egoistisch wie alle. Nur gibst du's nicht zu. Und der Unterschied zu den Tieren ist: Der Mensch ist das größte Schwein. Kein Tier führt Krieg gegen seine eigene Art.«

Lou ärgerte sich, aber hatte keine Lust auf Streit.

»Vögel sie doch, wenn du willst!«

»Vielleicht«, sagte Marc. Er hob einen Ast auf. Dann noch einen. Klopfte sie aneinander, betrachtete ihre Form, warf einen wieder weg.

Lou verstand ihn nicht. Egal wohin sie kamen, *alle* Jungs standen auf Corinna. Entweder baggerten sie sie an oder waren zu eingeschüchtert, um sie anzubaggern.

»Sie steht auf dich, Marc.«

»Meinst du echt?«

Lou staunte darüber, dass Marc daran zweifeln konnte. Marc wich seinem Blick aus und ging weiter, bis sie zu einem knorrigen Baum kamen, der am Wegrand stand. Er war von oben bis unten mit flatternden Stoffbändern behängt, die um seine

Äste geknotet waren. Einige waren verwittert und zerrissen, andere noch frisch. Die einzige Erklärung, die Lou dazu einfiel, war, dass es sich um einen Wunschbaum handelte.

»Was wünscht du dir?«, fragte Marc.

Lou dachte nach.

»Na los, Bruder! Mach'n Wunsch!«

Lou knotete sein Halstuch auf, um es an den Baum zu hängen.

»Und du?«, fragte er zurück, um von sich abzulenken.

»Ich brauch nix«, sagte Marc.

Lou glaubte ihm nicht. Er suchte eine freie Stelle zwischen den anderen Wunschbändern.

»So wird das nichts«, sagte Marc, nahm ihm das Tuch aus der Hand und stieg damit auf den Baum. Die Äste bogen sich unter seinem Gewicht. Mit der Geschicklichkeit eines Affen kletterte er zur Spitze.

»Pass auf!«, rief Lou.

Marc knotete das Taschentuch an den höchsten Zweig.

»So. Hoffentlich war's 'n guter Wunsch!«, rief er. Dann streckte er die Arme aus, balancierte auf zwei dünnen Ästen und lachte.

»Komm runter!«, rief Lou.

Marc stieß einen Freudenschrei aus, der in die Steppe hallte. Er lebt in einer anderen Welt, dachte Lou, zu der Normalsterbliche keinen Zutritt haben. Ohne Angst, hungrig nach Leben. Er würde seinen Kopf in den Rachen eines Tigers legen, nur um die Erfahrung zu machen.

Allein beim Grenzübertritt brauchte Marc die Frauen. Er bunkerte sein Hasch in ihren BHs. Sonst trugen sie ja keine, nur an der Grenze, wo die Hippie-Busse gefilzt wurden. Hasch war in Afghanistan nicht illegal, aber auch nicht legal. In der Grauzone dazwischen konnten die Zöllner dich ordentlich ins Schwitzen bringen. Sie bauten die Sitze aus, rissen die Teppiche heraus, und wenn sie was fanden, konfiszierten sie die Pässe oder den ganzen Bus. Dann durftest du dich freikaufen. Nur an die Frauen trauten sich die Zöllner nicht ran. Einmal dealte Marc sogar mit den Bullen. Und machte dabei ordentlich Kohle. Glückskind. Hasch gab's überall, exzellente Qualität und sagenhaft günstig. Für hundert Mark bekamst du ein Kilo Schwarzen Afghanen, der viel besser war als das Zeug, das sie in Hamburg vertickerten. Dunkel und gummiartig. Der machte nicht stoned, erklärte Marc, sondern high.

Corinna warf immer wieder das I Ging. Um rauszufinden, was der beste Grenzübergang war, welchen Fremden man vertrauen konnte... oder ob sie ihre Mitfahrgelegenheit wechseln sollte. Lou beobachtete fasziniert, wie sie während der Fahrt sechs Linien auf Papier zeichnete, unterbrochen oder durchgezogen – und wenn kein Papier griffbereit war, malte sie mit Kugelschreiber auf ihren Arm. Corinnas Haut war voller Zeichen, die nur sie verstand, eine Landkarte ihrer Entscheidungen. Sie liebte Entscheidungen. So befremdlich das für jemanden wie Lou war, der endlos Für und Wider abwog, so sehr faszinierte es ihn: die Botschaften, die sie überall entdeckte, in Wolkenformationen, toten Tieren am Straßenrand oder Songs aus dem Radio. Aus allem machte sie ein Orakel.

»Zähl im Stillen, bis ich Stopp sage, und nenn mir die Zahl!« Daraus las Corinna, ob es besser war, nach links oder rechts abzubiegen, Rast zu machen oder weiter zu fahren. Nie erklärte sie ihre Rituale, nie bereute sie eine Entscheidung.

Und immer ging es so aus, dass sie an Bord blieb.

Das schlug auf die Stimmung. Corinna schlief zwar gerne im Zelt, aber weil Marc und sie nichts laufen hatten, pennte Marc meist im Bus. Lou lag also im Sandwich zwischen Marc und Marie – da lief dann auch nicht mehr viel. Außerdem, alles musste geteilt werden: das Wasser, die Handtücher, die Decken. Inzwischen konnten sie sich blind am Schweißgeruch erkennen. Marc sagte, er könne Vegetarier und Fleischesser mit geschlossenen Augen auseinanderhalten. Corinna war die einzige Vegetarierin, schon damals, und Marc fand, dass sie immer so unschuldig duftete – was Corinna nicht als Kompliment auffasste. Wenn auf dem Gaskocher Essen zubereitet wurde, bekam Corinna keine eigenen Gerichte, sondern einfach Spaghetti ohne Dosenhack, Brot ohne Wurst, Kartoffeln ohne Steak. Es war auch nicht so, dass sie beim Essen abseits saß, während die anderen drei zusammensteckten. Nein, Lou und Marc saßen um Corinna herum, während Marie immer stiller am Rand saß. Und wenn Marie aufstand, um das Geschirr zu spülen, spielte Lou auf Corinnas Gitarre. Mehr in Richtung Stones, auf die Corinna abfuhr, und weg von den Songwritern, die Marie mochte – Joan Baez, Cat Stevens, Simon & Garfunkel. Marc stand mehr auf die progessiven, psychedelischen Rockbands – Procol Harum, The Doors, The Hendrix Experience oder die jungen Pink Floyd. Und Lou war bei den Beatles und Dylan zuhause – ziemlich mainstreamig eigentlich, aber damals war Revolution eben Mainstream.

Das erste Unglück geschah auf einer Landstraße vor Kabul. Ohne dass jemand schuld gewesen wäre. Sie waren einfach nur zur falschen Zeit am falschen Ort. Lou saß am Steuer, als ein afghanischer VW Käfer den Bus überholte. Er bretterte mit verrückter Geschwindigkeit über die schlechte Straße, schlingerte hin und her, dann zog er davon. Minuten später sahen sie eine Staubwolke aufsteigen. Lou bremste und erkannte, als der Staub sich legte, den bizarr verformten Käfer im Straßengraben. Die Räder ragten nach oben und drehten sich noch. Sie stiegen sofort aus und rannten hin. Neben dem Wrack lag ein afghanischer Mann im grauen Anzug. Blut lief über sein Gesicht. Die Beine bewegten sich, als gehörten sie nicht zum Rest des Körpers. Lou beugte sich zu ihm und stotterte etwas wie »*I can help! I study medicine!*«

Der Mann zeigte auf sein Auto, wo Lou die Hand einer Frau sah, die aus dem zerbrochenen Seitenfenster ragte. Zusammen mit Marc riss er die verbogene Tür auf. Die Frau stieß Worte heraus, die keiner verstand. Sie war hochschwanger. Und überall war Blut. Marie begriff als erste, dass das Blut nicht aus einer Wunde kam. Die Wehen hatten längst eingesetzt. Lou rannte zurück zum Bus, um den Verbandskasten zu holen. Marc und Marie versuchten die Frau aus dem Wrack zu befreien. Ihr Mann taumelte benommen zum Auto und schrie:

»*Doctor! Hospital!*« Er fuchtelte in Richtung der Stadt.

»*Too late*«, sagte Marie.

Der Mann brüllte die beiden an, sie sollten die Hände von seiner Frau lassen. Marc schaffte es irgendwie, Marie vor ihm zu schützen. In dem hitzigen Handgemenge war sie die einzige, die besonnen blieb. Sie wusste, was zu tun war, und die Frau begriff das. Sie schrie ihren Mann an, der endlich von Marc abließ und verstand, dass Marie ihr helfen konnte. Gemeinsam zogen sie die Schwangere aus dem Auto. Sie blieb extrem gefasst, obwohl sie schwer verletzt war. Sie wusste, dass es um Leben und Tod ging. Marie rief Corinna zu sich und schickte die Männer weg. Marc rannte zum Bus, um Handtücher zu holen. Lou hörte das Stöhnen der Schwangeren, die zwischen Marie und Corinna auf dem Boden lag. Hastig verband er die Kopfwunde des Mannes, der seine Hände zum Himmel richtete und ein Gebet rief. Dann stolperte der Mann herum, als würde er verrückt werden, sein Hemd voller Blut, in verzweifelter Selbstanklage. Lou wollte Marie helfen, aber plötzlich wurde ihm schwarz vor Augen. Seine Knie gaben nach, und er fiel auf den Boden. Alles, was er noch mitbekam, war fern und gedämpft, wie hinter einem Vorhang. Die Schreie der Frau. Das Flehen des Mannes. Dann Stille, schreckliche Stille. Und ein leises Wimmern.

Lou richtete sich auf und taumelte zu dem Wrack. Marc kniete neben der Mutter auf dem Boden und starrte ihn hilflos an. Er hielt ihren Kopf in beiden Händen, während Marie das Kind auf ihre Brust legte. Das Kind stieß kleine Schreie aus, die Mutter bewegte sich nicht mehr.

»*Ya Allah!*«, rief der Mann, »*Ya Allah!*«

Sie brachten die drei ins Krankenhaus von Kabul. Die Frau wurde sofort operiert. Sie warteten. Saßen stumm auf den Stufen vor dem Eingang und rauchten mit zitternden Händen. Als es dunkel wurde, saßen sie immer noch dort. Der Arzt kam heraus und überbrachte ihnen die Nachricht, dass das Kind überlebt hatte, aber die Mutter gestorben war. Marc stöhnte und verbarg sein Gesicht in den Händen. Am Himmel funkelten kalte Sterne. Lou wünschte sich zurück nach Hause. Er umarmte Marc und hielt ihn fest. Dabei blickte er zu Corinna, die etwas abseits saß und den Brüdern verstört zusah. Lou wusste, anders als sie, warum Marc so erschüttert war. Und dass er seinen Bruder mehr liebte als jeden anderen Menschen. Mehr sogar als Marie. Keine Liebe zu einer Frau konnte an das Schicksal heranreichen, das er seit Marcs Geburt mit ihm teilte. Der Arzt dankte ihnen für die Hilfe und lud sie nach Hause ein. Marie wollte die Einladung annehmen, aber Marc lehnte ab. Und Lou hatte an diesem Tag begriffen, dass er niemals Arzt werden würde. Weil er nicht dazu taugte.

Im Green Hotel, wo die Hippies abhingen, nahmen sie ein schäbiges Vierbettzimmer, duschten und gingen mit leerem Magen schlafen. Lou schloss die brennenden Augen, hörte die Kakerlaken auf den Tapeten und die Musik aus den Cafés der Chicken Street. Als er mitten in der Nacht wieder aufwachte, war Marc verschwunden. Lou blickte aus dem Fenster und sah seinen Bruder allein auf der Straße stehen. Als wäre er vom Himmel gefallen und wüsste nicht, was er hier verloren hatte. Er drehte sich um und schaute hinauf. Lou winkte ihm zu. Marc winkte hilflos zurück. Der einsamste Mensch auf Erden.

Am nächsten Morgen rief der afghanische Arzt an und bat sie, ins Krankenhaus zu kommen. Der Vater des neugeborenen Kindes wollte ihnen für ihre Hilfe danken. Es wäre unhöflich gewesen, abzulehnen. Marie und Corinna gingen hin. Lou fand eine Ausrede. Und Marc baute erstmal einen Joint. Dann ging er in ein Café, wo er den nächsten rauchte. Mittags kamen Marie und Corinna zurück zu den Brüdern. Marie legte eine Kette mit Anhänger auf den Cafétisch – ein goldenes Amulett mit arabischer Kalligraphie. Es hatte der verstorbenen Frau gehört.

»Ihr Mann hat darauf bestanden, dass wir es nehmen. Es hätte ihn verletzt, wenn wir abgelehnt hätten.«

»Hat sie das bei dem Unfall getragen?«, fragte Lou.
»Ja.«
»Ist das nicht makaber?«
»Bringt Glück, hat er gesagt.«
»Bringt Glück?«, wiederholte Lou sarkastisch.
»Vielleicht hat es das Kind beschützt«, sagte Marie.

Corinna wollte die Kette nicht. Auch Lou lehnte ab. Marc nahm sie und hängte sie Marie um den Hals.

»*Du* hast das Kind beschützt. Also hast du das Amulett verdient.«

Lou musste unwillkürlich an die Story von Jim Morrison denken, der als Dreijähriger Zeuge eines Unfalls geworden war: Auf einer Wüstenstraße in New Mexico lag ein umgestürzter Lastwagen, der Arbeiter transportiert hatte. Verletzte und Tote lagen blutend auf der Straße. Sie hatten dunkle Haut und schwarze Haare, wie amerikanische Ureinwohner. Morrisons Vater und Großvater liefen hin, um zu helfen. Der kleine Jim blieb bei seiner Mutter im Auto. Sie wollte nicht, dass er die schreckliche Szene sah, aber er konnte seine Augen nicht abwenden. Er begriff, dass die Erwachsenen genauso hilflos waren wie er. Er wurde hysterisch. Und in diesem Moment, so glaubte Morrison, sah er Geister oder Seelen, die aus den toten Körpern austraten, und eine dieser Seelen trat in seinen Körper ein. Wie ein göttlicher Funke, der seitdem in ihm glühte. Oder ein Fluch, der ihn von innen heraus verbrannte.

»Du *musst* das Ding nicht tragen«, sagte Lou zu Marie. Als ob sie auf sein Einverständnis gewartet hätte. Marie stand auf, betrachtete sich im Spiegel und umfasste das Amulett zärtlich mit beiden Händen, als wollte sie es vor den Blicken der anderen verbergen.

11

Wenn jemand einen schützenden Zauber gebraucht hätte, dann wäre es Marc gewesen. Er stürzte ab. Als hätte jemand das Seil, auf dem er so unbeschwert getanzt hatte, durchgeschnitten. Abwechselnd war er stoned oder besoffen, manchmal beides, und einen einzigen Tag lang sogar reich. Er dealte unter den Cafétischen der Chicken Street und in der Dunkelheit verrauchter Kinosäle. Während Lou Visa für Pakistan besorgte, Vorräte und neue Reifen, berauschte Marc sich an Kabul, wo das Gras der Einheimischen den Dollars der Hippies begegnete. Wo man vergessen konnte, woher man gekommen war, weil alle von irgendwoher kamen und niemand daran dachte, zurückzukehren. Wenn Lou den großen Bruder heraushängen ließ, wurde Marc eklig. Marie erreichte ihn auch nicht mehr, und die übelsten Beschimpfungen bekam Corinna ab. Es war das einzige Mal auf dieser Reise, dass Lou Corinna weinen sah.

Zur gleichen Zeit verwandelte sich Marie. Als hätte sie einen Schutzpanzer abgelegt, unter dem sich ihr wahres Wesen versteckt hatte, als hätte das Amulett ihr die Kraft gegeben, etwas

Dunkles in etwas Helles zu verwandeln. Vielleicht war es auch die freie, entspannte Atmosphäre in Kabul, die sich auf Maries Stimmung übertrug. Durch die Familie des Arztes lernte sie weitere Familien und Hippiefrauen kennen, die im Land geblieben waren, um in Krankenhäusern, Waisenhäusern oder Cafés zu arbeiten. Die Afghaninnen trugen Jeans, manche sogar kurze Röcke, und die Hippies trugen afghanische Hemden, Kleider und Mützen. Maries Magen rebellierte nicht mehr gegen das Essen, und in den Teestuben fand sie Freunde. Wohin sie auch ging, folgten ihr Kinder. Marie lernte ihre Spiele und ein paar Worte ihrer Sprache. Sie bekam eine buntbestickte Robe geschenkt. Und immer trug sie ihr Amulett. Manchmal nahm sie Corinna mit, manchmal nicht.

Eines Tages war Marc so stoned, dass er seinen Pass gegen eine silberne Haschpfeife eintauschte. Lou fand ihn in einem Café in der Chicken Street, wo er im Tibetischen Totenbuch las und vor sich hinpaffte.

»Bist du vollkommen verblödet?«, sagte Lou, ohne sich zu setzen.

»*Was wir in unserem Leben getan haben, formt uns zu dem, der wir sind, wenn wir sterben*«, las Marc vor, »*und alles, wirklich alles, zählt.*«

»Wie willst du ohne Pass über die Grenze?«

Marc zuckte mit den Schultern und zog seinen zerknüllten Tabakbeutel aus der Hosentasche.

»Marc! Zurück nach Deutschland kommst du auch nicht!«

»Bleiben wir halt hier. Züchten Schafe, bauen Dope an. Dieses Buch ist voll abgefahren, das beschreibt exakt, was passiert, wenn du stirbst.«

Lou hasste es, seinen Bruder immer wieder an die wirkliche Welt erinnern zu müssen. Dass man zum Essen Geld und zum Grenzübertritt Dokumente brauchte. Solche Sachen. Spießerkram, Miesepeterkram. Lou wollte kein Anwalt der wirklichen Welt sein. Wozu fuhren sie schließlich nach Indien? Um an Geld zu denken oder um sich wie Siddharta aus allen Zwängen zu befreien? Mag sein, dass ihm der Zugang zu der spirituellen Dimension im Land fehlte, in der Marc zu Hause war, aber das hieß nicht, dass er keine Sehnsucht hatte – nach dem Zauber hinter dem Profanen, der unsichtbaren hinter der sichtbaren Welt.

Marc krümelte Haschisch auf den Tabak und stopfte seine Pfeife. Lou bemerkte, dass seine Augenbraue aufgeplatzt war.

»Hast du dich verletzt?«

»Ich hab den Typen getroffen. Den aus dem Käfer. Der seine Frau auf dem Gewissen hat. Weißt du, wo der war? Im Puff. Mann, sah der Scheiße aus. Hat sich voll geschämt, mich zu sehen.«

Lou setzte sich zu ihm an den kleinen Tisch. Marc blickte nur kurz auf, dann baute er weiter. Seine Händknöchel bluteten.

»Was machst du im Puff?«

»Nur dealen«, murmelte Marc. Er sah Lou aus glasigen Augen an und sagte:

»Er will das Kind weggeben. In ein Waisenhaus. Hat dann so 'n Spruch abgelassen wie: *Allah hat das Leben geschenkt, Allah hat das Leben genommen.*«

Marc friemelte Tabakfäden aus seiner Pfeife.

»Ich hab ihm gesagt: Nein, mein Freund. Allah hat das Leben geschenkt, und *du* hast es genommen. Dann hab ich ihm gesagt, er soll das Kind ins Waisenhaus bringen, damit es nicht bei einem Arschloch aufwächst. Da hat er mir eine verpasst. Dann haben wir uns geprügelt.«

»Es war ein Unfall, Marc. Glaubst du, der wollte seine Frau umbringen?«

»Der hat auf mich eingedroschen wie 'n Wahnsinniger. Irgendwann hab ich aufgehört, mich zu wehren. Einfach aufgehört. Und er... bam bam bam! Ich hab nichts mehr gespürt. War kurz davor, abzutreten. Wenn die anderen ihn nicht weggezogen hätten...«

Marc holte sein Feuerzeug aus der Hosentasche. Lou sah ihn fassungslos an.

»Ich weiß. Ich hab's verdient. Das Arschloch war ich. Das is'n armes Schwein. Aber ich hab an die tote Frau gedacht und bin ausgerastet.«

Lou spürte einen Kloß im Hals. Er wusste, an wen Marc wirklich gedacht hatte. Und er fragte sich, ob es an den Drogen lag, dass Marc die Dinge durcheinanderbrachte. Die Orte, die Zeiten, seine eigene Geschichte und die der anderen.

»Hey, Marc das sind fremde Menschen.«

Marc zündete seine Pfeife an.

»Nee, keiner ist fremd. Wir sind einfach verschiedene Formen von 'nem einzigen großen Bewusstsein. Wir sehen nur anders aus, verstehst du? Denken, wir wären getrennt. Aber das ist 'ne Illusion. Und wenn wir sterben, werden wir wieder eins.«

Er nahm einen Zug und reichte Lou die Pfeife. Lou schüttelte den Kopf.

»Sag mal, nimmst du auch härtere Drogen?«

Marc schwieg, blies den Rauch aus und schloss die Augen. Als wäre Lou nicht da.

»Opium? Heroin?«

Lou legte ihm die Hand auf den Arm. Marc schlug sie weg.

»Au! Bist du bescheuert?«

»Lass mich in Ruhe!«, blaffte Marc.

Die Leute an den Cafétischen sahen verstört herüber. Lou stand auf und ließ Marc allein.

Marie riet ihm, Marc zu verzeihen. Lou schluckte seinen Ärger herunter und kaufte den Pass, der bereits den Besitzer gewechselt hatte, für eine horrende Summe zurück. Damit war die Reisekasse leer, bevor sie die indische Grenze überquert hatten. Und Marc hatte einen guten Vorwand, weiter zu dealen.

Aber jetzt traf er nicht nur die Kiffer und Freaks, sondern die harten Jungs. Solche, die Opium und Mädchen verkauften. An einem Tag war er reich wie ein König, und am nächsten Tag saß er im Knast. Lou setzte Himmel und Hölle in Bewegung, um ihn dort rauszuhauen. Der Himmel konnte nicht helfen, aber die Hölle tat es. Als Marc gegen Bewährung rauskam, hatte er enorme Schulden – bei den falschen Freunden. Und er hasste Lou dafür, dass er ihn rausgeboxt hatte. Lou, der Gute. Mister Ich-wollte-Arzt-werden-aber-kann-kein-Blut-sehen. Der für jedes Mal, wenn er ihm aus der Scheiße half, eine Gegenleistung erwartete. Nämlich, dass Marc dem Bösen entsagte und zurück in Penelopes Schoß kroch. Aber Marc wollte nicht mehr gut sein. Er glühte wie eine Sternschnuppe auf ihrem Weg nach unten.

Eines Abends bemerkte Lou, dass Corinnas Rucksack fehlte. Sie war abgehauen. Marie hatte sie in einen Lastwagen steigen sehen. Mit irgendeinem Typen.

»Und du hast sie nicht aufgehalten?«, fragte Lou entgeistert.

»Sie ist frei«, sagte Marie.
»Wieso hast du mir denn nichts gesagt?«
»Du warst mit Marc beschäftigt.«
Lou verfluchte seinen Bruder dafür, dass er sie aufgehalten hatte und sich selbst dafür, dass er nicht frei war, zu tun, was er wollte.
»Du solltest mal ausschlafen«, sagte Marie.
Als er einen Blick in den Spiegel warf, erschrak er. Er sah nicht viel besser aus als Marc. Bleich, ausgemergelt, mit Fusselbart und fiebrigen, furchteinflößenden Augen.

Er fand seinen Bruder in einer schmutzigen Markthalle, wo nachts Hunde herumstreunten und Geldbündel ihre Besitzer wechselten. Marc saß mit zwei finsteren Gestalten an einem Blechtisch, in seinen John-Lennon-Fellmantel gehüllt. Sie tranken Whisky und spielten Backgammon. Lou warf wütend seinen Pass auf den Tisch.
»Steh auf. Komm mit.«
»Wohin?«
»Nach Hause.«
Marc blickte auf, mit geröteten Augen und spöttischem Grinsen. Er nahm den Pass und schlug das Foto auf.
»Wer ist dieser Typ? Kenn ich nicht. *You know this guy?*«, fragte er die beiden Afghanen. Sie lachten heiser. Lou sah ihre kaputten Zähne in der Dunkelheit leuchten. Sie luden Lou ein, sich zu setzen. Lou ignorierte sie.
»Ich hab keinen Bock mehr, Marc. Ich schau nicht mehr zu, wie du dich zugrunde richtest.«
»Dann fahr halt allein.«
Lou packte ihn an seinem Fellkragen und zog ihn hoch.

»Hör zu, Marc. Ich sag dir jetzt w...!«

Marc stieß ihn weg. Er war stärker, obwohl er zugedröhnt war. Die Afghanen standen auf, um die Männer zu trennen, aber Marc erklärte, er würde das allein regeln.

»*He's my brother.*«

Lou zog Marc in eine Ecke, wo Mehlsäcke lagerten.

»Hör auf, dich fertig zu machen«, sagte er leise. »Du kannst nichts dafür, dass Mama gestorben ist.«

Marc schlug um sich, aber Lou ließ sich nicht abschütteln.

»Sie hat dir das Leben geschenkt, okay? So musst du das sehen. Sie würde nicht wollen, dass du's wegwirfst. Sondern dass du was draus machst.«

»Ich hab nicht drum gebeten, auf diese Scheißwelt zu kommen. Und ich häng nicht an meinem Leben!«

»Aber ich häng an dir, du Arschloch.«

»Solltest du nicht.«

Marc schob Lou zur Seite, um zurück zu den Männern zu gehen. Lou hielt ihn fest.

»Marc. Ich brauch dich.«

Lou hatte das noch nie zu einem Mann gesagt, geschweige denn zu seinem Bruder. Marc sah ihn verwundert an. Dann packte er Lous Kopf und zog ihn zu sich. Auf einmal schien es, als wäre Marc der Ältere, der seinen kleinen Bruder tröstete. Lou kämpfte gegen die Tränen an. Seine Lippen zitterten.

»Ich hab Heimweh«, stieß Lou heraus. »Scheißverdammtes Heimweh.«

»Und jetzt willst du umdrehen?«

»Ich... weiß nicht mehr... Wenn ich an zu Hause denk... da ist nichts mehr. Das war doch kein Zuhause!«

»Nein, war's nicht.«

Marc ließ ihn los.

»Jetzt sag *ich* dir was, Lou. Hör auf, den Blues zu schieben. Du kannst sie nicht mehr lebendig machen.«

»Ich weiß... aber...«

»Hey. Wir müssen immer weiter gehen. Nicht umdrehen. Wie Orpheus und Euridyke, weißt du noch? Auf dem Weg aus der Unterwelt? Nie umdrehen. Sonst holen sie dich ein.«

Lou war verblüfft, wie klar Marc noch im Kopf war.

»Aber du hast den falschen Ausgang genommen, Marc.«

Marcs Augen funkelten.

»*Jenseits von Richtig und Falsch liegt ein Garten. Dort werden wir zusammenfinden.* Das ist von Rumi. Gut, was?«

Er ging zum Tisch und holte sein Whiskyglas. Die Afghanen beobachteten ihn. Er reichte Lou das Glas.

»Bye bye, Bruder. Ich bring dir kein Glück.«

Lou trank einen Schluck. Es schmeckte bitter.

»Ich fahr nicht ohne dich.«

»Was ist mit den Frauen?«

»Marie ... Funkstille. Und Corinna ist weg.«

»Wie, weg?«

»Na, futsch. Verschwunden.«

Marc dachte verunsichert nach.

»Allein?«

Lou zuckte mit den Schultern. Marc nahm ihm das Glas aus der Hand und trank es auf ex. Dann stellte er es zurück auf den Tisch, nahm seinen Tabakbeutel und sein Feuerzeug. Die Afghanen fragten ihn etwas, aber er antwortete nicht und ging zu Lou.

»Versprich mir«, sagte er leise, »dass du dich nie umdrehst. Okay?«

»Wenn du mitkommst.«

»Aber nicht zurück. Da gibt's nichts mehr.«

»Versprochen. Es gibt nur Indien.«

»*Let's go.*«

Als sie durch eine Blechtür auf die Straße traten, brüllte der Afghane hinter ihnen, dass Marc seine verdammten Spielschulden nicht bezahlt hatte.

»Lauf!«, rief Marc.

Sie rannten los.

Die Afghanen folgten ihnen. Einer von beiden humpelte. Lou riss seine letzten Geldscheine aus der Tasche und warf sie auf die schmutzige Straße. Die Männer sammelten sie auf und fluchten. Lou und Marc rannten weiter. Als sie um die Ecke gebogen waren, musste Marc sich übergeben. Lou zog ihn weiter, in eine Straße, wo Neonlichter brannten. Atemlos blieben sie stehen, sahen sich an und lachten. Da war es wieder. Marcs breites, unbeschwertes Lachen.

Im Hotelzimmer weckten sie die schlafende Marie.

»Wach auf! Wir müssen verduften!«

Alles Gepäck, das sie nicht unter ihren Klamotten verstecken konnten, ließen sie im Zimmer liegen. Damit der Nachtwächter, als sie im Morgengrauen die Treppe heruntersteigen, keinen Verdacht schöpfte. Ohne die Rechnung zu bezahlen, brachen sie auf.

Ohne Kohle.

Und ohne Corinna.

Die Fahrt durch die Berge vor Jalalabad nüchterte Marc aus. Irgendwann schnappte er sich die Gitarre und klimperte einen Dylan-Song. *Don't Think Twice, It's Alright.* Lou starrte auf die Straße, die sich an abschüssigen Felsen entlang schlängelte. Marie wirkte erleichtert. Und obwohl alle an sie dachten, sprach niemand von Corinna.

An der Grenze nach Pakistan hatten sie Glück. Die Zöllner zerlegten gerade einen anderen Bus und beschränkten sich darauf, ihre Papiere zu kontrollieren. Ausgerechnet jetzt, als Marc keinen Krümel Hasch mehr hatte.

»*Take care*«, sagte der Beamte. »*It is the most dangerous road in the world.*« Er warnte vor Wegelagerern, wilden Tieren und Gerölllawinen.

»*No problem*«, sagte Lou. Nichts konnte gefährlicher sein als die Dämonen, die sie in Kabul eingeholt hatten. Er atmete auf, als sie die Grenze hinter sich ließen.

Nachts, als die drei in Decken gehüllt neben Penelope standen und rauchten, versuchte Lou, Marcs Gedanken zu erraten. Hoch über dem schwarzen Bergmassiv zog ein Flugzeug seine lautlose Spur nach Osten. Die blinkenden Positionslichter, klein wie Sterne, gegen den dunklen Himmel. Eigentlich ein Wunder, dachte er, dass die Leute dort oben, umgeben von nichts, wie auf einer schnurgeraden Straße flogen. Kein übernatürliches, sondern ein technisches Wunder. Es war, als würde er von der Steinzeit hinauf in die Zukunft schauen. Dann musste er an Kant denken – das Staunen über das moralische Gesetz in uns und den gestirnten Himmel über uns. Und dann fragte er sich, warum er immer etwas denken musste. Wie konnte er seine Gedanken abschalten? Frieden vor sich selbst finden? Die Stille in diesen Bergen, jahrtausendealte Stille, war größer als jeder Mensch, der hier durchgezogen war – Alexander der Große, Dschingis Khan oder die gescheiterten Briten. Wenn man genau hinhörte, blieb es nie ganz still in den Ohren. Da war immer noch ein Nachhall, wie auslaufende Wellen eines entfernten Sturms, die auf einem windstillen Meer ankamen. Marc ging ein paar Schritte, kickte einen Stein über die Straße und sagte:

»Mann, wieso hast du sie gehen lassen!?«

Auf dem Khyber-Pass säumten kaputte Autos den Straßenrand. Manche waren nur noch rostige Skelette, bei anderen kochte der Kühler. Manchmal hielt Lou an, um zu fragen, ob sie helfen konnten, aber meistens fuhr er vorbei. Sie blickten in die Gesichter der Gestrandeten und hofften, dass Penelope durchhielt.

Plötzlich sahen sie Corinna. Sie stand neben einem Lastwagen, dessen Fahrer ein Rad wechselte. Lou bremste scharf. Sie machte keine Anstalten, näher zu kommen und winkte beiläufig. Mehr Goodbye als Hello. Ihre Gleichgültigkeit gab Lou das Gefühl, schuld daran zu sein, dass sie dort in der Kälte stehen musste. Während er noch überlegte, was er tun sollte, sprang Marc aus dem Bus und sprach ein paar Takte mit ihr. Es wirkte, als würden ihre Körper etwas verhandeln. Corinna zeigte auf den Lastwagenfahrer, der mit seiner schmutzigen Hand winkte und lachte. Dann kam Marc zurück und setzte sich in den Bus.

»Fahr weiter.«

Lou startete den Motor, da rief Marie aus dem offenen Fenster.

»Corinna, was soll der Quatsch? Komm mit!«

»Alles okay, ich fahr mit Jared. *See you!*«

Die Abfuhr war doppelt demütigend. Corinna zog ihnen nicht nur einen Lastwagenfahrer vor, sondern einen Lastwagenfahrer mit kaputtem Lastwagen. Sie würde lieber hier draußen in der Kälte übernachten als in den beheizten Bus zu steigen.

»Lass sie«, sagte Marie zu Lou.

»*See you*«, rief Marc aus dem Fenster und hob die Hand. Lou fuhr an ihr vorbei, ohne ein Abschiedswort heraus zu bringen.

Aber das war nicht das Ende der Story. Vierzig Kilometer weiter verreckte das Getriebe. Erst heulte es, dann knirschte es, dann krachte es. Wo einmal Zahnräder den Schalthebel geführt hatten, rührte Lou in einem Sack Murmeln herum.

»*Come on*, Penelope!«, flehte Lou. »Nicht hier in der Pampa!«

»Is' eh 'n Wunder«, sagte Marc, »dass sie solange durchgehalten hat.« Sie stiegen aus und robbten unter den Bus, um zu retten, was zu retten war. Hämmerten am Gestänge herum, bekamen Öl ins Gesicht und fluchten.

Dann begann es zu regnen. Ein Lastwagen dieselte vorbei und bremste am Straßenrand. Corinna stieg aus.

»Du hast dein Amulett nicht um«, sagte sie zu Marie, die frierend auf der Hinterbank saß.

Jared, der Lastwagenfahrer, kroch kurz unter den Bus, kam wieder heraus und stellte knapp fest:

»*Broken. No fix.*«

Ohne dass Corinna ihn darum gebeten hätte, holte er sein Abschleppseil heraus. Sie hatten keine andere Wahl, als sein Angebot anzunehmen. Tatsächlich hatten sie verdammtes

Glück, denn sie standen in einer Schlucht, die meilenweit von der Zivilisation entfernt war.

Marie stieg in den Laster und setzte sich neben Corinna. Marc kletterte auf die Ladefläche, um Penelope im Auge zu behalten, und Lou blieb allein am Steuer. Er hatte Mühe, auf der abschüssigen Straße Kurs zu halten. Seine Hände am Lenkrad festgekrampft, müde und hungrig starrte er auf die roten Rücklichter in der Gischt hinter dem Laster, der viel zu schnell über die schlechte Straße fuhr.

12

Jared schleppte Penelope ins nächste Dorf, am Rand der Berge. Dort kannte er einen Freund, der VWs reparierte. Sie kamen an, als der Regen aufhörte. Die untergehende Sonne tauchte die Ebene in ein unwirkliches Licht. Ein kleines Minarett überragte die Häuser aus Stein und Lehm. Die Luft war klar und roch nach Erde. Am Himmel stand ein riesiger Regenbogen. Die Werkstatt befand sich neben dem Haus, wo der Mechaniker, ein *funny guy* namens Salman, mit seiner Familie lebte. Im Garten, der mehr ein Feld war, standen zwei verbeulte VW Käfer. Sie schoben die erschöpfte Penelope daneben, die Kinder halfen mit. Salman meinte, er könnte morgen das Getriebe tauschen, *inshallah*. Dann lud er alle zum Abendessen ein, mit seiner Familie. Sie aßen am Boden, im Kreis sitzend, Männer und Frauen getrennt, während die Kinder neugierig von einem Zimmer ins andere liefen. Als Salman Lou fragte, was er studierte, antwortete Marc für ihn:

»*Music.*«

Lou spielte es gleich wieder herunter. Aber der Mechaniker freute sich. Er zeigte ihnen seine Tablas.

»Heute Nacht gibt es eine *birthday party*«, sagte er.

»Wer hat Geburtstag? Du?«

»Nein, jemand, der schon lange tot ist. Wir spielen zu seinen Ehren. Kommt ihr mit?«

»Klar«, antwortete Marc.

Lou schüttelte müde den Kopf. Seine Augen brannten, seine Nackenmuskeln waren steif wie ein Brett.

»Loser«, sagte Marc und grinste.

Dann zog er los, mit Salman, Jared und ein paar Freunden, die sie abholten, ihre Tablas unterm Arm. Kurz darauf kamen festlich gekleidete Nachbarinnen ins Haus, und Lou verstand, dass auch die Frauen feiern würden, aber zu Hause. Sie luden Marie und Corinna ein. Lou war auf einmal fehl am Platz. Er verkrümelte sich in den Garten, ohne dass jemand Notiz davon nahm. Er ging über die matschige Wiese zur schlafenden Penelope und machte sich daran, den Schaden zu beseitigen, den der Wolkenbruch angerichtet hatte. Das Bettzeug, die Fußmatten, die Sitze, alles war durchnässt. Er zog die Matratzen ab, stellte die Fußmatten auf, ging mit der Taschenlampe um den Bus und fand die kaputten Fensterdichtungen. Aus dem Haus drang das Lachen der Frauen, dann Gesang und Klatschen. Er hüllte sich in die letzte trockene Decke und stimmte die verzogene Gitarre. Dann schlief er ein.

Stunden später wachte er vom Geräusch der Schiebetür auf. Marie und Corinna kletterten in den Bus, aufgedreht, kichernd und überhitzt.

»Die tanzen wie verrückt, du hast echt was verpasst!«

Bevor Lou Platz machen konnte, krabbelte Marie zu ihm und schob ihm eine süße Kugel in den Mund.

»Gulab Jamon!«, murmelte sie und biss die Hälfte ab.

Ihr Körper glühte. Sie lachte und wischte Lou den Sirup von den Lippen. Corinna schaltete das Kurzwellenradio ein. Sie mochte keine Stille. Der Glockenschlag von Westminster, dann die BBC World News. In London waren sie noch wach. Corinna zog ihr verschwitztes Kleid aus. Lou richtete sich auf. Ganz offensichtlich stellte sich die Frage, wer im Bus pennen würde. Die Wiese war zu schlammig, um das Zelt aufzustellen.

»Wenn Marc kommt, wird's eng…«, sagte Lou.

»Wird schon irgendwie gehen«, meinte Marie.

Lou stutzte. Offenbar *wollte* sie, dass Corinna blieb. Dann zog sie ihr pakistanisches Kleid über den Kopf. Corinna half ihr.

»Du hast echt schöne Brüste«, sagte sie.

»Ich mag sie«, antwortete Marie.

Etwas an der Vertrautheit der beiden Frauen störte Lou, und er fragte sarkastisch: »Wollt ihr jetzt 'nen Dreier schieben?«

Corinna und Marie lachten, nur Lou nicht. Der nahm die Sache ernst. Als Marie sich an ihn schmiegte, verkrampfte er sich.

»Was ist?«, fragte sie.

»Nichts.«

»Ich dachte, du hast schon mal nen Dreier geschoben?«, fragte Corinna. Lou war sich nicht sicher, ob sie nur kokettierte.

»Hat er Angst?«, sagte sie zu Marie und lächelte.

»Nein«, knurrte Lou. Halb hoffte und halb befürchtete er, Marie würde die Sache für ihn beenden. Aber sie wartete auf seine Entscheidung. Und Corinna spielte Katz und Maus mit ihnen.

»Wir können ja ein I Ging werfen«, schlug sie vor.

Marie zuckte mit den Schultern und nickte. Lou erkannte sie nicht wieder.

»Habt ihr da drinnen was geraucht?«, fragte er.

Marie schmunzelte. »Nee, nur getanzt.«

Corinna zog ihre Münzen heraus und reichte sie Lou.

»Sechs Würfe, jeder zweimal.«

Dann warfen sie die Münzen. Corinna malte mit einem Kugelschreiber sechs Linien auf ihren Arm. Durchgezogen, unterbrochen, durchgezogen... Dann schlug sie in ihrem schlauen Buch nach.

»*Das Heitere*«, las Corinna vor. »*Du kannst anderen Freude bereiten. Auch so erhältst du Macht.*«

»Für wen gilt das jetzt?«, fragte Marie.

»Und dann wandelt sich das Zeichen.« Corinna blätterte weiter. »*Der Durchbruch. Brich mit alten Gewohnheiten. Entschlossenheit und Rücksichtnahme sind wichtig. Du brauchst keine Kompromisse zu schließen.*«

»Was heißt das jetzt«, fragte Lou, »Ja oder Nein?«

»Das kann jeder nach seinem eigenen Feeling interpretieren.« Corinna lächelte und drehte das Radio lauter. Die Nachrichten waren vorbei, jetzt spielten sie Musik.

»Wir können uns ja massieren«, sagte Marie.

War das ein heimliches Ja oder ein heimliches Nein?

»Wer wen?«, fragte Lou. Statt einer Antwort schob Corinna sich hinter Marie und flüsterte ihr ins Ohr:

»Leg dich auf den Bauch.«

Marie gehorchte. Corinna massierte Maries Nacken, während sie immer wieder zu Lou blickte, dann streifte sie ihr T-Shirt ab und legte sich langsam auf Maries Rücken. Lou sah zu, irritiert und erregt. Er konnte nichts tun, ohne eine Entscheidung für oder gegen jemanden zu treffen. Wenn er die eine berührte, würde er damit die andere zurückweisen. Es war, als würden sie ihn herausfordern, seine Karten auf den

Tisch zu legen, jede aus anderen Gründen, und was er auch tat, wäre ein Fehler. Authentisch sein war das Gebot der Zeit, aber Authentizität war ein Spinnennetz, in dem man sich verfangen konnte; jede Bewegung machte es nur noch schlimmer. Er wäre am liebsten getürmt. Marie spürte es und schob ihm ihre Hand entgegen, liebkoste sein Knie, seine Lenden, um neugierig nachzuspüren, ob ihn erregte, was er sah. Er kam sich vor wie ein Teenager, der sich dafür schämte. Marie schien es zu gefallen, denn ihre Hand blieb dort.

Sein Körper spielte das Spiel mit, aber seine Gedanken verkeilten sich. Es konnte unmöglich sein, dass Marie und Corinna, die er in zwei verschiedene Räume gestellt hatte – den des täglichen Lebens und den der verbotenen Gedanken – auf einmal denselben Raum teilten.

»Willst du auch mal?«, fragte Corinna.

Sie schob sich sanft von Marie herunter, um ihr Raum zu geben. Marie folgte ihrer Bewegung, als hätten sie die Choreographie abgesprochen und drehte sich auf den Rücken. Sie streckte Lou einen Arm entgegen und zog ihn zu sich herunter. Ihre Wärme tat ihm gut, aber jetzt konnte er Corinna nicht mehr sehen, was ihn verunsicherte. Er richtete sich auf.

Corinnas Augen fixierten ihn.

Maries Hände schlüpften in den Raum, den er zwischen ihnen geöffnet hatte, und knöpften sein Hemd auf. Lou hielt den Atem an, aber hinderte sie nicht daran. Es ist okay, sagte ihr Blick. Sie strich ihm durch die Haare, so wie sie es immer tat, wenn sie ihm ins Gesicht fielen. Dann zog sie ihn zur Seite, überraschend entschlossen, so dass er neben ihr zum Liegen kam und Corinna sich an Maries Rücken schmiegen konnte, während Marie sich Lou zuwandte. Als hätte sie es so gewollt.

Lou spürte, dass sie es genoss. Er wollte sie umarmen, aber seine Hand berührte Corinnas Schulter, die sich anders anfühlte als Marie, gespannter, athletischer. Er zog seine Hand zurück. Dann bemerkte er Corinnas Hand, die sich zwischen seine und Maries Haut schob. Allein ihren Handrücken zu spüren, erregte ihn. Ihr Körper hatte eine völlig andere Energie als Marie, weniger sensibel und empfänglich, aber einnehmender, überraschender, verspielter. Lou bewegte sich wie immer, wenn er mit Marie Liebe machte, und auch ihr Körper antwortete wie immer, so dass er sich fast der Illusion hingeben konnte, sie wären zu zweit, was er mit aller Macht versuchte zu denken, um an irgendetwas Vertrautem festzuhalten. Er schloss die Augen.

Die BBC spielte Procol Harum. Den Song, den Marc liebte. Den sie bei Bach geklaut hatten.

> *We skipped the light fandango*
> *Turned cartwheels 'cross the floor*
> *I was feeling kinda seasick*
> *The crowd called out for more*
> *The room was humming harder*
> *As the ceiling flew away*

Es war gelogen, dachte Lou, dass man zwei Frauen lieben kann. Er machte Liebe mit Marie, aber er begehrte die Frau hinter ihr. Er verurteilte sich nicht dafür, sondern entdeckte es wie eine Tür, die er zu einem neuen, unerwartet weiten Raum aufstieß. Er kam, bevor Marie gekommen war.

Ein beschämendes Gefühl erfasste ihn. Er wandte sich ab, im Versuch, sich nicht ins Gesicht sehen zu lassen. Er war immer stolz darauf gewesen, ein »neuer« Mann, ein »sanfter« Mann zu sein; einer, für den nicht nur der eigene Lustgewinn zählte, sondern, dass die Frau in gleichem Maß auf ihre Kosten kam. Und jetzt, gerade jetzt, als Corinna ihn zum ersten Mal erlebte, hatte er das Versprechen nicht gehalten. Es war eine schreckliche Niederlage. Umso mehr, als Marie ihn nicht einmal verurteilte, sondern anlächelte, liebevoll und nicht ohne Mitleid.

In diesem Moment kam Corinna aus der Deckung.

»Soll ich's zu Ende bringen?«, flüsterte sie in Maries Ohr. Bevor Lou dazwischenfahren konnte, nickte Marie. Corinna schob sich auf sie, leise und entschlossen wie eine Raubkatze. Mit einer Hand stützte sie sich ab, die andere wanderte über Maries Brust. Sanft glitt sie in den Spalt zwischen Marie und Lou, ohne ihm die Chance zu geben, Widerstand zu leisten. Erst die Hand, dann der Arm, dann die Schulter und Corinnas ganzer Körper.

Er war raus.

Er sah die sanften Bewegungen von Corinnas Schulterblatt und hörte Maries Atem, der genauso klang wie sonst, wenn sie auf *seine* Bewegungen reagierte. Alles was er noch tun konnte, war, sie jetzt nicht zu unterbrechen. Noch nie war er Corinna so nah gewesen, und gerade jetzt war er überflüssig geworden.

One of sixteen vestal virgins
Who were leaving for the coast
And although my eyes were open
They might just as well've been closed

Aber er blieb liegen. Hielt es aus. Bis zu dem Moment, als Corinna Marie küsste. Erst hörte er es nur, dann hob er den Kopf, weil er es nicht glauben konnte. Und dann sah er den Kuss. Zwei Welten, die nicht zusammengehörten, verschmolzen miteinander. Es widerte ihn an. Er richtete sich abrupt auf.

»Bist du okay?«, fragte Corinna ihn.

»... Ja.«

Marie fasste mitfühlend seine Hand.

»Ich dachte, du wolltest das.«

Lou stammelte irgendetwas, das er selbst nicht glaubte, dann zog er Hemd und Hose an, ohne den beiden in die Augen zu sehen. Marie wollte ihn zurückhalten, aber er tat so, als würde er das nicht bemerken und stolperte aus dem Bus.

Draußen sog er die kühle Luft ein. Marie und Corinna riefen ihn nicht zurück. Eine Weile stand er unschlüssig vor der offenen Schiebetür als würde er darauf warten, dass die Jury ihr Urteil verkündete. Dann wurde ihm klar, dass er selbst für sich entscheiden musste.

Er verkrümelte sich in die Dunkelheit. Im Gehen wandte er sich nochmal um. Hinter den Vorhängen sah er einen Schatten, der sich bewegte, Corinnas Schatten, und Penelopes Tür schloss sich wie von Zauberhand.

Ziellos streifte er auf den menschenleeren Dorfstraßen herum. Keine Straßenlaterne erhellte die Nacht. Scharfer Wind pfiff von den Bergen. Eine Fledermaus flatterte vorbei. Ein angeketteter Hund kläffte. Lou versuchte seine Gedanken zu ordnen. Die Sterne funkelten so hell wie er sie noch nie gesehen hatte. Zwischen ihnen die schwarze Leere des Alls. Es gab millionenfach mehr Leere als Materie, dachte er, mehr Nichts als Etwas. Wie in den Atomen seines Körpers. Winzige Elektronen, die um einen Kern kreisten, und dazwischen war – nichts. Lou starrte in den Himmel und fühlte die Leere in sich selbst. Es gab mehr Niemand als Jemand in ihm. Das machte ihm Angst.

Von fern hörte er Musik. Er folgte ihr, bis er am Rand des Dorfs zu einem Hügel gelangte, auf dem steinerne Gräber lagen. Sie kam von einem erleuchteten Gebäude inmitten der Grabsteine – ein Kubus mit einer Kuppel, vielleicht ein Sufi-Schrein. Erst wirkte es klein, aber als er sich näherte, war es beeindruckend. Im Lichtschein von offenen Feuern erkannte Lou goldbestickte Tücher an den Wänden, karminrot und smaragdgrün. Er hörte Trommeln. Dann sah er Musiker auf Teppichen vor dem Schrein sitzen, und im Kreis darum ihre Zuhörer. Lou erkannte Salman, der trommelte, während zwei ältere Männer mit geschlossenen Augen Harmonium spielten. Neben Salman trommelte Marc auf einer Tabla. Mr. Tambourine Man, dachte Lou, als wärst du einer von ihnen. In der Mitte saß ein Sänger, kräftig wie ein Buddha, umringt von einem Chor, der im Rhythmus klatschte und seinen Gesang als Echo wiederholte. Manche trugen Pullover und Daunenwesten, manche eine traditionelle Qurta; es waren einfache Männer aus dem Dorf. Am entrückten Ausdruck ihrer Gesichter erkannte Lou, dass die Musik, die sie machten, keine gewöhnliche war. Qawwali, die Musik der Sufis, war sozusagen der Yeti des Hippie-Trails: Alle redeten davon, aber keiner hatte sie mit eigenen Ohren gehört. Salman grüßte Lou mit einer knappen Handbewegung, und die Zuhörer machten Platz auf dem Teppich. Er setzte sich in den Schneidersitz und spürte die Körperwärme der Männer neben ihm. Marc zwinkerte ihm zu. Es war unmöglich, seine Trommelschläge von denen der anderen zu unterscheiden; er war ganz in der Gruppe aufgegangen.

Die Oberkörper der Zuhörer bewegten sich rhythmisch vor und zurück, so dass zwischen denen, die spielten und denen, die zuhörten keine Grenze mehr bestand. Alle waren auf einer gemeinsamen Reise, getrieben von einem einzigen hypnotischen Beat. Der ekstatische Dialog zwischen Sänger und Chor schraubte sich über Halb- und Vierteltöne immer höher. Stimmen, deren Wurzeln tief in die Erde reichten, während sie sich weit zum Himmel streckten. Eine unsterbliche Musik in sterblichen Körpern.

»*What do they sing about?*«, fragte Lou seinen Nachbarn.
»*Mast Qalandar!*«
»*What?*«
»*About a holy man who's drunk!*«
»*Drunk? From alcohol?*«
»*No! Drunk from love!*«
»*Ah! Happy love or unhappy love?*«

Der Mann verstand die Frage nicht. Also versuchte Lou es anders.

»*Who's the girl?*«
»*Girl?*«
»*His love! What's her name?*«

Der Mann lachte.

»*Allah, my friend! Allah!*«

Es war keine irdische Liebe. Sie sangen von der Sehnsucht nach dem Göttlichen. Und der Gesang war die Begegnung beider Sphären. Als riefe die Schöpfung nach ihrem Schöpfer. Ein Rhythmus, der von denselben Gesetzen bewegt wurde wie Mond und Sterne. Es stellte alles auf den Kopf, was Lou über Musik wusste. Für seine Generation zählte nur das Neue, das Unerhörte, das Experimentelle als Kunst. Aber diese Musik war so alt und anziehend wie die Erde selbst. Sie hatte Wurzeln. Wir sind dabei, alle Wurzeln auszureißen, dachte Lou, und wundern uns, warum wir so verloren sind. Er beneidete diese Männer. Er wünschte sich, seine Haut ablegen zu können und einer von ihnen zu sein, nur für eine Nacht. Das Erhabene, das Heilige, die Hingabe – all das, was er, die Linke und der Westen verbannen wollten, hier war es lebendig wie eh und je.

Der Sänger flüsterte Marc etwas zu, dann winkte er Lou herbei. Lou schüttelte den Kopf, aber der Sänger bestand darauf. Lou stand auf und ging nach vorne, wo der Sänger ihm einen Platz zuwies. Er setzte sich zwischen die Männer, die weiter klatschten, in Ekstase versunken, ohne dem Gast große Beachtung zu schenken. Lou wiegte seinen Kopf und begann im Rhythmus der Männer zu klatschen. Marc warf ihm einen aufmunternden Blick zu, während er trommelte, als wollte er sagen: Lass es raus! Lou kam sich schrecklich fremd und ungelenk vor. Was sollte er denn rauslassen? Seine Trauer, seine Wut, seine Selbstzweifel? Den einzigen Klang, den er ohne Instrument und Stimme erzeugen konnte, war das Klatschen seiner Handflächen. Während er noch darüber nachdachte, ging das Klatschen der Männer in seine Hände über. Der Rhythmus riss ihn mit, und Lou ließ los. Auf einmal begriff er etwas, was die anderen Musiker längst zu wissen schienen: Du *machst* die Musik nicht. Sie ist bereits da. *Within you, without you.* Alles was du tun musst, ist zur Seite zu treten, damit sie durch dich geschieht. Hör auf, darüber nachzudenken, was du machst und wie das aussieht. Lass die Musik durch deine Hände fließen. Vertrau ihr.

It's you.

Als die Männer in der ersten Dämmerung zurück ins Dorf gingen, wusste Lou, dass Musik seine Berufung war. Es war keine abstrakte Idee mehr, sondern ein tiefes, vertrauensvolles Gefühl. Es gab kein Zurück zu dem Lou, der er gestern noch gewesen war. Die Musik hatte ihn von sich selbst befreit.

Leise schob er Penelopes Tür auf und schaute hinein. Die Frauen schliefen aneinandergeschmiegt; Corinnas Arm lag auf Maries Rücken. Lou empfand eine überwältigende Zärtlichkeit für die beiden. Was bin ich für ein Idiot gewesen, dachte er. Kleingeistig, eifersüchtig, ängstlich nicht zu genügen. Unfähig, das Geschenk anzunehmen, das Marie und Corinna ihm angeboten hatten. Zu verklemmt, um ihre Freude zu erwidern. Was für die Musik galt, galt auch in der Liebe: Man musste beiseitetreten, damit sie fließen konnte. Der schlimmste Feind war das eigene Ego. Bevor er etwas von der Spiritualität des Ostens lernen konnte, dachte Lou, musste er erst verlernen, was er für sein Ich gehalten hatte. Er musste diese Verkrustung von Angst, Stolz und gesellschaftlichen Konditionierungen durchbrechen, um zurück zu seiner Natur zu finden, die nur aus Liebe und Freiheit bestand. Er stieg in den Bus, machte Kaffee auf dem Gaskocher, und als die Frauen langsam aufwachten, brachte er ihnen zwei Tassen ans Bett.

13

Kurz darauf war Penelope wieder auf der Piste. Lou beobachtete aus den Augenwinkeln, ob Corinna und Marie Zärtlichkeiten austauschten, suchte nach versteckten Botschaften, aber entdeckte nichts. Nachts schlief Corinna im Zelt, und Marie schlief wieder neben, aber nicht mehr *mit* Lou. Niemand sprach darüber, was geschehen war. Sie glaubten, wenn sie schwiegen, würde der Schmerz verschwinden, so wie eine Wunde nach ein paar Tagen verheilte.

Niemand hatte ihnen beigebracht, über Gefühle zu sprechen. So wie niemand ihnen beigebracht hatte, wie man Liebe machte. Oder den Weg nach Indien fand. Was sie von ihren Eltern, den großen Schweigern, gelernt hatten, waren Dinge, die sie nicht brauchen konnten. Wie man einen Krawattenknoten band. Wie man eine Hose bügelte. Wie man ein Kind schlug. Wie man Kriege führte. Die Schweiger hatten ihnen eingeredet, dass sie glücklich wären, weil es jetzt Fernseher gab, Waschmaschinen und eigene Kinderzimmer. Tatsächlich hatten sie ihnen eine emotionale Wüste hinterlassen. Und der Kompass war kaputt. Sie mussten ihre Straße selbst bauen,

Pioniere einer neuen Zeit, heimatlose Waisenkinder. Früher war das so gelaufen: Die Eltern hatten ihren Kindern ein Buch in die Hand gegeben und gesagt: Lies es bis hierher und schreib es fort. Jede Generation fügte ihr eigenes Kapitel ein und reichte das Buch dann weiter. Lous Generation las den Mist, den die Alten verzapft hatten – und warf das ganze Buch auf den Müll. Da konnte man nicht anknüpfen, nein, man musste radikal neu anfangen. Eine andere Sprache finden. Andere Protagonisten. Die Guten wurden zu den Bösen, die Bösen wurden zu den Guten. Überhaupt, was als gut oder böse galt, musste neu verhandelt werden. Und das Ende war offen. *The Times They Are a-Changin'*.

Der Rausch der Nacht, über die niemand sprach, verebbte langsam. Mit jedem Kilometer, den sie sich der letzten Grenze näherten, gewannen alltägliche Dinge die Oberhand. Es ging um Geld, Proviant und gerissene Lenkmanschetten. Lou fragte sich bald, ob die innere Weite, die er einen Moment lang erlebt hatte, nur eine Illusion gewesen war, oder ob Yogananda recht damit hatte, dass das, was sie Realität nannten, die eigentliche Illusion war. Aber Yogananda konnte auch an zwei Orten zugleich sein und brauchte keinen verdammten Bus dafür.

Nur Marc kam von dem High, das sie mit den Sufis erlebt hatten, nicht mehr runter. Als hätte er die mystische Formel geknackt oder wäre immer schon einer von ihnen gewesen. Er hob nicht ab, nein, er schwebte einfach. Wie er auf der Rückbank saß und vor sich hin trommelte, während Penelope ächzend über Schlaglöcher polterte, wie er den Bauern zuhörte, denen sie Mangos abkauften, wie er mit der archaischen Landschaft verschmolz und allen Unwägbarkeiten mit der Gelassenheit einer alten Seele begegnete – er hatte die Zeit seines Lebens. Und er brauchte nicht viel dafür, im Gegenteil; ihm fehlte etwas, das Lou im Weg stand: das Spinnennetz der eigenen Gedanken, in das er sich verstrickte, wenn er jede Entscheidung hinterfragte und sich ausrechnete, was alles schief gehen konnte. Marc überlegte nie lange. Er fasste auch keine Entschlüsse. Er ging mit dem Flow. Verdammt, dachte Lou, gerade noch standest du vor dem Tor zur Hölle, und jetzt bist du wieder Mr. Tambourine Man. Ohne etwas dafür getan zu haben. Was ist dein Geheimnis?

Corinna konnte immer weniger verbergen, dass sie in Marc verliebt war. Sie war kurz davor, das göttliche Spiel zu verlieren und zum Menschen zu werden. Dabei hätte sie um ein Haar alle in den Tod gerissen. Es geschah hinter der indischen Grenze, in Uttar Pradesh, wo die letzten Hügel des Himalaya in den tropischen Regenwald übergingen. Affen spielten am Straßenrand, unbeeindruckt von den Autos, die um Haaresbreite an ihnen vorbeirauschten. Der Wald gehörte den Tieren, nicht den Menschen, die hier nur auf Durchreise waren. Corinna saß am Steuer, Marie saß neben ihr, und Lou döste auf der Rückbank neben Marc, der einen Joint herumgehen ließ. Eigentlich rauchten sie ihn zu zweit, er und Corinna. Lachten sich über irgendeinen Mist kaputt. Als Corinna sich kurz umdrehte, um den Joint nach hinten zu reichen, schrie Marie plötzlich auf. Vor ihnen brachte eine Elefantenkuh ihre Kinder über die Straße.

»Brems!«, brüllte Lou. Viel zu spät stieg Corinna in die Eisen. Der Bus schlitterte auf die Elefantenkuh zu. Lou konnte ihre alten, aufgerissenen Augen sehen. Corinna riss das Steuer nach rechts. Sie konnte gerade noch ausweichen, aber als sie zurücklenkte, um nicht im Wald zu landen, kippte der Bus zur Seite. Lou erlebte es wie in Zeitlupe: der Verlust des Gleichgewichts, der Punkt ohne Wiederkehr, und dann, als wären alle Fesseln der Schwerkraft gelöst, der Überschlag. Bücher, Klamotten und vier Körper flogen herum, bis ein krachender Stoß alles zum Stehen brachte. In der plötzlichen Stille hörte man Vögel zwitschern. Alles lag *upside down*.

Lou spürte einen brennenden Schmerz im Knie. Irgendwie kletterte er aus dem Bus und zog die anderen heraus. Benommen taumelten sie zwischen den Bäumen herum. Marie fiel auf die Erde. Lou kniete sich zu ihr. Sie war bleich wie der Tod. Er sah, wie Corinna sich an Marc festhielt. Auf ihrer Stirn lief ein Faden Blut herunter.

»Wow«, staunte Marc und sah den Elefanten nach, die im Wald verschwanden.

»Verdammte Kacke!«, brüllte Lou. »Warum könnt ihr nicht warten, bis wir ankommen? Stoned am Steuer, Scheißidee! Wenn ihr mit eurem Leben spielen wollt, bitte, bringt euch um! Aber nicht, wenn *wir* dabei sind!«

Marc sah ihn verwundert an. Lou hörte sich Worte wie »verantwortungslos« sagen, »unvernünftig« und »egoistisch«. Er klang wie sein eigener Vater. Er hasste sich dafür. Und er hasste Marc dafür, dass er ihm die Hand auf die Schulter legte, um ihn zu beruhigen. Stieß ihn weg und brüllte weiter, ohne zu wissen was.

»Du hast recht«, sagte Corinna. Ihre Hände zitterten.

Auf der Straße bremste ein Auto. Zwei Inder stiegen aus. Erst als Lou aufgehört hatte auszuflippen, kamen sie herüber.

Sie sprachen leise und halfen, das Wrack wieder aufzurichten. Lou begutachtete den Schaden: Die rechte Seite war verbeult, einige Fenster waren zersplittert und das Fahrwerk verzogen. Die untergehende Sonne leuchtete honigfarben durch die Bäume. Lou zog sein zerrissenes Hemd aus und sah zu, wie Marc Corinnas Stirnwunde verarztete. Marie saß alleine an einem Baum und starrte in die Ferne.

»Was denkst du?«, fragte er.

Sie antwortete nicht.

Auf der letzten Rille brachte Lou die verwundete Penelope in das nächste Städtchen. Ein kleiner, verschlafener Pilgerort am Fuß des Himalaya.

Rishikesh.

Was sie durch die zersprungene Windschutzscheibe sahen, war ein surrealer Film aus einer anderen Zeit: Halbnackte Sadhus mit langen Dreadlocks tauchten im Scheinwerferlicht auf, Ochsenkarren mit Holz und Bananen. Am Straßenrand standen glühbirnenbehängte Zelte, vor denen Frauen hockten und in Töpfen über offenem Feuer rührten. Kinder drehten die Eisenräder alter Zuckerrohrpressen. Bäuerinnen balancierten riesige Bündel auf dem Kopf, dünne Männer in weißen Gewändern transportierten Milchkannen auf alten Fahrrädern, abgemagerte Kühe streunten durch den Verkehr. Es roch nach exotischen Gewürzen, Dung und verbranntem Holz. Hinter den Häusern strömte der Ganges aus den dunklen Bergen. Am Flussufer standen bunte Zelte mit tibetischen Gebetsfahnen, Lagerfeuer brannten. Ein wilder Campingplatz. Amerikanische

Freaks in Cowboystiefeln teilten ihr Essen mit den Deutschen. Dosenbohnen und Chapatti.

»*No fuckin' meat 'round here. It's a Yogi town.*«

Lou kam nicht zum Essen. Schraubte bis spät in die Nacht an Penelope herum. Am nächsten Tag machte er weiter, obwohl sein Knie höllisch schmerzte. Er ließ sich nicht helfen und hatte keine Lust auf die anderen. Marie ging zum Fluss, wusch die Klamotten und hängte sie zum Trocknen auf. Lou sah ihr zu und ärgerte sich über sich selbst. Es hieß, man müsste seine Gefühle rauslassen. Um sich zu befreien. Aber nach seinem Wutausbruch fühlte er sich nicht frei, im Gegenteil. Er fühlte sich wie ein Kind, das die Tür zu seinem Zimmer zugeschlagen hatte und jetzt heulend alleine auf dem Bett saß. In Indien, hatte er gedacht, würde er sich selbst finden. Stattdessen hatte er die Fassung verloren.

Einer der Amerikaner saß mit Corinna und Marc am Feuer. Er briet Marshmallows am Spieß und erklärte, warum die Inder kein Fleisch aßen. Weil sie kapiert hätten, dass wir nicht nur den *body*, sondern auch den *mind* der Tiere aßen. Und weil die Tiere über ihre Käfighaltung wütend seien, nähmen wir ihre Wut in uns auf. Wären alle Vegetarier, gäb's keine Kriege mehr.

»*Have you heard about Gandhi? He was a vegetarian!*«

Dann verteilte er seine Marshmallows. Corinna stand auf und brachte eins rüber zu Lou.

»Na, wie geht's?«, fragte sie.

»Hast du schon mal von Hitler gehört?«

»Jetzt komm mal raus aus der Schmollecke. *Peace*, okay?«

Sie hielt ihm das Marshmallow vor den Mund. Es stank nach verkohltem Plastik.

»Okay«, sagte er, ohne abzubeißen.
»Kommst du mit?«
»Wohin?«

Sie folgten den Amerikanern zur großen Hängebrücke über den Ganges, vorbei an einer Schranke neben einem rostigen Schild, auf dem STOP stand, und darunter in kleinen Buchstaben: VEHICLES, ELEPHANTS, CAMELS ETC. Auf dem schmalen Steg spazierten Inder in prächtigen Saris und eleganten Nehrujacken, die Amerikaner in ihrem lässigen Hippieoutfit – und Lous lädierte Gurkentruppe. Der eine humpelte, die andere hatte ein großes Pflaster auf der Stirn, und Marie war verstummt. Nur Marc, das Glückskind, hatte den Unfall unbeschadet überstanden. Unter ihren Füßen rauschte der türkisblaue Ganges. Die Sonne tauchte die Tempel und Ashrams in goldenes Licht. Dahinter ragten bewaldete Berge auf. Auf den Ghats saßen Pilger und Sadhus mit Bettelschalen zwischen spielenden Kindern. Alte Männer, die nach Beendigung ihres Berufslebens allem weltlichen Besitz entsagt und sich einem Guru angeschlossen hatten, um aus dem Zyklus von Geburt und Wiedergeburt auszusteigen. »*Lots of Gurus 'round here*«, sagte der Amerikaner. »*Good ones, bad ones. They call it City Of Saints.*«

Tatsächlich lebten fast so viele Mönche wie Einwohner in der kleinen Stadt. Jeden Abend, erklärte der selbsternannte Reiseführer, kamen die Menschen zusammen, um ein Ritual zu feiern, zu Ehren von *Mother Ganga*.

»*It's freakin' archetypal.*«

Auf dem gegenüberliegenden Ufer angekommen, gingen sie an kleinen Tempeln vorbei, die von Hindu-Göttern bewacht wurden. Vor einer Höhle hockte ein langhaariger Sadhu, nur mit einem Lendentuch bekleidet. Er hielt ein Glöckchen in der Hand und chantete vor sich hin. Dann durchquerten sie den Bazar, bis sie zu einem Ashram gelangten, vor dessen Tor breite Stufen zum Wasser hinunterführten. Viele Leute saßen schon dort, Hippies in Saris und Inder in Jeans, eine Gemeinschaft von Sinnsuchern aus aller Welt und Familien aus Rishikesh. Die Atmosphäre war entspannt und friedlich. Sie zogen ihre Schuhe aus und gesellten sich dazu. Jemand zündete eine Feuerschale an. Einige Inder in gelber Kurta saßen im Schneidersitz vor ihren Tablas und einem Harmonium. Als die Sonne unterging, sang jemand ein Mantra, dann legten die Trommler los, und alle begannen zu chanten.

Om Jai Gange Mata
Maaia Jai Gange Mate

Der Himmel glühte in allen Farben. Der Gesang begleitete die Dämmerung, die einen dunklen Schleier über den Fluss legte. Räuchergefäße wurden geschwenkt, Kupferlampen machten die Runde. Marie summte mit und schloss die Augen. Lou, der neben ihr saß, klatschte als einziger nicht. Er fröstelte und fühlte sich, mitten unter Hunderten von Menschen, isoliert. Warum hatte er nicht das Gefühl, angekommen zu sein? Indien, ihr verheißenes Land – hier war es. Alles, was sie sich erträumt hatten und mehr. Aber der Funke sprang nicht über. Als trennte ihn eine unsichtbare Wand von den anderen. Die versammelte Hippie-Nation saß auf diesen Stufen, dachte Lou, und geriet in Verzückung. *Love and peace,* leckt mich doch alle. Erleuchtung und innerer Frieden, das taugte vielleicht für Mönche oder Genies, aber nicht für Normalos wie ihn. Ein Ungläubiger, der hungrig, frustriert und mit kaputtem Knie in einem Land gestrandet war, dessen Sprache er genauso wenig verstand wie seine unzähligen Affen- und Elefantengötter. Was für einen Unterschied machte es, wenn sie hier herumhingen und Mantras sangen? Die Kinder in Vietnam starben weiter. Und die westlichen Regierungen freuten sich, wenn die jungen Leute zum Himalaya fuhren statt vor den Parlamenten zu demonstrieren.

Als der Himmel so schwarz wurde wie der Fluss, verteilten indische Kinder kleine, aus Blättern geflochtene Boote mit Blumen und einer Kerze darin. Jeder drückte ihnen ein paar Rupien in die Hand.

»*Wish, mister! Make a wish!*«

Der Amerikaner erklärte, wie das funktionierte: Lass die Kerze zu Wasser und schick einen Wunsch an *Mother Ganga*. Aber verrate ihn niemandem, und wünsche dir nicht nur etwas für dich, sondern für das Wohlergehen von anderen.

»*Like world peace?*«, fragte Lou sarkastisch.

»*Whatever feels right to you.*«

Lou kaufte keine Kerze. Er war wunschlos unglücklich. Einer nach dem anderen stand auf, um sein leuchtendes Blumenboot ins Wasser zu setzen. Auf einmal stand Corinna neben ihm. Sie reichte ihm ihr Boot.

»Danke, nein.«

»Komm, nimm es. *Make a wish.*«

Er schüttelte den Kopf und versuchte ein Lächeln, das im Ansatz scheiterte. Sie setzte sich neben ihn auf die Stufe und sah ihn an, so nah und direkt, dass es weh tat. Sie schien darauf zu warten, dass er etwas machte.

»Tut mir leid«, stammelte er.

»Was?«

»Dass ich wütend auf dich war.«

Corinna lächelte liebevoll. Dann gab sie ihm einen Kuss, der seinen Mund knapp verfehlte und auf der Wange landete.

Dieser Kuss veränderte alles. Er war besser als das Chanten, besser als die Kerzen und besser als der ganze Frust, in den er sich hineingesteigert hatte. Corinna hatte ihn befreit. Eine unverhoffte Glückswelle durchströmte seinen Körper.

Sie strich mit einer ruhigen Handbewegung ihr Haar aus der Stirn, stieg langsam die Treppe zum Wasser hinunter und setzte ihre Kerze in den Fluss. Dann schloss sie die Augen und legte die Hände vor dem Herzen zusammen. Lou sah ihr gebannt zu. Er hätte alles gegeben, um ihren Wunsch zu erfahren. Corinna setzte sich auf die letzte Stufe und hielt ihre Füße in den dunklen Strom. Er wollte gerade zu ihr gehen, da spürte er eine Hand auf seiner Schulter.

»Wo ist Marie?«, fragte Marc.

Lou blickte sich um. Im Lichtermeer ringsherum leuchteten indische und westliche Gesichter, aber Marie war nirgends zu sehen.

»Marie!«, rief er, erst leise, dann immer lauter.

Als die Menge sich langsam verzog, wurde es leer auf den Ghats. Marie fehlte. Lou suchte nach ihren Schuhen, aber sie waren verschwunden.

»Vielleicht ist sie schon zum Campingplatz gegangen.«

»Alleine?«

Sie gingen zurück durch den Markt, über die Brücke und am Ufer entlang zum Campingplatz. Keine Spur. Maries Sachen lagen unberührt im Bus. Niemand hatte sie gesehen.

»Hattet ihr Zoff?«, fragte Corinna. Als ob sie es nicht wüsste.

Sie suchten jeden Winkel ab und riefen immer wieder ihren Namen, bis nur noch Hunde und Kühe durch die dunklen Gassen streunten.

Marie war verschwunden.

14

> Yesterday lives
> only in your mind.
>
> *Sadhguru*

John Lennons Stimme vermischte sich mit dem Bollywood-Pop aus dem Autoradio, während Lou ununterbrochen quasselte. Ich hielt meine Handflächen auf die kleinen Kopfhörer, über die ich den alten Song hörte. Ich kannte so ziemlich alles von den Beatles, aber *Child Of Nature* war mir neu.

»John hat das *hier* geschrieben! Inspiriert vom Maharishi! Aber es flog aus dem Weißen Album raus. Die hatten irre viel Material, 48 Songs haben sie in Rishikesh komponiert, Wahnsinn, das sprengt sogar ein Doppelalbum!«

Unser Taxi rumpelte über die Landstraße.

RISHIKESH 12 km.
    DANGER! ELEPHANT CROSSING!
       AFTER WHISKY DRIVING RISKY!

Um uns wuchs dichter Wald. Wir waren über 24 Stunden wach, nachts in Delhi gelandet, morgens per Propellermaschine nach Dehradun im Norden, und jetzt im Taxi nach Rishikesh. Auf derselben Straße, sagte Lou, kamen damals die Beatles an.

»Den Song kennst du, Lucy!«

»Irgendwie klingt er vertraut, aber...«

»Das ist *Jealous Guy*. John hat später nur den Text geändert. Aus Rishikesh wurde Marrakesh. Und dann, als die Beatles sich getrennt haben, hat John alles nochmal neu aufgenommen. Jetzt ging's um seine Beziehung mit Yoko. Der Song erschien auf seiner ersten Soloplatte, *Imagine*.«

Jetzt erinnerte ich mich. Diese verträumte Melodie. Ich hatte den Song zuletzt als Teenager gehört. *Jealous Guy*. Dabei hatte ich mir vorgestellt, wie John Lennon Zoff mit Yoko Ono hatte. Der größte Popstar des Planeten, der alle Frauen des Universums haben konnte – aber *er* war vor Eifersucht ausgetickt, nicht seine Ehefrau.

WELCOME TO RISHIKESH!
YOGA CAPITAL OF THE WORLD
ACCIDENT! ROAD CLOSED!

Das also war Rishikesh. Bunt und laut und *mind-blowing*. Das wirkliche Indien hatte alles, was mein Yogastudio *nicht* hatte. Kühe standen auf der Kreuzung, und alle schwirrten drumherum, knatternde Riksha-Taxis, qualmende, mit Girlanden und Götterbildern geschmückte Laster, eine ganze Familie auf einem Motorroller, die Mutter telefonierte. Den Straßenrand säumten Wellblechhütten neben blinkenden Handyshops, Hochzeitsboutiquen und Werbetafeln für Neubauten. Dazwischen Kinder, die Bananen verkauften und bärtige Sadhus in orangefarbenen Gewändern, das volle Programm. Alles was man sich vorstellen konnte.

Alles außer *peace of mind*.

Lou starrte aus dem Fenster und verstand seine Welt nicht mehr. Rishikesh, sein kleines friedliches Hippie-Paradies, war von der Gegenwart überrollt worden. Und dann sah ich, wie *meine* Welt Rishikesh überrollte. Im Stadtzentrum drängten sich Menschen aus dem Westen, die aussahen, als kämen sie direkt aus meinem Studio. Yogamatten unterm Arm, glitzernde Trinkflaschen in der Hand, Lululemon-Leggins für die Frauen und nachhaltige Schlabberhosen für die Männer. Ein bisschen androgyn, ein bisschen sexy, aber mehr Sandalen und weniger Sneakers als in Berlin. Tattoos von zu Hause, Bindis und Malas für den *local spirit*. Viele entspannt wie im Urlaub, die meisten ernst wie auf einer Mission und einige bleich wie nach einer Nacht auf dem Klo: die Feelgood Crowd auf der Suche nach *the real thing*. Überall hingen bunte, handbemalte Schilder wie »THE BIRTHPLACE OF YOGA«, »AYURVEDA CENTER«, »ASTROLOGY CENTER« und »PARADISE CAFÉ«. Wir waren am Nabel der spirituellen Welt angekommen. Wer hier nicht erleuchtet wird, schafft es nirgends. Ich fragte mich, was die Inder von uns dachten. Und ob es irgendwo noch den letzten Rishi gab, der allein in seiner Höhle saß, ohne dass jemand ein Selfie mit ihm machen wollte.

»*Sorry, Ma'm, we are fully booked.*«

Die junge Inderin an der Rezeption tippte auf ihrer Tastatur herum, ohne aufzusehen. Ihre rot lackierten Fingernägel knisterten. Lou erklärte, dass er höchstpersönlich reserviert habe. Zwei Zimmer.

»*Sorry, Mister, there is no reservation.*«

Ich fragte Lou, ob er sicher war, dass er in diesem Hotel reserviert hat. Es war nämlich schön, und ich war todmüde.

»Natürlich!«, verkündete er und zeigte der Inderin eine ausgedruckte E-Mail. Die Inderin las sie unbeeindruckt und erklärte, dass er leider keine *credit card details* hinterlegt habe. Die Reservierung sei damit nicht abgeschlossen. Und »ein anderes Paar« schlafe jetzt in unseren Betten.

»*Too many clients, all coming for the yoga festival.*«

Lou regte sich auf, behauptete das Gegenteil, zückte seine Kreditkarte, aber ich begriff, dass es sinnlos war.

»Hast du's vielleicht vergessen?«

»Nein!«

Er hat's vergessen. Als wäre er immer noch auf dem Hippie-Trail unterwegs, heute hier, morgen dort.

»Ist doch egal«, sagte er. »Dann pennen wir eben woanders.«

Ich hätte ihn in der Luft zerreißen können. Vor allem aber ärgerte ich mich über mich selbst. Dass ich mich auf ihn verlassen hatte. Als wurde es nicht langsam, aber unübersehbar Zeit, dass *ich* mich um *ihn* kümmerte. Ich verdrängte das immer noch erfolgreich. Er ebenso. Lou, der Kümmerer. Lou, der Checker. Lou, der uns das beste Hotel von ganz Rishikesh besorgen würde.

»*Sorry, Ma'm, we are fully booked.*«

Wir schleiften unsere Koffer quer durch die Stadt, vom Fünfsterne-Spa bis zur letzten Absteige, aber alle waren ausgebucht. Die Invasion der Yoga People. Sobald ich deutsch hörte, drehte ich mich weg. Ich wollte nicht gesehen werden, nicht von Schülern und nicht von anderen Lehrern, die nur gefragt hätten: *Geht's dir wieder gut? Was machst du hier?* Natürlich hätten sie gesehen, dass es mir nicht gut ging, und dass ich nicht hergekommen war, um den Zustand der reinen Erkenntnis zu erlangen.

Dann standen wir ratlos am Ufer des Ganges, während die Sonne honigfarben unterging. Ich versuchte, die Augen offen zu halten. Lou erzählte, dass John Lennon in seinem subkontinentalen Jetlag *I'm so tired* geschrieben hatte. Meine Gedanken verengten sich auf den Wunsch nach einem Dach über dem Kopf. Am gegenüberliegenden Ufer versammelten sich rot- und orangefarben gekleidete Menschen auf den Ghats. Neben uns rollten Yoginis ihre Matten aus. Da war die große Hängebrücke, von der Lou erzählt hatte, die bewaldeten Hügel, und die intensiven Gerüche dieser Stadt – das Sandelholz aus den Räuchergefäßen, der Diesel, der Abfall und die klare Bergluft. Da war ein Chanting von irgendwoher, das sich mit dem Verkehrslärm vermischte, da war ein vollbeladenes Fährboot, das übersetzte, und da war meine Unruhe, nur einen Schritt von der Verzweiflung entfernt. Überall funkelten Lichter auf; die Dämmerung tauchte die Stadt in einen feierlichen Zauber. Mein Blick wanderte hinaus auf den Strom, der ruhig und mächtig aus den Bergen floss. Auf einmal überkam mich ein unerwartetes, grundloses Gefühl der Dankbarkeit. Indien war in mir, und ich war in Indien.

»Lucy, komm!«

Lou hatte zwei Amerikanerinnen angelabert. Jünger als ich, mit Yogamatten unterm Arm. Die Blonde trug einen kurzen Undercut-Haarschnitt, die Dunkelhaarige einen hochgesteckten Zopf. Enge, zweifarbige Leggins, schwarzes Bustier, bauchfrei. Genau der richtige Style für die Heilige Stadt.

»Das sind Celina und Jo... Jolanda?«

»Josephine.«

»Josephine! Wir können bei denen pennen!«

Die beiden wirkten überrumpelt, aber freundlich.
»*That's Lucy. My daughter. She's a Yoga teacher.*«
»*Cool! Namasté!*«
Ausgerechnet Yoginis. Aber in der Not hatte ich keine Wahl. Lou erklärte, dass sie in einem tollen Ashram wohnten, wo ihr Yogalehrer unterrichtete.
»*Joshua Hayden, you know Joshua? He's from Malibu.*«
Irgendwo hatte ich den Namen schon gehört, aber ich war zu müde, um mich zu erinnern.
»*He's just amazing! You'll love him! Do you teach here, too?*«
»*No.*«

Der Ashram, in dem Amazing Joshua unterrichtete, gehörte einer indischen Sangha, die während des Festivals internationale Gäste beherbergte. Eine Mischung aus Kloster, Jugendherberge und Modemesse. Es ging zu wie im Taubenschlag, unzählige Yogis und Yoginis liefen herum, saßen im Innenhof oder übten Asanas. Überfüllt, aber perfekt organisiert. Wegweiser in verschiedenen Sprachen, getrennte Müllbehälter, ein Welcome Center. Die Kalifornierinnen bemühten sich sehr nett, uns irgendwo unterzubringen. Wir standen im Gang herum, warteten, erklärten, hofften... da hörte ich auf einmal eine bekannte Stimme hinter mir.
»Lucy?«
Ich drehte mich um. Hinter mir stand Rike in einem roten Hosenanzug. Sie sah besser aus denn je. Braungebrannt, blondiert, hohe Sandalen, *local earrings*.
»Hi.«
»Ich glaub, ich spinn.«
Sie schien nicht zu wissen, ob sie sich freuen sollte oder nicht.

»Wir brauchen was zu schlafen«, sagte ich trocken.

»Wann bist du angekommen?«

»Ich wollt's dir erklären, aber ...«

»Ähm ... und das Studio?«

»Hab ich zugesperrt.«

»Und die Kurse? Wer macht die Kurse?«

»Niemand.«

»Wieso hast du mir nicht Bescheid gesagt? Ich hätte Ersatz organisiert!«

»Tut mir echt leid, Rike. Das ging alles so schnell.«

»Ich fass es nicht. Ich lass dich in meinem Studio schlafen, ausnahmsweise, und du verhältst dich total verantwortungslos!«

Alle drehten sich zu uns um. Was für ein Spektakel. Treffen sich zwei Yogalehrerinnen in Rishikesh. Nach wenigen Sekunden liegt Ahimsa, die Tugend der Gewaltfreiheit, in Scherben. Lou legte Rike die Hand auf den Arm.

»Hey. Rike. Ich weiß, das lief jetzt Scheiße, aber... es ist nicht Lucys Schuld. Wir sind grad echt ausgespaced. Wie wär's, wenn wir erstmal ne Runde pennen, und morgen quatschen wir in Ruhe, okay?«

Es war mehr seine Stimme, die sie beruhigte als seine Worte. Seine entspannte *Peacemaker*-Qualität, die ich wirklich schätzte. Rike bestrafte mich mit Missachtung, aber war anständig genug, um mit Lou nach einem Schlafplatz zu suchen.

Schließlich fand er einen Platz im Sechsbettzimmer, bei einer Gruppe von jungen Holländern. Jungs und Mädels schliefen getrennt. Ich bekam eine Yogamatte. Auf dem Boden von Rikes vollbesetztem Zimmer. Für mehr Luxus reichte mein Karma nicht. Ich war noch nie so froh über eine Matte.

Gefühlt mitten in der Nacht, also nach Ortszeit am frühen Morgen, weckte mich das Getrampel von sechs Frauen. Waschen im Waschsaal, dann Frühstück im Speisesaal. Mein Körper war hier, mein Geist hing noch irgendwo anders. Auf dem Tisch standen Chai, Frischkäse, Mangos und *German Bread.*
»*Best bread in town. They got a German bakery, you know?*«
Rike setzte sich mit ihrem Tablett neben mich. Erst sagte sie nichts, und dann:
»Ich möchte mich bei dir entschuldigen.«
»Ich auch.«
Wir gaben uns die Hand, ohne uns in die Augen zu sehen. Ein eigenartiges Wort, denke ich, *sich ent-schuldigen*. Als gäbe es Absolution im Alleingang. Eigentlich müsste man um Entschuldigung bitten. Und dann verzeiht einem der Andere. Jedenfalls, alle hatten's gesehen, *Ahimsa* feierte ihr Comeback, und unsere Yogalehrer-Egos triumphierten.

Ich bekam nicht viel davon mit, was an diesem Jetlag-Morgen geschah. Ich aß *German Bread* und verpasste den Yogalehrer des Jahrhunderts, weil Lou sofort aufbrechen wollte, um den Buchladen zu finden, in dem Corinna ihre Postkarte gekauft hatte. Er zog sein zerknittertes, kragenloses Leinenhemd an, kämmte seine weiße Mähne und trug After Shave auf, als hätte er ein Date. Ich trug Jeans, T-Shirt und Sneakers, keinen Schmuck; nichts, was nach Yoga aussah. Auf der Hängebrücke, über die schon Paul McCartney, Ringo Starr und Mia Farrow spaziert waren, latschte ich in einen Kuhfladen. Lou nahm es gar nicht zur Kenntnis, sondern erzählte aufgeputscht, wie alles total anders aussähe und dass überhaupt früher alles besser gewesen sei. Und ich dachte mir: Glaubst du, die haben das Land fünfzig Jahre lang eingefroren, nur damit du deinen *peace of mind* hast? Er hatte nämlich keinen, im Gegenteil, alles stellte einen Schock für ihn dar, eine Schande, eine Zumutung. Mit ihm durch sein Rishikesh zu gehen, das nicht mehr sein Rishikesh war, das war ungefähr so wie mit ihm die neuesten Radiohits zu hören – alles seelenloser Müll in seinen Ohren, keine echte Musik mehr. Nur, lieber Lou, das hier *war* das echte Rishikesh. Es gab kein anderes mehr. Und ehrlich gesagt, ich fand es ziemlich gut. Immer noch erstaunlich *peaceful*. Ja, die Passanten, Motorroller und Kühe drängten sich über die enge Brücke, aber keiner motzte, keiner stieß mit jemandem zusammen, alles floss aneinander vorbei. Als lebten alle in einer gemeinsamen Trance – oder einfach nur, als ginge einer den anderen nichts an.

Auf dem anderen Ufer google-mappten wir uns durch den Markt, dessen Farben so intensiv strahlten, als hätten wir Pillen geschluckt; das Blau war indigoblau, das Rot rubinrot und das Gelb goldgelb. Alles leuchtete dich wach. Die Farben klangen. Dann fanden wir den Bookshop, den wir suchten und gingen rein, *Namasté, Good Morning*. Lou zog die Postkarte raus, die wir mitgebracht hatten, die Postkarte mit dem Shiva, auf dem die Affen kletterten, die Postkarte, die in wenigen Wochen einmal nach Berlin und zurückgeflogen war.

»*Yes, we have more.*«

»*No, we don't want more.*«

Ich erklärte der Buchhändlerin, dass wir nichts kaufen wollten, sondern jemanden suchten.

»My mom. Do you remember her?«

Die Buchhändlerin schaute lange auf die Karte, dann zu mir, als könnte sie in meinem Gesicht eine Erinnerung wiederfinden, und schließlich wiegte sie den Kopf hin und her. Ich wusste nicht, ob das Ja oder Nein hieß. Oder vielleicht.

Lou zeigte ihr ein Foto von Corinna auf seinem Handy, dann beschrieb er sie noch einmal, als hätte er das Foto nicht gezeigt. Jedes Detail ihres Gesichts, ihrer Hände und ihres Wesens, so liebevoll und so verzweifelt – es gab keinen Menschen auf der Welt, mich eingeschlossen, der sie so gut kannte wie er. Und so sehr liebte, nach all den Jahren. Er verstand nicht, wie die Buchhändlerin sich nicht erinnern konnte. Dass Corinna für sie nur ein Gesicht in der Menge war, eines von vielen, *seine* Corinna. Ich habe nie an den Mythos der *einen* Liebe des Lebens geglaubt, doch Lou zu sehen, wie er vergeblich, aber unermüdlich von Corinna erzählte, zerriss mir das Herz.

»I'm sorry, Sir«, sagte die Buchhändlerin.

Ich stellte mir vor, wie Corinna hier gestanden hatte, und was sie gesucht hatte. In den Regalen lagen Deepak Chopra, Osho und Nietzsche. Welches Buch hat sie gesucht, und was hatte es mit ihr zu tun? Oder wollte sie nur schnell eine Postkarte kaufen? Wie altmodisch. Hatte sie ihr Handy verloren? Weggeworfen?

»*Your mother is German?*«, fragte ein alter, gebeugter Inder, der aus dem Dunkel trat. Sein Gesicht war faltig, er trug eine dicke Brille.

»*Yes.*«

»*You might consult the German Bakery. They know many German people.*«

»*German Bakery?*«

»*Yes, Ma'm. German Bread. Very good bread.*«

Er schlurfte zum Eingang und erklärte mir umständlich den Weg. Dort entlang, über die Brücke und dann rechts, nach Laxman Jhula. Ich bedankte mich, er erklärte es noch einmal, und als ich endlich auf die Straße trat, war Lou schon in der Menschenmenge verschwunden.

»Lou!«

Ich suchte ihn, ärgerte mich über ihn – und dann über mich, weil ich mich schon wieder verloren fühlte –, und fand ihn schließlich vor einem Stoffladen. Er hielt einen safrangelben Schal in den Händen.

»Hast du mich vergessen oder was?«

»Schau mal, der Pashmina würde ihr stehen, meinst du nicht?«

»Wir gehen jetzt zu dem Bäcker.«

»Welcher Bäcker?«

»Lou, was ist los mit dir?«

»Wieso?«

»Du vergisst Sachen.«

»Was für Sachen?«

»Komm, wir gehen jetzt zum Bäcker.«

Er sah mich an, als würde ich chinesisch sprechen.

»Oder hast du 'ne bessere Idee?«

»Wir finden sie schon«, sagte er ruhig, fast geistesabwesend. Für einen Atheisten hatte er erstaunlich viel Gottvertrauen.

»Weißt du noch, an welchen Orten ihr damals wart?«

Er schaute sich auf dem Markt um, sagte »Ja«, aber es klang wie eine Frage, die er selbst nicht mehr beantworten konnte.

Auf dem Weg zurück über die Brücke erzählte Lou von einem Zweiundzwanzigjährigen, der nur noch in seiner Erinnerung lebte. Er beschrieb jedes Detail von damals, aber vergaß, wo wir vor ein paar Minuten entlanggelaufen waren. Die menschlichen Hautzellen, sagt man, erneuern sich alle paar Wochen; alle zwei Jahre bekommen wir eine neue Leber, alle zehn Jahre ein neues Skelett. Nur das Herz erneuert sich kaum; die meisten seiner Zellen bleiben ein Leben lang unverändert. Warum ausgerechnet das Herz, hat noch niemand herausgefunden. Die Idee, dass in Wahrheit nichts existierte als der gegenwärtige Moment, erschien mir noch nie so einleuchtend wie hier. Aber Lou ging mit jedem Schritt durch die Stadt weiter zurück in die Vergangenheit. Die Witterung, die er aufnahm, folgte einer jungen Frau, die es nicht mehr gab. Vielleicht weil alles, was damals geschehen war, einzigartig gewesen war und heute alles austauschbar schien. Vielleicht weil ohne die Erinnerung, die unzuverlässige, alles, was er an dieser Welt liebte, für immer verschwinden würde.

15

Dort, wo damals der Campingplatz gelegen hatte, standen jetzt Häuser. Das Handy schickte uns nach links, die Einheimischen schickten uns nach rechts, bis wir begriffen, dass es drei *German Bakeries* gab. In zweien davon arbeitete kein einziger *German*. Im Gassengewirr, wo angeblich die dritte *German Bakery* sein sollte, begannen wir uns zu zoffen.

»*Fuck the bakery*«, motzte Lou.

»Willst du schon aufgeben?«

Wenn ich mir einmal ein Ziel in den Kopf gesetzt hatte, verfolgte ich es hartnäckig, selbst wenn es keinen Sinn mehr machte. Lou folgte seinem Feeling, selbst wenn es unvernünftig war. Während wir diskutierten, stießen wir auf eine Gruppe von jungen *Germans*, die ebenfalls die *German Bakery* suchen. Und stattdessen fanden wir etwas anderes. Eine unscheinbare Tür in einer Marktstraße, über der stand: »*Beatles Café*«. Ich versuchte Lou, davon abzuhalten, den *Germans* zu folgen, aber er schlüpfte mit ihnen hinein. Vielleicht, um der Diskussion mit mir auszuweichen. Bevor ich begriffen hatte, dass die Treppe hinter der Tür in Wahrheit eine Zeitmaschine war, betraten wir einem Raum, der so aussah, wie ich mir das Innere von Lou Gehirn vorstellte: Nichts außer den jungen Leuten, die an Tischen saßen, stammte aus der Gegenwart. Weder der Plattenspieler noch die Beatles-Fotos noch die psychedelischen Zeichnungen an den Wänden. *Rejuvenate Your Soul!* stand auf den Speisekarten. Aus den Lautsprechern sang Joe Cocker. Die Idee, seine Seele mit der Musik von alten weißen Männern zu verjüngen, besaß einen gewissen Charme. Aber hier drin waren diese Männer nie gealtert – John, Paul, George und Ringo auf den Fotos an den Wänden, damals Mitte / Ende Zwanzig, so lebendig und unschuldig, als kämen sie gleich um die Ecke spaziert. So natürlich und entspannt in ihren weißen Kurtas mit Blumenketten um den Hals, wie ich sie von keinem anderen Bild kannte – als wären sie nicht die berühmtesten Popstars des Planeten, sondern nur ein paar Jungs aus Liverpool im Sommercamp. Mit dabei, wie ein guter Freund, der Maharishi. Ein langhaariger, kleiner Inder mit Buddhabauch und Schalk in den Augen, immer lächelnd. Auch er: entspannt wie es heute niemand mehr war; das Sinnbild dessen, was die vier Jungs hier offenbar gefunden haben: *peace of mind*.

Lou blieb fasziniert vor einem Foto von John Lennon stehen, das ihn mit seiner Gitarre am Ufer des Ganges zeigte. Er ging ganz nah ran, neigte den Kopf, setzte die Brille auf, kniff die Augen zusammen und versuchte die bunt gekleideten Hippies im Hintergrund zu erkennen.

»Das ist Pattie. Georges Frau. Er hat *Something* für sie geschrieben. Sie hat ihn dann verlassen, als er was mit Maureen hatte, Ringos Frau. Und Eric Clapton hat ihm Pattie ausgespannt. Er hat *Layla* für sie geschrieben. Aber George und Eric sind Freunde geblieben«, erzählte er den *Germans*. Nur um dann beiläufig nachzuschieben: »Und der schmale Typ da hinten, das bin ich.«

Sie nahmen ihn nicht ernst. Ein Kellner mit schwarzem Hipsterbart bot uns einen Tisch am Fenster an. Lou erklärte den *Germans,* dass er seine Frau suchte (er sagte nicht: Ex-Frau), und ich bestellte zwei Smoothies: *Strawberry Fields Forever* und *Yellow Submarine.* Dazu vegane Pancakes, glutenfrei. John, Paul, George und Ringo schauten uns über die Schulter. Es gehörte nicht viel Phantasie dazu, sich Lou als einen von ihnen vorzustellen, vielleicht weil er im Herzen *forever young* war, oder weil ich ihn gerne so sehen wollte, diesen Lou, der noch kein Vater war, ohne Sorgen und Verpflichtungen, einen Lou, in den ich mich damals vielleicht verliebt hätte, wäre ich Corinna gewesen. Es fiel mir schwerer, mich zu fragen, warum er das Talent, das er zweifellos besaß, nicht zum Beruf gemacht hatte. Und ob das der Grund dafür war, dass ich hinter dem Blumenstrauß seiner Musikergeschichten, den er so gerne ausbreitete, jene heimliche Traurigkeit spürte, die mich als Kind oft verunsichert hat. Ich erinnerte mich daran, wie irritiert ich war, wenn der lustige und der traurige Lou im selben Moment vor mir saßen und ich nicht wusste, auf welchen der beiden ich reagieren sollte. Der eine wollte mich zum Lachen bringen, der andere suchte jemanden, der ihn berührte, tröstete, umarmte, am besten so, dass niemand sonst es bemerkte. Am wenigsten Corinna. Es sollte unser Geheimnis bleiben.

Und so ging es mir jetzt, als ich ihm zuhörte, wie er den *Germans* von den Beatles erzählte – dass der Maharishi zur Vaterfigur wurde, als ihr Manager Brian Epstein starb, und dass George eine karmische Verbindung mit Ravi Shankar hatte, seinem indischen Sitar-Meister, *Tomorrow Never Knows*, all die Insidergeschichten, die ich kannte, seit ich denken konnte. Die *Germans* begannen, ihm zu glauben, mehr noch, ihn zu bewundern, und ich schwieg dazu, weil ich ihm seinen Rampenlichtmoment nicht nehmen wollte, weil er aufblühte und mit jeder Story jünger wurde. Ich war die einzige in diesem Café, die einen anderen Lou sah als den, der vor Geschichten sprühte –, Geschichten, in denen er nicht vorkam, obwohl er mit dabei gewesen war. Ich spürte, dass er sie nicht erzählte, um sich im Licht der Stars zu sonnen, sondern im Gegenteil, um sich dahinter zu verstecken. Ich war seine Komplizin, indem ich schwieg. Und dann, wie um ihm seinen Spaß zu verderben, sagte jemand zu ihm:

»Warum bist du eigentlich kein Musiker geworden?«

Lou drehte sich zu mir und wunderte sich genauso wie ich, dass dieser Jemand aus meinem Mund gesprochen hat.

»Das ist kein leichtes Leben, als Künstler. Du lebst von Gig zu Gig, weißt nie, wie's weiter geht...«

»Du wusstest *auch* nie, wie's weiter geht.«

»Ja, aber...«

»Du bist immer für andere Musiker da. Wenn einer dich nachts anruft, weil seine Gitarre kaputt gegangen ist, setzt du dich ins Auto und fährst nach Köln, um ihm 'ne neue zu bringen. Aber hast du nie bereut, dass du nicht selber auf der Bühne stehst?«

»Ja, die Story mit Rons Gitarre...« Lou drehte sich zu den *Germans*. »Armer Kerl. Der hatte echt Talent, und fleißig war er auch. Aber traf immer die falschen Leute zur falschen Zeit. Und hat den Absprung nie geschafft. Das ist die Endstation: Wenn du mit siebzig noch auf Hochzeiten spielst. *Tribute To Dire Straits*.«

»Warum hast du's nicht versucht?«

»Hab ich ja, aber so läuft das halt. Du musst Miete zahlen, hast Verantwortung...«

Ich weiß, wovon du sprichst, dachte ich.

Von mir.

»Also ohne Kind hättest du's durchgezogen?«

Der Satz tat ihm weh. Aber ich wollte es wissen.

»Lucy, du bist das Beste, was mir je passiert ist. Musikmachen war immer 'ne Challenge. Aber du... warst ein Geschenk.«

Er fasste meine Hand und sah mich mit so überwältigender Zärtlichkeit an, dass mir fast die Tränen kamen. Es war mir peinlich, vor den anderen. Lou erzählte den *Germans*, was ich für eine tolle Yogalehrerin sei, rühmte mein Naturtalent, meine Selbstdisziplin, mein Karma – und ich wäre am liebsten im Boden versunken. Wenn ich jetzt gerade etwas *nicht* war, dann Yogalehrerin. Lou raffte das nicht – als wäre der Gedanke, dass ich scheitern könnte, noch schlimmer als der Gedanke an sein eigenes Scheitern.

Was er sagte, änderte nichts an meinen Selbstzweifeln. Im Gegenteil. Ich habe nie daran gezweifelt, dass er mich liebte. Aber wäre er ein großer Künstler geworden, wenn er nicht so früh Vater geworden wäre? Im Nachhinein deutet man alles zu Schicksal um. Auch wenn es tatsächlich Zufall war. Oder die eigene Entscheidung. Wenn ich mich getraut hätte, wäre ich mit Mitte Dreißig Mutter geworden. Es ist nicht passiert. Weil ich im letzten Moment die Reißleine gezogen habe. Wir haben uns getrennt, und heute hat der Typ, dem ich es nie zugetraut hätte, sich allein zu ernähren, eine Frau, zwei Kinder und ein Haus am See. Aber ohne die Trennung hätte ich keine Krise bekommen, und ohne Krise hätte ich keine Yogalehrer-

Ausbildung gemacht. Ich habe meinen Agenturjob gekündigt, um *fulltime* zu unterrichten. Ich habe meine Welt gefunden. Und dachte, okay, ab jetzt gehe ich allein durchs Leben, so wie Lou und Corinna. Familienkarma. Kein Talent, Bindungen auszuhalten. Aber gerade als ich mit dem Kinderthema abgeschlossen hatte, bekam ich zwei geschenkt. Nichts davon war geplant. War es Schicksal? Karma bedeutet nicht Vorbestimmtheit. Es ist nur das Gesetz von Ursache und Wirkung. Alles, was geschieht, beruht auf dem, was zuvor geschah und beeinflusst das, was danach geschieht. Im Wimpernschlag zwischen Vergangenheit und Zukunft liegt der freie Wille.

Lou erzählte den *Germans,* dass John mit Cynthia angereist war. Er sei längst in Yoko verliebt gewesen, habe nur noch nicht den Mut fassen können, Cynthia zu verlassen. Erst hier habe er die Entscheidung getroffen. Für Yoko. Der Anfang vom Ende der Beatles.

Ich ließ die Runde am Tisch sitzen und ging auf die Terrasse. Der Blick auf den Ganges war atemberaubend. Das Wasser schimmerte türkisblau. Von hier oben sah Rishikesh so friedlich aus wie es damals gewesen sein musste.

Auf einmal kam mir der Gedanke: Ich war das Ende von Lous Jugend. Das Ende von Marie, der Anfang von Corinna. Und im Wimpernschlag dazwischen starb Marc. Ich erinnerte mich, was Lou einmal über ihren Indien-Trip gesagt hatte:

Wir fuhren zu dritt los und kamen zu dritt zurück. Aber nicht in derselben Besetzung.

Wieso zu dritt, hatte ich gefragt.

Na, du warst schon in Mamas Bauch.

Lou kam zu mir nach draußen und zündete sich eine Zigarette an. Wir standen am Geländer und schauten in die Ferne. Er lehnte seinen Körper an mich, scheinbar unabsichtlich, und wich nicht mehr von meiner Seite. Aber er traute sich nicht, etwas zu sagen.

»Warst du noch mit Marie zusammen, als ich gezeugt wurde?«

Eigentlich wollte ich nichts über das Sexleben meiner Eltern wissen. Aber jetzt, in diesem Moment, war es wichtig: Wie kam es dazu, dass ich lebe?

»Wozu willst du das wissen, ist doch egal.«

»Ja oder nein?«

»Ja.«

Ich verdankte mein Leben also einem Betrug.

»Habt ihr euch wegen mir getrennt?«

»Lucy, das ist doch echt nicht mehr wichtig.«

»Ich will's einfach wissen.«

»Nein, wir haben uns schon vorher getrennt.«

»Ich dachte, du warst noch mit Marie zusammen?«

»Na ja, also…«

»Also gleichzeitig getrennt und zusammen? Wie Schrödingers Katze? Solange man die Kiste nicht aufmacht, ist die Katze zugleich tot und lebendig.«

»Ungefähr so.«

Er lächelte verlegen, fuhr sich mit der Hand durchs Haar und schaute auf den Fluss. Als würde er lieber über den Dingen stehen.

16

> Truth is a pathless land.
> *Jiddu Krishnamurti*

RISHIKESH, 1968

Dass jemand auf dem Trail verloren ging, war kein großes Ding. Ständig verschwanden Leute, um woanders wieder aufzutauchen. *Dropping out* war ja der Sinn der Sache. Niemand nahm Abschied, weil jeder wusste, man sieht sich wieder, *somewhere along the way*. Der eine machte die Fliege, weil er was ausgefressen hatte, der andere blieb hängen, weil er sich verliebt hatte. Und manche starben irgendwo an irgendwas, ohne dass ein Grabstein aufgestellt wurde. Die Karawane zog weiter.

Nur, das war nicht Maries Art. Marie war zuverlässig. Treu. Berechenbar. Irgendetwas musste passiert sein, irgendetwas, das keiner mitbekommen hatte. Sicher, sie hätte Grund dazu gehabt, sich einen Anderen zu suchen. Aber Lou hatte nie aufgehört, Marie zu lieben. Er konnte sich nicht vorstellen, ohne sie zu sein. Das wollte er ihr unbedingt sagen.

Jetzt, als es zu spät war.

Irgendjemand erzählte, dass er Marie gesehen hatte. Mit einem *German guy named Rudiger*. Auf dem Berg, im Kunjapuri-Tempel. Also fuhren sie hin, Lou, Marc und Corinna. Penelope quälte sich mühsam die Serpentinen hinauf, aber sie schaffte es. Die letzten Meter bis zum Gipfel erreichten sie über eine Treppe. Dann standen sie auf dem Platz vor dem Tempel zwischen flatternden Gebetsfahnen und waren genauso ratlos wie vorher. Der Blick reichte über schneebedeckte Berge bis zum Horizont. Jemand schlug die goldene Gebetsglocke. Familien kamen, um orangene Blumenketten zu opfern.

»*Make a wish*«, sagte eine Inderin, »*to Lord Shiva.*«

Lou starrte auf eine Statue, die Shiva und seine Frau Sati darstellten, so eng ineinander verschlungen, dass man ihre Körper kaum voneinander unterscheiden konnte. Der Gedanke, dass Marie mit einem *German guy named Rudiger* davorgestanden hatte, machte Lou verrückt.

Als es dunkel wurde, schlossen die Tempelwächter die Tore. Corinna warf ein I Ging, aus dem niemand schlau wurde. Sie beschlossen, auf einer Wiese unter dem Tempel zu übernachten, um am nächsten Tag weiter nach Marie zu suchen. Jeder wusste, ohne es auszusprechen, dass es längst sinnlos war. Sie suchten nur noch, um nicht damit aufzuhören.

Die Nacht war außergewöhnlich still. Keine Musik. Keine Mopeds. Keine Zikaden. Nicht einmal Mondlicht. Es fühlte sich an wie das Ende ihrer Reise, ein Ende in Dunkelheit. Lou zündete den Bunsenbrenner an und kochte Tee. Dann legten sie sich zu dritt auf die Matratze, um sich gegenseitig zu wärmen, in Pulli und Jeans unter der Decke. Marc baute einen Joint, Lou lag im Sandwich zwischen den beiden, und Corinna las aus Maries zerfleddertem Reiseführer vor: Hier oben, so erzählte der Mythos, war ein Selbstmord geschehen. Die Göttin Sati liebte Shiva, aber ihr Vater war gegen die Ehe. Aus Protest gegen ihren Vater verbrannte Sati sich selbst. Shiva tobte und erschuf ein Wesen aus Zorn, das den Vater tötete. Shiva, der Tanzende, der Schöpfer und Zerstörer. Dann nahm er Satis Leichnam und ging damit hinaus in die Welt. Überall, wo er eines ihrer Körperteile verlor, wuchs ein Schrein aus der Erde, an dem sie heute verehrt wird.

»Und was ist die *message*?«, fragte Lou.

»Warte, das ist nicht alles. Shiva verzieh dem Vater, und er wurde wieder zum Leben erweckt.«

»Also der Böse lebt, und die Gute ist tot?«

»Die Geschichte geht weiter«, sagte Corinna und las vor. »Sati reinkarniert als Shakti und wird Shivas zweite Frau.«

»Wie lange muss er warten, bis sie volljährig ist?«, bemerkte Lou sarkastisch. »Zwanzig Jahre?«

»Du kapierst das nicht«, sagte Marc. »Das sind Götter. Da gelten andere Gesetze.«

Als wäre er einer von ihnen. Als wären Tod und Geburt nur ein kosmisches Spiel.

Marc reichte den Joint herum. Corinna nahm einen Zug und gab ihn weiter an Lou. Auf einmal spürte er ihre Hand auf seiner Brust, ganz beiläufig, als hätte sie jemand dort abgelegt und vergessen. Er tat so, als würde ihn das nicht überraschen und reichte Marc den Joint. Marc zog daran und behielt ihn bei sich, während er langsam den Rauch ausatmete. Corinnas Hand wanderte weiter, fand Marcs Hand mit dem Joint, aber statt ihn zu nehmen, blieb sie dort. Ihr Körper drehte sich zur

Seite. Auf einmal ganz nah und, im Gegensatz zu ihrer kühlen Hand, ganz warm. Lou hielt den Atem an. Corinnas Arm lag über seiner Brust. Sie wollte Marc. Lou war nur Mittel zum Zweck. Das Alibi, das Bindeglied. Damit keiner von ihnen sich dem anderen ergeben musste. Lou konnte spüren, wie ihre Hände sich berührten. In einer Sprache, die er nicht verstand. Es war keine zärtliche Berührung, eher eine Provokation, ein Kräftemessen. Corinna richtete sich auf, nahm den Joint, sog den Rauch tief in die Lungen und blies ihn wieder aus. Dann steckte sie Lou den Joint in den Mund. Er nahm einen Zug und hoffte, dass die Wirkung schnell einsetzte, um seinen *mind* auszuschalten. Diesen verdammten *mind*, der ihn von der göttlichen Sphäre trennte, in der die beiden sich bewegten, verspielt und vergesslich gegenüber sterblichen Menschen wie Marie, die aus ihren Augen und ihrem Sinn verschwunden war. Die Göttin schlüpfte aus ihrem T-Shirt und begann, Lou auszuziehen. Und dann, als Marc sie zu sich zog, versonnen lächelnd, wie nur ein Unsterblicher es kann, glitt sie zu ihm hinunter und wurde für einen kurzen Moment unsicher – ein winziges Zögern und ein kurzer, stimmloser Seufzer, der Lou berührte, weil er in diesem Moment etwas spürte, das Normalsterbliche nicht sehen durften: die Verwundbarkeit unter ihrer glänzenden Rüstung.

»Ich kann nicht«, sagte er.

»Warum?«, fragte Marc überrascht.

»Wegen Marie, du Penner!«

»Reg dich ab, Mann. *Peace.*«

»Sie könnte irgendwo da draußen sein, tot oder verletzt...«

Corinna zog sich die Decke über die Brust. Marc reichte Lou den Joint. Er nahm ihn nicht. Krabbelte nach vorn, holte das

Zelt heraus, mit den Stangen und Schnüren, und griff nach der Decke.

»Bleib doch«, sagte Marc.

»Schon gut, ist *mein* Problem.«

Corinna versuchte nicht, ihn zurückzuhalten. Hätte sie es getan, wäre er geblieben. Marc hielt ihn am Arm fest, aber er stieß ihn weg. Dann nahm er die Taschenlampe und ging weg, um das verdammte Zelt aufzubauen. Er musste noch zweimal zurück, um den Schlafsack, die Matte, die Taschenlampe und ein Buch zu holen. Mit jedem Mal machte sein Auftritt weniger Eindruck auf die beiden.

Als Lou das Zelt aufgebaut hatte, hörte er sie lachen. Es war kein Auslachen, es hatte nichts mit ihm zu tun; es war etwas zwischen den beiden. Leise und intim. Lou krabbelte ins Zelt, zog den Reißverschluss zu und verkroch sich in den Schlafsack. Er knipste die Taschenlampe an und las Yogananda. Dann hörte er, wie sie miteinander schliefen. Wie Tiere im Gestrüpp. Marc hatte gewonnen. Ohne etwas zu tun. Corinna war freiwillig vom Himmel herabgestiegen.

Und Lou hatte alles verloren.

Das war das Ziel dieser Reise, oder? Die ultimative Freiheit. Bitteschön, sagte er sich, du bist frei. Nichts hält dich mehr.

Du fällst.

Love, peace and freedom, das passte nicht zusammen, dachte Lou. *Love and peace* gingen noch Hand in Hand, aber *love and freedom* waren zu ewigem Streit verdammt. Und damit ging auch der *peace* flöten. Entweder lieben oder frei sein, beides ging nicht. Mit dem Gedanken an freie Liebe hatte er nur so lange spielen können, wie Marie da gewesen war. Erst jetzt lernte er zu schätzen, was für ein Geschenk ihre Treue gewesen war. Zu spät. Sie hatte ihn vor seinen Dämonen beschützt, jetzt war er ihnen ausgeliefert.

Man durfte nicht anhaften, sagte Yogananda, denn alles war vergänglich. Aber wie konnte man lieben, dachte Lou, ohne anzuhaften? Nebenan stöhnten die Götter. Wenn das keine Gier nach Verschmelzung war, was dann? Eine Liebe, die sich nicht mit Haut und Haar hingeben konnte, eng umschlungen wie Shiva und Shakti, hatte ihren Namen nicht verdient. Wenn aber das Ende jeder Liebe unausweichlich war, spätestens mit dem Tod, und wenn das so verdammt weh tat, war es dann nicht besser, erst gar nicht damit anzufangen? Frei von Schmerz, ein Leben lang. Lou begann hemmungslos zu weinen. Das einzig Gute daran war, dass er sich nicht mehr dafür schämte.

Als er aufwachte, stand Penelope schon in Flammen. Lou kroch verstört aus dem Zelt und sah, wie Marc und Corinna splitternackt aus der Tür sprangen. Der Feuerschein erhellte ihre Körper, die Wiese und die Bäume. Lou rannte zum Bus und warf seinen Schlafsack auf das lodernde Feuer. Beißender Qualm schlug ihm ins Gesicht. Er hustete. Corinna riss die Heckklappe auf und versuchte zu retten, was zu retten war. Marc stand einfach nur da und staunte.

Lou hatte keine Chance. Die Flammen breiteten sich aus, fraßen sich durch den Lack, die Sitze und das Plastik. Das Lenkrad schmolz. Er musste vor der Hitze zurückweichen.

Dann explodierte der Benzintank. Die Wucht der Feuerwolke riss alle drei fast um.

»Wow.« Marc strich sich die Haare aus der Stirn.

»Ist das alles, was dir dazu einfällt?«, schrie Lou, »Wow?«

Marc sah ihn mit großen, verwunderten Augen an.

»Wie ist das passiert? Hast du Kerzen angezündet?«

»Es war kalt«, sagte Corinna, »wir haben den Bunsenbrenner aufgedreht und...«

»Wer, du oder er?«

»Jetzt beruhig dich mal«, blaffte Marc. »Es ist nur ein beschissener Bus.«

»Penelope war alles, was wir hatten, verdammt!«

»Materie ist vergänglich, Mann. Lass los!«

Marc legte ihm die Hand um die Schulter. Lou stieß sie weg. Dieser ganze Loslass-Scheiß ging ihm heftig auf den Senkel. Und Marcs überhebliche Art, nichts ernst zu nehmen.

»Dann setz dich doch nackt in 'ne Höhle!«

»Komm mal runter, du Arsch, wir haben's überlebt.«

Lou stieß ihn wütend gegen die Brust. Marc stieß ihn zurück.

»Hört auf, verdammt!«, schrie Corinna und trennte die beiden, bevor sie sich geprügelt hätten. Sie gaben sich noch ein paar trotzige Schläge, dann hörten sie auf und schwiegen. Standen vor dem Wrack und sahen zu, wie es herunterbrannte. Die Fenster fielen heraus und zerbrachen. Landkarten, Klamotten, Schuhe und Bücher, alles wurde zu Asche. Nur die Gitarre hatte Corinna aus dem Feuer retten können.

»*This is the end*«, murmelte Marc, »*beautiful friend.*«

Als die Flammen langsam erloschen, wurde es kalt. Marc und Corinna wickelten sich in Lous Zeltplane. Die Morgendämmerung tauchte die Wiese in ein blaues Licht. Dann kamen Bauern, die das Feuer gesehen hatten und brachten sie in ihr kleines Haus. Gaben ihnen Tee, Brot und Kleider. Als der Bauer in den Ziegenstall ging, um frische Milch zu holen, ging

Marc mit. Bis Lou und Corinna begriffen hatten, dass er nicht zurückkommen würde, war er schon verschwunden.

»*Walk down*«, sagte der Bauer und zeigte auf die Straße nach Rishikesh. Corinna lächelte, als würde es ihr nichts ausmachen.

Kurz darauf machten Lou und Corinna sich auf den Rückweg ins Tal. Die Sonne schien aus einem wolkenlosen Himmel. Sie trug den Sari der Bäuerin, er trug seine Klamotten von gestern und die Gitarre über der Schulter. Eine Weile gingen sie schweigend nebeneinander her.

Dann sagte sie auf einmal:

»Was hast du gegen Marc?«

»Nichts.«

»Du nimmst ihn nicht ernst.«

»Hat er das gesagt?«

»Ja. Er glaubt, du hältst ihn für einen Loser.«

Lou fiel aus allen Wolken. Dass Marc so etwas denken konnte. Und dass er es Corinna gesagt hatte.

»Wie kommt er darauf?«

»Na ja, du weißt immer alles besser.«

»Findest du das auch?«

»Ich finde, ihr solltet mal reden.«

Lou schwieg. Der Vorwurf traf ihn. Hatte er etwas falsch gemacht? Und war das der Grund, warum sie Marc gewählt hatte, nicht ihn?

»Was ist das mit euch, seid ihr jetzt zusammen?«, fragte er.

»Weiß nicht.« Corinna lächelte. Dann wurde sie nachdenklich und sagte:

»War er immer so?«

»Wie?«

Sie zuckte mit den Schultern.

»Na ja... dass er einfach abhaut.«

Die Traurigkeit in ihrer Stimme überraschte ihn.

»War immer die gleiche Geschichte. Er baut Mist, ich räum die Scherben weg.«

»Großer Bruder. Hast die Arschkarte gezogen.«

Corinna schmunzelte ironisch.

»Und es gibt keinen Menschen«, sagte Lou, »der mir mehr bedeutet.«

»Nicht mal Marie?«

»Blut ist dicker als Wasser.«

Sie ging nachdenklich vor ihm her, dann drehte sie sich um und sagte: »Glaubst du, er steht auf mich?«

Lou sah sie verblüfft an.

»Also, gestern Nacht klang das nicht so, als würde er *nicht* auf dich stehen.«

Er versuchte ein Lächeln, aber Corinna blieb still.

»Was ist?«, fragte er. »War's nicht gut?«

»Doch. Nur...«

»Nur was?«

»Es war...«

»Was denn?«

»Schwör, dass du's ihm nicht sagst.«

»Okay. Versprochen.«

»Es war irgendwie... mein erstes Mal.«

Lou blieb die Luft weg. Er konnte es nicht fassen. Corinna strich ihre Haare aus der Stirn und lächelte, ein bisschen kokett und ein bisschen komplizenhaft.

»Also nicht das *erste* erste Mal.«

Lou sah sie verwirrt an.

»Aber das erste Mal, dass ich ... total verliebt war.«
Lou musste schlucken.
»Aber sag's ihm nicht, ja?«
Corinna ging weiter und ließ ihn zurück. Er lief ihr hinterher, und als er sie erreicht hatte, gingen sie schweigend weiter. Es war eine andere Stille als vorher. Sie schwiegen nicht mehr neben-, sondern miteinander.

In Rishikesh schliefen sie unter freiem Himmel auf dem Campingplatz. Neben-, nicht miteinander. Die Amerikaner waren weitergezogen. Lou überlegte, für wie viele Rupien er die angekokelte Gitarre verkloppen konnte. Ohne seinen Vater um Kohle bitten zu müssen. Und was sollte er Maries Mutter sagen?

Drei Tage später begegneten sie Marc, rein zufällig, auf dem Markt. Er hatte seinen Bart abrasiert und trug eine weiße Baumwollkurta ohne Schuhe. Seine blonden Haare waren verfilzt, auf der Stirn trug er ein rotes Bindi.
»Hi«, grüßte er, als wäre nichts passiert.
»Hi«, sagte Corinna. Die Energie zwischen ihnen war elektrisch geladen. Lou spürte Corinnas plötzliche Unsicherheit. Und seinen Wunsch, sie zu beschützen.
»Wo warst du?«, wollte Lou wissen.
»Ich hab Marie gefunden.«
Er lächelte verschmitzt. Fast wie ein Buddha.

17

Marc führte sie stromabwärts am Ufer entlang, vorbei an Kuhställen und Werkstätten, vor denen Abfall verbrannt wurde. Eine staubige Straße, die eher ein Pfad war, führte hinauf in einen tropischen Urwald. Lianen umschlängelten die alten, riesigen Eukalyptusbäume, Affen kletterten herum, Vögel flatterten auf. Mitten durchs Dickicht lief ein hoher Drahtzaun, nur unterbrochen von einem Tor am Ende des Wegs, vor dem ein großer dunkelhäutiger Wachmann stand. Er trug einen Turban. Marc begrüßte ihn wie einen alten Bekannten. Der Wachmann verzog keine Miene, aber öffnete das Tor einen Spalt weit.

»Wartet hier«, sagte Marc. Dann schlüpfte er durchs Tor. Als der Wachmann es wieder schloss, erkannte Lou einen Weg, der hinter dem Tor nach oben führte und sich im Busch verlor. Lou lächelte den Wachmann an, aber der starrte einfach durch ihn hindurch.

Sie warteten. Dieser Ort war anders als alles, was sie bisher gesehen hatten – wild und friedlich zugleich. Hinter dem nächsten Baum würde entweder ein wütender Tiger oder der erste

Mensch auftauchen. Im Wald gegenüber vom Tor erkannte Lou ein altes Armeezelt und improvisierte Hütten aus Holz und Wellblech. Ein Mann mit weißem Bart stand gebückt vor dem Zelt und starrte wortlos herüber. Durch seine weiße Baumwollkurta schimmerte ein dünner, knochiger Körper.

Es dauerte nicht lang, dann öffnete sich das Tor wieder, und Marc kam heraus. Sie liefen zu ihm. Er fuhr sich zerknirscht durch die Haare.

»Ähm...«

»Was is?«

»Sie will dich nicht sehen.«

»Was? Warum?«

»Ich hab echt an sie hingeredet. Aber...«

Marc zuckte mit den Schultern.

»Und wann kommt sie wieder raus?«, fragte Lou.

»Keine Ahnung.«

»Aber sie kann doch nicht...«

»Sie sagt, sie ist angekommen.«

»Wie, angekommen?«

Marc nickte schmunzelnd. Er fand es ironisch.

»Hat sie 'nen Anderen?«

»Nicht direkt, aber ...«

»Ich geh da jetzt rein, was soll der Scheiß!«

Er ging zum Tor und rüttelte daran. Marc riss ihn weg, zog ihn fort vom Tor, damit der Wächter sie nicht hörte. Und dann erklärte er die Sache mit Marie und ihrem Guru.

Es war nicht *irgendein* Guru. Es war *der* Guru. Im letzten Sommer hatte er England besucht, und halb London war durchgedreht. Die Beatles, Mick Jagger und Marianne Faithfull waren auf seinem Retreat, um Transzendentale Meditation zu lernen. Kurz darauf hatten sie erklärt, kein LSD mehr zu brauchen. Sein Name: Maharishi Mahesh Yogi. Sein Ashram lag hier im Wald, gegenüber der Stadt der Heiligen. Normalsterbliche hatten keinen Zutritt.

»Wie seid ihr da reingekommen?«, fragte Lou.

Marc lächelte vielsagend.

»Wie lange wollt ihr bleiben?«

»Keine Ahnung. Hast du noch Kohle?«

»Alles im Bus verbrannt. Du?«

»Nada.«

»Corinna?«

Sie schüttelte den Kopf. Es gab kein Weiter und kein Zurück. Außer es würde ein Wunder geschehen.

»Mach dir mal keine Sorgen, Bruderherz«, sagte Marc. »Ich regel das.«

Er ging zurück zum Wächter hinter das Tor und tuschelte mit ihm. Der Wächter zeigte auf Corinna. Marc kam zu ihr und fragte:

»Du kochst doch vegetarisch?«

»Na ja ...«

»Kannst du doch, oder? Sag ja.«

»*She's the one*«, sagte er zu dem Wächter. »*Kitchen chef wants her. Ask Maharishi. He knows.*«

Bevor der Wächter etwas erwidern konnte, fasste er Corinna am Arm und schob sie durchs Tor.

»Komm rein. Los, schnell.«

Lou wollte ihr folgen, aber der Wächter baute sich vor ihm auf.

»*No, no, no.*«

»Warte hier«, sagte Marc schnell, bevor der Wächter das Tor schloss. Lou trat wütend dagegen.

»*Peace, man!*«, hörte er Marc rufen.

Fucking peace, dachte Lou. Am Ende war Marie gar nicht dort drin. Oder der Maharishi. Am Ende verarschten sie ihn nur. Er lehnte die Gitarre an einen alten Baum und setzte sich daneben, bis das Licht verschwand. Der Wächter wurde durch einen ebenso unnahbaren Kollegen mit Turban abgelöst. Dann sah Lou den Mann mit dem weißen Bart aus dem Zelt klettern und grußlos den Weg zur Stadt hinunter gehen.

In der Dunkelheit erwachte der Urwald zum Leben; alles rauschte, raschelte und knisterte, Affen sprangen von Ast zu Ast. Vögel schrien. Lou war umzingelt von Lauten, die er noch nie gehört hatte. Aus Furcht vor Schlangen ging er hinüber zu dem Zelt, zog den Reißverschluss auf und leuchtete mit dem Feuerzeug hinein. Auf einer Bastmatte stand eine vorsintflutliche Nähmaschine, daneben lagen gefaltete Baumwollkurtas. Er legte sich auf die Matte und versuchte zu schlafen, was ihm nicht gelang. Dann öffnete er den Reißverschluss wieder, holte die Gitarre und hielt sich mit Simon & Garfunkel wach. *Kathy's Song, Sounds Of Silence, Homeward Bound.* Songs, die er mit Marie gehört hatte, in einer anderen Welt, wo es Schnee vor dem Fenster gab, ein warmes Bett und Gewissheiten.

Im Morgengrauen verließ er das Zelt und beobachtete aus sicherer Distanz, ob der Mann mit dem weißen Bart wiederkam. Tatsächlich trottete er bald die Straße herauf, mit langsamen Schritten, barfuß, in seine tadellose Kurta gekleidet. Später schlüpfte Marc aus dem Tor, mit einer Decke, etwas

Tee und Chapatti mit Marmelade. Das hatte er aus der Küche abgezweigt. Dort arbeiteten sie jetzt, sagte er. Glückssache. Die Mädels, die vorher gekocht hatten, waren gefeuert worden. Konnten nur indisch kochen, aber jetzt kamen westliche Gäste. Die Lieblingsschüler des Maharishi. Und es sollten noch mehr kommen. VIPs. Die aßen nicht die übliche Pampe. So war Marie in den Ashram gekommen – der Küchenchef hatte sie angelabert. *A German guy named Rudiger.*

»Geduld«, sagte Marc. »Ich bekomm dich auch rein.«

»Warum kommt ihr nicht raus?«

»Die geben uns eigene Zimmer. Kostenloses Essen. Fließendes Wasser. Voll der Luxus.«

»Hier, mitten im Wald?«

»Gibt sogar 'nen Hubschrauber-Landeplatz!«

»Habt ihr den Maharishi gesehen?«

»Klar. Jeden Tag ist Teaching.«

»Glaubst du an ihn?«

»Weiß nicht. Hab ihn noch nicht fliegen gesehen. Aber er ist lustig. Oh, ich muss los.«

»Warte! Marc!«

»Was ist?«

»Hat Marie irgendwas über mich gesagt?«

»Nein.«

Marc zögerte.

»Was?«, fragte Lou.

»Kein Selbstmitleid. Okay?«

Lou nickte.

Marc verschwand im Eingang. Der Wächter ignorierte Lou und schloss gleichgültig das Tor. Lou wäre am liebsten nach Hause gefahren. Wenn er Kohle gehabt hätte. Wenn Marie nicht dort drin gewesen wäre. Wenn das verdammte Wunder geschehen würde. Aber es gab keine Wunder auf dieser Reise, nur Entzauberungen. Was übrig blieb, war ein einsamer, abgebrannter Penner im Wald. Er trat gegen einen Baum. Dann setzte er sich in dessen Schatten. Und dann geschah etwas, das er sich nicht im Traum hätte vorstellen können. Drei staubige Taxis rollten an und bremsten vor dem Tor. Alle Fahrer trugen die roten Turbane der Sikhs. Die Türen flogen auf, und drei atemberaubend schöne Frauen stiegen aus. Sie trugen lange blonde Haare, Sonnenbrillen, bunte Mäntel, Schals und hohe Stiefel. Dann stiegen zwei Männer aus. Sie hatten weiße Haut, als kämen sie direkt aus dem europäischen Winter und sahen aus wie eine Gruppe Hippies auf dem Weg zu einem Musikfestival. Der eine hatte ein konzentriertes Gesicht, schulterlange dunkle Haare, und trug ein Cordsakko über einem gestreiften Hemd; der andere hatte hellere Haare, trug einen weißen Sweater, eine Perlenkette und eine runde John-Lennon-Brille auf seiner schmalen Nase. Sie wechselten ein paar Worte auf englisch. Der Mann im Cordsakko hob eine riesige Sitar aus dem kleinen Auto. In diesem Moment erkannte Lou ihn. Es war George Harrison. Und sein Freund mit der John-Lennon-Brille war… John Lennon. Die Frauen waren Cynthia, Johns Frau, Pattie Boyd, Georges Freundin, und ihre Schwester Jennifer. Keine Presse, keine Fans.

Der Wachmann öffnete ungerührt das Tor, faltete seine Hände zum Gruß und bat sie herein. Mal Evans, der riesige Roadmanager, lud Koffer aus. Der Wachmann schloss das Tor, die Autos wendeten, und der Wald war wieder ruhig wie zuvor, als hätte Lou nur halluziniert.

Kurz darauf brach die Hölle los. Journalisten mit Mikrophonen, tragbaren Rekordern und Kameras schwärmten vom Fluss herauf. Vor dem Tor stauten sich die Autos. Alle flippten aus. Sie rüttelten am Tor, versuchten über den Zaun zu steigen und wurden von Wächtern zurückgedrängt. Einer wedelte mit Geldbündeln, und einer fragte Lou, weil er niemand anderen vors Mikro bekam, nach der *message* des Maharishi. Der alte Mann mit dem weißen Bart floh mit seiner Nähmaschine unterm Arm.

Der Ashram wurde zur Festung. Nachts erhellten Scheinwerfer den Urwald. Dutzende Journalisten belagerten das Tor. Fans kamen zum Zaun und winkten mit Zeitschriften, die sie signiert haben wollten. Affen flitzten herum, um Sandwiches zu stehlen.

Das Tor blieb verschlossen.

Als Lou in das Armeezelt gehen wollte, fand er es vollgestellt mit Kameras, Kassettenrecordern und Schreibmaschinen. Er wickelte sich in Marcs Decke und legte sich mit seiner Gitarre unter einen riesigen Baum.

Im Morgengrauen, als alle anderen noch schliefen, spürte Lou eine Hand, die an seiner Schulter rüttelte.

»Wach auf«, flüsterte Marc. »Schnell.«

Lou schnappte die Gitarre, und sie liefen los. Marc führte ihn durchs Dickicht, bis sie zu einer Stelle kamen, an der Marc den Zaun hochheben konnte.

Sie schlüpften hinein. Kein Mensch war zu sehen. Im blauen Morgenlicht dämmerte ein weitläufiger Paradiesgarten vor sich hin, in Erwartung des ersten Sonnenlichts. Das magische

Reich des Maharishi. Die Spielwiese der Beatles. Zwischen blühenden Mangobäumen lagen hübsche Bungalows mit Dachterrassen. Weiße Steine markierten Pfade, Blumenbeete und Gemüsegärten. Vögel zwitscherten. Die Luft duftete nach Morgentau und frisch gebackenem Brot.

»Wo ist Marie?«, fragte Lou.

18

> For me, the Beatles are proof of the existence of God.
>
> *Rick Rubin*

»Wo lag der Ashram?«, wollte ich wissen.

Lou zeigte von der Caféterrasse flussabwärts, zum anderen Ufer.

»Hinter der Biegung, auf nem Kliff. Kannste von hier aus nicht sehen.«

»Könnte Corinna dort sein?«

»Nee.«

»Warum nicht?«

»Weil da nichts mehr ist. Der Maharishi ist weg. Die Beatles sind weg.«

»Komm, wir gehen hin.«

»*No way.*«

Wieder, wie bei der *German Bakery,* dieser Widerstand in ihm. Er gab es nicht zu, aber ich spürte es. All die glorreichen Stories, wie er mit den Beatles abgehangen hatte ... nur an den Ort, wo alles geschehen war, wollte er nicht zurück.

»Warum?«

»Da wohnen jetzt Affen. Und Schlangen. Und Tiger.«

»Und wozu sind wir um die halbe Welt geflogen?«

»Ey Lucy, ich weiß nicht, ob ich das noch finde...«

»Frag ich eben mein Handy.«

Es war einfach. »*Beatles Ashram*«. 1,1 Millionen Ergebnisse in 0,47 Sekunden. 3,1 Kilometer von hier.

Auf dem Weg hüllte Lou sich in beredtes Schweigen, indem er von Dingen erzählte, nach denen niemand gefragt hatte. Das TukTuk rumpelte durch den Dschungel, und Lou laberte den Fahrer zu.

»*Do you know Donovan?*«

»*Yes Sir.*«

Alle redeten immer nur von den Beatles, brüllte Lou gegen den Lärm des Motors, aber hey, was war mit Donovan? Der hat John Lennon hier sein Fingerpicking beigebracht, *you know*? Und *Atlantis* geschrieben! *Do you know Atlantis?*

»*Yes, Sir. Beatles Ashram, very famous, many tourist come to visit!*«

Ich liebe Männer, die *Mansplaining*-Pingpong spielen. Man kann dabei wunderbar die Landschaft betrachten. Und sich fragen, was die erfolgreichste Band aller Zeiten in diesem Urwald gesucht hatte. Affen rannten über die löchrige Straße, ein bärtiger Sadhu mit völlig verfilzten Haaren saß unter einem Baum, und der Tuk-Tuk-Fahrer erzählte von den Elefanten, die manchmal vorbeischauten.

»*Elephant safari, Sir. Many tourist want elephant safari!*«

Als wir aus dem Tuk-Tuk kletterten, wurde Lou auf einmal ganz still. Musterte jeden Baum, jeden Stein, ordnete die innere Landkarte neu.

»Das Tor war kleiner«, murmelte er. Für mich deutete wenig darauf hin, wie viel Zeit vergangen war. Das steinerne Portal, die uralten Bäume, Tierlaute aus dem Gestrüpp; ich konnte den jungen Lou sehen, der verloren vor dem verschlossenen Tor gestanden hatte. Nur die Touristen stammten aus einem anderen Film – zwei Japanerinnen, die sich gegenseitig fotografierten, Backpacker, keine über dreißig, aber mit Beatles-T-Shirt. Als sie geboren wurden, war John Lennon schon tot. Am Schalter neben dem Tor musste man eine Eintrittskarte lösen. 150 Rupien für Inder, 600 Rupien für Ausländer.

»Ist das ein *fucking* Vergnügungspark?«, schimpfte Lou.

Ich kaufte zwei Tickets. Er folgte mir widerwillig den gepflasterten Weg hinauf, vorbei an steinernen Rundhäusern mit Kuppeldach, überwuchert von Sträuchern und Bäumen, aber völlig intakt, als wären sie vor kurzem noch bewohnt gewesen.

»Lucy, warte mal.«

Er blieb unerwartet stehen.

»Was ist los?«

»Nichts. Nur 'n bisschen schwindlig.«

Er schloss die Augen und atmete schwer.

»Ist was nicht in Ordnung?«

Ich reichte ihm meine Wasserflasche. Er trank einen Schluck, dann hielt er sich an meiner Schulter fest. Ich spürte sein Gewicht, und es machte mir Angst, wie schnell er, ohne jede Erklärung, zwischen Selbstgewissheit und Verzweiflung schwankte.

»Ich geh da nicht rein. Kannst alleine weitergehen.«

»Spinnst du?«

»Ich kenn das ja schon.«

»Was redest du für 'nen Stuss? Jetzt los.«

Er blieb stehen wie ein sturer Esel.

»Bist du müde oder hast du 'n Flashback?«

»Das kannst du nicht verstehen.«

»Warum?«

Er sah sich gehetzt um. Als würde ihn jemand verfolgen.

»Sie hätten's abreißen sollen. Alles weg, in den Fluss.«

»Kommst du jetzt, Lou?«

Statt einer Antwort stapfte er unsicher, aber entschlossen durch das Gestrüpp. Und verschwand in einem der Rundhäuser.

»*Number Nine*«, sagte er. Seine Stimme hallte dumpf heraus. »*Number Nine*...«

»Was sagst du?«

Ich folgte ihm, linste ins Halbdunkel. Kritzeleien an den Wänden, Herzen, *Peace*-Zeichen und psychedelische Graffitis. Ein *lost place*, ein heimlicher Treffpunkt von Teenagern.

»Nichts«, murmelte er. »Komm.«

Er schlüpfte aus der Höhle und blinzelte in die Sonne wie ein Zeitreisender, der sich in die Gegenwart verirrt hatte.

In dieser Wildnis begann meine Existenz, dachte ich, hier stießen Yin und Yang zusammen, hier teilte sich die erste von Milliarden Zellen, bevor daraus ein Körper wurde, zu dem ein Bewusstsein einmal Ich sagen sollte, ein explodierender Zellhaufen als Fortsetzung meiner Mutter und meines Vaters, von nichts anderem bewegt als dem puren Drang ins Leben. Wer hat gewollt, dass ich existierte? Lou vermied es, mich anzusehen, als könnte er meine Gedanken erraten, und folgte dem Weg nach oben.

»Ein Paradiesgarten war das«, murmelte er. »Ein verfluchter Paradiesgarten.«

Wir fanden eine Lichtung, über die Pfade führten. Unter unseren Füßen knackten trockene Äste. Im schattigen, gelblichen Zwielicht, das durch die hohen, alten Bäume fiel, standen verwitterte Gebäude. Auf den ersten Blick wirkten sie wie Tausende Jahre alte, vergessene Tempelanlagen, überwuchert von Efeu und Gestrüpp, aufgebrochen von Bäumen, die durch die Mauern wuchsen. Die Witterung hatte alle Arten von Farben auf den Fassaden hinterlassen, rostrot, schwarzbraun und moosgrün. Zerbrochene Holzfenster standen offen, eingefallene Türen hingen in rostigen Scharnieren. Schräges Sonnenlicht fiel auf die Mauern; der Boden war übersät von Laub, die Dächer fehlten. Überall wucherten tropische Pflanzen – wilder Efeu, Lianen und Sträucher mit prächtigen Blüten. Vögel in paradiesischen Farben flatterten herum. Ein alter Zauber lag über dem weitläufigen Gelände, und dazu die Frage, wie es den Wandel der Zeiten so unberührt überdauert hatte. Der Lärm der Welt war nicht bis hierher vorgedrungen. Erst auf den zweiten Blick erkannte man, dass die Gebäude erst aus dem letzten Jahrhundert stammten. Bungalows, eine hohe, halb eingefallene Halle, ein vierstöckiger Schlaftrakt mit gähnenden, dunklen Fensterlöchern. Bunte, psychedelische Mandalas an den Wänden, moderne Ikonographien. Die Menschen, die diese Tempelanlage bewohnt hatten, lebten noch. Ihre Götter waren nicht tot. Ihre Mantren waren die Popsongs, mit denen ich aufgewachsen war.

All you need is love
Jai Guru Dev
Om

Man hätte meinen können, hinter dem nächsten Baum würde George Harrison mit seiner Sitar sitzen. Oder ein Tiger auftauchen. Oder Corinna. Aber nicht die Corinna, die ich kannte, sondern die Corinna der tausend Möglichkeiten, mit Blumenkette um den Hals und Marc *on her mind*. Corinna, bevor sie meine Mutter wurde. Alles hätte hier geschehen können, und niemand hätte es mitbekommen. Es war einer der letzten Orte, wo man das Gefühl hatte, nicht gesehen zu werden und deshalb alles sein zu können. Ein verwunschener Garten im Schwebezustand, der sich allem entzog, was draußen, jenseits der Riesenbäume, jenseits des breiten Flusses geschah und nicht geschah. Und alles, was diesseits der Grenzen geschah, durfte den Garten nicht verlassen, gebannt durch einen alten Zauber oder Fluch. Die Gesetze der Welt haben hier nie gegolten, weil dieses Königreich im Dschungel nicht auf den Menschen ausgerichtet war, sondern auf das Göttliche im Menschen, so dass bis heute, da die Menschen verschwunden waren, das letzte Urteil nicht gesprochen war. Nur die Gesetze der Wildnis konnte niemand außer Kraft setzen – sie wucherte durch jede Ritze, über jede Mauer, grün und gierig und unersättlich. In ein paar Jahren würde sie alles zurückerobert haben.

»Da drüben in dem Bungalow wohnten die Beatles.«
»Und ihr?«
»Ich weiß nicht mehr... irgendwo dort...«
Er irrte über das Gelände. Die Wiesen waren verwildert, aber die Hauptwege immer noch gepflastert. Ich musste an Pompeji denken, die geraden Straßen zwischen den Häusern, die Gemälde an den Wänden; hier waren es Graffitis, ein leuchtendes

Mandala, ein indischer Guru mit langem Bart und George-Harrison-Augen, ein Tiger mit aufgerissenem Maul.

»Wow«, sagte er. Einfach nur: »Wow.«

Dann stand er irgendwo zwischen Bäumen, Sträuchern und Mauerresten.

»Hier war die Küche. Oder da drüben. *Holy shit.*« Er kämpfte sich seinen Weg durchs Gestrüpp, riss sich die Hände an den Dornen auf und sah sich suchend um. Hier muss es gewesen sein, sagte er. Irgendwo hier hat er Marie gefunden, ihre Haare mit einem indischen Tuch zusammengebunden, die Ärmel hochgekrempelt, die Hände voller Teig. Sie war ins Brotbacken vertieft gewesen, und Lou hatte den dunklen Raum betreten wie ein ungebetener Gast.

19

> We're more popular than Jesus now.
>
> *John Lennon*

RISHIKESH, 1968

Schon von weitem duftete es nach frischem Brot. Aus einer Holzbaracke, deren Tür nur ein Vorhang war, drang Qualm. Indische Musik schepperte aus einem Kofferradio. Es war das *eine* Gebäude, in dem Leben herrschte, während alle anderen noch im Dämmerschlaf lagen: die Küche. Daneben lag eine überdachte Terrasse mit langem Esstisch. Ringsherum wucherten Bäume, hinter dem Kliff rauschte der Fluss.

»Sei nett zu Rüdiger«, sagte Marc, grinste ironisch und schlüpfte in die Küche. Lou folgte ihm. Heiße, verrauchte Luft füllte seine Lungen; er musste husten. Unter großen Töpfen brannten Feuer aus getrockneten Kuhfladen. Durch ein vergittertes Fenster schien etwas Sonnenlicht herein, eine schmutzige Glühbirne baumelte von der Decke. Lou erkannte die Silhouetten zweier Frauen, die in den Töpfen rührten. Und stieß gegen den Köper eines Mannes. Er war einen Kopf größer als Lou, trug einen Fusselbart und verfilzte, zum Zopf gebundene Haare. Seine Hände waren viel zu groß für die langen

Arme, die an seinem schlaksigen Körper herunterbaumelten. Das war Rüdiger, *the German Baker.*

»*Namasté*«, sagte Marc und faltete die Hände zum Gruß.

Rüdiger blickte aufreizend langsam an Lous Körper herab. Erst jetzt wurde Lou bewusst, dass er seine verdreckten Klamotten seit Tagen nicht mehr gewechselt hatte.

»Hi«, sagte er und reichte ihm die Hand.

Statt seine Hand zu schütteln hielt Rüdiger etwas hoch, das er in der Rechten hielt, eingequetscht in eine Mausefalle: eine riesige tote Ratte.

»Bringt mieses Karma«, sagte er achselzuckend. »Aber was willste machen, fressen das ganze Mehl weg. Gab mal ne Katze; wir meinten, die regelt das auf natürliche Weise, aber die hatte immer Schiss vor den Schlangen.«

»Ist Marie da?«, fragte Lou und spähte zu den Kochtöpfen.

»Das ist dein Bruder?«, sagte Rüdiger zu Marc. Es klang, als hätte er was Besseres erwartet.

»Ich bin Lou.«

Eine Frau löste sich aus dem Halbdunkel. Es war Corinna. Sie trug ein indisches Kleid ohne Schürze.

»Hey Lou.«

Corinna gab ihm einen Kuss auf die Wange, aber umarmte ihn nur flüchtig, weil ihre Hände voller Teig waren.

»Also, du machst den Chai«, sagte Rüdiger zu Marc. »Und du da…«, er zeigte auf Lou, »setzt dich raus an den Tisch. *Breakfast time.*«

Hinter Rüdigers Körper erspähte Lou eine Frau im Gegenlicht, deren Silhouette er allzu gut kannte. Sie blickte herüber, aber bewegte sich nicht. War beschäftigt mit irgendetwas.

»Marie!«

Rüdiger bugsierte Lou mit der Hand, in der er die Ratte hielt, in Richtung Ausgang. Lou drückte seinen Arm angeekelt weg.

»*Peace, man*«, raunzte Rüdiger.

Lou versuchte sich an ihm vorbei zu drängen, Rüdiger drückte ihn zur Tür. Innerhalb von Sekunden verkeilten sie sich.

»Marie!«

Lou stieß Rüdiger weg. Er krachte gegen ein Regal und schleuderte wütend die Ratte auf Lou. Sie flog an seinem Kopf vorbei und klatschte an die Wand. Lou wollte an Rüdiger vorbeistürmen, aber Rüdiger packte ihn am Kragen und riss ihn herum. Er war überraschend brachial, aber ungeschickt. Lou biss ihm in den Arm, Rüdiger trat Lou in die Eier. Teller stürzten zu Boden und zerbrachen.

»Hört auf mit dem Scheiß!« Lou hörte Maries Stimme hinter sich, drehte sich um und bekam einen Schwall kaltes Wasser ins Gesicht. Lou rang nach Luft. Als er die Augen wieder öffnete, sah er Marie vor sich. Sie hielt eine leere Plastikschüssel in der Hand, trug ein langes Baumwollkleid und ein indisches Tuch im Haar. Ein Sonnenstrahl, der durchs Fenster fiel, verlieh ihr einen goldenen Glanz.

»*Namasté*«, sagte sie.

Lou brachte kein Wort heraus. Das kalte Wasser lief an seinem Körper herunter. Rüdiger richtete sich hustend auf.

»Was machst du hier?«, fragte sie.

»Was machst *du* hier?«

»Siehst du doch.«

»So, Mädels, dann räumen wir mal auf«, sagte Rüdiger, als wäre nichts passiert, und bückte sich, um die Ratte zu suchen.

»Wie bist du hier reingekommen?«, fragte Lou.

»Ich hab sie eingestellt«, fiel Rüdiger ihr ins Wort.
»Sollte wohl so sein«, sagte Marie.
»Und jetzt?«
»Bleib ich hier.«
»Aber wir wollten doch...«
»Ich muss nicht mehr suchen.«
»Marie, der Porridge«, sagte Rüdiger. »Rühren, sonst verklumpt die Pampe.«
Er warf die Ratte in einen rostigen Eimer.
»Warte.« Lou hielt Marie fest. »Was ist mit ...... uns?«
»Ich muss Frühstück machen, Lou.«
Sie faltete ihre Hände und ging zurück zu ihren Töpfen. Lou war fassungslos. Rüdiger drückte Marc den Eimer in die Hand.
»Bring das mal raus.«
Marc nahm den Eimer und schubste den unschlüssigen Lou nach draußen. Er reichte Lou eine Zigarette. Lou lehnte ab. Er war am Boden zerstört. Mit einer vorwurfsvollen Abfuhr hätte er besser umgehen können. Gegen Kälte kann man sich mit Hitze wehren, mit Wut, Witz und Leidenschaft. Aber Maries sanfte Indifferenz, die ihn weder willkommen hieß noch verurteilte, setzte ihn außer Gefecht.
»Frauen können so grausam sein«, witzelte Marc. Er hielt immer noch den Eimer mit der Ratte in der Hand.
»Haben die sie hirngewaschen? Ist das so ne bescheuerte Sekte?«
Bevor Marc antworten konnte, hakte Lou nach.
»Oder läuft da was mit dem Arschloch?«
»Rüdiger steht auf sie. Aber Marie steht auf den Maharishi.«
Marc grinste ironisch.
»Nicht sexuell. Gurumäßig.«

»Was … findet sie bei dem?«
»Du meinst: Was hat er, was du nicht hast?«
Lou zog eine sarkastische Schnute.
»*Peace of mind*«, erklärte Marc.
»Wir hätten sie nicht mitnehmen dürfen.«
»Sie is 'n großes Mädchen.«
Marc legte seinen Arm um Lous Schulter, zog ihn zu sich und gab ihm einen Kuss auf die Wange. Dann trug er den Eimer hinter die Küche. Lou blieb vor der Tür stehen und fühlte sich nutzlos. Aus dem Radio dudelte ein schmalziger indischer Popsong.

Der Ashram war ein verwirrender Ort – mitten in der Wildnis, aber regiert von den ungeschriebenen Gesetzen der Menschen. Beim Frühstück durfte Lou mit den Schülern des Maharishi an der Tafel sitzen, aber das war eine unverdiente Gnade, nur weil er Marcs Bruder war, und Marc Essen brachte. Es gab Porridge und Toast, der nach Holzkohle schmeckte, Cornflakes, Erdnussbutter und Marmelade, Käse und Joghurt, frische Mangos, Bananen und Nüsse. Dazu Instant-Kaffee und Tee mit Kondensmilch. Die Jünger sprachen Englisch miteinander; sie kamen aus Amerika, England, Skandinavien, Deutschland, Kanada und Australien. Unter ihnen waren Studenten und Lehrerinnen, ein Hollywood-Schauspieler mit Cowboy-Stiefeln, ein Raumfahrtingenieur und eine Frau, die so reich war, dass sie nie mehr arbeiten musste. Alle wirkten weltgewandter und spiritueller als Lou; sie folgten dem Maharishi schon, seit er Kalifornien erobert hatte. Manche trugen simple Blumenketten, manche teure Diamantringe. Sie waren freundlich, aber ließen Lou spüren, dass man in die *Academy*, wie sie dieses Dschungelcamp nannten, nicht zum Vergnügen, sondern aus Überzeugung kam. Ihre Bewegung war eine interkontinentale Welle, auf der er, Lou, nur ein kleines Stückchen Treibholz war. Sie machten dem ungebetenen Gast höflich klar, dass er ohne die Erlaubnis des Meisters nicht an ihrem Retreat teilnehmen konnte. Es war ein dreimonatiges Teacher Training für Fortgeschrittene. Kostenpunkt: dreitausend Dollar – der Gegenwert von Papas Benz. Exklusiv ausgewählte Gäste, Lieblingsschüler… und die Popstars. Entweder warst du zahlender Teilnehmer oder stiller Dienstleister, in der Küche, der Wäscherei oder dem kleinen Shop, wo es Süßigkeiten, Postkarten und Zigaretten gab. Ein Australier fragte Lou, ob er ein verkappter Journalist sei – einer von den Belagerern vor dem Tor, die absurde Summen dafür anboten, einen Fotografen hereinzuschmuggeln. Der Maharishi, erklärte eine Amerikanerin, könnte ein Vermögen verdienen, wenn er den Ashram für die Journalisten öffnete. Aber dann, sagte jemand anderer, würden die Beatles abhauen. John und George seien unter der Bedingung gekommen, dass sie hier in Ruhe gelassen wurden. Sie gaben ja auch keine Konzerte mehr, weil sie vor lauter Gekreische ihre eigene Musik nicht mehr hörten. An diesem Morgen saßen die Berühmtheiten und ihre Ladies nicht am Tisch. Sie schliefen noch. Der Jetlag. Sie hatten den modernsten Bungalow, hieß es, Block 6, den einzigen, wo die Toiletten nicht nur ein Loch im Boden waren, wo es Badewannen gab, Teppiche und fließend warmes Wasser. Paul und Ringo seien angeblich später in Delhi gelandet und kämen bald nach. Jedenfalls, erklärte Rüdiger, als er zum Tisch schlurfte, die Anzahl der Kursteilnehmer sei streng limitiert, und das Küchenteam komplett. Die *message* war unmissverständlich, aber niemand brachte es fertig, Lou wieder vors Tor zu setzen, weshalb er den Vormittag in einem eigenartigen, unruhigen Duldungs-Limbo verbrachte.

Er wusch sein T-Shirt im Waschbecken von Rüdigers Zimmer, in dem auch Marc schlief, und hängte es auf der Veranda zum Trocknen auf. Marc saß vor dem Bungalow, rauchte und schaute zwei kopulierenden Affen zu. Lou sah Corinna und Marie in einen anderen Bungalow gehen und fragte sich, was sie über ihn dachten. Als er vor dem Tor gewartet hatte, war er noch voller Hoffnung gewesen, dass alles besser würde, wenn er Marie wiedersähe. Stattdessen war es jetzt schlimmer, da keine äußere, sondern eine innere Grenze sie trennte. Ein riesiger grüner Gecko huschte über die Wand. Das Tier blieb ruckartig stehen und starrte ihn an.

»Um halb elf ist *Lecture*«, sagte Marc. »Da fragen wir den Maharishi.«

»Kann man den einfach so fragen?«

»Ja. Die Leute fragen alles. Sinn des Lebens und so. Ob sie heiraten sollen. Oder sich trennen. Er sitzt da und antwortet.«

Lou war die Aussicht unheimlich, dass ein fremder Mensch darüber bestimmen konnte, ob er in den Wald gejagt wurde. Waren sie nicht aufgebrochen, um sich von allen Abhängigkeiten zu befreien? Ihre eigenen Regeln zu machen? Noch dazu war dieser Fremde ein *holy man*, aber ihm, Lou, war nichts mehr heilig. Er bezweifelte, dass der Guru göttliche Kräfte besaß. Dennoch fürchtete Lou sich davor, dass er seine gottlosen Gedanken lesen konnte.

Ein blauer Pfau stand am Wegrand und sah den Menschen zu, die in weißen Kurtas und fließenden Saris zum Auditorium strömten, alle entspannt, alle im Flow. Die weiße Halle, in der die *Lectures* stattfanden, wirkte von außen recht unscheinbar. Nichts erinnerte an die prächtig geschmückten Tempel und Moscheen Indiens.

»Wir brauchen kein Gold und keine Götterbilder«, sagte die Amerikanerin, die er vom Frühstückstisch kannte. »In der Meditation betreten wir den *inneren* Tempel!«

Lou hatte sich, weil sein einziges T-Shirt noch nass war, Marcs Betttuch um den Oberkörper gewickelt, womit er sich noch ärmlicher vorkam, ein Bettler und ein Scharlatan.

Marcs Plan war es, vor dem Eingang auf den Meister zu warten und ihm seinen Bruder vorzustellen. Aber als sie dort standen – Marie und Corinna waren noch nicht erschienen –, schwebte der Maharishi in einer Wolke von Jüngern an. Zwei von ihnen erkannte Lou sofort: John und George. Sie trugen weiße Baumwollkurtas. Wären sie nicht die bekanntesten Gesichter der Welt, hätte man sie für ganz normale langhaarige Hippies halten können. Mit ihnen kamen Cynthia Lennon und Pattie Boyd, barfuß, aber glamourös, in bunte Saris gehüllt. Sie waren in ein entspanntes Gespräch mit dem Maharishi vertieft, wie alte Freunde. Der Meister trug einen wallenden Dhoti aus feiner Seide. Er war kleiner als die anderen, seine langen dunklen Haare waren geölt, sein Vollbart war am Kinn schneeweiß. Um seinen Hals baumelte eine Mala aus orangefarbenen Ringelblumen. Er lächelte unentwegt. Drei ernst dreinblickende Assistenten in schwarzer Hose und weißem Hemd folgten ihm; der erste trug ein Schatzkästchen aus dunklem Holz, der zweite ein Bärenfell, der dritte einen Stapel Notizbücher in rosa und blau. Dahinter schritten zwei Mönche mit kahlrasierten

Köpfen. Jeder Schüler, dem der Maharishi sich näherte, faltete seine Hände vor der Brust und verneigte sich mit den Worten »*Jai Guru Dev*«. Lou tat es ihnen nach und verneigte sich, allerdings stumm. Marc faltete nur lässig die Hände und lächelte. Vielleicht war das der Grund, warum der Maharishi keine Notiz von ihm nahm, als er an ihnen vorbei in die Halle ging. Nur John Lennon linste hinter seinen dicken Brillengläsern herüber und sagte beiläufig »*Hi, man*«. Offenbar gefiel ihm Lous abgefahrenes Outfit. Lou hielt den Atem an. Sein Idol nicht auf dem Plattencover, sondern in Fleisch und Blut zu sehen, verwirrte ihn. Nur ein paar Jahre älter als Lou, aber unfassbar reich und kreativ, ganz abgesehen davon, dass jede Frau auf dem Planeten mit ihm schlafen wollte. Doch hier in seiner Baumwollkurta war er so entspannt und freundlich, als wären sie nur ein Haufen Pfadfinder im Sommercamp.

Dann strömten die normalsterblichen Schüler vorbei, unter ihnen Marie, Corinna und Rüdiger, die Lou ein freundliches »*Namasté*« zuwarfen, was ihm einen Stich in den Magen versetzte. Als die letzte Schülerin die Tür schloss, schlüpfte Marc noch schnell hinein.

»Ich red mit dem Boss«, sagte er.

Lou wartete. Marc kam nicht zurück. Durch das offene Fenster konnte er hören, wie der Maharishi, verstärkt durch ein Mikrophon, seine Schüler begrüßte. Und seine *dear friends from London*.

Lou sah sich um. Ein Affe rannte über die Wiese und sprang auf einen der Bäume neben der Halle. Das kann ich auch, dachte Lou, suchte sich einen Baum vor dem Fenster aus und kletterte hoch. Er schürfte sich die Hände auf, fluchte und verlor sein Bettuch, das wie ein Fallschirm zu Boden schwebte, aber gelangte zu einer Astgabel, auf der er stehen und durch das Fenster schauen konnte. Tauben hüpften auf dem Sims herum.

Vorne auf einem Podest saß der Meister auf einem Bärenfell inmitten eines Blumenmeers. Vor ihm stand ein Mikrophon, hinter ihm ein großes, mit orangefarbenen Blumengirlanden behängtes Portrait von einem indischen Guru, den Lou nicht kannte, im Lotussitz unter einem Sonnenschirm. Das musste der Meister des Meisters sein. Ringsum brannten Räucherstäbchen, und in Blechtonnen, die am Rand der Halle aufgestellt waren, flackerten Kohlefeuer. Papierfähnchen hingen von der Decke. Der Boden war mit Bastmatten ausgelegt, die Schüler saßen auf hölzernen Armsesseln. In der ersten Reihe: John, George, Pattie und Cynthia in ihren bunten Kleidern, zusammen mit drei anderen Frauen, offensichtlich VIPs, die Lou nicht kannte. George hielt eine Super-16-Kamera im Schoß, John hantierte mit einem Kassettenrecorder herum. Dahinter, in weiße Decken gehüllt, die Schülerinnen und Schüler. Und ganz hinten das Küchenteam. Marc neben Corinna, Rüdiger neben Marie. Wie in einer Schulklasse meldeten sich die Schüler, der Maharishi zeigte auf einen von ihnen, der dann aufstand, die Hände faltete und eine Frage stellte. Es ging um Dinge, die Lou nie gehört hatte – *sleeping elephants of the mind, the field of unmanifested being* und wann endlich die verstopfte Toilette in Block 3 repariert würde. Auf jede Frage fand der Maharishi eine Antwort. Seine Lieblingsworte waren »*scientific*« und »*cosmic consciousness*«. Manchmal kicherte er, weil er einen Witz gemacht hatte.

Lou versuchte zu erkennen, ob Rüdiger und Marie sich berührten, aber er konnte es nicht sehen. Ameisen krabbelten über seine Arme. Am Ende der Session stieg er langsam den Baum hinunter, aber da kamen bereits die ersten Schüler aus der Halle. Er hielt still. Lieber wäre er hier festgewachsen als gesehen zu werden – ein Halbnackter, der wie ein Affe vom Baum klettert. Also wartete er. Der Maharishi kam heraus, begleitet von John, George, Cynthia und Pattie. Ihr Weg führte direkt auf Lous Baum zu. Lou hielt den Atem an. Er hoffte, nicht entdeckt zu werden und zugleich hoffte etwas in ihm, dass der Maharishi zu ihm aufblicken und sagen würde: *Komm runter, mein Sohn. Deine Sünden sind verziehen. Ich geb dir peace of mind.*

Unter dem Baum blieben sie stehen; Lou hörte, wie sie über Mick Jagger und Brian Epstein sprachen. Dann rief jemand etwas herüber: *»Paul and Ringo have arrived!«*, und sie liefen aufgeregt zum Eingang. Lou sah den Maharishi im Garten verschwinden wie eine Fata Morgana.

Schließlich kam Marie aus der Halle, begleitet von Rüdiger, Corinna und Marc. Marc sah sich suchend nach Lou um. Sie spazierten unter dem Baum entlang. Als sie fast vorbei gegangen waren, drehte Marie sich auf einmal um, als würde sie seinen Blick im Rücken spüren, und schaute nach oben.

In den Baum.

Zu Lou.

Marie lachte. Es war kein Auslachen, sondern ein spontaner Ausdruck der Freude über die absurde Situation. Lou hätte gerne mitgelacht, wenn er sich nicht so geschämt hätte. Und er war hingerissen von ihrem Lachen. Etwas in ihr hatte sich befreit. Und das war ohne ihn geschehen.

»Was machst du da oben?«

»Warte, Marie. Ich muss dir was sagen.«

Er löste sich aus seiner Starre und kletterte herunter, halbnackt wie er war. So gut er konnte, versuchte er die seltsame Bohnenstange namens Rüdiger, die neben ihr stand, zu ignorieren. Er suchte nach Worten, und Marie sah ihn wartend an. Er hatte sie noch nie so schön erlebt wie in diesem Moment. Als wäre sie ein Teil dieses Gartens, a *child of nature*. Dann stieß er endlich heraus, was er ihr sagen wollte, diesen simplen, abgedroschenen Satz, den man nie in einem guten Song verwenden durfte. Er war nicht cool, nicht ironisch, nicht hintergründig. Doch in diesem Augenblick war er wahr.

»Ich... liebe dich.«

Und weil der Satz wahr war, konnte Marie ihm nichts entgegensetzen. Sie nahm Lous Worte in sich auf und lächelte ihn aus ihren großen Augen an. Wie einen alten Freund. Aber weil der Satz auch eine Bitte war und Lou darauf wartete, dass sie ihn beantwortete, löste sie ihren Blick und sah zu Boden, als wollte sie sagen: Ich würde deine Liebe gerne erwidern, aber ich kann nicht.

»Also wenn du's wissen willst, ich hab nicht mit Corinna gepennt.«

Lou vermied es, Corinna anzusehen, die danebenstand. Er hasste es, dass sie alles mitbekam.

»Aber du würdest gerne.«

In Maries Stimme lag kein Vorwurf.

»Nein.«

Sie glaubte ihm nicht.

»Okay, ja. Aber ich hab's nicht getan.«

»Du wolltest sie von Anfang an. Seit sie in Istanbul zur Tür reinkam. Also. Du bist frei. Tu, was dich glücklich macht.«

»*Du* machst mich glücklich«, sagte er.

»Man kann niemanden glücklich machen, wenn er unglücklich ist.«

»Aber ich bin nicht unglücklich.«

Sie sah ihn lange an, darauf wartend, dass er es endlich begriff, dann sagte sie:

»Doch, Lou.«

Corinna trat nach vorne und sagte:

»Marie, ich bin nicht mit ihm zusammen.«

»Aber er mit dir.«

Lou hasste es, dass Corinna das sagen musste. Und er hasste sich selbst dafür, dass er sich öffentlich entblößte.

»Und du, bist du hier glücklich?«, fragte er zurück, »mit deinem... Guru?«

Rüdiger wollte er nicht erwähnen. Ihn nicht einmal ansehen, diese fusselbärtige Seegurke, der er am liebsten die Faust ins Gesicht gerammt hätte.

»Ja, bin ich.«

»Wir müssen Lunch machen«, sagte Rüdiger und legte den Arm um Maries Schultern.

»Hast du mit ihr gepennt?«, stieß Lou heraus und sah Rüdiger herausfordernd ins Gesicht.

»Das geht dich nichts an«, sagte Marie.

Natürlich geht es mich an, dachte Lou. Und wie. Liebe bedeutete, dass es einen was anging. Rüdiger blieb entspannt. Aufreizend entspannt.

»Also hab ich dich verloren?«

Marie sah ihn mitfühlend an, dann sagte sie etwas, das er hasste:

»Ich lieb dich noch. Aber als Freund.«

Es war ein Schlag in die Magengrube.

»Hey«, sagte Rüdiger. »*Life is change.* Aber nur auf der materiellen Ebene, verstehst du?«

Fick dich, du Schlauberger, dachte Lou. Aber er sagte es nicht. In diesem Wettbewerb, wer mehr *peace of mind* hatte, durfte er sich nicht noch mehr Blößen geben.

»Niemand ist schuld«, sagte Marie. »Es ist einfach so. Das mit uns hat sich nicht mehr richtig angefühlt. Du hast es nur früher gemerkt als ich.«

Lou hatte sie noch nie so begehrt wie in diesem Moment, seine Marie, seine erste Liebe. Er konnte sich nicht vorstellen, jemals mit einer anderen Frau zu schlafen. Aber die Tür war zugefallen, es gab nichts mehr zu gewinnen außer der Würde, mit aufrechtem Haupt vom Platz zu gehen.

»Ich wünsch dir alles Gute«, sagte Marie. Dann gab sie ihm einen Kuss, der in Wahrheit ein Abschiedskuss war. Er wollte sie fest umarmen, aber entschied sich, es bleiben zu lassen. Dann ging Marie zur Küche, mit Rüdiger, nicht Hand in Hand, aber auf eine seltsame Art, die Lou nicht verstehen konnte, verbunden.

Marc legte den Arm um Lou.

»Tut mir leid«, sagte Corinna.

»Kannst du nix für«, sagte Lou und hob das Tuch auf, das unter dem Baum lag.

»So sind die Frauen«, sagte Marc. »Suchen sich immer den Leithammel.«

»Rüdiger?«, fragte Corinna. »Nee. Gar nicht mein Typ.«

»In Deutschland war er wahrscheinlich 'n Depp«, sagte Marc. »Aber hier gehört er zum *inner circle.* Meditiert seit sieben

Jahren. Folgt dem Maharishi um den Globus. Musterschüler. Nur nicht der beste Koch, muss man sagen.«

Jetzt verstand Lou, was er beim Frühstück schon geahnt hatte: Auch in dieser Gemeinschaft, die sich dem Zeitalter des Wassermanns verschrieben hatte, gab es eine Hierarchie. Nur dass der Status nicht an materiellem Besitz gemessen wurde, sondern daran, wer am längsten meditieren konnte und folglich näher am Meister sitzen durfte.

Auf einmal machte sich in Lous verwundetem Ego ein neues, trotziges Gefühl breit: *Er* wollte entscheiden, niemand sonst, ob er als Verlierer vom Platz ging. Nicht Rüdiger, nicht Marie, und nicht der Maharishi. Nein, er würde den Ort, der ihm seine Marie genommen hatte, nicht kampflos räumen. Er wollte es mit dem Maharishi aufnehmen. Ihm in die Augen sehen und herausfinden, was er mit Menschen machen konnte. Wenn ein paar Tage Meditation Marie so verwandelt hatten, dass er sie kaum wiedererkannte, wollte er auch von diesem Elixier trinken. Und wenn dieser Guru ein Scharlatan war, würde er ihn bloßstellen, um Marie vor ihm zu retten. Er würde den Ort seiner Demütigung zum Ort seines Triumphs machen! Zugegeben, es war ein Konkurrenz-Ding, ein Ego-Ding, kein *love-and-peace*-Ding. Es war aber auch der Wunsch, nicht vor dem eigenen Schmerz wegzulaufen. Er wollte verstehen, warum er Maries Zurückweisung als derartige Niederlage empfand – war *er* nicht derjenige gewesen, der sie im Stich gelassen hatte?

20

Den ganzen Tag lang wartete Lou auf eine Art Showdown. Doch niemand kam, um ihn rauszuwerfen. Die Schüler warteten auf ein Machtwort des Maharishi, aber der bekam nicht einmal mit, dass Lou im Ashram war. Er war mit seinen Promi-Gästen beschäftigt. Und die indischen Bediensteten hielten Lou für einen der Schüler. Nein, Lous Probleme interessierten niemanden; hier wurde an einem viel größeren Rad gedreht. Einem kosmischen. Und obendrein an einem allzu weltlichen Rad, das Marc den »kosmischen Zirkus« nannte: Die Löwen im Zelt des Maharishi hießen Paul McCartney und John Lennon. Den Magier spielte George Harrison. Die Showgirls waren ihre bezaubernden Freundinnen und Frauen – Jane Asher, Cynthia Lennon und Pattie Boyd, zusammen mit den atemberaubenden Models Jenny Boyd und Prudence Farrow. Als Special Guest: Hollywood-Star Mia Farrow, die sich gerade von Frank Sinatra getrennt hatte. Auf dem Drahtseil unter der Zirkuskuppel: Neil Aspinall, der persönliche Assistent der Beatles. Und die Clownsnummer übernahmen Ringo und Maureen Starr: Sie hatte panische Angst vor Mücken, Fliegen und Spinnen;

sein Magen vertrug die lokalen Curries nicht, weshalb er einen riesigen Koffer voller Heinz-Dosenbohnen eingeflogen hatte. Zwei indische Diener schleiften das Trumm durch den Ashram zu Block 6, dem Luxusbungalow, wo er mit großem Applaus begrüßt wurde.

Lou saß auf der Wiese und sah dem Spektakel zu.

Er war die Maus in der Manege.

Nachts, als alle anderen in ihren Zimmern schliefen, lag Lou auf der Veranda des Bungalows, in eine Decke über einer dünnen Matratze gehüllt, und schaute in die Sterne hinauf. Im dunklen Geäst gurrten Waldkauze. Er fühlte sich verloren und einsam, als würde er fallen, immer tiefer, bis ihn auf dem Grund seiner Traurigkeit eine sanfte, unerwartete Welle erfasste, die ihn aufhob und trug. Er war allein, aber auch frei. Er musste keine Verantwortung mehr tragen, auf niemanden Rücksicht nehmen, vor niemandem Rechenschaft ablegen. Er konnte sein, wer er wollte. Das Wissen, dass wilde Tiere durch das Dickicht hinter dem Zaun zogen, erfüllte ihn mit dem erregenden Gefühl, am Leben zu sein. Als wäre er der erste Mensch zwischen dem unendlichen Himmel und den Stimmen aus der Dunkelheit. Eingebettet in einen Kosmos, den er nicht verstand, aber liebte.

Noch bevor die Sonne aufging, weckte ihn ein Affe. Er flitzte über die Veranda, sprang zur Klinke von Marcs Zimmertür, die sich nach innen öffnete, schlüpfte hinein und hüpfte Sekunden später mit einem Apfel in der Pfote wieder heraus. Kurz blieb er stehen und linste Lou frech an. Als wollte er sagen: Du kannst mich nicht aufhalten. Dann rannte er weiter und verschwand auf der Wiese im Frühnebel. Lou richtete sich auf. Er ging über den kleinen Hof des u-förmigen Bungalows, dann betrat er die Wiese, barfuß, in seiner zerrissenen Jeans und dem einzigen T-Shirt, das er besaß. Die Morgenluft war kühl und feucht. Er mochte das Gefühl, als Erster wach zu sein. Die anderen Bungalows lagen farblos im Nebel, der vom Fluss heraufstieg. In den Eukalyptusbäumen zwitscherten leise die Vögel. Er ging den Weg zur Küche entlang, als er auf einmal Musik hörte. Er folgte ihr, bis aus dem Nebel ein Bungalow auftauchte. Auf der Veranda saß die dunkelgraue Gestalt eines Mannes, still über seine Gitarre gebeugt. Sein Fingerpicking klang, als würde er üben, einfache Akkorde, immer wieder variiert durch eine indisch anmutende Tonfolge, wie auf einer Sitar. Er war ganz in sich versunken und zugleich völlig präsent. Lou blieb in respektvoller Entfernung stehen und lauschte.

It's been a long, long, long time, sang der Mann leise, aber bestimmt. Jetzt erkannte Lou seine Stimme.

Es war George Harrison.

How could I ever have lost you
When I loved you?

Er suchte die Melodie und die Worte. Oder er wurde gerade von ihnen gefunden. Lou erkannte den Song nicht.

It took a long, long, long time
Now I'm so happy I found you
How I love you

Dann begriff er, dass der Song gerade erst entstand. In diesem Moment, zwischen George und der Welt. Da war nichts Zirkusartiges, nur ein Mann mit einer Gitarre im Nebel. Er kommunizierte mit keinem Publikum, sondern einem Geheimnis. Während alle anderen schliefen.

Lou setzte sich leise ins Gras.

So many tears I was searching
So many tears I was wasting
Oh Oh
Now I can see you
Feel you
How can I ever displace you

Lou hielt den Atem an. Er dachte an Marie und Corinna, und dann kam ihm, er wusste nicht woher, der Gedanke, dass der Song in Wahrheit nicht von einem Mann und einer Frau erzählte, sondern ein Gebet war. Wie in der Nacht mit den Sufis. Wie *Within You Without You*, das George komponiert und gesungen hatte, mit Sitar und Tablas, mystischer als alle Songs von John und Paul. George, der stille Beatle, immer im Schatten der beiden Genies, aber derjenige, der nicht Ruhm oder Geld, sondern spirituelle Wahrheit suchte. Es war George gewesen, der seine Freunde zum Maharishi gebracht hatte.

Lou hatte sich immer mit Paul identifiziert, aber insgeheim John bewundert. Für seinen sarkastischen Humor, seine politische Schärfe, seine Respektlosigkeit. Doch jetzt, in diesem Augenblick, spürte er, dass George derjenige war, der eine Botschaft für sein zukünftiges Leben hatte: ein Mann mit Gitarre im Nebel.

Auf einmal spürte Lou, dass jemand hinter ihm stand. Er drehte sich um und sah einen alten, gebeugten Mann mit weißem Bart. Es war der Mann aus dem Armeezelt im Dschungel. Er faltete still die Hände zum Gruß. Im ersten Moment war Lou enttäuscht, fast eifersüchtig, dass er nicht der einzige Zeuge war. Dann verschwand George in seinem Bungalow, vielleicht weil er sich beobachtet fühlte. Der alte Mann lächelte und winkte Lou zu sich. Lou zögerte, aber der Mann ging einfach voraus. Er folgte ihm zum Eingangstor, das der Wachmann öffnete. Die campenden Journalisten schliefen noch. Coladosen lagen herum, schmutzige Taschentücher und Schuhe. Der alte Inder winkte Lou zu seinem Zelt.

»*Please, come in, Sahib*«, sagte er und verschwand nach drinnen. Lou linste ins Zelt. Die Nähmaschine stand wieder an ihrem Platz, daneben lagen Stoffstapel und Baumwollkurtas.

»*Dirty clothes, no good*«, sagte der Mann. »*You pay respect to guru.*«

Ohne Lous Antwort abzuwarten, ging der Inder gelenkig in die Hocke, nahm ein Maßband und vermaß Lous Körper. Dann nahm er eine der Kurtas vom Stapel und reichte sie Lou.

»*Good for you.*«

»*No money*«, antwortete Lou.

Der Schneider wiegte seinen Kopf hin und her und sagte:

»*Pay tomorrow.*«

Noch bevor Lou begriff, was mit ihm geschah, trat er in einer weißen Kurta aus dem Zelt, genau in dem Augenblick als die Sonne durch die Bäume brach. Er durchschritt das Tor, ohne vom Wachmann aufgehalten zu werden, offensichtlich weil er jetzt die richtige Uniform trug. Der Nebel verzog sich, die Menschen kamen aus ihren Bungalows, Affen sprangen herum, ein Pfau stolzierte über die Wiese, zeigte sein blauschimmerndes Rad und sah Lou an, als wollte er sagen: Willkommen im Zirkus!

Den Rest des Tages verbrachte Lou damit, Dinge nicht zu verstehen. Warum Rüdiger ihn in Ruhe ließ. Warum die Leute am Frühstückstisch so nett zu ihm waren. Warum niemand ihn rauswarf. Welcher der Beatles mit welcher Frau zusammen war. Warum sich alle mit »*Jai Guru Dev*« begrüßten. Was zwischen Marc und Corinna lief. Und warum Marie abends zu ihm kam, einfach so, als er am Tisch mit den anderen saß, und sagte: »Schön, dass du hierbleibst.«

»Ich weiß nicht, ob ich hierbleib«, sagte Lou.

»Red mit Rüdiger«, sagte Marie.

»Warum?«

»Du kannst dich nützlich machen.«

Tatsächlich hatte sie Rüdiger gesagt, dass er Lou ins Küchenteam aufnehmen sollte. Rüdiger hatte zwar keinen Bock auf Maries Ex, aber weil er sie nicht vergraulen wollte, hatte er eine Lösung gefunden, die Marie zufriedenstellte, aber Lou aus der Küche fernhielt. Weil einige Kursteilnehmer sehr lange meditierten und der Maharishi fand, dass zu viel »*socializing*« die Konzentration störte, blieben manche Kursteilnehmer den ganzen Tag in ihrem Zimmer. Statt zu den gemeinsamen Mahlzeiten zu kommen, füllten sie am Vorabend einen der lila Zettel aus, die in der Küche hingen: Sie notierten ihren Namen und die Nummer des Bungalows und kreuzten an, ob sie Frühstück, Mittagessen, Tee oder Abendessen geliefert bekommen wollten. Dazu Extras wie Erdnussbutter, Trockenfrüchte und geröstetes Vollkorn-Chapatti. Die Promis aus Block 6 nutzten diesen Service gerne, aber auch die älteren Kursteilnehmer, die wenig amüsiert über den Zirkus waren, der ihre gewohnte Stille störte.

Einer musste das Essen von der Küche zu ihnen bringen.

Und das, erklärte Rüdiger, war Lou.

»Da hängen die Zettel. Da haste die Tabletts. Da die Teller. Suppenteller obendrauf, damit's warm bleibt, und 'n Tuch, immer schön Tuch auf 'n Chai, wegen den verdammten Fliegen. Verstanden?«

»Ja.«

»Oder hättest du gern so 'ne Fliege im Chai?«

»Nein.«

»Oder 'ne Vogelspinne?«

»Nein.«

»Alles schon da gewesen.«

Damit war die Sache offiziell geregelt. Und Lou bekam seinen Spitznamen. Er war der *Chai Walla*.

Den dritten Tag verbrachte er damit, Tabletts durch den Ashram zu tragen, vor verschlossene Türen zu stellen und sich zu verkrümeln. Zurück zur Küche zu gehen, durch die offene Tür Marie zu beobachten, wie sie *Chana Masala*, *Bombay Potatoes* und scharfe Auberginen kochte, und sich zu fragen, was sie noch für ihn empfand. Sie behandelte ihn gut, wenn man das so nennen konnte und nicht wusste, dass sie mal das Traumpaar ihrer Schule gewesen waren. Nichts hätte ferner liegen können als dieser Schulhof in Harburg, auf dem sie ihn zum ersten Mal angesprochen hatte, vor einer halben Ewigkeit. Sie, die Schüchterne, war auf ihn zugekommen, in einen dicken

Mantel gehüllt, und jetzt stand sie hier in der Küchenhitze, mit ihrem indischen Tuch um die Haare und dem hochgekrempelten Batik-T-Shirt. Lou konnte ihren Bauchnabel erkennen.

»Hey, *Chai Walla*«, blaffte Rüdiger, während er seinen Vollkornteig knetete. »Suppe für Block 3, heute kein Kakao.«

John Lennon war der erste, der in die Küche kam, um zu fragen, wo man hier ein gutes Steak bekommen konnte. Rüdiger musste ihn enttäuschen: In Rishikesh gab es massenhaft Rinder, aber keinen einzigen Fleischer. Auch Fisch und Eier waren verboten, kontrolliert vom Lebensmittelamt, das die Küchen inspizierte und strenge Strafen verhängte. Ringo litt am meisten darunter, weil seine Bohnen das einzige waren, was er hier vertrug. Also boten sie Ringo Eier an, die Marc auf dem Schwarzmarkt besorgte, und Ringo verspeiste sie dankbar in seinem Bungalow. Aber als er sah, wie Marie heimlich die Eierschalen hinter der Küche verscharrte, wurde er stutzig. Marie erklärte, das sei eine religiöse Sache. Ringo unkte zurück: »Wenn Gott alles sehen kann, warum versteckst du's dann?«

Auch Zigaretten waren verpönt, allerdings nicht verboten. Alkohol war offiziell geächtet, aber Marc meinte, dass im Ashram-Shop so mancher Whisky unter der Hand den Besitzer wechselte. Nur Gras und LSD, sagte Marc, waren komplett verboten. Denn bewusstseinserweiternde Substanzen standen in Konkurrenz zum Ziel dieses Kurses: *Cosmic consciousness* durch Meditation. Das verwirrendste Tabu aber war der Sex. Weil der Guru enthaltsam lebte, erwartete er auch von seinen Schülern, dass sie ihre niederen Triebe in feinstoffliche Energie transzendierten. Dieser Teil der östlichen Kultur war für die Hippies echt abtörnend, aber niemand wagte es, zu rebellieren.

Außer ... Marc. In der Pause saß er mit nacktem Oberkörper auf der Bank vor der Küche, trommelte auf Töpfen herum und warf den nicht zufällig vorbeischlendernden Frauen charmante Blicke zu. Und nachts wachte Lou auf, wenn Marc sich aus dem Zimmer schlich, um heimlich einen anderen Bungalow zu besuchen. Am Morgen tat er so, als wäre nichts geschehen. Lou bemerkte, wie Corinna diskret die anderen Frauen abcheckte. Er kannte sie inzwischen gut genug, um zu sehen, dass sie eifersüchtig war.

Wenn Lou diese kontroversen Themen am Esstisch aufschnappte – mehr zwischen den Zeilen als offen ausgesprochen –, versuchte er auszuloten, wo die Kursteilnehmer politisch standen. Die Älteren hatten erstaunlich konservative Ansichten, die Jüngeren glaubten an die Weltrevolution, jedoch ohne den militanten Atheismus der Berliner K-Gruppen. Sie diskutierten über die Demonstranten, die sich am Eingang unter die Journalisten gemischt hatten – revolutionäre indische Studenten, die dem Maharishi übelnahmen, dass er sich mehr um Promis aus dem Westen als die Probleme im eigenen Land kümmerte. »Selbsternannter Guru!«, skandierten sie. »Gib deine Millionen den Armen!«

Offenbar hielten sie Transzendentale Meditation für einen Aberglauben, der dazu diente, von den sozialen Problemen Indiens abzulenken. Tatsächlich war man innerhalb des Stacheldrahtzauns durchaus froh darüber, die sozialen Probleme dieses unfassbaren Landes auszublenden – genau darum ging es ja in der meditativen Versenkung: Es war unmöglich, ins relative Feld des Klassenkampfes zu ziehen und zugleich auf der kosmischen Bewusstseinswolke zu schweben. Die Maharishi-Anhänger fanden, die linken Studenten hätten nicht kapiert, dass Meditation eine revolutionäre Form der Revolution war: Die neue Welt, davon waren sie überzeugt, konnte nicht mit Gewalt erschaffen werden, sondern würde auf natürliche Weise entstehen, wenn genug Meditierende die *vibrations* des Planeten erhöhten. Wie viele Menschen für das kosmische Energiefeld nötig waren, Hunderte oder Millionen, darüber wurde eifrig debattiert. Aber eins war Konsens: Der Schlüssel zum Weltfrieden war *peace of mind*. Mit Gandhis Worten: *Es gibt keinen Weg zum Frieden. Frieden ist der Weg.* Deshalb war auch Fleisch Tabu. Einem fühlenden Lebewesen Gewalt antun hieß, sich selbst Gewalt anzutun, weil in Wahrheit alle eins waren.

Es duftete nach Sandelholz, Jasmin und Kohle. Fast selbstverständlich saß Lou zwischen Corinna und Marie im Auditorium, denselben Frauen, mit denen er vor kurzem noch nackt im Bus gelegen hatte, jetzt in weiße Baumwolldecken gehüllt, mit zwei anderen Männern zu ihren Seiten – Marc und Rüdiger –, und niemand verlor ein Wort darüber, wer mit wem vögelte. Ein paar Reihen vor ihnen saßen die Beatles mit ihren blonden Frauen, und über deren Köpfen sah Lou den »Big M«, wie sie ihn nannten, auf seinem Podest sitzen. Hinter ihm stand das große, mit gelben Ringelblumen geschmückte Portrait seines Swamis, Guru Dev, im Lotussitz meditierend, auf einem goldenen Thron unter einem roten Sonnenschirm. Beide Meister trugen Vollbart und lange Haare, aber im Gegensatz zu Guru Dev lächelte der Maharishi. Manchmal kicherte er auch. Während er sprach, klopfte er mit einer Blume, die er in der Rechten hielt, auf seine linke Hand. Dann zupfte er die Blütenblätter ab, und wenn alle weg waren, griff er nach einer neuen Blume. Lou konnte sich kaum auf die Worte des Meisters konzentrieren, abgelenkt von Maries und Corinnas Körpern, die er allzu deutlich neben sich spürte. Der Mensch sei nicht geboren, um zu leiden, erklärte der Maharishi, sondern um glücklich zu sein. Das Himmelreich, von dem Jesus gesprochen hatte, läge nicht im Jenseits nach dem Tod, sondern hier, jetzt, im Inneren. Für die Erleuchtung innerhalb eines Lebens bräuchtest du keinen Gott, keine Religion und kein Glaubenssystem, nur die richtige Meditationstechnik, zweimal täglich zwanzig Minuten. Sie basiere auf den acht Sutras von Patanjali, dem Vater des Yoga, aber funktioniere für alle, Christen, Hindus und Atheisten. Transzendentale Meditation führe zu einem gesunden Nervensystem, gesundem Stoffwechsel, physischer Energie sowie mentaler Produktivität, und damit kämen Wohlstand, Erfolg und glückliche Beziehungen. Um *peace of mind* zu erlangen, soviel bekam Lou mit, ohne es zu verstehen, musste man den *mind* auflösen. Was aber war der *mind*? Die Gedanken. Die Gefühle. Alles, was hochkam, wenn man einfach nur still dasaß.

Es war unmöglich, dachte Lou, nichts zu denken. Nichts zu fühlen. Irgendwas war doch immer. Von mir aus, dachte er, kann man materiellen Besitz loslassen. Aber *the mind*, das war der Stoff, aus dem eine Person gemacht war. Ihre Identität.

Der Maharishi nannte es Ego.

»*It's who you think you are*«, sagte er.

It's who I am, dachte Lou. Er war nicht losgezogen, um sich aufzulösen. Sondern um jemand zu werden.

»*Let go of the ego*«, sagte der Maharishi. »*Transcend into absolute being. Become cosmic consciousness.*«

Seine Worte schwirrten durch Lous *limited consciousness*, und je mehr neue Worte er lernte, desto weniger konnte er seine Gedanken loslassen. Jeder Gedanke ging mit einem Gefühl einher, das er noch weniger kontrollieren konnte, und wenn der Maharishi sagte, *let go of control*, dann rebellierte alles in Lous *mind*, denn er wollte nicht, dass jemand anderer die Kontrolle über seinen *mind* übernahm. Der *mind*, das war kritisches Denken, Charakter, Selbstbehauptung. Ohne *mind* wären wir nur willenlose Schafe. Jeder zivilisatorische Fortschritt, alles was den Menschen über seine tierische Natur erhob, veredelte und weiterbrachte, kam aus dem *mind*. Und jetzt behauptete dieser kleine, kichernde Guru, wir sollten das alles über Bord werfen, weil es uns in einer Illusion gefangen hielt?

Das Problem mit dem Maharishi war, dass ein kritischer Diskurs mit einem *Holy Man* nicht vorgesehen war. Die Schüler fragten, Big M antwortete. Es war ein Ashram, kein Proseminar. Lou schien der einzige zu sein, der ein Problem damit hatte; niemand widersprach dem Erleuchteten, und das machte Lou noch einsamer. Zwar küsste keiner dem Maharishi die Füße, aber alle surften auf einer kosmischen Welle mit ihm, fröhlich, friedlich und unbeschwert. Wenn er beobachtete, wie Marie ihrem Meister an den Lippen hing, erlebte er sie so offen, so hingegeben, *so absolutely in love*, dass er vor Eifersucht die Fäuste ballte. Und dann fragte er sich, ob sein *mind* seine Wahrnehmung trübte. Dann wäre er kein Schlauberger, der das Spiel eines Scharlatans durchschaute, sondern nur ein zweifelnder Thomas, der den lebenden Christus nicht erkannte.

»Fühlst du die *vibrations*?«, fragte Marie. Sie ging neben Lou zur Küche, wo die lila Zettel auf den *Chai Walla* warteten. Rüdiger trottete hinter ihnen und laberte Corinna zu. Alles, was sie noch nie über den Urknall wissen wollte.

»Der Typ ist abgefahren«, antwortete Lou, um Marie nicht zu vergraulen.

»Hast du schon meditiert?«

»Ich fürchte, mein Körper ist nicht für den Lotussitz gebaut.«

»Kann man alles lernen. Aber du brauchst 'n Mantra.«

Marie erklärte ihm, dass es Worte gab, die Macht besaßen. Worte, deren Wiederholung den Geist zentrierten, auch wenn man nicht wusste, was sie bedeuteten. Wie ein gregorianischer Choral. Oder das Chanten der Sufis.

»Hast du schon eins bekommen?«, fragte Lou.

»Ja.«

»Vom Meister?«

»Vom Meister.«

»Verrätst du's mir?«

»Darf ich nicht. Sonst verliert's die Kraft.«

Lou wagte nicht zu widersprechen.

»Willst du dich nicht initiieren lassen?«, fragte Marie.

Lou war überrascht – eine Einladung in den Club der Eingeweihten.

»Was muss ich dafür tun? Dem Maharishi die Füße küssen?«

»Du musst nur 'n paar Opfergaben mitbringen. Blumen. Räucherstäbchen. Und 'ne Spende.«

Scheiß-Welt, dachte er. Sogar die Reise nach innen gab's nicht umsonst. Es war nicht schwer, »*All you need is love*« zu singen, wenn du Multimillionär warst.

»Wie viel?«

»Ein Wochenlohn oder so.«

»Also in meinem Fall: nichts.«

»Nichts geht nicht. Du musst schon irgendwie deine Wertschätzung ausdrücken.«

»Woher hattest du die Kohle?«

»Rüdiger hat's mir geliehen.«

»Ich find das irgendwie affig. Voll elitär. Was ist mit den Millionen Armen, die sich den Kurs nicht leisten können? Verdienen die keinen *peace of mind*?«

Marie antwortete nicht, sondern dachte nach. Er hatte einen Punkt gemacht.

»Kannst du mir nicht einfach dein Mantra geben?«, fragte er.

»Nein. Der Maharishi gibt dir dein eigenes. Was zu deiner Schwingung passt.«

»Und wie viele gibt's?«

»Er sagt, so viele wie die Sterne.«

»Aber Marc hat sich nicht einweihen lassen. Und er meditiert.«

»Der braucht das nicht. Der weiß schon alles. Marc ist 'ne alte Seele. Der ist nur noch hier, um anderen den Weg zu zeigen.«

»Aha.«

»Ich hab echt das Gefühl, ich kenn ihn aus 'nem früheren Leben, hier in Indien.«

Lou drehte sich nach Marc um. Er spazierte inmitten einer Gruppe junger Amerikanerinnen. Seine blonde Mähne leuchtete in der Abendsonne.

»Und?«, fragte Marie. »Machst du's oder hast du Angst?«

Womit sie implizierte, dass er im Gegensatz zu Marc *keine* alte Seele war und noch eine Menge Karma zu verbrennen hatte.

»Ich hab keine Kohle«, sagte er.
Es war eine Ausrede. Beide wussten es.
»Marc hat Kohle«, sagte sie.
»Woher?«
Sie zuckte mit den Schultern.
»Dealt der schon wieder?«
»Pass auf ihn auf«, sagte Marie. Sie klang kühl, und die Sorge, die sich in ihrem Satz ausdrückte, galt Marc, nicht Lou. Auf dem restlichen Weg zur Küche schwieg sie. Nur noch ihre Schritte auf dem Kiesweg waren zu hören, die Vögel in den Bäumen und Marcs Stimme hinter ihnen. In der Stille konnte Lou hören, wie die Tür, die sie ihm leise geöffnet hatte, krachend wieder zuschlug.

Als Lou nach seinen *dinner deliveries* zurück zum Bungalow kam, räumte Rüdiger gerade seinen Krempel aus dem Zimmer: Klamotten, Bhagavad Gita, Mausefallen.
»Tschüss auch«, murmelte er und verschwand.
»Er hat sich 'n Einzelzimmer geschnappt«, sagte Marc. »Rüdiger hat *connections*.«
»Schon klar, warum der 'n Einzelzimmer will«, grunzte Lou.
»Jetzt vergiss Marie«, sagte Marc und rollte einen Joint.
Lou setzte sich auf Rüdigers Bett, das jetzt seins geworden war.
»Wo hast du die Tüte her?«
Marc grinste und schleckte das Paper ab. Wenn er baute, war das immer eine Kunstform. Seine Art der Meditation. Lou bewunderte Marcs schöne Hände. Dann legten sie sich nebeneinander aufs Bett und rauchten den Joint.

Lou schloss die Augen und sah Marie. Wie jemand, der schreckliches Heimweh hatte. Zu lange unterwegs gewesen, zu oft falsch abgebogen. Marie war alles, was nicht unterwegs sein bedeutete. Marie war Ankunft und Herkunft zugleich. Marie war Harburg, der Schulhof zwischen den Backsteinwänden und Schiffe auf der Elbe, denen sie beim Auslaufen zusahen, ohne mitfahren zu müssen. Der Elbstrand genügte ihnen, mit Bierflasche in der Hand und Transistorradio. Marie war der norddeutsche Himmel, die gleichmütigen Marschwiesen und die Strohballen auf den weiten Feldern. Nie zu grell, nie zu heiß, nie zu kalt. Die Heideröschen in den Hecken, unbeeindruckt vom wechselnden Wetter, die weißen Zaunpfähle und flachen, endlosen Landstraßen. Marie war einer dieser Junitage auf Eiderstedt, die nie zu Ende gingen, der Wind im hohen Gras und die matten, klaren Farben des Nordens. Marie war alles, was *nicht* schiefgelaufen war in seinem Deutschland, diesem fernen Land, das erst aus der Ferne zur Heimat wurde. Ein verpöntes Wort, Heimat, politisch kontaminiert, aber tief im Inneren existierte es noch, als Erinnerung an die guten Tage der Kindheit. Man musste nicht alles verteufeln, dachte Lou, man musste nicht immer alle Zelte abbrechen, um ein neuer Mensch zu werden und die Welt zu einem besseren Ort zu machen. Vielleicht war der bessere Ort nirgendwo anders, vielleicht war es gar kein Ort, sondern ein Gefühl. Zwischen zwei Menschen. Und vielleicht war er längst dort angekommen gewesen, ohne es bemerkt zu haben.

Niemand konnte Lou daran hindern, zu Marie zu gehen und ihr all das zu sagen. Aber er traute sich nicht. Weil er glaubte, dass es ihm nicht mehr zustand. Er hatte seine Chance gehabt und vermasselt. Er hätte sie nie im Stich lassen dürfen. Am besten wäre er einfach zu Hause geblieben, um mit Marie am Elbstrand zu sitzen, Flasche Bier in der Hand und Transistorradio. Stattdessen hatte er seinen Hafen verlassen, ohne daran zu denken, dass jedes Schiff, egal wie weit es fuhr, eines Tages dorthin zurückkehren musste, wo es hergekommen war.

Plötzlich wachte er auf. Er hörte einen fernen Donner, spürte Marie, die neben ihm lag und sah Rüdigers riesige Hände, die durch ihr Haar fuhren, tiefer und tiefer, bis er die Augen aufschlug und begriff, dass er erst jetzt wirklich aufwachte. Neben ihm lag niemand. Auch Marcs Bett war leer. Lou stand auf und drückte den Lichtschalter, aber das Licht blieb aus. Der Fußboden war kalt; auch der elektrische Heizlüfter lief nicht mehr. Stromausfall, mal wieder. Er trat vor die Tür und hörte, wie sich in den Bergen ein Sturm zusammenbraute. Am Himmel war kein Stern zu sehen.

21

Mittags hatte das Gewitter sich verzogen; die Sonne strahlte warm aus einem blitzblanken Himmel. Lou schwänzte den Abwaschdienst und suchte Zuflucht in der Musik. Das hatte immer funktioniert: Wenn du den Blues hast, spiel einen Blues, dann bist du nicht mehr allein. Weil auch Muddy Waters, Howlin' Wolf und Eric Clapton den Blues hatten. Er schnappte seine ramponierte Gitarre und ging los, um einen Baum zu suchen, unter dem er spielen konnte. Als er an Block 6 vorbeikam, hörte er Musik. Als würden Jungs am Lagerfeuer spielen, nur dass es John und Paul mit ihren Martin-Gitarren waren. A-Dur, D-Dur, E7, ein Brot-und-Butter-Bluesriff, aber es klang frisch und entspannt, der Text hatte was mit *revolution* zu tun, und Lou kam sich vor wie der letzte Idiot. Er hoffte, dass sie ihn nicht sahen, ging weiter und fand einen Baum, unter den er sich setzte. Er stimmte seine Gitarre und begann ... – nein. Unmöglich. Du spielst keinen Beatles-Song, wenn nebenan John, Paul, George und Ringo wohnen. Du spielst auch nichts anderes. Du bist einfach still und hörst zu, in der Hoffnung, etwas zu lernen, dankbar dafür, an der Tafel der Götter sitzen zu dürfen.

Dabei benahmen die Vier sich so normal, als wären sie immer noch die Liverpooler Jungs auf St. Pauli. Sie trugen die gleichen Kurtas wie alle anderen, rissen lockere Witze, und wenn sie ihre leeren Teetassen in die Küche brachten, grüßten sie mit »*Hi, lad!*« Und nebenbei, als wär's so leicht wie das Atmen, schufen sie Musik. Und es sah aus wie ein Spiel. Mühelos. So wie Rüdiger beim Brotbacken eine Melodie summte ... nur dass vorher kein Mensch auf diese Melodie gekommen war. Wie zum Teufel schafften sie das?

Es gab diese Geschichte, die Paul am Tisch erzählt hatte, als jemand ihn gefragt hatte, wie er auf *Yesterday* gekommen war. Er sagte, dass er die Melodie im Kopf gehabt hatte, als er eines Morgens in Janes Haus aufgewacht war. Er dachte, er hätte sich an einen Song erinnert, den er irgendwo gehört hatte. Also setzte er sich ans Klavier und spielte die Akkorde, um sich zu erinnern. Dann ging er zu John und ein paar Freunden, summte ihnen die Melodie vor und fragte, ob sie das Stück kannten. Alle zuckten mit den Schultern. Nach ein paar Tagen beschloss er, dass der Song ihm gehörte. Erst dann schrieb er den Text. In der ersten Fassung hieß der Titel noch *Scrambled Eggs*.

Karma is a bitch, sagte Lou zu sich selbst. Entweder wirst du als Genie geboren oder als *Chai Walla*. Du kannst es nicht lernen. Er war kein schlechter Musiker, sondern einfach nur mittelmäßig, und das war noch schlechter als schlecht. Denn schlechte Bands konnten wenigstens cool sein, abgefahren und unvergesslich. Mittelmäßige Bands waren seelenlos, angepasst und überflüssig. Lou sah auf die Uhr. Der Küchendienst wartete. Er wischte die Ameisen von seinem Fuß und stand auf, ohne einen einzigen Akkord gespielt zu haben. Da sah er einen gebeugten Mann mit weißem Bart neben einem Baum stehen. Der Schneider. Offenbar hatte er ihn beobachtet und gewartet, dass er etwas spielte, so wie die anderen Westler mit ihren Gitarren. Er verneigte sich mit gefalteten Händen. Lou schämte sich, ihm in seiner Kurta zu begegnen, die er noch nicht bezahlt hatte.

»*Sorry*«, sagte Lou. »*No money.*«

Der Schneider wiegte seinen Kopf und sagte:

»*Pay tomorrow.*«

Lou verkrümelte sich zur Küche, stellte die Gitarre in die Ecke, riss die lila Zettel ab und ließ sich von Rüdiger durchs Dorf schicken. So würde sein ganzes Leben verlaufen, als ewiger *Chai Walla*.

An diesem Abend stand Lou mit leeren Tabletts in der Hand am Kliff und stellte fest, dass es nicht selbstmordgeeignet war. Zu flach, zu niedrig, zu viel Gebüsch. Er hätte es nicht wirklich getan, aber das war einer dieser Werther-Momente bei Sonnenuntergang, in denen ein junger Mann sich vorstellte, wie alle Frauen, die ihn jemals zurückgewiesen hatten, vor seinem Sarg in bittere, reumütige Tränen ausbrachen. In den Bäumen rauschte der Wind, leiser als der Fluss unter ihm. Ein paar Stühle standen herum, darauf lagen Bücher, ansonsten war der Platz menschenleer. »Kein Selbstmitleid«, hatte Marc gesagt, und er hatte recht. War aber leicht gesagt, wenn man gerade kosmischen Sex mit Corinna hatte.

»Hey!«, rief eine leise Stimme hinter ihm. Lou drehte sich um. Es war Corinna. Sie lächelte vorsichtig. Das goldene Licht der Dämmerung spiegelte sich in ihren Augen. Als sie näher kam, sah Lou, dass sie geweint hatte. Corinna wich seinem Blick aus, damit er es nicht sah.

»Was machst du hier?«, fragte sie.

»Nichts. Was ist los?«

»Nichts.«

Eine Weile standen sie da und blickten über den Fluss zum anderen Ufer, wo Feuer brannten. Dann fragte sie:

»Ist er schwul?«

»Wer?«

»Marc.«

»Was? Marc? Nee.«

»Warum will er mich dann nicht?«

Lou hatte sie noch nie so offen, so verletzt, so ratlos erlebt. »Was... ist passiert?«, fragte er. »Habt ihr gestritten?«

»Nichts ist passiert. Gar nichts. Wenn er wenigstens mit mir streiten würde. Aber er tut so, als wär ich nicht da. Das ist viel schlimmer.«

»Ich dachte, ihr wärt jetzt zusammen.«

Sie lachte.

»Du Spinner.«

»Vielleicht... musst du ihm zeigen, was du fühlst. Vielleicht denkt er, du willst ihn nicht wirklich. Oder so.«

Corinna ballte ihre Fäuste. Lou konnte ihre Wut spüren. Aber sie sagte nichts. Ging einen Schritt auf ihn zu, nahm seinen Kopf zwischen ihre Hände und drückte ihm einen Kuss auf die Lippen. Dann ließ sie abrupt von ihm ab.

»War das deutlich genug?«

»Ja...«, stammelte Lou. Ihr Mund, ihre Hitze, ihr Duft, das war alles zu schnell und verwirrend. Was wollte sie von ihm?

»*So* hab ich's ihm gezeigt.«

Ihre Lippen bebten vor Wut und Traurigkeit.

»Und... dann?«

Corinna schwieg. Sie setzte sich ins Gras und riss ein Büschel aus. Lou stand eine Weile ratlos da und wartete auf eine Antwort. Der Himmel wurde ungewöhnlich schnell dunkler. Weil die Antwort nicht kam, kniete er sich neben sie. Wollte ihr am liebsten durchs Haar streichen, sie umarmen, trösten, küssen... Und fand es verrückt, dass er sie so gut verstand, weil es ihm ähnlich ging – mit ihr. Immerhin weinte er nicht, immerhin hatten sein Stolz und sein Fatalismus ihm geholfen, die Sache mit Abstand zu betrachten. Sie stand einfach nicht auf ihn. Und Marc stand nicht auf sie. So simpel war das. Kein Mysterium, kein Karma und kein Weg, das zu ändern.

»Marc ist manchmal in seiner eigenen Welt«, sagte er. »Und hier... sind ja alle so vergeistigt... da geht er halt auf den spirituellen Trip.«

Corinna sah Lou an und verzog ironisch den Mund.

»Er hat seine Hose aufgemacht, dann hat er mich in die Speisekammer gezogen... und runtergedrückt, damit ich ihm einen blase.«

Lou war schockiert.

»Dann hat er mir den Sari ausgezogen, und wir haben gevögelt. Es war Wahnsinn. Totaler Rausch, Filmriss... Bis Rüdiger reinkam. Dann haben wir uns angezogen... sind raus... und dann...«

Sie war kurz davor, wieder zu weinen, aber sie lächelte.

»Dann haben wir gelacht, wie verrückt, und ich hab gesagt... Oh Mann, Marc, ich lieb dich so...«

Sie senkte den Kopf. Als ob sie sich dafür schämte. Lou hielt den Atem an.

»Und er sagte: ›*Hey, verlieb dich nicht*‹. Und dann hat er gesagt, ich soll ihm das versprechen. ›Kann ich nicht‹, hab ich gesagt. Dann hat er mir die Haare aus der Stirn gestrichen ... wie wenn er was wegwischen wollte ... und ging. Einfach so.«

Lou war sprachlos. Es war, als würde sie von einem Fremden sprechen, nicht seinem Bruder.

»Und das war jetzt gerade?«

»Nein. Gestern. Und heute behandelt er mich wie Luft. Wir sitzen am gleichen Tisch, und er redet mit allen anderen, bloß nicht mit mir ...«

Lou konnte ihre Verwirrung gut nachempfinden, ihre Wut und Verlorenheit. Er fühlte sich Corinna extrem nah. Anders als früher, nicht nur erotisch angezogen, sondern im Herzen verbunden. Er wollte den Arm um sie legen, aber hielt sich mit aller Kraft zurück. Ihr Gesicht konnte er kaum noch sehen, so dunkel war es geworden, nur die Umrisse ihrer Haare. Auf einmal spürte er ihren Kopf an seiner Schulter. Sie lehnte sich an ihn. Er spürte, wie ihre Brust sich hob und senkte. Er passte seinen Atem an ihren Körper an. Dann legte er vorsichtig den Arm um sie, ängstlich, dass sie ihn wegstoßen könnte, und verblüfft, dass sie sich stattdessen in seine Umarmung hineinfallen ließ.

»Ach, Lou«, sagte sie.

Dann hielt er sie eine halbe Ewigkeit lang, bis sie irgendwann, er wusste nicht warum, den Kopf hob und mit geschlossenen Augen seinen Mund suchte. Er neigte sich zu ihr, ihre Lippen berührten sich, und er war schockiert, wie heftig sie ihn küsste. Sie drückte ihn zu Boden und schob seine Kurta hoch. Irgendwo im Unterholz raschelte ein Tier. Sie setzte sich auf ihn und zog ihn aus.

»Und wenn uns wer sieht ...?«

Sie brachte ihn mit Küssen zum Schweigen und öffnete ihren Sari. Ihre helle Haut schimmerte im letzten Licht. Lou war überwältigt. Der Himmel öffnete sich, ohne dass er es verdient hatte. Aber es ging so schnell. Marie hatte es gern langsam und träumerisch angehen lassen; Corinna schien die Annäherung überspringen zu wollen, um jegliche Ambivalenz auszuschalten. Sie schlang ihre Arme um ihn, er fühlte die Hitze ihrer Haut, küsste sie, hörte sie aufstöhnen... und auf einmal, er wusste nicht warum, sah er Marc vor sich, ganz deutlich, als würde er direkt neben ihnen stehen. Er öffnete die Augen... da war niemand, nur Nacht und Gebüsch.

»Was ist?«, fragte sie keuchend.

»Nichts«, sagte er und wollte weitermachen.

Aber sie glaubte ihm nicht. Als würde sie sehen, was er gesehen hatte, rollte sie zur Seite. Lou schob sich die Haare aus der Stirn. Auf einmal wusste er, dass er aufhören musste.

»Was hast du?«, fragte sie. »Ist es wegen Marie?«

»Nein. Sorry.«

»Wegen Marc?«

»Nein. Ich lieb dich.«

Jetzt war es raus. Es war befreiend. Er setzte sich auf.

»Und du musst jetzt nicht sagen: Ich dich auch. Weil du auf Marc stehst. Und was auch immer ich mache, ich wär immer nur der Zweitbeste. Immer der Ersatz für den, den du nicht kriegen konntest. Weil du mit Marc nie fertig bist. Also... lassen wir das.«

Auf einmal war er völlig klar im Kopf. Corinna griff nach seiner Hand. Sie schien es nicht zu verstehen.

»Sorry«, sagte er, »das war jetzt vielleicht 'n bisschen viel.

Aber das ist keine Abfuhr. Jedenfalls nicht für dich. Wenn's nach mir ginge, ich würde am liebsten mit dir verschwinden. Nur wir zwei. Für immer. Verstehst du?«

Corinna schwieg.

Er reichte ihr die Hände, um sie hochzuziehen.

»Komm, wir gehen zu den anderen.«

Corinna stand allein auf und hüllte sich in ihren Sari.

»Du hast recht«, sagte sie. »Entschuldige.«

Dann ging sie, ohne ein weiteres Wort zu verlieren, zurück, von woher sie gekommen war. Lou spürte die kühle Nachtluft auf der Haut, die vom rauschenden Fluss heraufzog. Der Himmel war schwarz geworden.

Im Hof des Bungalows brannten Kerosinlampen. Als Lou zurückkam, hämmerten Marc und Rüdiger am Wasserboiler herum. Dann zündeten sie ein Holzfeuer darunter an. Offenbar hatte das Einzelzimmer kein Bad, und Rüdiger kam zum Duschen rüber. Lou setzte sich auf die Veranda, rauchte eine Zigarette und sah ihnen eine Weile zu, ohne dass er zwischen ihnen eine Spur der Spannung entdecken konnte. Er fragte sich, ob Rüdiger ihn wirklich mit Corinna auf dem Küchenboden ertappt hatte. Wenn nicht, wäre sie eine großartige Schauspielerin.

Rüdiger zog sein Holzfällerhemd aus und ging ins Bad, um zu duschen. Marc legte Holzscheite nach. Lou setzte sich zu ihm und starrte ins Feuer.

»Alles okay?«, fragte er.

»Ja«, sagte Marc. »Wo warst du?«

»Meditieren.«

»Und, schon erleuchtet?«

»Nee. Du?«

»Gab 'nen Skandal vorhin«, sagte Marc, ohne auf die Frage einzugehen. Lou horchte auf.

»Paul pennt mit seiner Freundin in einem Zimmer.« Er sagte nicht »McCartney«, so als wären sie schon Kumpels. »Ein paar alte Ladies haben Stress gemacht. Weil die nicht verheiratet sind.«

»Aha.«

»Wenn du mich fragst, sind sie neidisch. Big M hängt nur noch mit den Beatles ab. Privataudienzen und so.«

Rüdiger kam mit nassen Haaren aus dem Bad, ein Handtuch um die Lenden und Plastikschlappen an den Füßen.

»Arschkalt«, grunzte er, zog sich seine ungewaschene Kurta über, warf Lou einen nichtssagenden Blick zu und schlurfte zu dem Bungalow, wo die Frauen schliefen.

»Was findet Marie bloß an dem?«, sagte Marc.

»Sind die jetzt richtig zusammen oder vögeln die nur?«

Marc zuckte mit den Schultern.

»Was machen wir hier, Marc? Wir müssen weg hier.«

»Wohin denn?«

Lou wusste keine Antwort.

»Marie hat schon recht. Weiterfahren bringt uns nicht weiter. Die ultimative Reise geht nach innen.«

Lou stellte sich vor, wie Marc mit Corinna auf dem Küchenfußboden *meditierte*.

»Ich hab 'ne Zigarette mit George geraucht«, sagte Marc. »Hab ihn gefragt, was er hier sucht. Er meinte: Du kannst alles Geld der Welt haben, Ruhm, Sex ... Aber ohne *peace of mind* hast du in Wahrheit nichts.«

»Und du?«, wollte Lou wissen. »Was willst du hier?«

Marc zuckte mit den Schultern und lächelte, aber es war ein hilfloses, fast trauriges Lächeln.

»Manchmal frag ich mich echt, wozu ich auf der Welt bin. Ich hab mir das nicht ausgesucht.«

Lou dachte daran, was Marie gesagt hatte. Aber was er wirklich wissen wollte, war etwas anderes. Ob er auf Corinna stand.

»Wie geht's Corinna?«, fragte er.

Lou beobachtete ihn genau, um jede Regung in seinem Gesicht mitzubekommen.

»Die kommt mit diesem Guru-Ding nicht klar. Hast du die Blonde gesehen, die dem Maharishi die Füße geküsst hat? *Crazy.*«

»Stehst du auf sie?«

»Die Blonde?«

»Nein, Corinna!«

»Wieso, willst du sie haben?«

»Man kann niemanden *haben*. Das ist patriarchale Besitzdenke.«

»Du stehst auf sie, was?«

Marc grinste Lou an. Man konnte ihm nichts vormachen.

»Ich hab nur Sorge«, sagte Lou, »dass du sie verletzt.«

Marc wurde auf einmal ernst.

»Corinna verletzt sich selbst.«

Er stand auf, ging nach drinnen und machte die Tür hinter sich zu. Lou stand ratlos auf der Veranda. Dann hörte er, wie Marc auf der Gitarre spielte. Er kannte den Song nicht; vielleicht hatte Marc ihn selbst komponiert.

Lou starrte in die Dunkelheit und fühlte sich noch einsamer als vorher. Er setzte sich auf die Stufe, schloss die Augen und versuchte zu meditieren. *Jai Guru Dev,* dachte er und wiederholte die Worte im Geist, *Jai Guru Dev,* aber er hätte genauso gut eine indische Speisekarte aufsagen können. Oder das Telefonbuch von Peking. Die Worte sagten ihm nichts, vor allem stoppten sie nicht seinen Gedankenstrom. Man kann nicht *nicht* denken, dachte er. Dann dachte er daran, was der Maharishi gesagt hatte: Wenn Gedanken kommen, kämpfe nicht dagegen an, lass sie natürlich kommen und wieder gehen. Lou verbrachte den Rest seiner misslungenen Meditation damit, einer Horde Gedanken zuzusehen, die durch seinen Kopf trampelte, und als sie endlich verschwand, wünschte er, sie würde zurückkehren, weil stattdessen von irgendwoher, vielleicht aus der Küche oder Maries Bungalow, ein Bild herüberwehte: Marie, die sich an Rüdiger schmiegte, und seine großen Hände, die durch ihr Haar fuhren, dann tiefer und tiefer, bis Lou die Augen aufriss und die Transzendentale Meditation verfluchte.

22

Am nächsten Tag rammte Lou einen Eisberg. Oder genauer: Lous *mind* zerschellte an einem Eisberg. Noch genauer: Der Eisberg **war** Lous *mind*, der in tausend Stücke zerbrach. Und dann erkannte Lou, dass er und sein *mind* nicht dasselbe waren. Er war weder der Eisberg noch die Titanic. Sondern das Meer.

Aber eins nach dem anderen: *The iceberg* war Maharishis Metapher für angesammelten psychischen Stress, der sich als Klumpen im *mind* kristallisierte, heute würde man es Trauma nennen; jedenfalls gab es diesen Moment im Meditationsprozess, wo jeder seinem inneren Eisberg begegnete. Das war der Tag, an dem jemand in Schockstarre verfiel oder im Auditorium herumbrüllte und einen Stuhl durch die Gegend schleuderte. Dann sagte der Maharishi lächelnd:

»*You've hit an iceberg. Don't worry.*«

Die anderen Kursteilnehmer waren darauf vorbereitet; sie besaßen einen Kompass für den Ozean der Seele. Aber Lou war ein Narr in einer Nussschale, der in einen Orkan segelte.

An diesem Morgen gab es eine Gruppenmeditation im Auditorium. Corinna hatte ihn am Eingang kühl geschnitten, als er sie gefragt hatte, wie es ihr ging. Gerechte Strafe, dachte er; eine Göttin weist man nicht zurück, selbst wenn man es aus Liebe tut, oder aus Selbstschutz. Noch dazu eine Göttin, die für dich vom Himmel herabgestiegen war. Marie saß neben Rüdiger und ein paar Leuten aus dem *inner circle* des Maharishi. Marc war gar nicht erst aufgetaucht. Lou setzte sich ganz an den Rand, auf einen der hölzernen, mit Segeltuch bespannten Klappstühle. Der morsche Stuhl ächzte, als er seine Beine in den Lotussitz faltete. Eigentlich war es auch nur ein profaner Schneidersitz; er fragte sich, wie Corinna und Marie das anatomische Wunder fertigbrachten, beide Füße auf die Schenkel zu klemmen und dabei entspannt auszusehen. Dort wo er herkam, bemaß sich Coolness nicht an der Fähigkeit, seinen Körper zu verrenken; im Gegenteil, die coolsten Jungs standen auf den Partys reglos mit Bierflasche in der Hand rum. Hauptsache, du hattest eine Meinung zur Mucke.

Der menschliche Körper, erklärte der Maharishi, bestehe aus Schwingungen. Aber die transzendente Energie, die uns alle erfülle, sei erstarrt. Machthaber und Religionen wollten die Menschen in diesem Zustand halten. Doch mit dem richtigen Mantra beginne der erstarrte Körper wieder zu schwingen und die Lebensenergie wieder zu fließen.

»*Now close your eyes. We will do a little meditation. Ten, fifteen minutes.*«

Lou hoffte nicht auf Erleuchtung. Er wünschte sich nur einen Notausgang aus dem Reizgewitter seiner Gedanken, ein kosmisches Aspirin, das seinen Seelenschmerz betäubte. Wenn es tatsächlich ein *cosmic consciousness* gab, zu dem man – wie der Maharishi sagte – mühelos aufsteigen konnte, dann mochten doch bitte zwei, drei Tropfen kosmischer Nektar in sein gemartertes Hirn herabtropfen. Lou bat seine innere Stimme, die entweder schwieg oder wirres Zeug plapperte, um ein Zeichen, eine Eingebung, irgendeinen Hinweis darauf, was er jetzt tun sollte. *Du kannst es nicht erzwingen*, sagte der Maharishi, *aber du kannst es empfangen. Als würdest du ein Radio auf eine höhere Frequenz einstellen.* Lou hatte keinen Schimmer, an welchem Knopf er drehen sollte. *Du musst dein monkey mind zum Schweigen bringen*, hatte der Maharishi gesagt. Einen inneren Raum der Stille schaffen. Aber genau das machte Lou Angst: wenn das Außen verstummte, in ein Nichts zu fallen.

Er wartete. Atmete. Roch den Rauch der Kohlefeuer und hörte Vögel durch die Halle flattern. Zog sich die Decke über die Beine und fragte sich, was die anderen jetzt im Inneren erlebten. Sie hatten ihr Mantra, er hatte keins. Sie saßen in ihren Gruppen, er saß allein. Ganz vorne die Beatles, ganz hinten er. *Cosmic consciousness?* Alles was er spürte, war ein schmerzendes Knie und kosmische Verlorenheit. Er war kurz davor, die Sache abzubrechen, da kam ihm der Gedanke: Genau das ist mein Leben. Die Musik spielt immer woanders. Er erinnerte sich an das Gefühl, mit Marc auf einer Bank in Harburg zu sitzen, Zigaretten zu rauchen und nichts zu tun, weil es nichts gab, wofür es sich zu leben lohnte. Außer dann, wenn sie ihre schwarzen Lederjacken anzogen, in die S-Bahn stiegen und nach Hamburg fuhren. Von der tristen, muffigen Vorstadt über die Elbe in die pulsierende Energie von St. Pauli. Da waren die Docks, die riesigen Schiffe und Kräne, die pausenlos Fracht aus aller Welt entluden.

Dann die Reeperbahn, die abgefahrenen Typen, die Nachtclubs, die Neonlichter, und dann, mitten im Kiez – ihr Plattenladen. Dort wohnten sie, die *good vibrations*. Marc und Lou brauchten einfach nur durch die kleine, unscheinbare Tür zu treten, und sie waren im Himmel. Die Holzregale voller Platten, die Cover an den violetten Wänden, die Göttinnen und Götter des Rock 'n' Roll. Sie suchten sich eine Platte aus, setzten sich zu zweit einen Kopfhörer auf und tauchten in eine andere Welt. Wo alles lebendiger, intensiver, wahrer war.

Es gibt nichts, was ein Meditierender nicht tun kann, hörte er den Maharishi reden, *weil er für das Unendliche geöffnet ist. Und Bewusstheit, die für das Unendliche geöffnet ist, ist der Raum, der die gesamte Schöpfung kreiert hat.*

Das muss es sein, schoss es Lou durch den Kopf, so funktioniert Meditation: Lass das graue Rauschen des Alltags hinter dir, schließ die Augen und betrete ein Reich voller *cosmic vibrations*. Die Musik ist schon da. Du hast sie vorher nur nicht gehört. Du musst keine Angst haben, ins Nichts zu fallen. Die innere Stille ist ein See, auf dem sich die gigantische Schönheit des Himmels spiegelt.

Turn on, tune in, drop out.

Verdammt, dachte Lou, ich hab das Geheimnis der Beatles geknackt. Warum sie wirklich in diesem Ashram waren. Und warum sie kein LSD mehr brauchten. Was der Maharishi *cosmic consciousness* nannte, war tatsächlich eine Art gigantischer Plattenladen, mit Regalen, die bis zum Himmel reichten. Dort lagerte alle Musik der Welt. Bach, Elvis, The Beatles. Alle Songs, die jemals komponiert wurden. Bis heute. Aber weil in diesem

Laden Zeit keine Rolle spielte, lagerten dort auch Platten, die noch nie jemand gespielt hatte. Die komplette Musik der Vergangenheit, Gegenwart und Zukunft. Und George Harrison, der schon lange meditierte, hatte den Schlüssel. Als er mit seiner Gitarre auf der Veranda gesessen hatte, hatte er den Song nicht *er-* sondern *ge*funden. Eine kosmische Souffleuse hatte ihm alles eingeflüstert, die Göttin des Plattenladens, und er musste es nur nachspielen. Wenn Lou Musiker werden wollte, dann brauchte er den verdammten Schlüssel zu diesem Laden. Wäre er George Harrison, hätte er aus seinem Herzschmerz längst einen Song gemacht. Kurz mal unter »B« wie »*Broken Hearts*« nachgeschaut, eine noch nie aufgelegte Platte rausgezogen und zum Welthit gemacht. Es war also keine Frage von angeborenem Genie, sondern der richtigen Technik!

Lou war so aufgeregt über seine Entdeckung, dass sein *monkey mind* im Kreis herumsprang und den See der inneren Stille in ein aufgewühltes Meer verwandelte. Ich muss still werden, dachte er, still werden! Aber je mehr er gegen seine Gedanken ankämpfte, desto stärker wurden sie. Du bist nicht George Harrison, schnarrte eine Stimme in seinem Kopf, du bist ein gewöhnlicher kleiner Fan, also spiel dich nicht so auf, verstanden? Okay, erwiderte er, aber wenn ich nicht George Harrison bin, dann reicht mir wenigstens einen Trostpreis durch die Tür, irgendeine Message, als Antwort auf die verdammte Frage, wer ich bin, wenn ich nicht George Harrison bin, und was ich mit meinem Leben, das noch gar nicht begonnen hat, anstellen soll.

Als Antwort kam ein Krampf aus seinen eingeschlafenen Beinen, die den Lotussitz nicht beherrschten. Er stöhnte auf und entwirrte seine schmerzenden Glieder. Als er den Oberkörper nach rechts schob, geriet der Klappstuhl in Schräglage, und Lou spürte, wie das morsche Gestänge langsam, aber unaufhaltsam zur Seite kippte. Er ruderte mit den Armen gegen die Schwerkraft an, aber der Stuhl brach zusammen, und sein Hintern schlug auf den harten Boden. Alle drehten sich um und lachten.

»*What happened?*«, fragte der Maharishi.

Verdammt, er meint mich, dachte Lou und versuchte sich halbwegs würdevoll aufzurichten. Aber sein verkrampftes Bein gab nach.

»*I am ... sorry*«, stammelte Lou.

»*Don't worry*«, sagte der Maharishi. »*You've hit an iceberg.*«

Am Ende der Session bekam Lou viele Schulterklapse, gute Ratschläge und vor allem die Empfehlung, dass das richtige Mantra der beste Eisberg-Brecher sei. Lou gab nicht zu, dass er sich die Initiation nicht leisten konnte, und suchte Marie. Sie löste sich von Rüdiger, als sie ihn sah und fragte, wie es ihm ging, nach der Kollision.

»Mir geht's gut. Da war kein Eisberg. Ich hatte nur 'n Krampf.«

Sie lächelte und sagte, dass Körper und Geist in Wahrheit eins seien. Er zog sie beiseite.

»Marie, hör mal. Kannst *du* mir das vielleicht beibringen?«

»Schon. Aber ich darf dir kein Mantra geben.«

»Okay. Dann erklär mir alles außer dem Mantra.«

»Gibt nichts zu erklären. Es ist einfach. Du setzt dich hin, schließt die Augen, atmest natürlich, wiederholst dein Mantra.«

»Das ist alles?«

Sie lachte. Und er beneidete sie um dieses schöne, freie, liebevolle Lachen.

»Der Rest ist dein *mind*.«

»Und den muss ich ausschalten?«

»Den kannst du nicht ausschalten. Deshalb das Mantra. Du richtest deine Aufmerksamkeit auf den Klang, und der *mind* wird still.«

»Automatisch?«

»Du darfst dir nichts wünschen. Und dich vor nichts fürchten. Du akzeptierst alles, was ist.«

»Alles was ist?«

Sie nickte.

»Auch den Vietnamkrieg?«, fragte er skeptisch.

»Alles was ist. Das Schöne und das Schreckliche.«

»Und wenn mir alles weh tut?«

»Dann akzeptierst du den Schmerz.«

»Ich kann das nicht.«

»Es ist nicht schwer. Du musst einfach nur *sein*.«

Einfach nur *sein*, dachte er. Das hatte ihm niemand beigebracht. Sein Vater hatte immer etwas *getan*. Oder wenigstens etwas *gedacht*. Damit am Ende etwas Sinnvolles herauskam, irgendetwas, das die Welt besser machte. Alles andere war faul herumsitzen. Gammeln. Zu nichts nutze sein.

Marie lächelte geheimnisvoll.

»Das ist, wie wenn du an einem Fluss sitzt, verstehst du? Du schaust dem Fluss zu, und irgendwann vergisst du, dass du dem Fluss zuschaust. Verstehst du?«

»Na, Mr. Titanic?«, hörte Lou hinter sich.

Rüdiger kam angeschlurft. Das nach Bratfett stinkende Ende ihrer Zweisamkeit. Marie wurde still, und Lou ärgerte sich darüber. Sie gingen zusammen zur Küche, während Rüdiger erklärte, dass er im katholischen Internat hunderte Male das *Ave*

Maria aufgesagt habe – »voll geiles Mantra, wirkt astrein« – und dass Jesus in Indien abgehangen habe, was der Vatikan verheimlichte, weil er voll reaktionär und imperialistisch sei.

Und das brachte Lou auf eine Idee. Wenn sogar das reaktionäre *Ave Maria* ein Ticket zum Kosmos war, dann könnte er sich ja selbst ein Mantra geben. Gratis. Ohne Guru, ohne Gott. Einfach nur um seinen *mind* auszutricksen. Er erinnerte sich an die Sufis in Pakistan. Wie sie sich in Trance gesungen hatten.

Der Song war ihr Mantra.

Als er das erste Lunch ausgeliefert hatte, verkrümelte er sich. Statt zurück zur Küche zu gehen, wo zehn lila Zettel auf ihn warteten, ging er zum Auditorium, schnappte sich eine der gestapelten Decken und suchte nach dem Eingang der Höhlen, die der Maharishi zur Meditation empfohlen hatte. Er hatte sie für die Sommertage bauen lassen, wenn es in den Bungalows zu heiß zum Meditieren wurde. Nach Ansicht des Meisters waren sie der geeignetste Ort zur Selbstversenkung, ganz in der Tradition der alten Weisen. Dort störten kein »*socializing*«, lästigen Mücken oder gurrende Tauben am Fenster.

Lou brauchte nicht lang, um den Eingang zu finden. Fast sah es aus wie eine natürliche Grotte, ein langer, dunkler Gang, von dem kleine Kammern abgingen, wie Mönchszellen. Es roch nach Muff und kaltem Rauch. In einer Kammer stand ein kleiner Kohleofen. Lou zündete ihn an, setzte sich daneben in den verdammten Schneidersitz und wickelte sich in die Decke. Wär doch gelacht, wenn er den geheimen Plattenladen nicht aus eigener Kraft knacken konnte.

Fehlte nur noch das Mantra. Seine persönliche *vibration*. Mit Sanskrit konnte er wenig anfangen, und *Ave Maria* war religiös kontaminiert. Er brauchte etwas Neues. Er kritzelte mit dem Finger Buchstaben in die Erde vor seinen Füßen und wischte sie wieder weg, weil ihm nur so etwas einfiel wie »*Abrakadabra*« oder »*Halleluja*«. Oder, noch schlimmer, »*Corinna Corinna*«.

Bis ihm auf einmal, er wusste nicht woher, ein Satz zuflog. Vielleicht war er aus dem kosmischen Plattenladen heruntergeweht, weil George Harrison die Tür offengelassen hatte.

All you need is love.

Okay, es war nicht seine Erfindung, aber das war ja der Witz an einem Mantra. Sein Klang existierte schon lange, und dadurch verband es dich mit etwas, das größer war als dein eigenes Ich. Lou fand seine Idee vielleicht ein bisschen zu romantisch, zu viel Pop statt Rock'n' Roll, aber doch irgendwie revolutionär, so als Ansage an diese kaputte Welt. Also saß er, in seine Decke gehüllt, in der runden, klammen Höhle, auf deren Wänden der Widerschein des Kohlefeuers flackerte, und wiederholte im Geist sein Mantra.

Einatmen,
    all you need is,
        ausatmen,
            love.
                Einatmen,
                    all you need is,
                        ausatmen,
                            love.

Ein leuchtgrüner Grashüpfer setzte sich auf seine Decke. Er versuchte ihn zu ignorieren, was ihm nicht gelang. Er schob ihn vorsichtig weg, ohne ihn zu töten, was karmatechnisch unklug wäre, aber der Grashüpfer kletterte wieder zurück auf Lous Beine. Er schloss fest die Augen und wiederholte das Mantra. Zehnmal, hundertmal. Bis er ruhiger atmete. Aber der Gedankenstrom endete nicht. Wenn er die Augen öffnete, sah er seinen Grashüpfer, wenn er sie schloss, sah er seine Marie. Und, noch schlimmer, Corinna. Wie sie mit Marc in der Speisekammer *love* machte, und wie er so dumm gewesen sein konnte, sie wegzuschicken, als sie ihm den Kuss seines Lebens gab. Vielleicht hätte er doch ein anderes Mantra nehmen sollen. Ohne *love* und ohne *need*. Sein *mind* jedenfalls schickte ihm ein nüchternes Echo zurück, nämlich die Feststellung, dass er die Liebe, die er brauchte, nicht hatte. Nicht, wenn er wie ein Vollidiot allein in einer feuchten Höhle saß und sich gegen einen aufdringlichen Grashüpfer wehrte. Sein *mind* beobachtete ihn, und was es dort sah, in eine Decke gehüllt und mit nach oben geöffneten Handflächen auf den verknoteten Beinen, erschien ihm so lächerlich, dass Lou tatsächlich in Lachen ausgebrochen wäre, wenn er sich nicht so schwer gefühlt hätte. Das Mantra öffnete keinen kosmischen Plattenladen, sondern eine klaffende Wunde in seinem Herzen. Wenn *alles*, was er brauchte, Liebe war, dann bedeutete das im Umkehrschluss, dass er auf dieser Welt *nichts* hatte.

Nicht einmal den Grashüpfer, der jetzt spurlos verschwunden war. Er wünschte, er hätte ihn nicht verscheucht. Eine ungeheure Traurigkeit überschwemmte ihn, wie ein Fluss, der über die Ufer trat und alles mit sich riss. Er fühlte sich so verloren, so schrecklich einsam, dass er alles gegeben hätte, damit der Schmerz aufhörte. Und zugleich war das alles so vertraut. Verlorenheit war sein Element, immer schon gewesen, von Anfang an; der unsichtbare Kern seiner Existenz, der alles Sichtbare bestimmte. Meist gelang es ihm, den Schmerz nicht zu spüren, indem er sich mit der Außenwelt beschäftigte. Aber jetzt brannte er so sehr, dass der Kern zu schmelzen begann.

Bis es keinen Kern mehr gab.

Nur noch Leere.

Angst stieg in ihm hoch. Beklemmende, existenzielle Angst. Er wollte aufstehen, rausrennen, laut schreien, in die Küche platzen, Rüdiger am Kragen packen und rauswerfen. Und dann mit Corinna vögeln, vor Maries Augen, die entsetzt zur Tür hereinschauen und ihn nicht wiedererkennen würden, aber ja, genau darum ging es: Schaut her, wollte er rufen, ich bin nicht der, den ihr in mir seht! Ich bin viel mehr, ein Verrückter, ein Mann, eine Frau, ein Krieger, ein Liebhaber, ein Gott und ein Tier! Er warf die Decke weg, stand auf und stolperte, weil seine Beine eingeschlafen waren, hielt sich an der Wand fest, stöhnte und begann, seinen Kopf gegen den Stein zu schlagen, bis ihm schwindlig wurde und er auf den Boden sank. Blut lief über sein Auge. Und dann war alles still, schrecklich still.

Jetzt war er kein Krieger mehr und kein Mann, nur noch ein kleiner Junge, der seit dem Tag, als seine schwangere Mutter in ein Auto gestiegen war, um ins Krankenhaus zu fahren, nicht mehr weinen durfte. Ein kleiner Junge, der nicht verstand, warum seine Mutter nicht mehr zurückkam, warum stattdessen ein kleiner Bruder da war, der schrie wie am Spieß, und ein Vater, der sagte: Du musst jetzt stark sein, während sich in ihm alles zusammenkrampfte.

Seitdem hatte er keinen *peace of mind* mehr gehabt.

Lou hielt seine Hände vors Gesicht und weinte. Schmerzwellen pulsierten durch seinen Bauch. Er krümmte sich auf den Boden wie ein Embryo und hörte auf, sich gegen die heftigen, unkontrollierbaren Stöße zu wehren, die seine Grundfeste erschütterten. Er hatte keine Kraft mehr, dagegen anzukämpfen. Aus purer Erschöpfung ließ er zu, dass der Schmerz sich in seinem Körper ausbreitete. Und damit wurde es überraschend leichter. Jetzt war der Schmerz überall, aber er floss, pulsierte und atmete. Vielleicht war das der Klumpen, von dem der Maharishi gesprochen hatte, ein Klumpen aus Erinnerungen, der sich verflüssigen musste. *Liquid mind*, dachte er, das musste er den Maharishi fragen, ob man das so nennen konnte. Und auf einmal sah er, was der *mind* war und warum er so sehr an ihm festhalten wollte. Der *mind* war kein Gedanke und kein Gefühl. Er war die Antwort auf den Schmerz. Das Pflaster auf der Wunde, Mauern gegen die Angst, die er hatte errichten müssen, als niemand da gewesen war, um ihn zu trösten. Ohne den *mind* stünde er schutzlos in der Welt. Der *mind* war seine zweite Haut. Darum also hassten viele den Maharishi. Nicht weil er so revolutionär war. Sondern weil niemand nackt vor ihm stehen wollte, wenn er sagte: »Lass deinen *mind* los.«

Und der wahre Grund, warum Lou Marie nicht verzeihen konnte, war, dass er nicht aushielt, zu fühlen, was er nicht fühlen wollte: diese bodenlose Leere, die existenzielle Einsamkeit, die verlorene Verbindung.

All you need is love.

Er erinnerte sich an sein Mantra. Daran, dass er atmen musste, um am Leben zu bleiben. Er hörte seinen Atem rauschen. Er spürte ihn auf den Lippen. Er hielt still, während die Schmerzwellen durch seinen Körper flossen und langsam verebbten. Der Schmerz verschwand nicht, aber er war nicht mehr so heiß, nicht mehr so stechend, nicht mehr übermächtig. Er konnte ihn berühren. Halten. Wie einen Ball, wie ein Tier, wie ein Kind. Ich kann ihn wahrnehmen, dachte er, also bin ich nicht eins damit. Er spürte den Boden unter seinen Füßen, die frische Luft in seinen Lungen, den Herzschlag in seinen Adern. Er war sicher. Er war am Leben. Er war hier.

Lou öffnete die Augen und kam zurück in die Welt. Er fühlte sich ruhig und klar. Die Verlorenheit war nicht verschwunden, und er sah keinen Gott, der ihn tragen konnte. Aber er spürte jetzt, langsam und immer deutlicher, dass niemand anderer, sondern nur er selbst sich vom Leben ausgeschlossen hatte. Die Liebe war zum Greifen nah, doch er hatte sie abgewehrt. Warum habe ich Angst vor der Liebe, fragte er sich, wie kann ein Mensch so dumm sein? Vielleicht war es kein Zufall, dass er nach Tausenden Kilometern genau an diesem Ort gelandet war. Vielleicht hatte Marie recht. Vielleicht besaß der Maharishi den Schlüssel zum Glück.

Als Lou aus der Höhle herauskam, blinzelte er wie ein Maulwurf in die Sonne, verwundert und dankbar für die Wärme auf der Haut. Er taumelte noch, aber fand seinen Weg.

23

Marie stand vor der Küchentür, als Lou ankam. Sie trug weite Hosen, ein Batik-T-Shirt und eine hölzerne Mala um den Hals. Ein kleiner schwarzer Hund sprang um sie herum und wedelte wie verrückt mit dem Schwanz. Sie goss Kakao aus einem Topf in einen Napf auf dem Boden.

»Das ist Arjuna«, sagte sie zu Lou. Der Hund schlabberte gierig.

»Ist das deiner?«

»Der gehört Mia.«

»Mia Farrow?«

»Ja.«

Rüdiger linste aus der Tür heraus, ohne Lou zu grüßen. Er knetete Teig. Lou suchte nach Worten.

»Marie. Ähm…«

»Neun Bestellungen«, knurrte Rüdiger. »Und wo warst du?«

Lou versuchte ihn zu ignorieren.

»Musste alles Marie ausliefern.«

»Rüdiger, warte mal, ich muss mit Marie reden«, sagte Lou und richtete sich an Marie.

»Es tut mir leid«, sagte er.
»Schon okay. Nicht schlimm.«
»Ich meine nicht die Bestellungen.«
Sie sah ihn überrascht an.
»Ich wollte dich nicht wegstoßen«, sagte er.
Marie war kurz verblüfft, dann fragte sie trocken:
»Warum hast du's dann getan?«
»Ich hatte Angst.«
»Vor was?«
»Dass du weggehst.«
»Na dann kannste jetzt den Chai auf den Tisch stellen«, meinte Rüdiger und schob sich dazwischen, um ein Brot an Arjuna zu verfüttern.
»Chapattichapatti!«
Marie sah Lou nachdenklich an.
»Du stößt also eine Frau weg«, sagte sie, »weil du Angst hast, dass sie weggeht.«
»So ungefähr. Ich bin ein Idiot. Ich weiß.«
Marie lächelte.
»Dass ich diesen Tag noch erlebe...«
»Hey, *Chai Walla*«, unterbrach Rüdiger.
Lou ignorierte ihn und sah Marie an. »Das wollte ich dir nur sagen. Damit du's weißt.«
»Dass du ein Idiot bist, wusste ich schon.«
»Dann wären wir schon mal zwei.«
Er blickte zu Rüdiger.
»Oder willst du dich anschließen?«
Lous Lächeln überforderte seinen Chef. Rüdiger schlurfte nach drinnen, kramte herum und kam mit einer Kanne Chai wieder heraus. Er drückte sie Lou in die Hand.

»Kakao kommt auch auf 'n Tisch«, sagte er, wobei er auf den Topf zeigte, den Marie in der Hand hielt. Sie reagierte nicht. Rüdiger stand da und wartete darauf, dass irgendwas passierte. Marie hob den Topf an die Lippen und trank einen großen Schluck Kakao, während sie Lou nicht aus den Augen ließ.

Sie ließ Lou den ganzen Tag lang nicht mehr aus den Augen. Abends im Auditorium sah sie immer wieder zu ihm herüber, obwohl sie neben Rüdiger saß. Als sie nachts nach der *Lecture* aus der Halle kamen, kreuzten sich immer wieder ihre Blicke. Als hätte jemand die trennende Glaswand zwischen ihnen weggezogen, und einer hätte nur die Hand ausstrecken müssen, um den anderen zu berühren.

Am nächsten Tag schien Rüdiger besonders große Freude daran zu haben, seinen *Chai Walla* zu schikanieren. Von den Bergen kam ein Frühlingssturm herunter, heftige Regenschauer schüttelten die Bäume, überfluteten die Wege und wühlten die Erde auf. Die Temperatur stieg. Alle meditierten in ihren Zimmern, niemand kam in den Speisesaal, so dass Lou pausenlos durch die Flut rennen musste, mit Tabletts, Tellern und Bechern, und weil er nicht Shiva hieß und nur zwei Arme hatte, fehlte die eine Hand, die einen Schirm hätte halten können. Natürlich half Rüdiger ihm nicht. Hockte wie ein notgelandeter Storch auf seinem Küchenstuhl und las in einem alten Taschenbuch, während sein Teig ruhte. Marie, Corinna und Marc bereiteten die Curries vor, die Lou, wenn er durchnässt hereinkam, abholte. Marie ertrug den Anblick nicht mehr. Sie zog ihre Schuhe aus und sagte:

»Ich helf dir.«

Rüdiger legte sein Veto ein.

Marie schlang sich eine Plastiktischdecke um den Körper, schnappte sich ein Tablett und folgte Lou nach draußen.

Dort änderte sich alles. Sie liefen über die zu Flüssen geronnenen Wege, durch Pfützen und Sturzbäche, und mitten im Wolkenbruch lachte Marie, als ginge die Sonne auf. So ansteckend und unschuldig, dass Lou vergaß, wie der warme Regen ihn bis auf die Haut durchnässte. In Block 6, dem Luxusbungalow, kamen sie zu Pauls und Janes Zimmertür unter dem Dach der Veranda. Lou wollte anklopfen, aber Marie zeigte auf das kleine Kärtchen, das ans Türblatt gepinnt war:

MEDITATING – PLEASE DO NOT DISTURB.

Sie stellten die Tabletts leise auf den Boden. Dann hörten sie, wie Paul und Jane etwas taten, wofür die Engländer das schöne Wort *lovemaking* erfunden hatten. Der Regen legte einen diskreten Mantel des Rauschens darüber. Marie befreite sich aus der nassen Tischdecke. Das Wasser war ihr am Hals hineingelaufen; dunkle Streifen durchzogen ihr T-Shirt. Sie bemerkte Lous Blick auf ihrer Brust, lächelte und wuschelte ihm mit der Hand durchs nasse Haar. Er schüttelte seinen Kopf, so dass seine Haare spritzend herumflogen. Marie schrie kurz auf, aber hielt sich sofort die Hand vor den Mund. Von drinnen hörten sie, wie das Stöhnen abbrach. Paul und Jane mussten sie gehört haben. Lou klopfte schnell an die Tür, fasste Marie an der Hand, und sie liefen von der Veranda herunter. Ums Eck, an der Seite des Bungalows stand ein Feigenbaum, unter dem sie Schutz fanden. Sie hörten, wie eine Frau – es musste Jane sein – »*Hello?*« rief. Über ihnen prasselte der Regen in den Blättern, tropfte von den Früchten und lief am Stamm herab. Lou blickte nach oben und hatte die übermütige Idee, eine Feige zu pflücken, um sie Marie zu schenken. Er sprang hoch, aber erreichte sie nicht.

»Warte«, flüsterte Marie. »Die sind noch nicht reif.«

»Na und?«

Lou wollte auf den Baum klettern. Marie hielt seinen Arm fest.

»Nein, die gehören den Beatles!«

»Wieso? Die haben nur den Bungalow bezahlt. Die Natur gehört allen.«

»Lou.«

Marie nahm seinen Arm nach unten und lächelte ihn an, wie sie es immer getan hatte, wenn er dabei gewesen war, irgendeinen Blödsinn zu machen. Liebevoll. Und dann, ohne dass er es erwartet hätte, gab sie ihm einen Kuss. Ganz selbstverständlich. Als wäre alles, was geschehen war, nie geschehen. Dann löste sie ihre Lippen wieder und ließ Lou in seiner Verwirrung zurück. Bis er begriff, dass der Kuss keine Frage gewesen war, sondern eine Antwort. Er zog sie zu sich. Marie war einfach zu finden, vertraut und warm. Es gab kein Missverständnis und kein Machtgefälle. Ihre Körper brauchten keinen Übersetzer; sie verstanden dieselbe Sprache. Ringsherum rauschten Flüsse vom Himmel, und der Rest der Welt verschwand. Sie waren die einzigen Menschen auf dieser Erde. Indien war nichts Fremdes mehr, sondern ein feuchter Duft nach Laub und Mango, der sie begierig durchdrang.

»Warte hier«, sagte Marie.

Er öffnete die Augen und sah sie verwundert an.

»Drei Minuten. Dann komm nach.«

Sie lief zu ihrem Bungalow. Lou sah sich um, ob jemand ihn

beobachtete, aber die hundert Augen des Ashrams waren heute nach innen gerichtet. Lou wartete eine Minute, zwei Minuten, dann lief er los, über den langen, gewundenen Weg, der zu Maries Tür führte. Sie war angelehnt. Lou schlüpfte hinein.

Als seine Augen sich an das Halbdunkel gewöhnten, sah er zwei Betten; auf dem einen lagen Corinnas Kleider, und vor dem anderen stand Marie. Sie hatte ihre nassen Kleider ausgezogen und wartete auf ihn. Er schloss die Tür hinter sich, dann ging er auf sie zu. Er hielt den Atem an, als sie ihm die nasse Kurta über den Kopf streifte. Sie schmiegte sich an ihn, ihre trockene Haut auf seiner nassen, umarmte ihn zärtlich, dann fielen sie ineinander verschlungen aufs Bett, als wären sie nie getrennt gewesen.

»Wo warst du so lange?«, fragte sie.

»Ich hab dich gesucht.«

»Ich war immer da.«

Lou fragte sich, warum er so lange gebraucht hatte, um zu wissen, wohin er gehörte – auf der Suche nach sich selbst, nicht nach ihr, immer mit den Gedanken woanders, während Marie seit eh und je die Füße auf dem Boden hatte. Sie war langsamer als er, aber kam eher ans Ziel, weil sie sich nicht verirrte. Sie musste niemand mehr werden, weil sie schon alles war: die Antwort auf die Frage, warum Buddha lächelte.

24

> Stress is caused by being here
> but wanting to be there.
>
> *Eckhart Tolle*

»Und dann platzte Corinna rein.«
»Vorher oder nachher?«, fragte ich.
Lou versuchte sich eine Zigarette anzuzünden, aber sein Feuerzeug hatte den Geist aufgegeben.
»Währenddessen.«
»Und was hat sie gesagt?«
»Ich glaub, sie hat gegrinst.«
»Du glaubst?«
Lou zuckte mit den Schultern und schüttelte sein Feuerzeug.
»Und dann?«
»Ging sie wieder raus.«
Wir standen in dem verfallenen Auditorium. Das Dach war eingestürzt, die Wände vermoost. Goldenes Sonnenlicht brach durch die Fensterhöhlen. Dahinter wucherte der Dschungel. *»All you need is love«* hatte jemand an die Wand gemalt, und ein überlebensgroßes Pop-Art-Graffiti: der Maharishi, umringt von John, Paul, George und Ringo in ihren Sgt. Pepper-Uniformen. Fans hatten aus der Ruine eine Kathedrale gemacht. Und die Beatles überstrahlten ihren ehemaligen Meister. Lou

durchschritt den Raum, als könnte er die Stimmen von damals hören. Ich hörte nur die Vögel zwitschern. Irgendwie fühlte ich mich unwohl bei seiner Geschichte. Als wäre ich eifersüchtig. Als ginge es mich was an, ob mein Vater mit einer anderen Frau als meiner Mutter ins Bett gestiegen war. Ich hatte kein Recht auf dieses Gefühl, das ich nicht benennen konnte, aber ich wurde es nicht los.

Es hatte was mit Loyalität zu tun.

»Wie habt ihr eigentlich verhütet?«

»Indische Gummis. *Million Golds* hießen die. Im Shop gab's die unter der Hand.«

»Und das ging nie schief?«

»Nö, wieso?«

»Du hast doch gesagt, ich wurde hier im Ashram gezeugt.«

»Ja.«

»Du hast mit Marie geschlafen. Nicht mit Corinna.«

»Corinna war später.«

»Aha.«

Er steckte seine Zigarette wieder in die Schachtel und sah sich genervt um.

»Willst du jetzt jedes schmutzige Detail wissen?«

Nein, wollte ich nicht. Aber ich wollte wissen, ob er Marie geliebt hat. Und wie sehr er es bedauert, mit einer anderen Frau aus Indien zurückgekommen zu sein.

»Wenn du Corinnas Nummer zwei gewesen bist, wer war *deine* Nummer eins?«

Mein alter Dad starrte auf den Boden der Halle, verloren und trotzig, als würde er hören und sehen, was ich mir nicht einmal vorstellen konnte, die überbordenden Farben, Gerüche und Gebete, ein Raum voller Träume.

»Das hat doch keine Bedeutung mehr.«

Er log. Und er wusste, dass ich es wusste.

Ich fragte mich, was Marie mir erzählen würde. Ihre Version der Ballade von Lou und Corinna.

»Und Rüdiger... das ist der *German Baker*?«

»Was weiß ich.«

Lou ließ mich stehen und ging durch die Halle. Aha, dachte ich mir, da liegt der Hund begraben.

»Hey, Lou.«

Er drehte sich nicht um. Erst jetzt fielen mir die beiden Mädels am anderen Ende der Halle auf. Dort, wo noch das gemauerte Podium lag, auf dem der Maharishi gesessen hatte. Es zog sich über die ganze Breite der Halle, und in der Mitte stand ein flacher Stein, wie ein leerer Thron. Die Mädels saßen dort und rauchten; eine von ihnen hatte einen Gitarrenkoffer dabei. Lou ging zu ihnen, sagte was und bekam Feuer. Statt zu mir zurückzukommen, begann er ein Gespräch mit ihnen. Die eine öffnete den Koffer, und Lou schaute sich die Gitarre an. Typisch Lou, wenn ihm was zu brenzlig wird, entzieht er sich. Ich entschied mich dafür, nicht sauer zu sein, und ging zu ihnen. Von Näherem sah ich, dass die Mädels Japanerinnen waren, vielleicht Anfang Zwanzig.

»*Yeah*«, hörte ich Lou sagen, »*I mean, just imagine how they changed the West's perception of the East. It's amazing.*«

»Hey, Lou. Komm.«

»*Hey, Lucy. That's Lucy*«, stellte er mich ungefragt vor.

Natürlich sagte er nicht »*my daughter*«. Würde ihn ja alt machen.

»*And you are?*«, fragte er.

»Mizu«, sagte die eine. »Kazuko«, die andere.

»*They're playing a concert here*«, sagte Lou, als wäre es die Sensation des Tages. Ich versuchte ihm auf deutsch klarzumachen, dass wir jetzt besser gehen sollten. Zum *German Baker*. Wenn jemand wüsste, wo Marie war dann er. Lou setzte sich zu den Japanerinnen und fachsimpelte mit ihnen über ihre Gitarre, eine rosafarbene Stratocaster. Der große Checker. Und irgendwie schaffte er es natürlich, das Gespräch auf die sensationelle Tatsache zu lenken, dass er dabei gewesen war. 1968. Hier.

»*You know John Lennon?*«
»*Yeah, we kind of played together.*«
»*Oh, you're a real, I mean, professional?*«
»*Sure, music is my life.*«

Unmöglich, ihn hier wegzubekommen. Er lief gerade erst warm. Und ich war wie Luft für die drei. Jetzt kam die Story mit dem Tiger. Ich hätte sie auswendig nacherzählen können. Wenn andere Kinder Rumpelstilzchen bekamen, hatte mein Dad mir die Story von Bungalow Bill erzählt. Der Typ, der mit seiner Mutti auf einem Elefanten ritt, um Tiger zu jagen.

Es war mein erster Beatles-Song. Wirklich. Noch vor *She loves you* und *Yellow Submarine*. Weil es mein Einschlaflied war. Jedenfalls, John (Lous bester Freund) hatte den Song im Ashram komponiert. Weil eines Tages ein Kursteilnehmer keinen Bock mehr auf Selbstversenkung hatte. Er wollte lieber auf Safari gehen. Sein Name war Richard Cooke III, und seine Mom hieß Nancy, eine große Amerikanerin mit markantem Kinn und blonder Mähne, die mit einem beachtlichen Berg von Koffern angereist war. Sie wohnten in einem privaten Bungalow gleich neben dem Maharishi, deshalb Bungalow Bill, und waren wohl nicht die hellsten Schüler, weil sie irgendwie nicht geschnallt hatten, dass es schlecht fürs Karma war, Tiere zu killen. Als Little Richard von der Safari zurückkam, verklickerte er dem Meister, dass er einen waschechten Tiger abgeknallt hatte. Der Maharishi war völlig geschockt. Und John Lennon, der Richard für ein schießwütiges Muttersöhnchen hielt, komponierte ihm zu Ehren einen Song fürs Weiße Album. *The Continuing Story of Bungalow Bill.*

Bills Mutter behauptete, es sei Selbstverteidigung gewesen. Mitten im Dschungel wären sie von dem Raubtier überrascht worden. »Es war eine Frage von Leben und Tod: entweder der Tiger oder wir!« Man konnte sich natürlich fragen, was zwei bewaffnete Amerikaner im Garten des Tigers verloren hatten, weshalb der Song bei seiner Veröffentlichung als Parabel über den Vietnamkrieg interpretiert wurde. Jedenfalls, der Maharishi offenbarte dem jungen Jäger eine indische Weisheit, die ihm bis dato noch niemand erklärt hatte, nämlich:

»*Life destruction is life destruction.*«

Mizu blickte verschreckt zum Fenster und wollte wissen, ob hier immer noch Tiger herumliefen.

»*Yeah, you never know*«, raunte Lou, der Checker, mit tiefer Stimme und sah hinaus in die Wildnis. Dann berichtete er, dass Richard III zu Hause in Amerika, als er den Song im Radio hörte, beschloss, sein Leben zu ändern. Der passionierte Jäger tauschte das Gewehr gegen eine Kamera und wurde Fotograf fürs National Geographic Magazine.

»*The power of music*«, erklärte Lou bedeutungsvoll.

»*Aaah*«, murmelten die Japanerinnen beeindruckt. Oder sie

taten nur so, als würden sie ihm glauben, während sie ihn in Wahrheit für einen durchgeknallten Althippie hielten. Dann nahm er die Stratocaster und meinte, dass Mizu den falschen Pick Up montiert habe. Ich warf ein, dass wir jetzt gehen müssten. Aber Lou fand, dass es gerade erst gemütlich würde. Mizu interessierte sich für Lous Pick Up-Philosophie, und Kazuko fragte mich, ob wir morgen Abend zum Konzert kämen.

»Where?«

»Here.«

»Here?«

»Full moon party.«

»Groovy«, sagte Lou.

»Secret pop up party. They do yoga session. They do concert.«

»Okay, we're in«, erklärte Lou.

Das war der Punkt, an dem ich austickte.

»Hey, Lou. Wir sind nicht zum Partymachen hier.«

»Wieso, is' doch dufte.«

»Corinna ist dir auf einmal egal, oder was?«

»Was biste auf einmal so aggro?«

»Wir sehen uns zum Abendessen.«

Ich drehte mich um und ging.

»Ey, Lucy!«

Es war keiner dieser dramatischen Abgänge, bei denen man hofft, dass der Andere einem hinterherläuft. Nein. Ich war froh, allein zu gehen. Zu einem deutschen Bäcker namens Rüdiger.

Ich fand den Weg zurück durch den Wald, am Fluss entlang und über die Hängebrücke. Die Nachmittagssonne verschwand hinter diesigem Dunst. Rishikesh ohne Lou, das waren Roller und Rikshas, die dicht an meinem Körper vorbei rasten, beißende Abgase, Rauch aus den Garküchen und die starrenden Augen der Jugendlichen, gierig nach Leben. Ich verließ das Zentrum und bekam Angst, mich zu verlaufen. Die Luft wurde kühler, ich hatte Hunger. Aber dann fand ich auf einmal, direkt an einer befahrenen, schmutzigen Straße, ein schiefes Ladenschild, auf dem stand: »GERMAN BAKERY«. Das Y war heruntergerutscht. Der Laden ein neonbeleuchtetes Loch in einer niedrigen Häuserzeile, mehr nicht. Vielleicht war er früher mal eine Garage gewesen, oder eine Werkstatt. Jetzt lagen dort in einer hölzernen Vitrine Nutella Brownies, *Apple* Strudel und *Brown Bread*. Dahinter standen zwei indische Hipster, die ihre To-Go-Kundschaft bedienten, Yoga People vom Festival. An den Wänden hingen billige Bilder von Palmenstränden. Nirgends war ein Hinweis zu entdecken, dass hier ein *German Baker* arbeitete.

Der Hipster begrüßte mich mit »*Yes Ma'm?*«. Nicht mit »*Hi*«, wie die jungen Leute.

»*Hi. A Ginger Carrot Cake and a Chai, please.*«

Ich zahlte und fragte, ob hier ein Mister namens Rüdiger arbeite.

»*Sorry, Ma'm?*«

»*Ruuudiger.*«

»*Sorry, Ma'm.*«

Er wiegte seinen Kopf hin und her. So langsam lernte ich, Inder zu lesen. Vielleicht hatte Rüdiger seinen Backshop längst verkauft. Ich nahm meinen Karottenkuchen und ging nach hinten, wo in einem fensterlosen Raum ein paar Stühle und Tische unter Neonfunzeln herumstanden. Ich setzte mich, um nachzudenken. Und dann sah ich ihn. Erst seine riesigen Füße in den abgelaufenen Sandalen, dann seine Beine, die hinter einer

Säule hervorlugten, und schließlich, als er aufstand, den ganzen alten Mann. Er schlurfte zur Vitrine, griff sich ungeniert eine Handvoll Cookies raus, setzte sich wieder an den Tisch, auf dem sein verschrammter, mit Tape geflickter Laptop stand. Ein Pudel, der im Laden herumlief, sprang an seinem Bein hoch. Der Mann gab ihm einen Cookie. Das musste Rüdiger sein. Oder was von ihm übriggeblieben war. Eigenartig, wenn man einen jungen Menschen vor Augen hat, den Mittelteil verpasst und ihn dann im Alter sieht. Wenn alles schon entschieden ist. Er trug eine Daunenweste über dem T-Shirt, eine kleine Strickmütze auf der Glatze, Nickelbrille und Silberkettchen um den Hals. Lange dünne Arme und breite Pranken. Obwohl er keinen Bart mehr hatte, war alles an ihm haarig – Haare aus den Ohren, aus der Nase, aus dem Nacken. Ein Waldschrat, dachte ich, der sich in die Stadt verirrt hatte und nicht mehr zurückfand, ein *German* Gartenzwerg, nur überdimensioniert, riesig, aber gebeugt, vielleicht vom vielen Brot-in-den-Ofen-schieben. Er sah nicht so aus, als würde er noch arbeiten, eher wie ein Übriggebliebener, der sich trotzig gegen sein Verschwinden wehrte.

Ich nahm meinen Chai und Kuchen, stand auf und ging zu seinem Tisch.

»May I?«

Er sah mich überrascht, aber uninteressiert an. Ich setzte mich.

»*Good cake*«, sagte ich, um das Eis zu brechen.

»*Gluten-free*«, brummte er kaum begeistert. »*Everybody is allergic now.*«

Er verfütterte den nächsten Cookie an seinen Pudel.

»*I ate all sorts of Scheiße*«, brummte er. »*But I'm still alive.*«

Sein Akzent war definitiv deutsch. Er klang wie Eckart Tolle, nur ohne Erleuchtung.

»*My name is Lucy*«, sagte ich.

Er nickte und sortierte seine Cookies.

»*And you are?*«

»*Rahul.*«

Alles klar, dachte ich, deshalb gab's hier keinen Rüdiger: Er hatte seinen Namen geändert. Wie all die Sanyassins, die als Andi und Astrid nach Indien gegangen waren, um als Atman und Ananda zurückzukommen. Er beobachtete eine Fliege, die über seinen Arm spazierte.

»Ich suche einen Mann namens Rüdiger«, sagte ich auf deutsch, um ihn aus der Deckung zu locken. Er zuckte kurz mit dem Auge, als würde der Name ein Echo in seinem Hirn auslösen. Dann verzog er seinen Mund.

»*You're German, right?*«

»*Yes. From Berlin.*«

»*What do you want?*«

»*Do you know Corinna? Corinna Faerber?*«

Als er den Namen hörte, starrte er mich an.

»*She's my mother.*«

Er setzte seine verbogene Lesebrille auf und studierte mein Gesicht. Der Hund legte eine Pfote auf sein Bein.

»Sie ist verschwunden. Wir suchen sie.«

»Wer wir?«, fragte er auf deutsch. Jetzt hatte ich ihn.

»Ich und mein Dad.«

»Wer ist dein Dad?«

»Lou.«

In diesem Moment spürte ich, dass ich einen Fehler gemacht hatte. Rüdigers Misstrauen wurde zu Feindseligkeit.

»Und wieso kommt der nicht selber?«

»Er wollte nicht. Ich weiß nicht, warum. Also bin ich allein gekommen.«

Rüdiger wandte sich wieder dem Hund zu, der ihm die Hand abschleckte. Die Fliege flog vor seinem Gesicht herum, was ihn nicht zu stören schien. Ich versuchte ihm eine Brücke zu bauen.

»Also, jedenfalls, Lou ...«

»Lou ist ein Arschloch. Ein so großes Arschloch.«

Er deutete den Durchmesser mit seinen riesigen Händen an.

»Und warum?«

Rüdiger gaffte mich an wie eine, die's noch nicht kapiert hat. Kippte seinen Stuhl nach hinten, wippte hin und her. Dann schlug er mit der flachen Hand auf den Tisch. Hob sie hoch und schaute darunter. Die Fliege war tot.

»Scheiße, wenn das jetzt deine Oma war.«

Er grinste mich an. Ich wartete auf eine Antwort.

»Weißt du, warum das mit der Reinkarnation nicht funktioniert? Werden immer mehr Menschen auf dem Planeten. Doppelt so viele! Also, müsste jede Seele sich aufspalten, ja? Zwei Körper pro Seele. Is' ja logisch, wenn du rechnen kannst. Aber alle glauben den Scheiß. Na, Rocky?«, sagte er zu seinem Hund. »Du bist ein Hund. Ein Hund ist ein Hund.«

Alles klar, Rüdiger, dachte ich mir, es ist echt dunkel in deinem Reich. Als wärst du nicht gern Rüdiger gewesen und kämst nicht damit zurecht, dass es jetzt zu spät war, irgendwas daran zu ändern. Müsste ich jemandem das Konzept von Samsara erklären, dem Gefangensein im Zyklus der irdischen Existenz, würde ich dich als Anschauungsobjekt verwenden. Du kommst hier nie raus. Aber vielleicht täuschte ich mich auch. Seit meinem Ikea-Trip war ich mir nicht mehr sicher, wo die Grenze zwischen Einbildung und Wirklichkeit verlief. Und weil Rüdiger in kein Schema passte, fiel es mir schwer, zu greifen, wer er wirklich war. Und dann kam mir der Gedanke: Vielleicht wusste er es selbst nicht. Ausgestiegen, durch Zufall hier gelandet und hängengeblieben, wie auf einem schlechten Trip. Keine Ambitionen gehabt. Mitgenommen, was vorbeikam. Und das war nicht viel.

Ich entschied mich für den Pfad des Mitgefühls und versuchte, ihm so offen wie möglich in die Augen zu sehen.

»Was ist denn passiert zwischen dir und Lou?«, fragte ich.

Er zerteilte einen Keks, gab dem Hund die Hälfte und aß die andere.

»Warum magst du ihn nicht?«

»Hat er dir nich erzählt?«, fragte er, plötzlich hellwach. »Die Scheiße mit seinem Bruder?«

»Was?«

Er starrte mich schweigend an.

»Die Sache mit der Überdosis?«, fragte ich.

»*Das* hat er dir erzählt, hm?«, grummelte er verächtlich und sah mich an wie ein Mädchen, das noch an den Weihnachtsmann glaubt.

Jetzt hatte er mich an meinem wunden Punkt erwischt. Die verschiedenen Versionen meiner Eltern. Ihre Verdrucksheit. Ihr schneller Themenwechsel.

»Was war's sonst? Malaria?«

Rüdiger lachte.

Auf einmal wurden meine Beine weich, und mein Solarplexus verhärtete sich. Als begänne der Boden unter mir zu schwanken.

»Woran ist Marc gestorben?«

»An seinem Bruder.«

»Was soll das heißen?«

»Hab ich mich unklar ausgedrückt? Das ist die Wahrheit. Gibt nur eine. Alles andere sind Gerüchte. Halbwahrheiten. Nebelkerzen. Verstehst du? Weißt du, was ich hier gefunden habe? In Indien?«

Ich schüttelte irritiert den Kopf. Er beugte sich näher und raunte:

»Keinen Guru. Nee. Wo das hier alles den Bach runterging und ich voll am Arsch war, da lag 'n Buch neben meinem Bett. In so'm verwanzten Hotelzimmer, über 'nem Bollywoodkino. Ich schlag es auf, und *bam!* Das war's. Die Wahrheit.«

Er machte eine Kunstpause, in der ich wohl fragen sollte: Welches Buch? Ich fragte mich, was das alles mit Lou zu tun hatte, aber tat ihm den Gefallen und sagte:

»Welches Buch?«

»Die Bibel. Schon mal reingeschaut?«

Er redete weiter, als würde er mir ein Geheimnis verraten, aber je mehr er sagte, desto weniger kapierte ich.

»Das ist Klartext! Ein Auge ist ein Auge. Ein Zahn ist ein Zahn. Nicht wie bei den Indern, wo die Götter halb Mensch sind und halb Tier und du weißt nie, wer für was zuständig ist! Krishna ist Vishnu, Vishnu ist Schöpfer und Zerstörer, und er hat zehn Avatare... Blickt doch keine Sau durch. Die Bibel hat mich wieder *straight* gemacht. Aber nicht Jesus!« Er sprach es aus wie die Amerikaner: Dscheeesas.

»Der hat die reine Lehre verwässert. Rechte Wange linke Wange, Hutschigutschi. Nee! Das *Alte* Testament! Das Original! Hiob. Buch der Könige. Da wird gehurt und gemeuchelt, und Feuer fällt vom Himmel und killt alle Schafe. Hey, wirklich *jeder* baut da Scheiß! Die Welt, wie sie wirklich ist. Nicht wie sie sein soll. Verstehste?«

Er legte seine Pranke auf meinen Arm und raunte:

»*Liebe den Anderen wie dich selbst* ... Aber was, wenn du dich selbst hasst? Was machst du dann? Wenn du dich so richtig Scheiße findest?«

»Von wem redest du jetzt?«

»Von uns allen, Mann. Wir kamen damals hierher, 'ne Horde kleiner Pisser, total verblendet, dass wir 'ne neue Welt erschaffen. Mike Love stand da oben am Kliff, ja, Mikey, der Ober-Beach Boy, und sagte: Ey, wir machen die ganze Stadt platt! Die Tempel, die Bettler, die Händler. Und dann bauen wir schöne neue Wolkenkratzer drauf. Maharishiville. Welthauptstadt! Alle erleuchtet, alle gut drauf, *bam*, Weltfrieden! Und wir haben's geglaubt. Aber das ist der *mindfuck*, den sie dir verkaufen. Die verscheißern uns, um reich zu werden. Geh mal nach drei Stunden Meditieren über 'ne indische Straße. Die holzen dich um. *Bam! Bam!* Da kommste nich durch mit *love and peace*, nee, der Stärkere überlebt. Wenn du das mal geblickt hast, dann wachst du auf!«

Er beobachtete die Wirkung seiner Worte auf mich.

»Und was«, fragte ich, »hat das jetzt mit Lou zu tun?«

»Dein Lou, der hat'n Logikproblem. Er hält sich für Mutter Teresa, aber ist 'ne fiese kleine Wanze.«

»Wieso, was hat er dir getan?«

»Hey, es geht nicht um mich. Ich bin *safe*. Geht um seine verdammte Seele! Sagt dir der Begriff Sünde noch was? Erinnerst du dich dunkel? Wurde ja abgeschafft. *Anything goes*, nur Gluten ist Scheiße. Ich sag dir was, ähm ... wie heißt du nochmal?«

»Lucy.«

»Ich sag dir was, Lucy. Für das, was Lou seinem Bruder angetan hat, gibt's keine Vergebung. Dafür wird er in der Hölle schmoren.«

Rüdiger lehnte sich zurück und verschränkte ernst die Arme. Ich wusste nicht, ob ich Angst haben, lachen oder einfach wegrennen sollte.

»Warum wusstest du das nicht, Mädel? Ich mein, *jeder* wusste es. Corinna wusste es. Marie wusste es. John Lennon wusste es.«

»Ist Corinna bei dir aufgetaucht?«

Er nickte. Irgendwie selbstzufrieden.

»Wo ist sie jetzt?«

Er schwieg.

»Ist sie krank?«

Der Hund jaulte. Rüdiger schob sich ungerührt den letzten Keks in den Mund.

»Ist sie bei Marie? Lebt Marie noch?«

»Wenn deine Mom mit deinem Dude abhängen wollte, hätte sie ihn längst angerufen. Oder? A) Sie will ihn sehen. B) Sie will ihn nicht sehen. Nicht kompliziert! Wenn du mich fragst, sie hätte ihn nie heiraten sollen. Wie konnte sie mit so 'nem Monster leben? Sie ist 'ne Heilige. Die hat ihr Leben geopfert, weißt du das?«

Er wischte mit seiner Hand die tote Fliege vom Tisch. Dann stand er auf und tippte mit dem Finger an die Stirn.

»Schönen Gruß an Lou. Sag ihm: *Judgement day: end of story.*«

»Was soll das heißen?«

»Gibt keine Extrawurst. Außer für Rocky Racoon. Haha. Komm, Rocky!«

Der Hund sprang an seinem Bein hoch; Rüdiger nahm ihn in die Arme und ließ sich das Kinn abschlecken. Ohne mich zu verabschieden, ging er mit dem Hund zur Küche und begann leise vor sich hin zu singen:

»*Rocky Racoon…*«

Entweder hatte Rüdiger sich das Hirn weggekifft, oder ich hatte irgendwas nicht mitbekommen.

»Der Song is' Scheiße«, grummelte er und verschwand.

25

Als ich Rahuls biblische Backstube verließ, war die Sonne schon untergegangen. Auf dem Rückweg zum Yoga-Ashram setzte ich meine Kopfhörer auf und klickte aufs Weiße Album. *Rocky Racoon*, oft gehört, Ohrwurm-Refrain, nie wirklich auf den Text geachtet. Ich erinnerte mich nur daran, dass Lou den Song nicht besonders mochte. »Zu amerikanisch«, hatte er mal gemeckert und die Kassette im Autoradio vorgespult. Ich mochte den Song. Er handelte von einem Typen namens Rocky Waschbär aus Dakota, dessen Frau Nancy mit einem anderen durchbrannte, weshalb er mit einem Colt in den Saloon kam, um seinen Rivalen abzuknallen.

Aber Rocky Waschbär zog seine Knarre zu spät, und sein Nebenbuhler knallte *ihn* ab. Der Arzt kam, und Rocky sagte: »Doc, 'is nur 'n Kratzer, das wird schon wieder.« Dann ging er auf sein Zimmer, fiel aufs Bett und fand dort *Gideon's Bible*.

Falls die Beatles von einer wahren Geschichte inspiriert wurden, hätten sie nicht viel Phantasie gebraucht, um die Hügel von Rishikesh mit den *mountain hills of Dakota* zu vertauschen und Marie einen amerikanischen Namen zu geben.

Corinna wusste es. Marie wusste es. John Lennon wusste es.
Der traurige Held wäre dann Rüdiger gewesen. Aber was hatte Marc damit zu tun? Und warum sollte Lou in der Hölle schmoren?

Die Jugendlichen auf ihren Motorrollern, die Barbershops im Neonlicht, die Feuer der Maisröster und die Yoga People mit ihren Matten unterm Arm, all das nahm ich nur im Vorbeigehen wahr, wie eine Filmkulisse aus einer anderen Zeit. Die Menschen strömten zum Ganges, wo laute Musik aus Lautsprechern schepperte.

Vor dem Eingang unseres Yoga-Ashrams stellten die Swamis Räuchergefäße auf. Einer grüßte mich mit gefalteten Händen. Ich suchte nach Lou, obwohl ich unsicher war, ob ich ihm von Rahul alias Rüdiger erzählen sollte. Das Gefühl, ihn hintergangen zu haben … und die Frage, was Lou mir verschwieg.
Amazing Joshuas Fanclub schritt aufgestylt durch den Gang, als gäbe es einen Preis zu gewinnen. Alle strahlten um die Wette.
»*Awesome!*«
»*What about your breakthrough?*«
»*Oh, I found my happy place.*«
Ich war der kleine Fisch in Alltagsklamotten, der gegen den Strom schwamm. Sie leuchteten, und ich kam mir so unheilig vor, beschmutzt durch den Schlamm, den Rüdiger aufgewirbelt hatte.
»Hey, Lucy!«
Rike winkte mir zu.
»Kommst du mit? Joshua gibt 'ne Session.«
»Hast du Lou gesehen?«

»Ja, der war gerade beim Essen.«

Gut. Er war zurückgekommen. Schlafen statt Party. Gratuliere, Lou, du hast kapiert, wie alt du bist.

»*Come on, Lucy! Josh is so inspiring! His sessions are like… you know, communing with the cosmos!*«

Das war die Amerikanerin, deren Name mir nicht mehr einfiel. Ich lächelte, während ich am liebsten unter einer Tarnkappe verschwunden wäre. Eine gute Yogasession hätte ich jetzt brauchen können, um mich wieder einzusammeln. Aber schon bei dem Gedanken bekam ich Angst, mich zu blamieren. Yoga war, in Maharishis Worten, mein Eisberg.

»Ich komm nach«, schwindelte ich.

Ich ging zum Speisesaal, aus dem die Yogis & Yoginis kamen, schlängelte mich an ihnen vorbei nach drinnen und sah Lou. Er saß gutgelaunt an einem Tisch mit drei attraktiven Mädels und flirtete, als hätte er den Brunnen des ewigen Lebens leer getrunken. Er trug einen schlechtsitzenden violetten Samtanzug, der aussah wie eine psychedelische Tapete aus den Siebzigern. Sergeant Pepper's Lonely One Man Band.

»Hey! Wir haben auf dich gewartet! Das ist meine Lucy, das ist Barbara, Kim … und Josephine kennst du ja schon.«

»*Hi*«, sagte Josephine. Sie trug ein Blümchentop über dem Energy-BH, bauchfrei.

»Wo warst du so lange?«

»Was ist das für 'n Anzug?«

»Abgefahren, was? Schnäppchen. Fünf Dollar! Für die Party morgen. Für dich finden wir auch noch was!«

Weil ich nichts antwortete, erzählte er den Mädels, dass ich schon als Kind die abgefahrensten Yoga-Moves gemacht hätte, was der ultimative Beweis der Reinkarnationstheorie sei. Von ihm könne ich es nicht geerbt haben, weil er ja gänzlich unbegabt sei. *Lou fishing for compliments.*

»*Awesome!*«, riefen sie, und Big Lou trank einen Schluck Chai, als wäre es Champagner.

»Ich war bei Rahul«, sagte ich.

»Wer ist Rahul?«

Ich wartete ab, ob es bei ihm klingelte.

»Der *German Baker*. Rüdiger heißt jetzt Rahul.«

Lou stellte seine Champagnertasse ab und wurde schlagartig ernst.

»Warum hast du nicht auf mich gewartet?«

»Corinna war bei ihm«, sagte ich.

Er stand auf und zog mich beiseite.

»Ist sie noch bei ihm?«

Die Mädels wunderten sich, was los war.

»Er weiß mehr, als er sagt. Aber was er sagt, ist ziemlich abgefahren.«

»Er ist ein Idiot.«

»Warum hasst er dich?«

»Der hasst alle. Weil er halt hängengeblieben ist.«

»Also, wörtlich sagte er, du solltest für das, was du Marc angetan hast, in der Hölle schmoren.«

»Was soll ich ihm denn getan haben?«

»Das weiß ich nicht.«

Ich sah ihn herausfordernd an und bekam sofort ein schlechtes Gewissen.

»Du darfst dem Typ nicht glauben! Der ist auf'm schlechten Trip hängen geblieben! Oder ist er dir als besonders vernünftiger Mensch aufgefallen?«

»Nein.«

Die Mädels standen auf.

»*Lou, we gotta go!*«, rief das Blümchentop.

»*Okay, go*«, sagte Lou. »*We'll join you.*«

»*See you, Lucy!*« Sie lächelten mich an, wie man eine sonderbare Tante anlächelt, die ein Geburtstagsfest vermiest, und gingen zum Yogaraum. Ich war froh, mit Lou allein zu sein. Er drehte sich zu mir und sagte leise:

»Er war halt sauer. Wegen Marie. Aber das war *ihre* Entscheidung. Sie war frei. Kam er nicht klar damit.«

Etwas in mir rebellierte. Ich konnte nicht sagen, was, aber ich spürte, dass etwas nicht stimmte.

»Oder glaubst du, ich erzähl Mist?«, fragte er verärgert.

»Nein, aber ... was ich nicht verstehe ... Du kamst wieder mit Marie zusammen. Ihr habt euch geliebt. Warum hast du sie betrogen?«

»Ich hab sie nicht betrogen!«

»Du hast gesagt, du hast mit Corinna geschlafen, als du noch mit Marie zusammen warst.«

»Hab ich das. Jetzt komm, die anderen warten ...«

»Mann Lou! Sag mir einfach die Wahrheit!«

»Was weiß ich, wer wann mit wem gepennt hat. Ist doch jetzt egal.«

»Nein! Ich will wissen, ob ich ein Unfall war!«

Er starrte mich an, ohne etwas zu sagen.

»Habt ihr nur geheiratet, weil sie schwanger wurde?«

Ich blickte mich um und sah, wie die letzten Leute, die den Saal verließen, zu uns rüberschauten. Lou schüttelte den Kopf, als würde er damit sagen wollen: Das darfst du nicht denken. Umso weniger verstand ich das alles.

»Ich hab deine Mutter geliebt, das kannst du mir glauben.«

»Sie dich auch?«

»Da bin ich mir nicht so sicher.«

Ich wollte ihn fragen, warum sie die Schwangerschaft nicht abgebrochen hatte. Aber bei dem Gedanken fühlte ich mich wie auf Treibsand.

»Hey, Lucy«, sagte er. »Ich war immer für dich da. Vom ersten Moment an. Ich hab 'ne Menge bereut im Leben. Aber dich – nie.«

Er versuchte mich zu umarmen. Halb beschützend und halb, als würde er sich an mir festhalten. Ich schob ihn weg.

»Lou. Hast du mir immer die Wahrheit gesagt?«

»Nein. Hab ich nicht.«

Der Satz traf mich mitten ins Herz.

»Warum?«

»Weil ich dich liebe.«

»Was habt ihr mir verschwiegen?«

Er sah mich verloren an, ohne ein Wort herauszubringen. In diesem Moment spürte ich, dass er wusste oder zumindest ahnte, warum Corinna verschwunden war. Und dass er sie deshalb ebenso wenig finden wollte, wie sie gefunden werden wollte.

»Frag nicht«, sagte er. »Ist besser für dich.«

»Woher, verdammt nochmal, willst du wissen, was gut für mich ist?«

Meine Stimme war lauter, als ich wollte. Lou rang nach Worten. Und dann geschah etwas Verstörendes. Etwas in mir sagte: *Stop. Geh nicht weiter.* Als hätte ich mich zu weit hinaus gewagt. Ich konnte es nicht erklären. Das war nicht ich. Aufgeben war nicht meine Art. Aber ich spürte, dass diese leise Stimme nicht aus Furcht sprach, sondern etwas beschützen wollte. Lou kam mir auf einmal sehr verletzlich vor. Wenn ich weiter bohrte, würde ich etwas zerbrechen. Unwiderruflich. Etwas, das uns beide trug.

Es war dasselbe Gefühl, das ich einmal als Kind hatte, als ich aufs Meer hinausgeschwommen war, in Südfrankreich; ich erinnere mich noch an die Sonne und das strahlende Blau, und dass ich mich umgedreht habe und erschrocken bin, wie weit das Ufer schon entfernt lag. Ich war zu weit geschwommen, hatte die Zeit vergessen, wie in einem Tagtraum. Als Kind hatte ich selten Angst, aber in diesem Moment bekam ich Panik. Die unheimliche Tiefe unter dem Körper, die Strömung, das auf einmal dunkel gewordene Meer, als eine Wolke aufzog. Ich war so verängstigt, dass ich nicht mal mehr rufen konnte. Ich drehte sofort um, schwamm mit schnellen Zügen zurück, aber schien kaum von der Stelle zu kommen. Ich weiß nicht, wie Lou es gemerkt hat, aber auf einmal kam er mir vom Ufer entgegen geschwommen. In seinen Augen sah ich die gleiche Furcht wie meine. Halt dich fest, sagte er. Ich legte meine Hände um seine Schultern. Ich weiß noch das Gefühl von damals: wie sich mein innerer Aufruhr beruhigte, wie ich seinen großen festen Körper unter mir spürte, der mich über die Tiefe trug. Meine Rettungsinsel in dem viel zu groß gewordenen Meer.

Doch jetzt wusste ich nicht mehr, ob auf diesen Körper, der mich damals getragen hatte, noch Verlass war. Und ob er, wenn ich das Falsche sagte, untertauchen und mich mitziehen würde.

Also ließ ich ihn in Ruhe. Und hoffte, dass damit auch meine Unruhe aufhören würde. Aber das war ein Trugschluss. Ich fand keinen Schlaf. Obwohl ich todmüde unter zwei Wolldecken lag, zitterten erst meine Hände, dann meine Arme und dann mein ganzer Körper. Kalter Schweiß auf der Stirn. Als würde ich erfrieren und zugleich verbrennen. Ich machte Yoga Nidra, was immer beim Einschlafen geholfen hatte, aber es blieb wirkungslos. Ich bekam Angst, die Kontrolle über meinen Körper zu verlieren. Verrückt zu werden. Ich wollte aussteigen, den Notausgang finden, so wie damals im Ikea, aber dieses Mal hing ich in diesem stickigen Mehrbettzimmer fest, in diesem Körper, der mir nicht mehr gehörte, mitten unter Rike und den anderen, die in ihren Stockbetten schliefen und nicht mitbekamen, dass ich dabei war, den Verstand zu verlieren. Ich verlor das Gefühl dafür, wo ich war. Wer ich war. Aber es war kein Gefühl grenzenloser Freiheit, ganz im Gegenteil, eher ein Ertrinken.

Dieses Gefühl, mich zu weit herausgewagt zu haben, rief mir Adnan in Erinnerung. Auf einmal war er da, ganz präsent. Wie ein Traumbild, aber im Wachzustand. Ich sah einen Mann, der am Ufer stand und ein Seil in der Hand hielt, ein Seil, mit dem ich verbunden war, um meine Hüfte geschlungen, und wenn er es nicht hielt, würde ich aufs offene Meer treiben. Ich konnte nicht hören, was er sagte, aber ich sah ihn dort stehen.

Ich stand auf und fand meinen Weg aus dem Zimmer. Den totenstillen Gang entlang, die Treppe hinunter, in den Hof. Ich fand einen Baum, stützte meine Hände an seinem Stamm ab und atmete tief in den Bauch. Langsam ließ das Zittern nach.

Dann rief ich zu Hause an. Wenn es denn noch mein Zuhause war.

Adnans Stimme klang surreal. So nah an meinem Ohr, aber fremd in diesem Innenhof.

»Was ist passiert?«

»Ich wollte deine Stimme hören.«

Die Stille in der Leitung war schwer auszuhalten. Mein Körper warf einen Mondlichtschatten. Wolkenfetzen zogen über den hellen Nachthimmel.

»Wie geht's den Kids?«

»Die verstehen nicht, warum du weg bist.«

»Kann ich sie mal sprechen?«

Ich hörte, wie er nach Jonas rief. Aber Jonas antwortete nicht.

»Er will nicht, sorry.«

»Und Jasmin?«

»Die ist weg. Macht Yoga.«

»Wo?«

Er schwieg.

»Hat sie 'ne andere Lehrerin?«, fragte ich.

»Ja.«

Die Vorstellung gab mir einen Stich ins Herz.

»Ich hab Angst, Adnan.«

»Vor was?«

»Dass ich dich verlier.«

»Hast du jemanden?«

»Nein.«

»Kannste mir schon sagen.«

»Da ist niemand.«

Die Stille in der Leitung sagte mir, dass er mir nicht glaubte.

Aber Adnan war der einzige Mann, der unserer Beziehung vertraute, selbst wenn er meinen Worten nicht glaubte.

»Mach dein Ding«, sagte er. »Aber komm zurück. Und wir machen weiter, wo wir aufgehört haben.«

Keine Ahnung, woher er das Selbstvertrauen hernahm.

»Ich würde gerne, Adnan, aber ich weiß nicht mehr wie.«

»Ich vermiss dich«, sagte er.

»Ich mich auch.«

»Du dich?«

»Dich, wollte ich sagen, sorry, Freudscher.«

Wir mussten lachen, alle beide. Einen Moment lang war es wie früher. Ich dachte: Wenn wirklich niemand zwischen uns stand, und wenn er immer noch nicht genug von mir hatte, könnte ich ihn wieder lieben. Tatsächlich hatte ich ja nie aufgehört, ihn zu lieben. Was zerbrochen war, war meine Beziehung zu mir selbst. Wer sich selbst nicht liebt, kann keinen anderen lieben. Eine Binsenweisheit – in einem Berliner Yogastudio klang das hohl, aber unter dem Himmel von Rishikesh war es kein Gedanke, sondern eine Erfahrung. Über mir drehten sich dieselben Sterne, zu denen meine Eltern hochgesehen hatten, bevor ich auf die Welt kam. Ich war jetzt doppelt so alt wie sie damals, aber immer noch nicht angekommen. Wovor lief ich weg? Ich hatte es doch gut. Wovor war meine Mutter weggelaufen? Und was musste Lou verheimlichen? Es war, als gäbe es ein schwarzes Loch in der Mitte unserer Familie, ein implodierter Stern, und wer ihm zu nahekam, würde von seiner Schwerkraft verschluckt werden. Alle kämpften dagegen an, jeder auf seine Weise, und so entfernten wir uns voneinander.

Auf einmal hatte ich das seltsame Gefühl, beobachtet zu werden. Der Nachtwind fuhr durch den Baum, irgendwo klapperte ein Holz. Obwohl ich allein im Innenhof stand, spürte ich noch eine andere Präsenz. Ich blickte mich um, aber sah niemanden.

»Lucy? Bist du noch da?«

Ich nahm das Handy langsam vom Ohr, drehte mich um und starrte in die Dunkelheit. Da war niemand. Nur ich und mein Schatten im Mondlicht.

Und der Fremde.

Jetzt wusste ich nicht mehr, ob ich beobachtet wurde oder selbst die Beobachterin war. Nach allem was in mir durcheinandergeraten war, wunderte es mich nicht. Ich wollte weglaufen, wusste aber, dass das nichts ändern würde. Weil er an mir hing wie dieser Mondschatten.

Wer bist du, fragte ich.

Ich hab keinen Namen mehr, sagte er. Niemand braucht einen Namen.

»Hallo? Lucy!«

Leg deinen Namen ab, sagte er, und komm auf meine Seite.

Der Gedanke zog mich an. Keinen Namen haben hieß, niemandem etwas zu schulden. Vor nichts weglaufen und nirgendwo hingehen zu müssen. Gestorben für die Welt, also absolut frei.

Da begriff ich, dass der Fremde kein Fremder war, im Gegenteil. Er war mein bester Freund, mein heimlicher Vertrauter. Schon da gewesen, bevor ich Ich sagen konnte. Tatsächlich war nicht mein Ikea-Trip daran schuld, dass ich mich von der Welt entfremdet hatte, nein; ich war immer schon fremd gewesen. Nur durfte das niemand wissen. Sie hatten mir einen Namen gegeben, ein Zuhause und Liebe; sie sollten sehen, was sie in mir sehen wollten. Also setzte ich ein strahlendes Lächeln auf und eine funkelnde Krone, *Lucy in the sky with diamonds*. Daddys Liebling. Die Bessermutti. Die tollste Yogalehrerin von Berlin. Als ich auf dem Asphalt des Ikea-Parkplatzes aufschlug und meinen Körper verließ, war ich nicht im *Samadhi*-Zustand, sondern hatte einfach genug davon, Lucy zu sein.

Ich blieb dort sitzen, unter den Baum gekauert, bis die Sonne aufging. Als die anderen aufstanden, ging ich zurück ins Zimmer und legte mich hin. Ich war so dankbar für das Licht. Endlich konnte ich einschlafen.

Erst in der Mittagshitze wachte ich auf. Mein Kopf war schwer und orientierungslos. Es dauerte, bis ich begriff dass ich nicht in Berlin war, sondern in einer Parallelwelt. In der Dusche gab es kein heißes Wasser mehr, im Speiseraum gab es keinen Kaffee mehr. Die Yoga Crowd war ausgeflogen.

»*Where's everybody*«, fragte ich einen der Jugendlichen, die den Boden putzten.

They went rafting on the Ganga. Fun time.

Wasserpfützen auf den Fliesen. Seifengeruch. Zwei schüchterne Zimmermädchen huschten vorbei, mit frischen Betttüchern in den Händen. Die leeren Gänge, nur erfüllt vom Klappern der Putzeimer.

Im Hof standen Töpfe mit Farbpuder. Eine Glühbirnengirlande baumelte im Wind. Zwei Mönche schichteten einen Scheiterhaufen aus trockenen Ästen und Dung auf. Erst jetzt verstand ich, was los war: Die Vollmondnacht war die Nacht von Holi. Das Fest des Lichts und der Farben.

Ich ging in die Stadt, um etwas zu essen aufzutreiben. Am Ufer wurden Lautsprecher aufgestellt und Scheiterhaufen gebaut. Eine Atmosphäre freudiger Erwartung lag in der Luft. Alle wuselten herum und putzten sich heraus, und allen war es egal, ob ich hier war oder nicht. Wenn ich jetzt tot umfiele, würde es niemanden interessieren. Vielleicht war es das, was Corinna hier suchte. Die Freiheit des Fremdseins. Vielleicht war sie gar nicht krank, sondern einfach nur überdrüssig von ihrer Person in den Köpfen anderer Leute. Wo niemand dich kennt, kannst du alles sein.

Abends wurde es laut. Die Crowd flutete zurück in den Ashram, heute allesamt in Sportklamotten.
Awesome experience, but we got so wet, that crazy river guide!
»War Lou bei euch?«, fragte ich Rike.
»Nee.«
»Vielleicht ist er schon drüben.«
»Wo?«
Niemand hatte von der Vollmondparty auf der anderen Seite des Flusses gehört. Entweder war sie wirklich so geheim, oder wir hatten die Japanerinnen falsch verstanden.
»Aber heute ist Vollmond, oder?«
»Bist du okay?«, fragte Rike.
»Nein.«
»Brauchst du Hilfe?«
Ich überlegte fieberhaft, wo Lou sein könnte. Ich wollte jetzt nicht noch meinen Vater verlieren.
»Ich mach mir Sorgen um dich, Lucy.«
»Brauchst du nicht. Ich muss los.«
»Wo willst du hin?«

»Sorry, Rike. Ciao.«

Sie hielt mich entschlossen fest.

»Hey, Lucy, was ist los mit dir? Ich hab's satt, dass du alles mit dir selber ausmachst. Wir sind ein Team. Und du verhältst dich, als wärst du die einsame Wölfin.«

»Ich weiß.«

»Lucy, warum traust du niemandem?«

»Gute Frage.«

Wir sahen uns offen und unverstellt in die Augen, wie das nur unter Freundinnen geht. Ich konnte ihre Frage nicht beantworten. Aber ich spürte, dass es ihr um mich ging. Und dass ich untergehen würde, wenn ich weiter so tat, als könnte ich alleine schwimmen.

»Komm mit«, sagte sie.

Als sich die Tür hinter mir schloss, schlug mir der vertraute Geruch nach Yogamatten, Schweiß und Deo entgegen. Überall auf der Welt ist er gleich; ich fühlte mich zurückversetzt nach Marrakesch, L. A. und Kopenhagen, wo wir auf Festivals gepilgert waren, Rike und ich. Sie drückte mir eine Matte in die Hand. Wir waren die letzten von vielleicht hundert Leuten im Raum, rollten unsere Matten aus und setzten uns. Ich trug als einzige Straßenklamotten, und schon deshalb bekam ich abwertende Blicke von den Yoga-Amazonen.

Was andere von dir denken, hat nichts mit dir zu tun, sagte ich mir, *sondern mit ihnen.* Aber zwischen Theorie und Praxis klaffte heute ein Abgrund der Befangenheit. Dieses Vergleichen und Schaulaufen, die Schwarmeuphorie und der Endorphinrausch – das war ich selbst vor zehn Jahren. Bevor mein Mojo auf einem Ikea-Parkplatz zu Bruch ging.

»*I love you all!*«

Joshua mit seinem Malibu-Body, seinem Lederarmband und seinen langen blonden Haaren hielt sich gar nicht mit einer musikalischen Einleitung auf; er kam gleich zur Sache. Faltete die Hände und schickte sein blitzsauberes Strahlen in die Runde. Er sah verdammt gut aus, das musste man ihm lassen. Aber er wusste es auch.

»*Today's session is about removing negative emotions.*«

Rike warf mir ein scheinbar ironisches, aber in Wahrheit gönnerhaftes »Was für ein Zufall«-Smile zu, wofür ich ihr am liebsten eine negative Emotion reingedrückt hätte. Ich smilte zurück.

»*Anger, judgment and pain separate us from the light of love ...*«

Seine geschmeidige Stimme, sein selbstbewusstes Lächeln. Ich schloss die Augen, um zu mir zu kommen. Aber das machte es noch schlimmer. Ich kam mir vor wie eine Schwarzfahrerin in der S-Bahn, kurz bevor die Kontrolleure einstiegen. Die würden mich vor aller Augen bloßstellen und aus Joshuas *Love Train* entfernen. Wie eine Aussätzige. Dabei war es doch andersrum gewesen: Ich selbst war ausgestiegen. Weil ich mein verdammtes Ticket verloren hatte.

»*So get up everybody, into the first Vinyasa Flow!*«

Alles klar, Joshua, du redest von Emotionen, aber bist mehr so der Dynamiker. Dann lass uns mal sehen, ob du mich zum Schwitzen bringst. Alle standen auf und begannen ihre *Moves*. Zugegeben, er hatte es drauf. Herabschauender Hund, Krieger II, gestreckter Seitwinkel – alles perfekt aus einem Guss, doppelt so schnell wie ich es machte.

»*Move the energy!*«, rief Joshua, als wäre es eine Aerobic-Klasse. »*Moving is removing. Don't get stuck, let it flow!*«

Joshua, relax! Ich war keine Vinyasa-Gegnerin; ich mochte das Nicht-Statische, die ineinanderfließenden Bewegungen und die Wärme, die es erzeugte. Aber ich kam mir vor wie eine blutige Anfängerin. Erst hing ich hinterher, dann war ich voraus, kam aus dem Tritt, mein Bein zitterte, und vor allem: Ich spürte nichts. Als würde ich einer Marionette zusehen. Rike schickte mir kein Lächeln mehr, sondern einen Blick zwischen Mitleid und Aufmunterung, als schien sie sich Sorgen um meine Gesundheit zu machen. Jedenfalls bewegte sie sich in einer anderen Zeitdimension. Alle im Raum bewegten sich in einer anderen Zeitdimension. Und ich war eine kaputte Uhr, die stehen geblieben war. In jeder Klasse gibt es ein Schwarzes Schaf, heute bekam *ich* die Rolle.

»*Ujay breath! Breathe out all negative feelings!*«

Aber vielleicht war ich das immer schon gewesen. Hatte es nur gut überspielen können, indem ich Lehrerin wurde. Die Quereinsteigerin, die sich, obwohl sie erfolgreich war, nie erfolgreich *fühlte*. Tatsächlich hatte ich deshalb Erfolg, weil ich mich immer doppelt anstrengte, um die dunklen Flecken in mir zu überstrahlen. Dutzende Festivals und Fortbildungen, immer unterwegs, jeden Tag auf der Matte. Warum? Weil man strahlen muss, um Menschen zum Strahlen zu bringen. Und weil ich fand, dass diese dunklen Flecken nicht zu der Frau gehörten, die ich sein wollte.

»*Breathe in light and love! Trust your breath! Keep moving!*«

Das ist dein Fahrschein für den *Love Train*. Und alles Dunkle, Hässliche, Unkontrollierbare wird weggeatmet. Du bist wütend? *Move.* Du bist traurig? *Smile.* Du bist rastlos? *Meditate.* Ich habe meinen Schülern gern erzählt, dass Yoga mein Leben gerettet hat. Aber vielleicht war es auch nur die Flucht in eine

Ersatzfamilie – aus Angst, allein zu sein. Die Sehnsucht nach einem guten Gefühl, statt auszuhalten, was sich nicht gut anfühlte: die Verzweiflung, das Chaos, der Schmerz, nicht in mein Leben zu passen. Statt zu weinen, habe ich vier Stunden täglich Asanas geübt. Yoga war mein Schmerzmittel, mein Pflaster, meine Droge.

Joshua legte noch den Krieger III darauf.

»*Counterpose. Virabhadrasana Three! Arms forward, feel every finger! Create a line of energy along your back. Stretch out, from your heel to your fingertips!*«

Ich hatte Mühe, mich auf einem Bein zu halten. Seine Session erinnerte mich an den Versuch, emotionale Nähe herzustellen, indem man sich durchs Kamasutra vögelt. Okay, es konnte funktionieren, aber vielleicht war's auch nur ein billiger Ersatz. Und vielleicht konnte ich Joshua, den Strahlemann, nur deshalb nicht ausstehen, weil er mich an mich selbst erinnerte: Wir verkauften das Versprechen auf ein besseres Ich. Stressreduziert, leistungsoptimiert, karmabereinigt. Als wäre Yoga dazu da, sich selbst zu überholen. Dabei war der Sinn mal gewesen, den Menschen in Harmonie dem Kosmos zu bringen: Yoga nicht als etwas, das man *machte*, sondern als eine Art zu *sein*.

»*You're doing great! Keep expanding! There are no limits, except in your mind!*«

Ich brach mitten in der Bewegung ab. Und fiel mehr auf die Matte als ich mich setzte.

Hundert Augen, die sich für mich fremdschämten, hundert Augen in meinem Kopf.

Lucy, steh auf.

Ich kann nicht mehr.

Steh verdammt noch mal auf.

Halt den Mund.

»*This is the Yogic path. What an amazing journey. Keep moving, keep pushing your boundaries!*«

Ich lag da und musste an Lou denken.

Den verbrannten Bus, das Ende ihrer *journey*, genau hier.

Und was er Marc im Ashram gesagt hatte:

Die ultimative Reise geht nach innen.

Du kannst keinen Bus dorthin nehmen. Kein Flugzeug. Nicht mal zu Fuß kommst du hin. Es ist die einzige Reise, für die du dich nicht fortbewegen musst. Weil es keine Distanz zu überwinden gibt.

Und dann hörte ich eine Stimme in mir.

Beweg dich nicht, sagte der Fremde, der mein Freund geworden war.

Unmöglich, *my beautiful friend.*

Gedanken bewegen mich.

Gefühle bewegen mich.

Muskeln bewegen mich.

Wer sich nicht bewegt, ist tot.

Beweg dich nicht, sagte der Fremde.

Du warst viel zu lange unterwegs.

Wozu? Bist du jemals angekommen?

Es geht nicht ums Ankommen, *my beautiful friend.* Es geht um die Bewegung selbst. Asana ist Bewegung. Bewegung ist mein Mojo. Immer im Flow, nie stehen bleiben, nie zurückschauen.

Süchtig nach Bewegung. Bis du nicht mehr kannst. Bis dein Mojo auf dem Asphalt aufschlägt.

Beweg dich nicht, sagte der Fremde.

Bleib, wo du bist.
Wo es keine Distanz gibt zwischen dir und der Welt.
Keinen Wunsch, woanders zu sein.
Kein Hier und kein Dort.
Du bist schon da.

Ich richtete mich auf, in den Lotussitz. Kam in die Stille, während alle anderen Körper sich bewegten.

Mein Geist wurde ruhig. Ich wollte nichts verändern, weder die Bewegung der anderen noch meine Stille.

Beides war schön. Und es war schön, beides zu beobachten.

Ich war weder das eine noch das andere.

Ich war einfach nur da.

Pure Präsenz.

»Alles okay?«

Rike, die aus der Bewegung herüberschaute und nicht verstehen konnte, dass wirklich alles okay war.

Nur Lou, das wusste ich jetzt, war nicht okay. Er saß immer noch in seinem verdammten VW-Bus, auch wenn der längst abgebrannt war. Er fand den Heimweg nicht. Er war zu weit aufs Meer getrieben, und jemand musste ihn zurückholen.

Jetzt kamen alle anderen Körper auch zur Ruhe.

Shavasana.

»*If everything around seems dark*«, flüsterte Joshua in sein Mikro, »*look again. You may be the light.*«

Danke, Joshua. Der Spruch ist zwar nicht von dir, aber gut.

26

Kurz darauf saß ich in einer Riksha und fuhr in die Nacht. Am Ganges brannten Feuer. Hunderte, Tausende Inder versammelten sich um die lodernden Scheiterhaufen. Ein Mann brüllte in ein Mikrophon, unzählige Smartphone-Bildschirme leuchteten auf. Das war kein Gebet mehr, sondern ein wildes, außer Kontrolle geratendes Fest. Aber ich hatte keine Angst mehr. Der Riksha-Fahrer bahnte sich seinen Weg durch die aufgeheizte Menge. Es stank nach Benzin und Rauch.

Ich liebte es.

Mitten im Dschungel bremste der Fahrer neben anderen Riksha-Taxis, die am Straßenrand standen. Ihre Scheinwerfer erhellten die mächtigen Bäume, den Zaun, und die Stelle, wo er aufgerissen war. Irgendwo im Wald wummerte ein Diesel.

»*Need a guide, Madam?*«

»*No.*«

»*Take good care, Madam!*«

Ich stieg aus und schlüpfte durch den Zaun. Ein Pfad aus zertrampeltem Gestrüpp. Schlangengebiet. Plastikflaschen. Ein dröhnender Generator zwischen den Bäumen. Ich folgte dem Stromkabel, bis ich den Ort wiedererkannte: die verfallenden Bungalows, das Auditorium. Fackeln beleuchteten die Wege, der Widerschein tanzte auf den kaputten Wänden. Aus der Dunkelheit drang Musik. Es duftete nach Dope. Der Fremde, der mein Freund geworden war, kannte den Weg. Im Schein der Fackeln standen junge Gestalten in alten Klamotten. Sie sahen aus, als wären sie gerade dem Sergeant Pepper-Cover entsprungen. Andere liefen in weißen Kurtas und Blumenketten herum. Offenbar war das eine Kostümparty, und ich kam als Gast aus der Zukunft.

Auf einer Wiese hatten Leute ihre Yogamatten ausgerollt und machten Partnerübungen. Tranceartig verschlungene Körper im Licht der Fackeln. Ich folgte der Musik, einen dunklen Pfad entlang. In den Baumwipfeln hing der Vollmond. Dann sah ich kleine, tanzende Lichter, die sich beim Näherkommen als Kerzen herausstellten, unzählige Kerzen, die in Fensterhöhlen standen, zerbrochene Fenster einer verwunschenen Halle, eingewachsen zwischen Efeu und Gestrüpp. Ich erkannte den Song. *Come Together.*

Vor einer Maueröffnung standen junge Leute in abgefahrenen Kostümen, mit Bierflaschen in der Hand. Niemand beachtete mich. Ich schlüpfte an ihnen vorbei nach drinnen. Hunderte Kerzen beleuchteten das verfallene Gemäuer. Durch das fehlende Dach schien der Mond auf ein Meer aus tanzenden Menschen. Ich war verzaubert. Die Musik rief mir eine Zeit der Unschuld ins Gedächtnis, als Lou diese Platten aufgelegt hat und ich auf dem Wohnzimmerteppich getanzt habe, in grenzenlosem Vertrauen.

Du kennst ihn nicht, sagte der Fremde, der mein Freund geworden war.

Ich bahnte mir einen Weg durch die Menge. Irgendwo in diesem Meer musste Lou treiben. Ich fühlte die dunkle Unterströmung der Musik in meinem Bauch, den hypnotischen Beat, die wilde Entrückung. Hunderte geschlossene Augen, Hunderte in die Luft gestreckte Arme.

Dann sah ich ihn, mitten in der Crowd, in seinem absurden lila Samt-Anzug. Er tanzte wie ein wildgewordener Priester. Zusammen mit Mizu, Kazuko und ein paar Jungs, die es definitiv besser draufhatten als er.

Lou, weißt du, wie alt du bist? *Let it be.*

Aber irgendwie bewunderte ich ihn auch. Er war, auf seine Weise, der authentischste Mensch im Raum. Einfach er selbst. Und er hatte die Zeit seines Lebens.

Du kannst ihn nicht retten, sagte der Fremde.

Ich kann alles, mein Freund. Weil ich ihn liebe.

Ich schaute ihm eine Weile zu. Bis er mich entdeckte. Er strahlte mich an, kam auf mich zugetanzt und umarmte mich überschwänglich.

»Ey, Lucy! Geil, dass du kommst!«

Jetzt sah ich seine geröteten Augen; entweder hatte er gekifft oder geweint. Bevor ich irgendwas sagen konnte, zog er mich zu den anderen, damit ich mittanzte.

»Lou. Können wir reden?«

»Wie reden?«

Ich blieb einfach stehen. Er sah mich verblüfft an und hörte mit dem Gezappel auf. Offenbar spürte er, dass ich ohne Vorwurf gekommen war. Aber auch, dass ich entschlossen war, ihn nicht mehr ausweichen zu lassen.

»Also was jetzt, hier?«

»Draußen.«

Er brauchte ein bisschen, bis er kapierte, dass die Party für ihn gelaufen war. Die Japanerinnen begrüßten mich quietschvergnügt, aber Lou erklärte, dass er mal kurz mit seiner Tochter quatschen müsse. Wir gingen nach draußen, wo es leiser war. Die Bäume, die Fackeln, der gelbe Mond.

»Was'n los?«, fragte er. »Bist du okay?«

»Woran ist Marc gestorben?«

Die Frage erwischte ihn auf dem falschen Fuß. Er kramte sein Tabakpäckchen aus der Tasche und ging zu einem Baum, unter dem niemand stand. »Bäume sind voll die intelligenten Wesen. Die kommunizieren miteinander, wusstest du das? Weil sie ja nicht weggehen können. Also, Menschen holen sich Wissen auf Reisen. Und Bäume holen sich Wissen, indem sie sich mit anderen Bäumen verbinden. Unter der Erde. Bauen so 'n gemeinsames Energiefeld.«

»Lou, hast du was eingeworfen?«

»Nee, wieso?«

Er legte die Hand auf den Baum.

»Du weichst aus. Ich hab dich was gefragt.«

»Marc ist an seiner Sucht gestorben«, sagte er und drehte sich zu mir. Auf einmal war er ganz da. Als hätte er darauf gewartet.

»Er wollte alles sofort. Drogen, Frauen ... Weißte, wofür andere fünf Leben brauchen. Irgendwie hat er geahnt, dass er nicht viel Zeit hat.«

Er friemelte Tabak aus seinem Beutel und rollte einen Joint.

»Er war so 'n Komet, wie Janis Joplin oder Jim Morrison ... Hell leuchten und dann verglühen. Du hättest ihn erleben sollen ...«

»Wärst du gern wie Marc gewesen?«

In der Halle spielten sie jetzt einen Song von George Harrison.

All Things Must Pass.

»Papa hat damals zu mir gesagt: Jetzt musst du auf deinen kleinen Bruder aufpassen. Aber Marc war nie der Kleine. Er war immer größer. Mann, was für Songs der gemacht hätte. Für die Ewigkeit.«

Er wich meinem Blick aus, lehnte sich an den Baum und starrte in die Dunkelheit. Wind fuhr durch die Blätter.

»Es hat den Falschen erwischt«, sagte Lou. »Wär besser gelaufen, wenn *ich* gestorben wäre.«

Ich spürte, dass das kein Spruch war, sondern die Quintessenz seines Lebens.

Sag ihm, er soll nicht mehr traurig sein, sagte mein Freund, der Fremde.

»Hey, Lou. Ich bin ein großes Mädchen. Ich kann's aushalten. Was ist passiert?«

Er zündete den Joint an und reichte ihn mir. Ich nahm einen Zug und bekam das eigenartige Gefühl, dass Marc uns jetzt sehen konnte. Gar nicht weit entfernt, ganz nah sogar.

27

> That was the competition in Maharishi's camp:
> who was going to get cosmic first.
>
> *John Lennon*
>
> None of us wanted to be the bass player.
>
> *Paul McCartney*

RISHIKESH, 1968

Rüdiger war *pissed off*, klar. Er brauchte ein paar Tage, um zu kapieren, dass er nicht der Heiler von Maries verwundetem Herz gewesen war, sondern nur das Pflaster. Der Übergangstyp. Von Lou I zu Lou II. Lou II war die erwachsenere Version von Lou I, entschlossener und ohne das schwere Gepäck in seinem Kopf. Das dachte er jedenfalls. Der Wiedervereinigungssex war sensationell, da vergaß man schon mal, dass das Gepäck nur vor der Tür abgestellt worden war.

Aber es wäre auch falsch zu behaupten, Lou wäre kein besserer Mensch geworden; nein, er versuchte es wirklich, und die Meditationspraxis, in die Marie ihn mit viel Geduld einführte, veränderte ihn. In den Arbeitspausen saßen sie nebeneinander unter einem Baum oder auf dem Dach ihres Bungalows, und wenn es ihm gelang, für zwei, drei Stunden keinem Gedanken nachzujagen und kein Gefühl zu verurteilen, das durch seinen *mind* zog, kam etwas in ihm zur Ruhe, und etwas öffnete sich. Er durchquerte die Tümpel seiner Seele, ohne darin zu versinken, bis sich die Schwermut langsam auflöste. Dann, wenn alles still wurde, durchströmten ihn Wellen des Glücks. Sein Körper schlug Wurzeln, der Geist bekam Flügel, und beide wurden eins. Wenn er die Augen wieder öffnete, saß Marie neben ihm, in neues Licht getaucht. Als hätte jemand einen grauen Schleier vor seinem Gesicht weggezogen. Er nahm die Schönheit des Gartens intensiver wahr, die Zärtlichkeit der Sonne auf seiner Haut, den Geruch des Laubs, das Rauschen von Adlerflügeln in der Luft. Aber das würde er niemandem erklären können, der es nicht selbst erlebt hatte. Ein Außenstehender hätte nur ein paar Langhaarige gesehen, die in einem Dschungelcamp herumsaßen.

Rüdiger ließ seinen Frust an Marie aus. Kritisierte sie wegen Kleinigkeiten, gab ihr mehr Arbeit, ließ sie spüren, dass sie ihre Privilegien verloren hatte. Marie ließ sich nicht irritieren. Sie zeigte ihm geduldig, dass sie ihn nach wie vor mochte. Lou fand, sie sei zu nett zu ihm. Aber es war Marc, der Rüdiger beiseitenahm, als er Marie mal wieder angepflaumt hatte:

»Lass dich nicht runterziehen, Mann. Wenn du sie liebst, musst du sie loslassen.«

»Was verstehst du schon von Frauen«, grunzte Rüdiger. Marc sagte ihm, er solle mal mitkommen, er hätte was für ihn. Dann verschwanden sie in Marcs Zimmer, und von diesem Tag an hörte Rüdiger auf, Marie runterzumachen. Auch die Arbeit ließ er schleifen. Meist saß er auf der alten Bank vor der Küche und las in einer zerfledderten Ausgabe der Bhagavad Gita. Man wusste nie, was er wirklich dachte. Nur einmal sah Lou, wie er Mia Farrows Hund, der angelaufen kam und hungrig jaulte, einen Fußtritt gab.

Corinna kam schwer damit klar, dass Marie, ihre einzige Freundin im Ashram, mehr Liebe bekam als sie – nicht nur von Lou: der Maharishi lobte sie dafür, wie lange sie meditieren konnte, die Schüler mochten sie, weil sie zu allen freundlich war, und Marc war ihr bester Freund. Auch mit der Meditation kam Corinna nicht klar. Einsam und still herumzusitzen war nicht ihr Ding; sie brauchte Aktion und Aufmerksamkeit wie andere Luft zum Atmen. Als Tramperin war sie immer ein Ereignis gewesen: großer Auftritt, schneller Abgang. Wenn ihr jemand auf die Nerven gegangen war, hatte sie einfach das Auto gewechselt. Und die Jungs hatten alles dafür gegeben, dass sie blieb. Aber hier im Ashram war Corinna nur die unsichtbare Küchenhilfe von Rüdiger, ganz unten auf der spirituellen Stufenleiter. Sie hätte damit umgehen können, wenn sie nur von Marc losgekommen wäre. Aber dass der einzige Mann, den sie begehrte, ihre Gefühle nicht erwiderte, warf sie aus der Bahn. Und dass gerade ihr, Corinna, so etwas passierte, brachte sie noch mehr ins Straucheln. Doch sie zeigte es niemandem. Der Ashram war ja keine Encounter-Gruppe, wo man seine Gefühle rausbrüllte und mit Kissen um sich warf. Hier war göttliche Glückseligkeit angesagt. Also lächelte sie ihren Schmerz weg, während sie innerlich zerfiel.

In der Küche beobachtete Lou, wie sie immer wieder zu Marc hinüberschielte, Marc, der wegen der zunehmenden Hitze nur im T-Shirt herumlief, unter dem sich seine schönen Muskeln abzeichneten, Marc mit den wilden blonden Haaren und dem mitreißenden Lachen. Lou litt darunter, wie sie alles, was Marc tat oder sagte, auf sich bezog, wie sie still wurde, wenn er wegging oder sich durch die Haare fuhr, wenn er hereinkam. Am schlimmsten war es, wenn sie spät nachts noch am

Esstisch saßen, Kakao tranken und darüber philosophierten, wie sie leben wollten. Die Idee, dass man »zusammen« war, nur weil man Sex hatte, fand Marc nicht einmal »bourgeois«. Er konnte einfach nichts mit dem Konzept anfangen. Corinna schlug vor, dass man zusammen sein *und* auch mit anderen Sex haben konnte. »Was heißt dann Zusammensein?«, fragte Marc unverstellt, und sie fand keine Antwort, in der nicht das Wort »Liebe« vorgekommen wäre – ein Wort, das sie vermied, um sich nicht verletzbar zu machen, was in einer Umgebung, in der ständig von kosmischer Liebe gesprochen wurde, absurd wirkte. Also sprach sie lieber von »Gefühlen«, denen man folgen sollte. Auch Marc sprach von »Gefühlen«, denen er folgte, meinte aber Instinkte. Er spielte nicht mit ihr, behandelte sie sogar liebevoll – respektvoll wäre das falsche Wort –, aber er war einfach auf seinem eigenen Trip. Und das machte alles noch schlimmer, weil sie ihm nichts vorwerfen konnte. Hätte er sie angelogen oder mies behandelt, wäre sie von ihm losgekommen. Aber er gab ihr keinen Grund. Er gab ihr gar nichts.

Außer Drogen.

Und das lief so:

Wer den Ashram verlassen wollte, für einen Spaziergang oder zum Einkaufen, musste den Maharishi um Erlaubnis bitten. Vor allem die Frauen warnte er davor, dass dort draußen unzivilisierte Männer lauerten, *»you know, like animals«*. Die Promis konnten es sich leisten, das Verbot des Meisters zu ignorieren (Mia Farrow liebte es, durch Rishikesh zu spazieren und bunte Saris zu kaufen). Doch die Normalsterblichen konnten sich diese Eskapaden nicht erlauben, ohne einen Rüffel zu riskieren. Das Küchenteam hatte allerdings einen Sonderstatus – irgendwer musste ja die vielen Lebensmittel besorgen, die täglich verarbeitet wurden. Manches Gemüse wurde im Ashram angebaut, aber das meiste musste eingekauft werden, von den Cornflakes bis zur Erdnussbutter. Und jedes Mal, wenn einer vom Küchenteam einkaufen ging, notierte er persönliche Sonderwünsche auf den Einkaufszettel: Tablas für George, Haarwasser für John oder einen Film für Pauls Kamera. Bestimmte Sonderwünsche standen jedoch auf einem zweiten, geheimen Einkaufszettel. Das waren dann: Eier für Ringo, Fleisch für John oder Kondome für alle, die das Enthaltsamkeitsgebot unterliefen. Marc war der *Handyman* für solche Spezialaufträge. Immerhin, sagte er, hatte der Maharishi ja erklärt, sie sollten das Leben nicht so ernst nehmen, mehr lachen und bedingungslos lieben.

Außerdem gab es noch einen dritten, ungeschriebenen Einkaufszettel. Der existierte nur in Marcs *mind*.
    Darauf standen drei Dinge: Alkohol. Gras. Und LSD.

Dann fuhren sie, manchmal in Begleitung der Beatles-Frauen, mit dem Taxi ins nahe gelegene Dehra Dun, das weniger heilig war als Rishikesh. Lou und Rüdiger gingen auf den Markt, Marc verkrümelte sich auf den Schwarzmarkt. Nachmittags kamen sie zurück, reich bepackt wie die Könige aus dem Morgenland. Für den Fall, dass jemand sein Zimmer durchsuchte, versteckte Marc die Kostbarkeiten in Gewürzdosen und Mehlsäcken in der Speisekammer. Und nachts, wenn alle schliefen, versorgte er seine Kunden. Rüdiger gehörte seit der Trennung von Marie dazu, weshalb er Marc nicht verpetzte. Glückskind. Lou versuchte seinem Bruder ins Gewissen zu reden:

»Irgendwann geht das schief. Dann fliegst du raus. Und mit dir das ganze Küchenteam.«

Marc lachte nur. Wie der Maharishi, wenn er auf etwas angesprochen wurde, von dem er nichts verstand: Einmal hatte Paul ihn im Auditorium gefragt, warum er die amerikanischen Kriegsdienstverweigerer nicht unterstütze, und der Maharishi meinte, junge Menschen sollten sich an die Gesetze ihres Landes halten. John entgegnete: »Jeder Idiot kann ein Gesetz machen«, und der Maharishi entzog sich der Debatte, indem er einfach kicherte. Genauso machte es Marc. Damit gab er Lou immer das Gefühl, keine Ahnung von den wirklichen Dingen des Lebens zu haben, wie ein Kind, das am Tisch sitzend zuschaute, wie die Eltern rauchten, tranken und Witze rissen, die nur Erwachsene verstanden.

Am 25. Februar hatte George Geburtstag. Marc hatte zusammen mit Mal Evans eine Geburtstagstorte gekauft, mit rosa Blumen und einem großen, in goldenen Buchstaben geschriebenen »*JAI GURU DEV*« obendrauf. Sie behängten die Bäume mit Blumengirlanden, und der Maharishi ließ das Auditorium mit Fahnen, Luftballons, Vorhängen und allen Arten von Seidenstoffen schmücken. Pattie kam in einem wunderschönen gelben Sari, Maureen in einen wehenden Rajah-Mantel, Cynthia in edlen Seidenhosen, und die vier Beatles sahen aus, als wären sie gerade der Bollywood-Version des Sergeant Pepper-Covers entsprungen. Alle trugen bunte Bindis auf der Stirn und legten sich gegenseitig Blumenketten um den Hals. Georges Kopf verschwand fast unter den vielen Blumen. Der Maharishi hielt eine ergreifende Rede über die Bedeutung dieses Tages: Die ganze Menschheit blicke heute auf diesen Ort, denn George würde mit seinen Freunden den Weltfrieden bringen! Eine indische Band mit Sitar und Tablas spielte eine Raga, die klang wie *Within You Without You*, dann ging Mike Love von den Beach Boys auf die Bühne. Mit seinem roten Bart und dem wollenen Kapuzenumhang sah er aus wie ein mittelalterlicher Mönch auf Acid. Er präsentierte einen Song, den er vor kurzem komponiert hatte oder, wie es wirkte, in diesem Moment erst komponierte; eine psychedelische Wortgirlande, die wie ein wildgewordener Werbejingle klang, nur dass es nicht um Eiscreme oder Coca Cola ging, sondern um Meditation, Emanzipation und großartige Gefühle.

Transcendental Meditation sollte noch im selben Jahr auf dem Album *Friends* erscheinen, das zwar kein kommerzieller Hit, aber eines der anspruchsvollsten Beach Boys-Alben werden würde.

Schließlich enthüllte der Maharishi Georges' Geburtstagsgeschenk: einen Globus, den er ihm feierlich, aber verkehrt herum überreichte.

»So sieht heute die Welt aus«, sagte er. »*Upside down*. Sie rotiert in Spannung und Qual. Sie wartet auf ihre Erlösung. Transzendentale Meditation kann das schaffen. George, dieser Globus, den ich dir schenke, symbolisiert die heutige Welt. Ich hoffe, du hilfst uns dabei, sie aufzurichten!«

George nahm den Globus, drehte ihn um und grinste in die Runde.

»Ich hab's getan!«

Dann gab es Feuerwerk. Alle liefen nach draußen, wo Fackeln und Kerosinlampen das Gelände erhellten. Sie stellten sich in einen Halbkreis, während die Assistenten des Maharishi begannen, ein unvergessliches Spektakel abzufackeln. Rote bengalische Feuer erleuchteten die Bäume, die sich wie riesige Schauspieler in einem surrealistischen Film bewegten. Dann folgten die Raketen. Die Inder hatten eine Menge Spaß, aber nicht annähernd so viel Übung, denn die Feuerwerkskörper zischten wie verrückt in alle Richtungen weg, knapp über die Köpfe der Geburtstagsgäste. Großes Geschrei, großes Gejubel. Mittendrin, der Maharishi, fröhlich wie ein Kind auf der Kirmes. Marie verteilte Cookies, und Lou bekam Angst, der Dschungel könnte in Flammen aufgehen. Eine Rakete raste bis zum anderen Flussufer, wo sie mit einem großen Knall über den Hütten der Sadhus explodierte. Paul und John spielten auf ihren Gitarren, Marc trommelte auf einer Tabla, und alle sangen mit. George und Pattie, Ringo und Maureen umarmten sich. Dann explodierten die Böller, so infernalisch laut, dass Lou sich fragte, ob jemand sie aus Armeebeständen abgezweigt hatte. Mia Farrow brachte ihren panischen Hund in Sicherheit. Die älteren Ladies gingen in Deckung. Der Maharishi hörte nicht auf zu kichern. Nur Corinna stand wie versteinert allein am Rande. Lou blickte zu ihr und fragte sich, was passiert war. Dann ging er zu ihr hinüber und fragte:

»Alles okay?«

Normalerweise sagte Corinna, wenn sie ihre Gefühle nicht zeigen wollte, so etwas wie »Ja, alles dufte!« und lächelte alle Fragen weg. Aber jetzt schwieg sie. Eine Rakete flog an ihnen vorbei, schlug in die Wand des Auditoriums, fiel zu Boden und raste funkensprühend im Kreis herum. Lou versuchte vergeblich sie einzufangen, damit sie niemanden verletzte. Die wildgewordene Rakete traf einen der Schüler am Bein. Er schrie vor Schmerzen auf. Lou blickte zurück zu Corinna. Sie war nicht mehr da.

Er suchte sie in der Menge, in ihrem Zimmer und am Kliff über dem Fluss. Aber nirgends fand er sie. Dann hörte er ein leises Scheppern aus der Küche. Er öffnete die Tür. Nur das wilde Flackern einer Kerze erhellte den dunklen Raum. Lou ging hinein und sah, wie Corinna, mit einer Kerze in der Hand, vor dem Herd kniete und die Gewürzdosen durchwühlte. Er hielt den Atem an und sah ihr zu, ohne zu wissen, was er tun sollte. Dann schaltete er das Licht an. Sie erschrak und starrte ihn an. Ihre Augen waren verheult. Er ging einen Schritt auf sie zu, da griff sie nach einem der herumliegenden Messer und hielt es ihm entgegen.

»Hey, Corinna. Ich bin's.«

»Hau ab!«, zischte sie. Er hatte sie noch nie so erlebt. Wie ein verwundetes Raubtier, das alles tun würde, um sein Leben zu verteidigen. Er wunderte sich, warum er so ruhig blieb.

»Was machst du da?«, fragte er. Sie starrte ihn nur an.

»Wenn du das Dope von Marc suchst, das hat er woanders gebunkert. Weil Rüdiger was geklaut hat.«

Langsam ließ sie das Messer sinken. Er bewegte sich vorsichtig auf sie zu, wollte das Messer nehmen, aber sie wich zurück.

»Corinna. Jetzt mach keinen Scheiß.«

Er bekam ihre Hand zu fassen und hielt sie ruhig, bis er spürte, dass sie den Griff lockerte. Das Messer fiel auf den Boden.

»Was ist denn los mit dir?«

Corinna drehte sich weg und verbarg ihr Gesicht.

»Sorry, Lou.«

Langsam glitt sie zu Boden und begann zu weinen. Lou setzte sich neben sie. Er spürte, dass es besser war, sie jetzt nicht zu umarmen. Also blieb er einfach neben ihr sitzen.

Sie zitterte noch.

»Hast du 'n Joint?«, fragte sie.

»Nein.«

»Scheiße. Das Meditieren macht mich verrückt.«

Dann sagte sie, was mit ihr los war. Alles, was Lou schon wusste; die Sache mit Marc. Aber auch das, was er noch nicht wusste. Corinna hatte noch nie verraten, was passiert war, bevor sie an jenem Neujahrstag in Istanbul den Pudding Shop betreten hatte. Es zählte ja nur die Gegenwart; die Vergangenheit war uninteressant. Aber vorhin auf der Party, als alle tanzten und die Böller explodierten, hatte sie eingeholt, wovor sie weggelaufen war: Bilder, Wortfetzen und Gefühle, die ihr den Atem raubten, bis ihr Körper auf einmal ganz starr wurde.

»Ich weiß nicht mehr, wo die herkamen«, sagte sie. Aber da waren diese Jungs, bei denen sie eingestiegen war, von Zagreb nach Istanbul; sie wollten nach Katmandu, wegen dem Dope und dem Vibe. Da waren die Stones im Autoradio, und da war diese Silvesterparty im Hotelzimmer eines Freundes, zu der sie mitging. Da waren die Flaschen in der Zimmerbar, das große Bett und das Fenster zum Bosporus. Da war das Feuerwerk vor dem Nachthimmel und einer der Jungs, der Gitarre spielte, der Schüchterne mit den langen Haaren, die ihm über die Augen hingen. Und die anderen beiden, die Älteren, die irgendwann unter ihr T-Shirt fassten, komm, sei doch nicht so spießig, und sie wollte nicht spießig sein, aber sie wollte raus aus dem Zimmer. Sie wusste noch, wie sie zur Türklinke griff und dann von einer Hand an ihrem Hals zurückgezogen wurde, auf einmal ganz brutal, und der Junge mit der Gitarre hörte auf zu spielen. Sie schrie. Der Älteste lachte sie aus und hielt ihr den Mund zu.

Er stank nach Schnaps und Zigaretten, er war stärker.

»Du willst uns doch die Party nicht vermiesen? Foxy Lady!«

Er stieß sie aufs Bett. Sie wusste, was die Jungs wollten, und sie wusste, was sie tun musste, um lebendig aus diesem Zimmer herauszukommen. Also gab sie es ihnen. Ohne zu kämpfen. Die zwei Älteren hielten ihre Arme fest und schoben ihr Minikleid hoch. Der Schüchterne, der erst auf seinem Stuhl sitzenblieb, stand irgendwann auf, nicht weil er Lust auf sie hatte, sondern weil die anderen ihn runtermachten, Schlappschwanz, komm, zeig dass du kein Loser bist, und dann knöpfte er, ohne Corinna in die Augen zu sehen, seine Hose auf, die Älteren lachten und schubsten ihn, bis er wütend wurde, und Corinna hatte nur noch die Wahl, ihm dabei zuzusehen, wie er seine kleine, lächerliche Wut an ihr ausließ, oder die Augen zu schließen.

»Es gefällt ihr«, rief der Ältere und grinste. »Du magst das, was?«

Sie schloss die Augen, weil sie hoffte, dass sie es dann leichter vergessen könnte. Wie als Kind, wenn sie beim Versteckspielen ihre Hände vor die Augen gehalten und geglaubt hatte, niemand könnte sie sehen. Unsichtbar werden – darauf richtete sie jetzt all ihre Kraft. Hinter ihrem Körper verschwinden und nicht spüren, was sie mit ihm machten. Wenn sie nichts spürte, würde sie sich später nicht mehr daran erinnern können.

Als der Junge fertig war, kamen die anderen zwei an die Reihe. Corinna hörte die Böller und Raketen vor dem Fenster und stellte sich vor, sie wäre jetzt draußen, wo sie auf die Menschen hinunterschauen konnte, die auf den Straßen feierten, wild und ausgelassen, und sie staunte, dass sie nicht fror, obwohl es doch Winter war.

Irgendwann hörten ihre Handgelenke auf zu schmerzen, und sie spürte, wie das Blut in ihre Hände zurückfloss.

»Wenn du was erzählst, bist du tot«, sagte der Älteste. »Kapiert?«

Sie war zu erstarrt, um etwas zu antworten.

Er ohrfeigte sie.

»Kapiert?«

Sie nickte.

»Wir finden dich.«

Dann richtete sie sich auf und streifte ihr Kleid wieder glatt. Sie ging ins Bad, um den Schmutz abzuwaschen. Als sie wieder ins Zimmer kam, waren die Jungs verschwunden. Nur die Gitarre lag am Boden. Corinna stand davor, starrte auf das Bett und das offene Fenster und fröstelte. Das war nicht der Traum, für den sie ihre kleine spießige Stadt verlassen hatte.

Lou hatte Tränen in den Augen. Er hielt ihre Hand.

»Am nächsten Tag bin ich in den Pudding Shop gegangen, um das I Ging zu legen. Es sagte, ich sollte nach Hause fahren. Aber das hätte bedeutet, dass meine Eltern recht gehabt hätten. *Du wirst es bereuen,* hatten sie gesagt.«

Lou war schockiert darüber, dass er nichts von all dem bemerkt hatte, als Corinna mit der Gitarre zur Tür hereingekommen war. Wie falsch er sie eingeschätzt hatte. Und wie Marc, ohne zu wissen warum, spüren konnte, dass sie verwundet war.

»Wo ist das Gras von Marc?«, fragte sie.

Lou, der nicht mehr kiffen wollte, stand auf, zog sie zärtlich hoch und zeigte ihr Marcs Versteck: ein verlassenes Wespennest unter dem Dach der Speisekammer. Er stieg auf die Mehlsäcke und zog den prall gefüllten Plastikbeutel aus dem Loch. Corinna sah ihm zu.

»Bist du sicher?«, fragte er.

Corinna nahm den Beutel und streute das Gras auf ihre Hand. Dabei fielen auch die bunten Pappen heraus.

»Wow«, sagte sie.

»Kein LSD, okay? Nur 'n Joint.«

Sie griff nach einer Pappe. Er nahm sie ihr weg.

»Du willst jetzt keinen Horrortrip.«

»Hast du's mal probiert?«

»Nein.«

»Also, was verstehst du davon?«

Lou steckte die Pappen zurück in den Beutel. Er zog die Tabaktasche mit den Papers raus und rollte einen Joint. Mit schlechtem Gewissen, aber zumindest konnte er sich einreden, sie vor einem bösen Trip beschützt zu haben.

Dann saßen sie auf dem Küchenboden, an den Herd gelehnt, und zündeten mit Rüdigers Streichhölzern den Joint an. Plötzlich hörten sie Schritte. Lou schob den Plastikbeutel unter seine Beine und versteckte den Joint hinter seinem Rücken. Die Tür ging auf, und Marie kam rein. Der Geruch von verbranntem Schwarzpulver wehte in die Küche.

»Was macht ihr hier?«

»Reden.«

Sie schnupperte das Gras.

»Ich dachte, du hast aufgehört?«

Corinna nahm Lou den Joint aus der Hand und zog daran.

»Komm, setz dich«, sagte Lou ernüchtert, und Marie setzte

sich neben ihn. Er legte seinen Arm um sie, um ihr das Gefühl zu geben, dazuzugehören, aber damit schloss er Corinna aus. Sie bot ihm den Joint an, er reichte ihn weiter, aber Marie lehnte ab. Corinna wollte aufstehen, um zu gehen, aber da kam Marc zur Tür herein. Er grinste.

»Ihr macht 'ne Party ohne mich?«

Er schloss die Tür und nahm Lou den Joint aus der Hand.

»Das ist *mein* Gras.«

Lou wollte es ihm erklären, aber Marc zwinkerte ihm zu und zog an dem Joint. Dann sah er die beiden Frauen an.

»Irgendwie schlechter Vibe hier. Ist wer gestorben?«

Corinna warf Lou einen fast unmerklichen Blick zu, der sagte: Die Sache bleibt unter uns.

»Setz dich«, sagte Lou. »Wie ist die Stimmung draußen?«

Marc ging neben Corinna in die Hocke, seine Arme lässig auf die Knie gelehnt. Lou konnte spüren, wie ihr Körper sich anspannte.

»Der Typ ist durchgeknallt«, sagte Marc.

»Wer?«

»Big M.«

Marc teilte den Joint mit Corinna. Sie redeten über alles außer sich selbst, und irgendwann legte Marc, ohne Anlass, seinen Arm um Corinnas Schultern. Sie erschrak kurz, aber dann wurde sie ruhiger. Und wenig später lehnte sie ihren Kopf an Marcs Schulter.

Um abzulenken, fragte Lou seinen Bruder, was er mit dem LSD vorhatte.

»Mal sehen.«

»Hast du's schon genommen?«

»Nicht im Ashram.«

»Wo sonst?«

Das war der Moment, in dem Lou bemerkte, dass Corinna Marc denselben fast unmerklichen Blick zuwarf, den sie vorher *ihm* zugeworfen hatte. Und Marc wich einer Antwort aus, indem er davon erzählte, was John über LSD gesagt hatte.

Mehr passierte nicht an diesem Abend, außer dass Donovan ankam. Als Lou und Marc in ihr Zimmer gingen, redeten sie nicht miteinander. Vielleicht, weil sie beide spürten, dass sonst der verborgene Riss zwischen ihnen noch größer werden würde. Erst als sie schon im Bett lagen, fragte Lou unvermittelt:

»Hast du das LSD mit Corinna eingeworfen?«

»Ja.«

Lou wollte fragen, wann. Aber dann hielt er sich zurück, weil er ahnte, dass es die Nacht am Kunjapuri-Tempel gewesen war, und dass alles Reden darüber nur in sinnlosem Streit eskalieren würde. Es konnte Penelope nicht wiederbringen, und auch nicht alles andere, was unterwegs verloren gegangen war.

Am nächsten Morgen saß Donovan mit der Gitarre am Frühstückstisch und sang *Jennifer Juniper*. Für Jenny Boyd, in die er verliebt war wie ein schüchterner Junge. Marie schmiegte sich an Lou, während sie ihm verzaubert zuhörte. Lou war berührt, dass sie sich offiziell als seine Freundin zeigte, zumindest hier am Tisch, obwohl Big M ja kein Freund von »*socializing*« zwischen Unverheirateten war. Die Nächte verbrachten sie jedoch weiterhin getrennt. Um miteinander zu schlafen, trafen sie sich tagsüber in Maries Zimmer, heimlich, wenn Corinna nicht da war. Aber eines Nachts, als Lou und Marc gerade das Licht ausgeschaltet hatten, kam Corinna ins Jungs-Zimmer. Sie trug einen Sari und nicht viel darunter.

Sie sagte zu Lou: »Marie wartet auf dich.«

Was hätte er tun sollen? Marie enttäuschen? Marc und Corinna den Spaß verderben? Eigentlich war er müde, aber er zog sich wieder an, verabschiedete sich und schlich über den dunklen Weg hinüber zu Maries Bungalow. Als er die Tür öffnete, schlief sie schon. Das Zimmer war dunkel. Sie erschrak, als er sich auf ihr Bett setzte.

»Was machst du hier?«

»Ich dachte, du wartest auf mich?«

»Wieso?«

»Corinna hat das gesagt.«

»Wo ist sie?«

Niemand erfuhr, was in dieser Nacht zwischen Marc und Corinna geschah. Am nächsten Tag verhielten sie sich unauffällig; jeder ging seiner Wege. Aber Lou kam nicht mehr an Corinna heran, ohne dass er verstand warum; eigentlich fühlte er sich ihr näher, seit sie ihm ihr Geheimnis verraten hatte. Aber das Gegenteil war der Fall: *Weil* er ihr Geheimnis kannte, mied sie ihn. Als wäre er unsichtbar, nur weil sie die Augen verschloss.

Das war nicht der einzige Riss, der sich durch den Ashram zog. John zog aus seinem Zimmer mit Cynthia aus. Sie litt darunter, den Grund nicht zu kennen. Jeden Tag ging er hinunter zum Postbüro am Eingang, wo er ungeduldig auf Briefe wartete. In *Julia,* das er in Rishikesh komponierte – über seine verstorbene Mutter und die Kindheit, die er nie mit ihr hatte –, würden

Beatles-Fans später den Begriff »*ocean child*« entdecken, dessen ganze Bedeutung sich erst erschloss, als seine Affäre öffentlich wurde: Meereskind war die japanische Bedeutung des Namens Yo-ko.

Dann machten Ringo und Maureen sich vom Acker. Nicht wegen dem Maharishi, sondern wegen Ringos Magen. Wie lange kann ein Mensch sich von einer Kofferladung Bohnen ernähren? Er reiste wahrscheinlich ab, weil er sonst geplatzt wäre. Oder weil seine Frau den Gestank nicht mehr aushielt. Außerdem kannte Maureen inzwischen jede einzelne Mücke im Zimmer und hatte genug von den Skorpionen im Bad. Vor allem aber vermissten Ringo und Maureen ihre vor kurzem geborene Tochter, die sie in London zurückgelassen hatten.

Auch zwischen den Schülern des Maharishi taten sich Spannungen auf. Nicht zwischen Nationalitäten oder sozialen Schichten, wie in der normalen Welt. Nein, die Bruchlinie verlief zwischen den Leuten mit Drogenerfahrung und denen ohne. Letztere gehörten der älteren Generation an, die sich vom Popstar-Zirkus gestört fühlten und in aller Stille meditieren wollten. Die Künstler wiederum hielten Hasch und LSD für ein legitimes Mittel zur Bewusstseinserweiterung. Zwar hatten sie vor, die Drogen durch Meditation zu ersetzen, aber nicht alle nahmen den Plan so ernst wie George und Donovan. Das Gerücht ging um, dass Donovan einen Riesenbeutel Gras, den Mias Bruder John hereingeschmuggelt hatte, wütend in den Ganges geworfen hatte. Seitdem sah man John öfter in Marcs Nähe. Auch nachts, wenn alle nach der Meditation im Speiseraum abhingen und Kakao tranken, setzten sich immer wieder

Leute zu Marc, um ihm zu erzählen, dass sie sich ein bisschen »*down*« fühlten.

»*Don't worry*«, sagte Marc, »*we'll get you high again.*«

Der Beutel im Wespennest, den Lou heimlich checkte, wurde jeden Tag leerer. Auch die Pappen wurden kleiner. Bis der Beutel auf einmal nicht mehr da war. Marc musste etwas bemerkt und das Versteck gewechselt haben.

Eines Abends, als Lou und Marc mit Büchern in ihren Betten lagen, ohne zu reden, klopfte es an die Tür. Lou öffnete in T-Shirt und Unterhose. Auf der Veranda stand der alte Schneider mit dem weißen Bart.

»*Sahib?*«, sagte er und verneigte sich höflich. Dann sah er Lou erwartungsvoll an.

»Oh«, stammelte Lou. »Ähm... *Pay tomorrow?*«

Der Schneider wiegte seinen Kopf, aber blieb wie angewurzelt stehen, so dass Lou nicht erraten konnte, ob er Ja oder Nein meinte.

Marc schob sich an seinem Bruder vorbei und drückte dem Inder ein dickes Bündel Rupien in die Hand. Der Schneider bedankte sich diskret, zählte sorgfältig nach und gab Marc einige Scheine zurück.

»*It's fine, my friend*«, sagte Marc und lächelte.

»*Thank you, Sahib*«, sagte der Schneider und wiegte seinen Kopf. Diesmal bedeutete es Ja. Dann verschwand er im Garten. Lou sah seinen Bruder verunsichert an. Woher hast du das Geld, dachte er, aber sagte es nicht, weil er es ja längst wusste. Marc legte ihm seine breite Hand auf die Schulter und sagte grinsend:

»*Pay tomorrow!*«

28

Seit Ringos Abflug war Marc auch als Drummer gefragt. Die Tage wurden immer wärmer, und George stellte sein Harmonium aufs Dach des Auditoriums. Dort saß er gern am Nachmittag, improvisierte Melodien, und immer kam jemand spontan dazu – John und Paul mit ihren Martin-Gitarren oder Donovan mit seiner Gibson Sunburst. Er zeigte John seine Fingerpicking-Technik, und manchmal, wenn sie so vor sich hin spielten, trommelte Marc dazu auf indischen Tablas. Als wäre er einer von ihnen. Ohne Scheu und ohne etwas beweisen zu müssen, mit nacktem Oberkörper und Mala um den Hals. Pattie, Jenny, Jane, Cynthia und Mia gesellten sich gern dazu, statt im Zimmer zu meditieren. Ihre bunten Steppwesten und Saris strahlten in der Sonne. Die jungen Meditationsschüler saßen auf Kissen im Kreis um die Musiker. Manchmal tanzten sie zusammen, manchmal wurden sie Zeugen, wie aus dieser Stimmung ein Song entstand, manchmal liefen Affen übers Dach. Die Sessions vermischten sich mit Gesprächen über den Vietnamkrieg und darüber, wie Meditation die Welt zu einem besseren Ort machen konnte. Das goldene Licht, der weite Blick in den Himalaya, die unverstellte Freundschaft – kein Song drückte dieses Gefühl besser aus als *Mother Nature's Son*, das Paul auf diesem Dach spielte. In diesem Kreis entstand auch die Idee, dass John und George eine Delegation anführen würden, die den Maharishi überzeugen sollte, die Regeln der Transzendentalen Meditation zu lockern. Anfangs hatte gegolten: Wer initiiert werden wollte, durfte seit drei Tagen keine Drogen mehr genommen haben. Die Älteren hatten die Zeitspanne inzwischen auf drei Wochen ausgedehnt. John und George fanden das realitätsfremd und kontraproduktiv. So würde man nie genügend Leute für die Weltrevolution zusammenbekommen. Marc stimmte ihnen leidenschaftlich zu.

Der Innere Kreis der älteren Schüler dagegen sah in der Drei-Wochen-Regel den Schutz vor den falschen Leuten: denen, die alle Regeln ändern wollten. Die jungen Idealisten fanden nämlich auch, dass die Einweihung nichts kosten sollte. Doch je größer die weltweite Organisation wurde, desto mehr Geld verschlang sie. Und dann war da noch die sexuelle Enthaltsamkeit, die der Maharishi predigte. Marc fand, das würde die menschliche Natur unterdrücken, die sie doch eigentlich befreien wollten.

»Wir sind angetreten, um die Religion hinter uns zu lassen«, rief er, »nicht um eine neue zu gründen!«

Und der Maharishi? Der Maharishi wollte Hubschrauber fliegen. Eines Morgens durchbrach ein höllisches Knattern die Stille am Heiligen Fluss. Alle rannten nach draußen, schauten in den Himmel und staunten. Ein großes, blinkendes Insekt kreiste über den Bäumen. Es kam näher, rasierte fast die Kronen ab, dann verschwand es hinter dem Kliff und landete auf einer Sandbank am Ganges. Der Pilot war ein Anhänger von Big M, ein erfolgreicher Geschäftsmann, der – so ging das Gerücht – gekommen war, um die Landebahn zu planen. Für den Maharishiville International Airport.

An Meditation war jetzt nicht mehr zu denken. Alle strömten hinunter zum Fluss, in weißen Gewändern, mit Blumenketten und Fotoapparaten. Paul und John hängten sich ihre Gitarren um und sangen *When The Saints Go Marchin' In*. Am gegenüberliegenden Ufer schauten die Sadhus aus ihren kleinen Hütten. Ein französischer Journalist schoss Fotos, George filmte mit der Super 16-Kamera. Der Maharishi grinste fröhlich und schwang sich mit wehendem Gewand in den Hubschrauber. Paul und John stritten darüber, wer mitfliegen durfte. Bis John kurzerhand in die gläserne Kanzel kletterte. Der Pilot gab Gas, und die Maschine stieg in den strahlend blauen Himmel. In einem kühnen Bogen zog sie über die staunende Menge, die Heilige Stadt und weiter flussaufwärts, wo die Landebahn entstehen sollte.

Dem gemeinen Fußvolk blieb nur übrig, sich mit einem Sonnenbad auf der Sandbank zu begnügen. Marc streifte seine Kurta über den Kopf, um ins Wasser zu gehen. Einer der älteren Meditationsschüler rief ihn zurück:

»Halt!«
»Was is'?«
»Schwimmen verboten!«
»Siehst du hier 'n Schild?«
»Der Maharishi möchte das nicht!«
»Ach. Wieso?«

»Das ist gefährlich!«

Paul amüsierte sich über die beiden, spielte ein paar Bluesakkorde auf seiner Gitarre und sang:

»*Maha don't allow no swamis swimmin' round here.*«

Jane und ein paar andere stiegen mit ein, bis ein ganzer Chor aus Blumenkindern sang:

»*Maha don't allow no swamis swimmin' round here.*
I don't care what Maha don't allow,
Swami's gonna swim here anyhow!
Maha don't allow no swamis swimmin' round here.«

Marc sprang ins Wasser und ließ einen Freudenschrei los. Corinna zog ihren Sari über den Kopf und lief ihm kreischend nach. Die Sadhus am anderen Ufer starrten herüber. Lou und Marie blieben stehen und sahen zu, wie immer mehr Leute singend in den heiligen Fluss stiegen, in Badehose, Bikini und Blumenkette, kalkweiß am Körper und krebsrot im Gesicht. Die Älteren schüttelten den Kopf und stapften zurück zum Ashram. Lou und Marie setzten sich auf die warme Sandbank und schauten den anderen zu, die sich gegenseitig mit Heiligem Wasser vollspritzten und untertauchten, als gäbe Jesus eine Gratistaufe aus. Ein Kreis aus Steinen bildete ein natürliches, etwa zehn Meter breites Becken, in dem sich die Strömung drehte. Dort war es noch sicher. Nur Marc und Corinna wagten sich weiter hinaus, fast bis zu den Strudeln in der Mitte des Flusses. Die Sonne glitzerte auf den Wellen, fast zu schön, um wahr zu sein. Zum ersten Mal dachte Lou, dass das nicht gut gehen konnte. Es war nur eine Frage der Zeit, bis der Zirkus auseinanderfliegen würde. Und einer musste den Preis bezahlen.

Beim Abendessen war die Stimmung zwischen John und Paul angespannt. Jemand fragte John, warum er unbedingt mit dem Maharishi hatte fliegen wollen. John grinste sarkastisch und sagte: »Ich dachte, er verrät mir die Antwort.«

Dann spielte Paul ihm ein neues Lied vor. Es ging so:

»*Ob-La-Di Ob-La-Da, La-la-laaaa-la*«

»Was soll das heißen?«, fragte John.

Paul zuckte mit den Schultern. Jemand witzelte: »Vielleicht ist das die Antwort!«, und alle brachen in Gelächter aus.

»Es *gibt* keine Antwort«, erklärte Marc später. Er saß mit einem Buch auf der Bank, als Lou und Marie das Geschirr zur Küche trugen.

»Wie wär's, wenn du mal mithilfst?«, sagte Marie. Marc schaute auf und sagte zu ihr:

»Der Typ ist ein Scharlatan.«

Marie wurde zornig.

»Sag so was nicht!«

»Wo hast du das Buch her?«, fragte Lou, um abzulenken.

»Krishnamurti«, sagte Marc.

Bücher anderer Autoren waren im Ashram nicht gern gesehen, außer dem Kommentar des Maharishi zur Bhagavad Gita.

»Brauchst du 'n neuen Guru?«, stichelte Marie.

»*Devotion to Guru is responsible for final alchemical change*«, äffte Marc den Maharishi nach. »Das kann ich dir auch erzählen. Jeder Dösbaddel kann das.«

»Du verstehst das nicht«, sagte Marie. »In Indien ist das anders. Durch Hingabe an den Guru lernst du Hingabe an Gott.«

»Wer braucht das? Typen, die nicht wissen, was sie mit ihrem Leben anfangen sollen.«

Marie ging in die Küche und stellte die Teller scheppernd ins Abwaschbecken.

»Also Typen wie wir«, sagte Lou, um die Situation zu entschärfen. Er ging in die Küche. Marc stand von der Bank auf und lehnte sich lässig an den Türstock.

»Ich dachte, du willst Rockstar werden«, ätzte er. Damit hatte er mal wieder einen wunden Punkt getroffen. »Stattdessen hängst du hier rum und wartest auf Erleuchtung.«

»Ich brauch jedenfalls keine Drogen, um high zu sein.«

»Und du, welche Hits hast du schon komponiert?«

Marc konnte nicht lockerlassen. Wie ein Hund, der sich in ein Bein verbeißt. Tatsächlich hatte Lou – was er niemandem verriet – beim Meditieren versucht, den kosmischen Plattenladen zu knacken. Eine noch nie gespielte Melodie zu hören. Aber das Rauschen seiner Gedanken hatte alles übertönt. Wenn er mitbekam, wie Paul und John wie aus dem Nichts einen Refrain erfanden, erstarrte er in Ehrfurcht. Egal ob sie meditierten oder feierten, die Jungs räumten den kosmischen Plattenladen aus. Paul zog *Back in the U. S. S. R* aus dem Regal, George entdeckte *Long, Long, Long*. John ließ *Revolution* mitgehen, und sogar Ringo fand seine erste Scheibe: *Don't Pass Me By*. Insgesamt sollten sie in Rishikesh achtundvierzig Songs komponieren. Vierzig Jahre später würde die NASA *Across The Universe* ins All schicken, in Lichtgeschwindigkeit, mit schönem Gruß an die Außerirdischen.

»Und du?«, fragte Lou zurück. »Du nimmst doch keine Drogen, um Musik zu machen. Sondern weil du nicht weiterkommst. Du hältst dich für den großen Macker. Aber alles, was du fertigbringst, ist Nein zu sagen. Okay, vielleicht kann der Maharishi nicht übers Wasser gehen. Bloß er bewirkt 'ne Menge

Gutes auf der Welt. Er verändert die Menschen. Bloß dir geht's nie um die Sache, nur um dich selber!«

»Du hast keine Ahnung«, sagte Marc ruhig, »weil du's nie erlebt hast.«

»Was?«

»*Lucy in the Sky. With Diamonds.*«

Corinna kam mit einem Tablett voller Tassen zur Küchentür herein und blieb wie angewurzelt stehen.

»Wann habt ihr's genommen?«, fragte Lou.

Marc zuckte mit den Schultern.

»Ist doch egal wann.«

»Als du Penelope abgefackelt hast?«

Jetzt traf Lou einen wunden Punkt bei Marc. Er antwortete nicht. Wollte durch die Tür verschwinden, an Corinna vorbei, aber Lou packte ihn am Arm.

»Das war's doch, oder?«

»Na und?«

»Was heißt hier *Na und?* Erst bist du dauernd stoned, dann himmelst du unseren Bus, weil du auf Acid mit Corinna bumst! Hast du dabei mal an uns gedacht?«

»Lass ihn los!«, rief Corinna. Lou stieß sie weg. Das Tablett fiel ihr aus den Händen, die Tassen zerbrachen auf dem Boden. Marc riss sich los und baute sich vor Lou auf.

»Weißt du, was dein Problem ist? Du hast 'n Sprung in der Platte. Hängst in 'ner Rille fest. Tatak, tatak, tatak. Penelope is' weg, futsch, in Rauch aufgegangen. Wir sind hier, du hast deine Marie, alles is gut. Aber du bist nie zufrieden, musst immer irgend 'nen alten Shit rauskramen. Wozu, Mann? Wenn du wirklich so erleuchtet bist, du Musterschüler, du Einser-Swami, dann lass los. Entspann dich! Hab 'n bisschen Spaß!«

Marie schob sich mit einem Besen dazwischen, um die Scherben aufzufegen. »So, Jungs, macht mal Platz.«

»Was willst du eigentlich?«, fragte Lou.

»Ich will, dass du glücklich bist, Bruderherz.«

»Bin ich doch.«

Marc stieß ihm mit der Faust gegen die Brust.

»Nein. Du weißt gar nicht, was Glück ist. Weil du nicht frei bist. Du redest nur davon. Aber du lebst unter deinen Möglichkeiten. Hast dich im Mittelmaß eingerichtet. Nicht, weil dir das Talent fehlt. Nein. Weil du dazugehören willst. Du hast Angst, die Herde zu verlassen.«

»Wie bitte? Ich bin in dem verdammten Bus um die halbe Welt gefahren!«

»Ja, aber nur, um dir 'ne neue Herde zu suchen, in der du dich verstecken kannst! Du hast Angst, du selbst zu sein!«

Corinna lehnte an der Wand und beobachtete ihn mehr als sie ihm zuhörte. Er war so unverschämt lässig, selbst im Streit.

»Wie wär's, wenn du mal beim Abwasch hilfst?«, fragte Marie, die am Spülbecken stand. Marc zündete sich eine Zigarette an und nuschelte:

»*I aint't gonna work on Maggie's farm no more.*«

»Bravo«, sagte Lou sarkastisch, »du brauchst ja keine Gemeinschaft, du durchschaust alle und glaubst nur noch an dich selbst!«

»Ich glaub gar nichts«, sagte Marc. »Ich weiß.«

In seinen Augen blitze ein dunkles Licht auf, das Lou Angst machte.

»Was?«, fragte Corinna. Es war ein einziges Wort, mit dem sie sich an der Diskussion beteiligte, aber in der Art, wie sie es sagte, ehrlich und unverstellt, lag eine große Sehnsucht.

»Du bist zu verkopft«, sagte Marc zu ihr. »Meditation bringt dich zwar zu 'nem bestimmten Punkt, aber nicht über die Grenze.«

»Welche Grenze?«, fragte Corinna.

»Zur anderen Seite.«

Sie war mehr als neugierig. Es fixte sie an.

»Moderne Chemie«, warf Lou ein, »ersetzt also Tausende Jahre spiritueller Tradition?«

»Die Religionen erzählen uns, sie hätten den Schlüssel in der Hand. Und sie verkaufen ihn uns. Der Preis ist Gehorsam. Aber weißt du was? Die Tür ist längst offen. In dir. Du musst nur durchgehen. Deshalb haben die Regierungen so viel Angst vor LSD: Es befreit die Menschen.«

»Die Regierungen haben auch Angst vor dem Maharishi«, entgegnete Lou. Gerade ging das Gerücht im Ashram herum, dass sich ein Spion der CIA eingeschmuggelt hatte.

»Aber der Alte befreit euch nicht. Der macht euch nur abhängig.«

»Und Drogen machen nicht abhängig?«

»LSD macht nicht abhängig.«

Lou gingen die Argumente aus. Es war unmöglich, zu jemandem durchzudringen, der alles besser wusste. Und wahrscheinlich hatte Marc dasselbe Gefühl, was ihn betraf. Vielleicht suchten sie auch dasselbe, nur auf einem anderen Weg. Und vielleicht hatte Marc sogar recht, und Lou war, statt groß rauszukommen und die Welt zu verbessern, nur ein kleiner Hamster unter lauter anderen Hamstern, die in ihren kleinen kosmischen Hamsterrädern rannten: Wer am schnellsten erleuchtet wird, vier Stunden meditieren, acht, zwanzig – und tatsächlich kam keiner vom Fleck.

»Jedenfalls«, warf Marie ein, weil Lou verstummt war, »der Maharishi verkauft keine chemische Krücke. Mit Nebenwirkungen. Dass einer glaubt, er kann fliegen, und springt aus dem Fenster, oder so was.«

»Und du meinst, der Maharishi hat keine Nebenwirkungen?«, fragte Corinna. Es traf Lou, dass sie sich auf Marcs Seite stellte.

»Ich hab einfach Angst um dich«, sagte er zu Marc. »Du kennst die Story von Ikarus. Flog zu nah an die Sonne.«

»Na und? Besser als ein Leben lang Langeweile. Ich seh mich nicht als Rentner vor der Glotze sitzen.«

Marc ging auf Lou zu und trommelte mit den Händen gegen das Regal.

»Wenn du Musiker sein willst, musst du *spielen*, verstehst du, *spielen*! Du willst es allen Recht machen. Aber so wirst du nie was Großes schaffen! Nur Mittelmaß. Opium fürs Volk. Wenn du wirklich Musiker bist, dann legst du einfach los!«

Er schnappte sich Besteck und trommelte auf den Herd, an die hängenden Kochlöffel. Alles schepperte, die Teller, die Tassen, das Besteck. Und er hörte nicht auf. Lou und Marie wichen ihm aus. Er trommelte wie ein Besessener – die Präzision in seiner Wildheit, die Eleganz in seiner Wut, das Verspielte in seiner Kraft. Seine Haare flogen herum. Corinna sah ihm ruhig zu. In ihren Augen lag kein Entsetzen, sondern Bewunderung. Als hätte sie am liebsten mitgemacht. Marc lachte.

»Verstehst du? Nein? Scheiß auf alle! *Das* ist Rock 'n' Roll!«

Sein Solo war genial – wenn man das so nennen konnte. Es wurde immer schneller, ungeheurer, düsterer. Das war nicht mehr Mister Tambourine Man; das war Marc, der völlig ausflippte. Er hatte sich nicht mehr im Griff.

»Hör auf!«, brüllte Lou. Schließlich war es Marie, die Marc

den Spaß verdarb. Sie hielt ihn entschlossen, aber liebevoll fest, so wie Mütter ein schreiendes Kind festhielten.

»Is' gut, Marc«, sagte sie. »Ist gut.«

Marc atmete schwer und warf die Löffel weg. Lou sah ihn strafend an. Marc machte sich frei und lief nach draußen.

Es wurde schrecklich still in der Küche. Marie blickte fragend zu Lou, und Corinna stand unschlüssig in der offenen Tür. Dann lief sie nach draußen. Lou sah, wie Marc neben den Büschen stand und sich eine Zigarette anzündete. Corinna ging zu ihm. Marc reichte ihr die Zigarette, und Corinna steckte sie in den Mund.

»Du musst ihm helfen«, sagte Marie leise zu Lou.

»Er ist groß genug.«

»Er braucht dich. Er knallt sich weg, weil er es nicht aushält.«

»Was?«

»Sein Leben.«

Lou stutzte.

»Er hat so starke Gefühle. Die muss er rauslassen. Wenn man das als Kind nicht darf, wird man krank.«

Ich durfte das auch nie, dachte Lou. *Und egal was verboten war, Marc hat's trotzdem gemacht. Wer sich zurücknehmen musste, das war ich.*

»Sei ihm nicht böse«, bat Marie.

»Er ist gefährlich«, erwiderte Lou. »Für andere und für sich selber.«

»Er ist einfach er selbst«, sagte Marie. Dann ging sie hinaus zu Marc. Lou folgte ihr unschlüssig. Er sah das Buch von Krishnamurti vor der Bank liegen und hob es auf.

Aus der Entfernung sah er Marc und den beiden Frauen zu. Sie redeten. Worüber, bekam er nicht mit. Aber er fühlte sich ausgeschlossen. Allein mit der Wahrheit, die Marc ihm an den Kopf geknallt hatte. Und mit der Angst, nie sein Ziel zu erreichen. Egal wie weit er fuhr, er würde immer das Vorstadtkind aus Harburg bleiben, der den Hamburger Jungs unterlegen war. Der *eine* Buchstabe, ein Stirnmal fürs ganze Leben. Und Marc, der auch immer Außenseiter geblieben war, unterschied sich von Lou nur darin, dass er den Makel zu etwas Heldenhaftem umgedeutet hatte. Er war der stolze Rebell. Während Lou immer noch dazugehören wollte. Ja, zugegeben, das war seine Schwäche. Aber was Marc nicht begriff, war, dass Lou durchaus an sich glaubte. Allerdings wusste er, dass er es nicht alleine schaffen konnte. Er war nur zusammen mit Marc gut.

Weil Marc besser war.

Marie ging zu Marc und umarmte ihn. Sie kamen vom selben Planeten, dachte Lou. Wo Gefühle, nicht Gedanken die Welt regierten.

»Was hat er gesagt«, fragte Lou, als sie zurück zur Küche kam.

»Dass er dich liebt.«

»Sonst nichts?«

»Und dass du Musiker werden sollst. Du hast es drauf, sagt er.«

»So. Sagt er das.«

Sie nahm den Besen und fegte die Scherben weg. Lou stand mit Marcs Buch in der Hand vor der Tür und wusste nicht, wohin mit sich. Er schlug das Buch auf und las die Zeilen, die Marc unterstrichen hatte:

You yourself are the teacher and the pupil. You are the master, you are the guru, you are the leader. You are everything.

In dieser Nacht schlief Lou bei Marie, und Corinna schlief bei Marc. Wenn jemand sie gefragt hätte, wie es weitergehen sollte, hätte keiner eine Antwort gewusst. Aber jeder spürte, wie selbst die innigste Umarmung nicht verhindern konnte, dass etwas außer Kontrolle geriet. Vielleicht war es nur eine weitere Illusion, die auf dem spirituellen Weg zerbrach: dass man irgendetwas kontrollieren konnte.

Alles zerrann ihm zwischen den Fingern.

Was am meisten an Lou nagte, als er versuchte, einzuschlafen, war die zur Gewissheit geronnene Angst, dass er Marc verlor und alleine den kosmischen Plattenladen nicht knacken konnte. Weil in Wahrheit nicht der Maharishi und auch nicht Marc, sondern *er* der Scharlatan war. Er konnte hunderte Mantren herunterleiern, aber er würde nie so spirituell wie George sein, nie so perfekt wie Paul, nie so revolutionär wie John, und nie so talentiert wie Ringo. Er würde nur Lou sein. Also weder gut noch schlecht, nur mittelmäßig. Er wünschte, er könnte aufhören, Lou zu sein. Sein kleines, begrenztes Ich hinter sich lassen. So wie ein Kind einen Ballon losließ. Und dann nicht mehr das Kind sein, das dem Ballon nachschaute, sondern dieser Ballon werden, der unaufhaltsam in den Himmel stieg.

29

Dann reiste Donovan ab. Die einen sagten, er müsse ein Konzert in London geben, andere erzählten, er habe Jenny Boyd einen ebenso romantischen wie erfolglosen Heiratsantrag gemacht. Jenny habe ihm geantwortet, dass sie ihn liebhätte, aber nur als *soulmate*. Niemand konnte die Geschichte nachprüfen, weil Jenny sehr diskret mit ihren Gefühlen umging. Marie war traurig über den Verlust; sie war Donovans größter Fan, aber sie fand auch, die zwei seien sich zu ähnlich, um ein Paar zu werden – beide so verträumt und ernst. Das Geheimnis der Leidenschaft, sagte sie, sei nicht Ähnlichkeit, sondern Gegensätze, die sich anzogen. Seelenverwandtschaft und karmische Liebe seien zwei verschiedene Dinge.

Lou fragte sich, wen sie damit meinte.

Kurz darauf geschah die Sache mit Prudence. Mitten in der Nacht wachte Lou von einem schrecklichen Stöhnen auf, das die friedliche Stille des Ashrams zerriss. Im ersten Moment wusste er nicht, ob er aus einem Albtraum erwachte oder in einen Albtraum geraten war. Es klang wie ein gequältes Tier.

Neben ihm fuhr Marie hoch. Lou schaltete das Licht an, aber es funktionierte nicht – wieder einmal war der Strom ausgefallen. Lou stand auf und ging ans Fenster. Er hörte, wie jemand in der Dunkelheit vorbeilief. Nach einer unerträglich langen Stille hörte er einen spitzen Schrei. Jetzt erkannte er die Stimme. Es war Prudence Farrow, Mias Schwester. Diese schöne, stille Frau mit hellblauen Augen und einer Haut wie Pergamentpapier. Wenn sie mit am Tisch gesessen hatte, war sie immer friedlich, freundlich, aber man hatte Angst, dass ein Windstoß sie umwerfen könnte, weil ihr eine Schutzschicht fehlte. Ihre Seele lag blank – schön, aber verletzlich. Prudence hatte vier Wochen lang in ihrem Bungalow meditiert, oft tagelang ohne Unterbrechung, ohne zum Essen zu kommen. Und allen war aufgefallen, dass sie immer zerbrechlicher wirkte. Sie hatte schweigend am Tisch gesessen, ohne an den Gesprächen teilzunehmen, mit verschränkten Händen, und niemand wusste, in welchen Welten sie gerade unterwegs war. Am letzten Abend hatte sie gesagt, sie hätte Angst, aber wisse nicht wovor.

Marie zündete eine Kerze an. Lou öffnete die Tür und schaute hinaus in die Nacht. Das Rauschen der Bäume, sonst beruhigend, klang jetzt unheimlich. Als würde dort draußen etwas Ungeheures lauern. Marie kam zu ihm und schmiegte sich an ihn. Der Wind blies ihre Kerze aus. Dann zerriss wieder ein Schrei die Nacht. Wütender als zuvor; Prudence schien völlig auszurasten.

Glas splitterte, Holz zerbrach.

»Wir müssen ihr helfen«, sagte Marie.

Sie liefen in den Garten. Noch bevor sie Block 6 erreichten, wo Prudence wohnte, hörten sie, wie einige Leute – sie konnten nicht erkennen, wer – die brüllende, wild um sich schlagende

Prudence zum Maharishi brachten. Sie war nicht wiederzuerkennen. Lou und Marie folgten ihnen durch die Dunkelheit, bis sie vor der Villa des Maharishi ankamen. Hinter den Fenstern flackerte Kerzenlicht. Sie erkannten zwei Gestalten, die versuchten, Prudence zu beruhigen. Dann kam Gertrude, die deutsche Ärztin, mit ihrem Medikamentenkoffer angelaufen und verschwand im Haus.

Es dauerte noch eine Weile, dann hörten die Schreie auf.

Beim Frühstück saßen alle, die in der Nähe von Prudences Bungalow wohnten, nicht am Tisch. Und die anderen sprachen nicht darüber, was nachts geschehen war. Die Sonne schien friedlich über dem Ashram, als wäre alles nur ein Albtraum gewesen. Doch dann geschahen merkwürdige Dinge. In Block 1 wurde ein Zimmer frei geräumt, und Arbeiter zäunten die Veranda mit Bambusstäben ein, als würden sie ein Gefängnis bauen. Zwei indische Krankenschwestern kamen aus Delhi angereist, und jemand sagte, er hätte beobachtet, wie Maharishis Assistenten Prudence in das neue Zimmer gebracht hatten. Sie musste gestützt werden und taumelte; angeblich sei sie sediert gewesen. Vor dem verbarrikadierten Zimmer bezog ein muskulöser indischer Wachmann Stellung – es hieß, er sei einmal Soldat bei den Gurkhas gewesen, und genau so sah er auch aus. Niemand traute sich in seine Nähe.

Abends war das Auditorium voll besetzt. Nach der Gruppenmeditation hoben mehrere Leute die Hände und fragten, was mit Prudence geschehen war. Der Maharishi zupfte lange an der Blume in seinen Händen herum und erklärte schließlich, die Drogen, die Prudence konsumiert habe, bevor sie mit der

Meditation begonnen habe, hätten ihr Nervensystem geschädigt, und der Stress hätte einen »riesigen Eisberg« erzeugt. Die »Entstressung« der Meditation brächte ihn jetzt zum Vorschein, doch man solle sich keine Sorgen machen – das sei Teil ihres Heilungsprozesses. In ein paar Tagen sei alles vorbei.

Aber ihr Zustand verbesserte sich nicht. Jeden Tag gingen der Maharishi und Gertrude in ihr verbarrikadiertes Zimmer, die Krankenschwestern betreuten sie Tag und Nacht, aber Prudence kam nicht heraus. Lou brachte Essen, das der Wachmann in Empfang nahm. Wenn er zurückkam, um das Tablett abzuholen, war die Mahlzeit kaum angerührt. Der Maharishi ließ einen Hatha-Yogalehrer kommen und empfahl, dass die Schüler ihre Meditation alle zwei bis drei Stunden unterbrechen sollten, um klassische Asanas zu üben. Und jeder solle sich massieren lassen, denn der Körper müsse ebenso kultiviert werden wie der Geist. Ein indisches Paar baute draußen im Schatten eine Massageliege auf. Offenbar wollte der Maharishi verhindern, dass noch jemandem eine Sicherung durchbrannte.

Dann rannte Prudence aus ihrem Zimmer. Panisch, orientierungslos, verfolgt von den Krankenschwestern und dem Wachmann, die sie einfingen und zurücktrugen.

Wer es gesehen hatte, schwieg und schüttelte den Kopf.

Nur Marc machte den Mund auf.

»Wie ein Tier«, schimpfte er in der Küche. »Die behandeln sie wie ein Tier.«

Niemand widersprach ihm. Lou fand, sie wäre besser in einer Nervenklinik aufgehoben, wo sie professionelle Hilfe bekäme. Warum wurde sie nicht nach Delhi gebracht?

»Kann ich dir sagen«, meinte Marc. »Big M hat Angst vor schlechter Publicity.«

Tatsächlich, die Journalisten, die nicht in den Ashram gelassen wurden, schrieben bereits über angebliche Drogenexzesse. Eine prominente Amerikanerin, die durch Transzendentale Meditation verrückt geworden war, konnte niemand gebrauchen.

»Macht endlich die Augen auf!«, sagte Marc. »Wenn die Musterschülerin durchknallt, dann ist was faul am System!«

Das Wort fiel immer öfter. Das System. Es stand für alles, was mächtig und korrupt war und bekämpft gehörte. Lyndon B. Johnson war das System, der Maharishi war das System, und wenn Lou nicht Marcs Meinung war, dann steckte er mit dem System unter einer Decke.

»Worauf du einen lassen kannst«, grunzte Rüdiger. Marc war das Unvorstellbare gelungen: Rüdiger gegen seinen Guru aufzubringen. Er war ein Schüler der ersten Stunde gewesen, voll auf Linie, wenn der Maharishi gegen Drogen gepredigt hatte und einer, der am Tisch nickte, wenn jemand sagte, Prudence kämpfe eben mit ihrem »klebrigen Karma«, das sei allein ihre Sache. Aber der Zirkus um die Prominenten nervte ihn, und früher war eh alles besser. Also, bevor Marie ihn verlassen hatte.

»Seit die Scheiß-Promis da sind, fährt der Zug in die falsche Richtung«, muffelte er. »Die lassen sich die Sonne in den Arsch scheinen. Und uns geben sie immer noch keinen richtigen Ofen. Verfickte Kuhscheiße!«

Zur Bekräftigung seiner These trat er gegen die vorsintflutliche Holzfeuerstelle. Die Funken stoben heraus, und Rüdiger hustete.

»Das hilft Prudence jetzt auch nicht weiter«, sagte Marie.

»Kapierst du's nicht?«, entgegnete Marc. »Sie ist das erste Opfer des Systems. Aber nicht das letzte.«

Corinna stimmte ihm zu – was Lou einen Stich ins Herz gab. Damit stand es jetzt 2:3 im Küchenteam.

»Und was willst du dagegen tun?«, fragte Lou seinen Bruder.

»Ihr LSD geben?«

Er wollte einen Keil zwischen Marc und Rüdiger treiben. Aber selbst mit dem Drogenthema konnte er Rüdiger nicht mehr auf seine Seite ziehen. Marc hatte Rüdiger längst eingewickelt, indem er ihn mit Dope gegen seinen Blues versorgte. Marie sagte später zu Lou, es sei im Grunde egal gewesen, was Marc über den Maharishi sagte – Hauptsache, Rüdiger hatte einen ideologischen Grund gefunden, um Lou und Marie ins Abseits zu stellen. Gemäß dem Motto: Der Feind meines Feindes ist mein Freund. Denn Marie hielt treu zum Maharishi, auch wenn sie sich um Prudence sorgte. Und Lou hielt treu zu Marie.

Der Maharishi verordnete, dass alle länger in ihren Zimmern meditieren und weniger »*socialising*« betreiben sollten. Wahrscheinlich hatten seine Assistenten das Getuschel mitbekommen, und er wollte die Leute von dem Thema ablenken, das alle beschäftigte. Aber er erreichte das Gegenteil. Die bleierne Stille, die sich auf das Gelände legte, erfasste auch die Herzen. Niemand lachte mehr.

Nach einigen Tagen gingen John und George mit ihren Gitarren zu Prudence' Bungalow, setzten sich auf die Veranda und sangen einen Song, den John für sie komponiert hatte. Es war die Einladung eines Jungen an ein schönes Mädchen, herauszukommen, um mit ihm zu spielen. *Dear Prudence*.

Lou und Marie standen auf der Wiese unter dem strahlend blauen Himmel und hörten fasziniert zu. Er erkannte das Fingerpicking über der absteigenden Basslinie, das John von Donovan gelernt hatte – scheinbar einfach, aber kompliziert zu spielen. Johns Stimme klang so zärtlich und pur, ohne einen Hauch von Sarkasmus, dass Marie Tränen in den Augen hatte. Selbst der Gurkha-Wachmann setzte sich zu den Musikern. John riss einen Witz auf seine Kosten, und George steckte ihm eine Blume ins Revers. Aber Prudence kam nicht aus ihrem Gefängnis.

Was die anderen niederdrückte, richtete Marc auf. Er spazierte übers Gelände wie ein goldener Gott. Suchte die Konfrontation. Alles, was er vorher für sich behalten hatte, zeigte er jetzt offen – seinen Scharfsinn, seine Wildheit, seine Verachtung der Norm. Und er gewann Sympathien, weil er den Zorn ausdrückte, den viele empfanden, aber nicht zu zeigen wagten. Marie empfand seinen Sarkasmus als Respektlosigkeit, aber Corinna bewunderte ihn umso mehr. Beide, er und Corinna, verloren die Scham, ihre Gefühle füreinander zu zeigen. Mal strich sie bei Tisch über seine braungebrannte Haut, mal nahm er im Auditorium ihre Hand, mal gingen sie Arm in Arm über den Platz, ohne sich um die Blicke der anderen zu scheren, vereint in der Rebellion.

Und sie schliefen im selben Zimmer. Corinna leuchtete wieder, als hätte Marc ihr das Elixir der ewigen Jugend verabreicht. Sie legte ihre als Unnahbarkeit getarnte Unsicherheit ab, ging aufrecht und mit lässig wiegenden Hüften über den Platz, strahlte Sex aus jeder Pore aus. Alle drehten sich nach ihr um. Wenn Lou sie am Tisch beobachtete, fragte er sich, wie Marc es schaffte, dieses Leuchten in ihr zu entfachen. Er hätte das nie gekonnt. Sie war vielleicht nicht die Göttin, als die er sie verehrt hatte, aber in einer Hinsicht war sie wie Marc: Wenn sie fiel, dann fiel sie tief, aber wenn sie flog, dann flog sie höher als alle anderen.

Nachts hörte man übers Gelände, wie sie es miteinander trieben, und tagsüber, während alle meditierten, warfen sie sich lieber einen Trip ein. Während die anderen darum wetteiferten, wer am schnellsten *cosmic* wurde, benahm sich Marc, als hätte er das längst erreicht. Obwohl er der Jüngste im Ashram war. Wenn er mit jemandem konkurrierte, dann nur mit einem: dem Maharishi selbst. Und niemand hielt ihn zurück, um ihn daran zu erinnern, dass er nur ein Mensch war. Vielleicht, weil jeder mit seinen eigenen Dämonen beschäftigt war, vielleicht aber auch, weil Marcs Arroganz hier weniger auffiel als in der normalen Welt – hier fühlten sich ja alle als kosmische Avantgarde. Oder einfach, weil Marc die richtigen Leute mit dem richtigen Stoff versorgte. So lange die Promis happy waren, strahlte auch Big M.

Lou warnte seinen Bruder, es nicht zu weit zu treiben, aber er vermied den offenen Streit. Es wäre zwecklos gewesen. Und da man sich im Ashram kaum aus dem Weg gehen konnte, trat er den Rückzug nach innen an. Sicher, im Nachhinein könnte man sagen, Lou hätte den Kopf in den Sand gesteckt. Aber ohne eine Rupie in der Tasche kam er nicht von hier weg; vor allem aber wollte er Marie nicht allein lassen. Also saß er mit Marie in ihrem Zimmer und hoffte auf ein Wunder.

Nur, der alte Feind in seinem Kopf, der Zweifel, kehrte zurück. Und dieses Mal schien er berechtigt zu sein. Wenn man die Autorität des Meisters einmal in Frage stellte, begann das ganze kosmische Gebäude zu bröckeln. Doch bei allem, was Marc am Maharishi verteufelte, konnte niemand bestreiten, wie gut es Lou tat, zu meditieren. War es eine Flucht vor der Wirklichkeit? Nein, gerade in aufwühlenden Zeiten war die Innenwelt zum Zufluchtsort geworden. Vorher hatte er immer Angst gehabt, etwas zu verpassen, wenn andere feierten und er allein blieb. Jetzt bekam er, wenn er länger mit anderen zusammensaß, Angst, etwas zu verpassen, das in seinem Inneren vor sich ging. Da war eine Kaskade von Gefühlen und Gedanken, die nicht aufhörte zu fließen und ihre Form zu verändern. Die ganze Welt geschah in seinem Inneren. Wenn es ihm gelang, sich nicht mitreißen zu lassen, sondern die Bewegungen bewegungslos zu beobachten, dann war das reines, erhabenes Glück. Endlich verstand Lou, was George Harrison mit *Within You Without You* ausdrücken wollte. Er war nie allein, sondern mit allem verbunden.

Nur die Tür des kosmischen Plattenladens blieb verschlossen. Lou kam gerade so weit, dass er das orangegoldene Neonschild erkennen konnte, COSMIC RECORD STORE, als stünde er auf der falschen Straßenseite. Dazwischen floss ein Boulevard aus Lichtern und Farben. Immer wieder versuchte er auf die Straße zu treten, doch dann rauschte ein Auto vorbei, und er zögerte. In diesem Zögern lag seine Schwäche, die ihn von der anderen

Seite trennte – die Angst, überrollt zu werden und der begrenzende Gedanke, dort nichts zu suchen zu haben. Er sah Musiker ein und aus gehen, mit Gitarrenkoffern, auf denen das goldene Licht reflektierte. Er wusste, dass er sich nur umzudrehen brauchte, um *seine* Leute zu sehen, vertraute Gesichter, aber dann wäre alles vorbei. Sie würden ihn wieder zurückziehen, und er würde nie auf die andere Seite gelangen.

Eines Abends fehlten Paul und Jane. Sie waren still und leise abgereist. Am Heathrow Airport, wo sie im Blitzlicht der Medien empfangen wurden, bestritt Paul, er hätte den Kurs abgebrochen, weil er enttäuscht gewesen wäre. Er wolle einfach nur kein Mönch werden. Maharishis Akademie sei kein gigantischer Schwindel, sondern ein großartiger Ort, an dem sie viel Spaß gehabt hätten, und die Meditation habe ihn zu einem besseren, entspannteren Menschen gemacht.

Kurz darauf saß Prudence wieder am Frühstückstisch. Ihre klaren Augen schienen von innen heraus zu strahlen. Es ginge ihr gut, sagte sie, sie habe den Eisberg aufgelöst und würde jetzt weiter meditieren. Nicht ein einziges kritisches Wort gegen den Maharishi kam über ihre Lippen.

Prudence Farrows magische Auferstehung war die Bestätigung für alle, die zu ihrem Meister gehalten hatten. Die Stimmen der Zweifler wurden leiser. Marc änderte seine Meinung nicht, aber er freute sich, dass es Prudence besser ging. Abends brachte er ihr Kakao, und in der Mittagshitze sorgte er dafür, dass sie einen Schattenplatz am Tisch bekam.

Was dann geschah, stellte alles auf den Kopf, und es geschah so schnell, dass alle Beteiligten, außer vielleicht einem – je nachdem, wem man Glauben schenkte – davon mitgerissen wurden. Über das, was sich im April 1968 wirklich ereignete, und die Gründe dafür, gibt es so viele unterschiedliche Versionen wie beteiligte Personen. Wenn es stimmt, dass alles, was geschieht, seine Ursache in allem hat, was vorher geschah, war es unausweichlich. Vielleicht war es auch einfach nur ein zufälliges Aufeinandertreffen unterschiedlicher Interessen. Auf jeden Fall erzeugte es eine Menge Karma für alles, was danach geschehen sollte.

Rüdiger sagte eines Abends, als sie die Küche aufräumten, er habe gehört, dass »sie« Marc und Corinna rauswerfen wollten. Wer »sie« waren, präzisierte er nicht, aber wen er meinte, war klar: das Establishment, das System, der *inner circle* des Maharishi. Angeblich hatte jemand gehört, dass jemand was gehört hatte. Und tatsächlich, in der Villa von Big M fanden immer häufigere Treffen statt, deren Inhalt streng geheim war. Manchmal waren auch George und John dabei, und wenn sie zurückkamen, waren sie weniger gut gelaunt als vorher. Zugleich reisten Leute an, die Lou noch nie gesehen hatte: Denis O'Dell, der Londoner Filmproduzent von *A Hard Day's Night* und *Magical Mystery Tour*, sowie Charlie, einer der älteren Schüler des Maharishi, Chef seiner Organisation in Amerika. Ein kräftiger Alphamann, den John spöttisch »Captain Kundalini« nannte. An seiner Seite: Gene Corman, ein großer Filmproduzent aus Hollywood. Und dann tauchte noch ein Freund von John auf, von dem niemand wusste, was er hier vorhatte; ein Grieche, der sich »Magic Alex« nannte, angeblich ein Genie der Elektronik.

Er hatte für John so abgefahrene Apparate wie die »Nothing Box« gebaut, mit der man einen LSD-Trip simulieren konnte, ohne LSD einzuwerfen. John mochte ihn so sehr, dass er ihn seinen »persönlichen Guru« nannte und ihm zum Geburtstag angeblich einen Iso Grifo geschenkt hatte, den gelben Sportwagen aus *Magical Mystery Tour*. Bald, so unkten die Neider, bekäme Magic Alex auch ein *Yellow Submarine* geschenkt. Im Auditorium baute ein Filmteam Scheinwerfer, Mikrophone und Kameras auf. Man munkelte, Big M habe einen Deal mit Hollywood gemacht, und bald käme ein großer Film ins Kino – über ihn und die Beatles.

Die Rebellen passten natürlich nicht ins rosarote Bild, das der Maharishi zeichnen wollte. Lou beschwor Marc und Corinna, mit dem Kiffen aufzuhören, um nicht rauszufliegen. Aber Marc, dem es egal war, ob er rausflog, entgegnete, dass auch Magic Alex ein Freund psychoaktiver Substanzen sei – was definitiv stimmte. Jeder konnte die Schwaden riechen, die allabendlich aus seinem Zimmer zogen. Und jeder hörte, wie ungeniert er mit Rosalyn vögelte, einer ebenso hübschen wie frechen New Yorkerin. Rüdiger raunte, auch Rosalyn stünde auf der Abschussliste, weil sie schlecht über den Maharishi geredet habe. Magic Alex sei der nächste, und wenn die Frauen von Block 6 weiter ihre feuchtfröhlichen Zimmerparties feierten, würden sogar die VIPs rausfliegen. Nur, ohne die Beatles wäre der Film über den Maharishi nicht halb so wertvoll.

Aus der Villa des Meisters drangen hitzige Debatten; es ging um *World Peace*-Konzerte in London und Moskau, und es ging um Hollywood. Bizarrerweise wartete das Filmteam im Auditorium auf die Beatles, aber John und George weigerten sich, vor den Kameras zu erscheinen. Rüdiger, der über eine Insiderquelle verfügte, erklärte die verfahrene Lage: Big M hatte auch der Beatles-Produktionsfirma Apple zugesagt, dass sie einen Film drehen konnten – über die Beatles und ihn. Also stritten sich die Amerikaner und Engländer über Rechte, Geld und die Frage, wer die Hauptfigur war: die Beatles oder ihr Guru. Eines Morgens ging das amerikanische Filmteam zur Guerilla-Taktik über. John, der verschlafen aus seinem Zimmer kam, um zu duschen, lief direkt in eine laufende Kamera, neben der ein Regisseur stand und »*Action!*« rief. John flippte aus. Und wenn John ausflippte, klang er weniger wie Mahatma Gandhi, sondern eher wie ein Liverpooler Halbstarker, der den verdammten Schulhof aufmischte.

Zur gleichen Zeit tuschelten die Leute am Tisch darüber, ob Magic Alex in Wahrheit gar nicht so *magic* war. Denn der Maharishi, immerhin studierter Physiker, hatte ihm technische Fragen zu dem geplanten Maharishi-Radiosender in Delhi gestellt, die das Elektronikgenie nicht beantworten konnte. Magic Alex erklärte, der Maharishi würde Schwarze Magie praktizieren, und die Beatles seien in Gefahr, ihm hörig zu werden. Jemand wollte gesehen haben, dass er mit Rosalyn tuschelte und etwas aushecke. Es war mit Händen greifbar, dass sich über ihren jungen Köpfen ein kosmisches Gewitter zusammenbraute.

Der Abend, an dem es passierte, war stickig heiß, und der Strom war ausgefallen. Wobei man dazu sagen muss: Vielleicht passierte *es* auch gar nicht. Es gab nur drei Menschen, die *es* wissen konnten. Erstens derjenige, der angeblich durchs Schlafzimmerfenster des Maharishi spähte: Magic Alex.

Welche Substanzen er vorher konsumiert hatte, ist nicht bekannt. Nur das, was er nachher angab, im Schlafgemach des Göttlichen gesehen zu haben: nämlich – zweitens – den Maharishi, der sich – drittens – an Rosalyn ranmachte. Was genau Alex damit meinte – »*He was foolin' around with her*« –, brauchte er nicht zu erklären. Jeder wusste sofort, dass es nicht okay war.

Lou bekam *es* erst am nächsten Morgen mit. Als er bei Sonnenaufgang mit Marie zur Küche ging, sahen sie John und George mit ihren Frauen in der kühlen Morgenluft vor dem Bungalow stehen, zusammen mit Magic Alex und Rosalyn. Sie trugen nicht mehr ihre weißen Kurtas und Sandalen, sondern die Londoner Hippie-Klamotten, mit denen sie angekommen waren. Marc und Corinna schliefen noch. Lou und Marie gingen weiter, kochten Tee und bereiteten das Frühstück vor. Als Rüdiger zur Tür hereinkam, sahen sie ihm sofort an, dass er außer sich war.

»Was ist los?«, fragte Marie.

»Fuck«, brüllte er. »Fuck fuck fuck!«

Lou brachte den Chai nach draußen. Cynthia, Pattie und Jenny Boyd setzten sich gerade an den Tisch und tuschelten diskret, aber intensiv miteinander. Cynthia weinte. Pattie und Jenny wirkten bedrückt. Die anderen Schüler, die zum Frühstück erschienen, verstanden nicht, was los war. Dann kamen John und George von der Villa des Maharishi hergelaufen, mit düsteren Gesichtern.

»Was hat er gesagt?«, fragte Cynthia.

John spitzte sarkastisch seine Lippen.

»Er hat gesagt: *I'm only human.*«

Das nächste, woran Lou sich erinnerte, war der Maharishi, der verloren am Tor stand und rief:

»*Don't leave me, John!*«

Die beiden Beatles warfen ihre Koffer in zwei kleine, schäbige Taxis. Cynthia und Pattie weinten. Jenny zögerte, einzusteigen.

Dann stiegen alle ein, und die Taxis fuhren in einer Staubwolke davon. Sie ächzten unter dem Gewicht und sahen aus, als würden sie im nächsten Dorf zusammenbrechen.

Als Lou zum Frühstückstisch zurückkam, saßen dort die Frauen, auch Marie und Corinna, in ein intensives Gespräch vertieft. Niemand wusste, wie es weitergehen sollte. Sie fühlten sich wie Waisenkinder, zurückgelassen im Haus eines Stiefvaters, bei dem es nicht mehr sicher war. Marc saß als einziger Mann dabei, mit Füßen auf dem Tisch, und rollte einen Joint. Er sah seinen Bruder provozierend an, schleckte den Joint ab und zündete ihn an. Als hätte er's gewusst. Alle Frauen sahen es, aber keine sagte ein Wort.

Alex und Rosalyn packten ihre Koffer. Der Maharishi versammelte die Älteren in seinem Haus. Die Zikaden zirpten in der Mittagshitze. Gerüchte schwirrten herum wie aufgescheuchte Vögel. War der Maharishi ein Erleuchteter oder der Teufel? War *es* wirklich passiert? Oder war der Streit um die Filmrechte schuld? Hatte ein eifersüchtiger Alex die Beatles ausgetrickst, um sie zurück nach London zu treiben? Hatte John einen karmischen Fehler gemacht, indem er den Meister verurteilte, der ihnen so viel Gutes gegeben hatte? Und wie konnten die Protagonisten des Zeitalters der freien Liebe einen Mann dafür verdammen, eine Frau zu begehren? Oder war das alles die Bestätigung des Verdachts, der vor Tagen aufgekommen war, als Mia Farrow abgereist war – nämlich dass der Maharishi auch *sie* belästigt hatte?

Am nächsten Tag kam die Nachricht aus Delhi, dass Johns Taxi unterwegs den Geist aufgegeben hatte. Vielleicht hatte ihn der Fluch des Maharishi eingeholt. John und Cynthia hatten nachts auf einer Landstraße im Nirgendwo ausgeharrt, und wenn nicht ein Auto gekommen wäre, das die beiden mitgenommen hätte – wer weiß, was ihnen passiert wäre. Jedenfalls, John hatte auf der Flucht einen Song komponiert. Er hieß »Maharishi« und war die ironische Abrechnung mit einem Guru, der alle an der Nase herumgeführt hatte.

Später in England, als der Staub sich gelegt hatte und die Beatles bereit waren, den Song aufzunehmen, fand George, dass John den Text ändern müsse. Denn sie wussten immer noch nicht, ob ihre Anklage berechtigt gewesen war. Also änderte John den Titel von »Maharishi« zu *Sexy Sadie*, aber sonst nicht viel. Als das Weiße Album die Charts eroberte, geriet schnell in Vergessenheit, dass diese Frau, die alle Regeln brach, in Wirklichkeit ein Mann gewesen war.

30

> We're all just walking each other home.
>
> *Ram Dass*

Fackeln flackerten im Dschungel. Aus der verfallenen Halle wummerten elektronische Beats. Wir waren nicht mehr allein unter unserem Baum. Lous Fanclub hatte sich zu uns gesetzt, einer nach dem anderen, erst die Yoginis, dann die Holländer aus dem Beatles-Café, dann die Japanerinnen mit ihrer rosa Stratocaster. Alle hingen gebannt an Lous Lippen, begeistert, ein lebendes Fossil aus dem letzten Jahrhundert gefunden zu haben. Den Mann, der mit George Harrison meditiert, mit John Lennon gekifft und eigentlich auch all seine Songs mitgeschrieben hat, ja, ein verkanntes Genie, und dabei so unglaublich nett. Ein Mythos zum Anfassen. Lou beherrschte es perfekt, den am Boden gebliebenen Rockstar zu spielen. Mann, Lou, dachte ich, du hast es echt nötig. Die Holländer ließen einen mächtigen Joint rumgehen. Ich stand auf, um mir ein Bier zu holen. Jemand hatte irgendwo einen Kasten Kingfisher hingestellt und verkaufte die Flaschen.

Lous Erzählung ließ mich ratlos zurück. Zum einen, weil ich mich fragte, warum er nicht eindeutig verurteilte, was der

Maharishi getan hatte – wenn er es getan hatte. Zum anderen, weil ich immer noch nicht wusste, was Lou seinem Bruder angetan hatte – wenn er ihm etwas angetan hatte. Beides beruhte auf Hörensagen, Anschuldigungen aus zweiter Hand. Ich fragte mich, ob die ganze Geschichte nicht wieder eines von Lous Ausweichmanövern war. Aber es berührte mich, wie ungeschminkt er mir über seine Unsicherheiten, Zweifel und Gefühle erzählte. So offen wie nie. Er log nicht, das spürte ich. Nur: Was hatte er ausgelassen? Durch die offenen Fensterhöhlen sah ich die jungen Leute in der Halle tanzen. Ich fragte mich, was sie darüber wussten, was an diesem Ort passiert war. Ob der Maharishi für sie eine reale Person war oder die Idee eines Popstars, die sich in ihren Köpfen verselbständigte, so wie ihre Idee von Yoga nichts mehr mit dem Yoga der Rishis zu tun hatte, die vor Tausenden Jahren in diesem Wald meditiert hatten.

Als ich zu Lou zurückging, konnte ich erkennen, wie eine der Japanerinnen ihm etwas zusteckte und er es schluckte. Er sah mich nicht an, nahm eine der beiden Bierflaschen, die ich mitbrachte, und trank daraus. Ich stand eine Weile neben der Party und schaute zu, wie er im Jungbrunnen badete.

Er kontrolliert das Narrativ, sagte mein Freund, der Fremde.

Die Musik hörte auf, und der DJ rief etwas ins Mikrophon. Die Japanerin mit der rosa Stratocaster stand elektrisiert auf und fragte, ob er mit auf die Bühne kommen wollte.

»No, no«, sagte er bescheiden. »*You go. Play a great song!*«

»*Oooh, pleeeeease!*«

»*We watch, okay? We listen! Come on!*«

Er stand auf und lud seinen holländischen Fanclub ein, den

beiden Japanerinnen zur Halle zu folgen. Sie standen auf, ich setzte mich demonstrativ. Spielverderberin, sorry. Der DJ kündigte die Band an, und die Japanerinnen winkten vom Eingang herüber. Sie waren betrunken. Oder auf Ecstasy. Lou rief ihnen zu, dass er gleich nachkäme. Die Holländer blieben irritiert stehen.

Ich stieß mit Lou an.

»Und wann hast du mit Corinna geschlafen?«, fragte ich. Die Holländer starrten mich an.

»Was?«

»Wann du Sex mit meiner Mutter hattest.«

»Später.«

Er nahm einen großen Schluck aus der Flasche.

Drinnen legten die Japanerinnen los.

»Abgefahren!«, rief Lou. »Das is'n Cover von *Polythene Pam*! Ey komm, das ziehen wir uns rein!«

Lou stand auf und ging, ohne meine Antwort abzuwarten, mit den Holländern zur Halle. Mann, Lou, kannst du nicht *einmal* beim Thema bleiben! Ich holte ihn ein.

»Nicht schlecht, die Mädels, was?«, sagte er im Gehen.

»Hast du dich mit Marc wieder versöhnt?«

»Wieso, wir hatten doch keinen Zoff.«

»Du hast mir gerade erzählt, wie ihr euch in der Küche gezofft habt!«

»Das war nur Maharishi-*related*. Ich war halt pro, er war contra. Komm, wir tanzen.«

Er schlüpfte durch den Eingang nach drinnen. Die Japanerinnen auf der Bühne drehten jetzt richtig auf, und die Meute ging ab. Lou wollte sich mit den Holländern ins Getümmel stürzen, aber ich blieb an ihm dran.

»Warte. Hat der Maharishi es nun getan oder nicht?«

»Ist doch nicht mehr wichtig.«

Die Holländer rissen die Arme hoch und fingen an zu tanzen.

»Klar ist das wichtig! Das wär Machtmissbrauch gewesen!«

Lou nahm einen großen Schluck aus der Pulle.

»Also, wahrscheinlich ging der Mist aufs Konto von Magic Alex. Die Beatles haben sich später entschuldigt. Aber Tatsache ist auch: Gab immer wieder Frauen, die erzählt haben, dass Maharishi 'n schlimmer Finger war. Kannste dir jetzt aussuchen, wem du glaubst. So, aber jetzt...«

»Und was glaubst du?«

Lou begriff, dass ich ihn nicht auskommen ließ. Er wandte sich mir entschlossen zu.

»Alex wollte John zurückhaben. Er hat die Schwachstelle seines Gurus genutzt. Und für John war's 'n guter Vorwand, um abzuhauen. Er wollte Yoko wiedersehen, aber das konnte er ja keinem erzählen. Und der Maharishi... der hat den Kulturschock nicht vertragen. Dieses indische Ding mit dem enthaltsamen Mönch, Männer und Frauen getrennt... und auf einmal rennen da lauter verstrahlte Hippie-Mädels rum...«

»Ach so, er war halt 'n Mann, und die dummen Hühner waren selber schuld.«

»O Mann, Lucy. Darf man heute noch frei denken? Was ist das für 'ne verklemmte Welt geworden? Mal ehrlich – das Problem war nicht der Maharishi, sondern was wir aus ihm gemacht hatten: so 'n Jesus Christ Superstar. Also, wenn du ganz nah bei ihm sitzt, saugst du seine kosmischen Vibes auf! Und wenn er dich berührt, wow, das ist 'ne kosmische Übertragung! So 'n Scheiß haben wir uns reingezogen. Bis rauskam, dass er genauso 'n Mensch wie alle war. Gibt keine Heiligen. Noch 'n Bier?«

Kann schon sein, Lou, dachte ich. Aber was ist mit deinem Bruder? Bevor ich nachhaken konnte, hörte *Polythene Pam* auf, und das Publikum applaudierte johlend. Lou pfiff durch die Finger und winkte seinen japanischen Freundinnen zu. Sie winkten zurück.

»*Come on!*«, schrie die eine ins Mikro. Die andere hielt ihm ihre rosa Stratocaster entgegen. Lou winkte gnädig ab.

»*Give a warm welcome to my friend!*«, rief Kazuko, und alle blickten zu uns. »*Best friend of John Lennon, great guitar player and wonderful human being! Mr. Lulu from Berlin!!*«

Vergiss es, Lou, dachte ich. Aber er grinste geschmeichelt, warf mir einen amüsierten Blick zu und ließ mich stehen. Ich spürte Wut in mir aufsteigen. Die Wut, von jemandem verarscht zu werden, den ich liebte. Und die Wut auf mein eigenes Unvermögen, ihn festzunageln. Aus Respekt? Aus Mitgefühl? Oder weil ich ihn auf ein Podest gesetzt hatte und nicht wollte, dass er abstürzt? Lou durchschritt die Menge wie Moses, der das Rote Meer teilte. Die ersten Meter lief er noch normal. Also, so normal, wie ein Mann in seinem Alter sich zwischen Leuten bewegt, die seine Enkelkinder sein könnten. Dann schlingerte er ein bisschen. Vielleicht kickte das Zeug ein – was auch immer sie ihm gegeben hatten. Du bist zu alt, dachte ich. Du bist einfach nicht so cool wie Paul McCartney. Der hat sein Mojo noch, aber du solltest jetzt besser ins Bett gehen.

Lass ihn, sagte mein Freund, der Fremde. *Es ist sein Leben.*

Lou schwang sich lässig auf die Bühne. Die Japanerin hängte ihm die Stratocaster um. Dann verebbte der Applaus, und die Leute warteten darauf, dass der Rockopa in seinem lila Anzug die Latte höher legte. Die drei von der Lulu Revival Band warfen sich ein paar lässige Blicke zu, als wüssten sie genau, was sie taten. Es wurde so still in der Halle, dass man auf einmal die Vögel im Wald zwitschern hörte. Gleich würde der Morgen dämmern. Jeder Mensch, vielleicht sogar Paul McMojo, hat einen unerfüllten Traum, und das hier war der magische Moment, auf den Lou ein Leben lang gewartet hatte. Kazuko am Keyboard begann einen Beat. Lou drehte an seinen Reglern herum, viel zu lang, ich dachte, mach schon, spiel – dann legte er los, richtig laut, das harte Riff von *Everybody's Got Something To Hide Exept For Me And My Monkey*. Die Leute gingen sofort mit. Er hatte den Song echt im Griff. Machte einen souveränen Schritt zum Mikro, aber bevor er die erste Zeile singen konnte, sackte er zusammen und knallte auf den Boden. Aus den Lautsprechern quietschte eine Rückkopplung.

Ich rannte zur Bühne. Mizu und Kazuko standen staunend neben Lou und warteten auf seine Auferstehung. Ich beugte mich über ihn. Auf dem Boden lagen Blütenblätter und Reiskörner. Ich sah meine Hand an seiner Halsschlagader, als wäre es nicht meine eigene. Ich spürte seinen Puls. Schüttelte ihn, gab ihm eine Ohrfeige, aber er war nicht wach zu kriegen.

»Ist hier irgendwo ein Arzt?«

Es dauerte, bis die Keyboarderin ihren Beat ausschaltete und die Leute begriffen, dass der Film gerissen war.

Mit zwei trippenden Japanerinnen einen bewusstlosen Vater durch den Wald zu tragen, war ein Erlebnis, das ich niemandem wünschte. Ich hatte schreckliche Angst, dass er nicht mehr aufwachen würde. Aber wir schafften es, fanden das Loch im Zaun, wo die Rikshas standen, und mit viel Geschrei rasten wir aus dem Dschungel, über den Fluss, zurück in die Stadt. Ins Government Hospital, von dem niemand wusste, ob man wieder lebendig herauskam. Die Notaufnahme sah aus wie ein Bunker. Im Neonlicht saßen einheimische Patienten, die vor sich hinstarrten, als warteten sie schon seit Wochen, und irgendwann kam ein Arzt, der so gleichgültig dreinblickte wie ein Leichenbestatter.

Vor den Fenstern wurde es hell. Sie schoben Lou in einen schäbigen Krankensaal. In den anderen Betten lagen indische Patienten. Es gab keine Nachttische, keine Stühle, keine Schränke und keine Hoffnung. Ich fragte die Schwester, was jetzt passieren würde, aber sie wusste es auch nicht. Sie hatten Lou an ein Gewirr aus Plastikschläuchen gehängt; neben dem Bett piepste sein Herzschlag aus einem Gerät. Sein zerrissener Samtanzug lag auf meinem Schoß; ich saß auf dem leeren Bett neben ihm.

Im fahlen Morgenlicht sah Lou erschreckend alt aus; seine Haut war bleich, schlaff und durchscheinend. Ich wartete darauf, dass der Cocktail, den sie durch seine Adern pumpten, ihn wieder aufwecken würde. Kam mir vor wie ein Alien, das eine Bruchlandung auf dem falschen Planeten hingelegt hatte. Ich steckte in Lous Geschichte fest.

Ringsherum wurde es laut. Angehörige der anderen Patienten liefen herein und brachten Süßigkeiten – lachende Kinder, Frauen und Männer, mit grellbunt gefärbten Gesichtern und gezückten Smartphones. Heute war der Höhepunkt von Holi: Nachdem gestern alles Negative auf den Scheiterhaufen verbrannt worden war, explodierten heute die Farben. Wild, ausgelassen und unbekümmert, mitten in der schäbigen Tristesse dieses Krankensaals. Die Kittel der Ärzte und Pfleger waren voller Farbpulver, selbst ihre Haare und Gesichter waren bunt.

Und ich wusste immer noch nicht, was mit Lou los war.
Der gleichgültige Arzt fragte mich, was er genommen hatte.
»*Ecstasy. And some Cannabis.*« Ich hatte keine Lust mehr, ihn zu beschützen.
»*That might be the trigger*«, sagte der Arzt ungerührt, »*but not the cause.*«

Ich ging zum Bad und wusch mir wie verrückt die Hände, aus Angst, mich hier anzustecken. Zum ersten Mal wünschte ich mich zurück nach Berlin. Einfach weg hier, rausbeamen – es war nur ein Albtraum, oder? Dann legte ich mich in das leere Bett und schlief ein, todmüde, mitten im Trubel.

Irgendwann spürte ich Lous festen Griff an meinem Arm.
»Lucy, wach auf!«
Ich wusste nicht mehr, wo ich mich befand und wie lange ich weg gewesen war. Durch die Fenster schien senffarbenes Abendlicht. Ich kam langsam zu mir.
»Wo ist Corinna?«
»Lou. Weißt du, wo wir sind?«
»Jaja.«
»Weißt du, dass Corinna verschwunden ist?«
»Ach so. Ja...«, murmelte er, als wachte er aus einem Traum auf und wäre noch halb dort. Er zog sich die Schläuche und Pflaster vom Leib. Der Monitor fiepte Alarm.
»Komm, wir hauen ab!«
»Lou... Warte! Wie geht's dir?«
»Alles paletti.«
»Du musst warten, bis der Arzt kommt. Du warst ziemlich lang bewusstlos...«

»Jaja. Wo sind denn meine Klamotten?«

Ich stand auf und winkte dem Arzt zu, der an einem anderen Bett stand. Er sah, dass Lou sich entfesselt hatte und lief herüber.

»*Dont worry, Doc*«, sagte Lou kumpelhaft. »*I'm fine.*«

»*I would suggest you're rather not*«, sagte der Arzt.

Ich hielt die Hand auf Lous Bein, damit er sitzen blieb. Der Arzt fragte, wann er zuletzt seinen Blutdruck hatte messen lassen.

»*Oh, I don't know.*«

Ich erklärte dem Arzt, dass Lou nicht gern zum Arzt ging. Aus Prinzip. Was er nicht weiß, macht ihn nicht heiß. Der Arzt verbot ihm kategorisch, sein Bett zu verlassen und erklärte, er müsse sein Blut untersuchen und ein EKG machen, um herauszufinden, was mit seinem Herzen los war.

»*Nonono!*«, rief Lou, griff nach seinem Sergeant Pepper-Anzug und begann, ihn anzuziehen. Der Arzt sah mich hilfesuchend an.

»*It's gonna be fine*«, erklärte Lou.

Was, wenn nicht, dachte ich.

Der Arzt resignierte und sagte leise zu mir:

»*He might need your help.*«

Aber Lou, der Hilfe brauchte, war ein Mensch, der in Lous Welt nicht vorkam. Er war der Kümmerer, und niemand kümmerte sich um ihn. So mochte er das.

Als er sein lila Kostüm angezogen hatte, lief er los, aber kam nicht weit. Er taumelte und hielt sich an einem Bettgestell fest. Ich stützte ihn, aber er wehrte mich ab, um weiter zu gehen. Dann fiel er hin. Voll aufs Gesicht.

Zwei Krankenschwestern halfen dem Arzt, Lou zurück in sein Bett zu tragen. Lou sträubte sich, als würden sie ihn zum Schafott führen. Sie brachten Spritzen, Schläuche, Kabel und ein EKG-Gerät. In diesem Moment begriff ich, dass etwas mit ihm nicht stimmte. Sein Instrument, der Körper, war *out of tune*. Und er wusste es. Der einzige Weg, ihn zu überreden, besser hierzubleiben, war, dass ich versprach, ihn nicht allein zu lassen. Ich hasste ihn dafür. Das Rishikesh Government Hospital war der letzte Ort, an dem ich die Nacht verbringen wollte. Und Lou verspottete mich als überbesorgte Mutti.

Dann geschah etwas Überraschendes. Rike kam zur Tür herein.
»Hi«, sagte sie und holte zwei Styroporschachteln mit *Chana Masala* und *Papadam* aus ihrer Plastiktüte.
»Der Krankenhausfraß ist echt mies; ich war mal drei Tage lang hier drin.«
»Woher wusstest du, dass wir hier sind?«
»Ihr seid der neueste Yoga *Gossip*. Hast du echt 'n Konzert gegeben, Lou?«
»Wer, ich?«, fragte er.
Ich war zu hungrig, um ihm seinen Filmriss zu erklären. Er fand es total spannend, was Rike ihm über seine letzte Nacht erzählte, und quasselte in einer Tour, als würde sein Leben davon abhängen. Er fand, dass Rike und ich hier ein Studio aufmachen sollten, und er würde einen Gitarrenshop eröffnen, das wäre ein Bombengeschäft, und morgen sollten wir unbedingt zusammen Yoga machen. Überhaupt, wir würden viel zu viel allein sein, der *group spirit* sei verloren gegangen, daran kranke unsere Ego-Gesellschaft.

Rundherum wurde es still, die meisten dösten weg, nur das blaue Licht von ein paar Handys leuchtete im Halbdunkel. Lou hielt uns wach. Weil er nicht einschlafen wollte. Aus Angst, dass ich mich verkrümeln könnte. Rike warf mir immer wieder Blicke zu, die mir zeigten, dass sie meine Gefühle verstand.

Später verabschiedeten wir uns draußen im Gang. Ich fühlte mich beschämt, also sagte ich nur:
»Danke.«
»Kein Thema.«
Mehr sagte sie nicht – was ich ihr hoch anrechnete. Dabei wusste sie, was ich dachte: Ich war genau wie Lou – überzeugt, alles allein machen zu können. Um niemandem etwas zu schulden. Um nicht enttäuscht zu werden, wenn jemand die Freundschaft nicht erwiderte. Vorauseilender Selbstschutz. Tatsächlich, das wurde mir jetzt schlagartig bewusst, hatte ich viele, aber wenige echte Freundschaften. Außer Rike.
Ich umarmte sie.

Als ich an Lous Bett zurückkam, nahm er meine Hand und ließ sie nicht mehr los. Er war froh, dass ich nicht mit Rike abgehauen war. Ich hielt seine Hand, bis er die Augen schloss, und dann ließ ich sie dort. Hatte einfach nicht den Mut, sie wegzuziehen. Ich starrte ins Dunkel, spürte seinen Puls und meine unausgesprochene Angst. Ich hatte keine Vorstellung davon, wie ich zurechtkommen sollte, wenn er einmal nicht mehr da sein sollte.

Als ich versuchte, meine Hand von seiner zu lösen, wachte Lou wieder auf.
»Lucy?«

»Ja.«

»Ich glaub, ich komm hier nicht mehr raus.«

»Klar kommst du raus. Jetzt schlaf erstmal 'ne Runde.«

»Ich hab... Angst, dass ich nicht mehr aufwach.«

»Hey, Lou. Aufwachen hat bisher immer funktioniert. Und die Maschine passt auf dich auf.«

Er streichelte zärtlich meine Hand.

»Danke«, sagte er. »Dass du mit nach Indien gekommen bist.«

»*Du* bist mitgekommen, Lou. *Ich* wollte fahren.«

»Ach so. Ja.«

Er schloss kurz die Augen, als hätte er Schmerzen, dann öffnete er sie wieder und fragte:

»Meinst du, der hat was mit Corinna?«

»Wer, Rüdiger? Nee.«

»Okay ...«

Er nickte, aber es schien ihn nicht zu beruhigen.

»Hey, bevor Rudy dir noch mehr Mist erzählt, sag ich dir, was wirklich passiert ist. Weil er ein Idiot ist, verstehst du? Ein Vollidiot.«

Ich hielt seine Hand fest und er sah mir fest in die Augen.

»Darfst du aber niemandem weitersagen, ja? Versprichst du's mir?«

Ich spürte einen Kloß im Hals. Warum konnte ich nicht einfach sagen: Okay, versprochen?

Versprich's ihm, sagte mein Freund, der Fremde. *Die Lüge hält euch zusammen.*

»Sag mir die Wahrheit, Lou. Ich kann dir eins versprechen: dass ich dich immer liebe.«

31

> There is nothing in life to take seriously
> except the joy of life.
>
> *Maharishi Mahesh Yogi*

RISHIKESH, 1968

Mit den Beatles war die Freude aus dem Ashram verschwunden. Stattdessen kamen Journalisten, Cops und Gerüchte. Die älteren Kursteilnehmer waren froh, dass der Zirkus ein Ende hatte. Die Jüngeren waren verunsichert. Und Marc wurde zum Propheten, der alles vorhergesehen hatte. Anfangs verkannt, am Ende triumphierend. Lou fühlte sich zerrissen zwischen Marc und Corinna auf der einen Seite (denen er glaubte) und Marie auf der anderen Seite (die dem Maharishi glaubte). Alles fiel auseinander, aber er wollte diese Reise nicht in einer Niederlage enden lassen. Irgendetwas musste her, um an die Freude anzuknüpfen, mit der sie aufgebrochen waren.

Etwas Schönes, Großes, Buntes.

Niemand wusste, wer als erster auf die Idee mit der Hochzeit gekommen war. War es Marie, die sich wieder festen Boden unter den Füßen wünschte? Oder Lou, der endlich ankommen wollte? Oder der Maharishi, der Feste liebte und die gedrückte

Stimmung heben wollte? Eins ist sicher – es war Marc, der nachts, als Lou vor der Küche stand, zu seinem Bruder kam, ihm eine Zigarette reichte und sagte:

»Gute Idee. Ich mach euch den Trauzeugen.«

Lou war überrascht.

»Findest du das nicht ein bisschen ... bourgeois?«

»Ich find's romantisch. Ihr heiratet ja nicht in der Kirche.«

»Würdest du denn Corinna heiraten?«

Marc zuckte mit den Schultern.

»Weiß nicht.«

»Du musst doch wissen, ob du sie wirklich willst.«

Marc lachte. So entwaffnend und frei, wie nur er lachen konnte.

»Mach dir mal keine Sorgen um mich, großer Bruder.«

»Wo ist sie denn?«, fragte Lou.

»Wer, Corinna?«, fragte Marc und grinste. »Brauchst du ihre Erlaubnis?«

Lou ließ sich nichts anmerken, aber es war Corinna, an die er in dieser Nacht dachte, als er in Maries Armen lag und sie ihn fragte, ob er bereit war.

Am nächsten Tag gingen Lou und Marie in die Villa des Maharishi. Es war ein seltsames Gefühl, den Ort zu betreten, an dem »es« geschehen war – wenn es denn geschehen war. Sie saßen auf einem Teppich am Boden, der Maharishi thronte auf einer großen, mit Kissen bestückten Matratze, die vermutlich sein Bett war. Ein einfacher, aber schöner Raum mit Fenstern zum Wald. An der Wand hing ein blumengeschmücktes Portrait von Guru Dev. Es duftete nach Räucherstäbchen. Wer gedacht hatte, dass Big M Trübsal blasen würde, täuschte sich in seinem

Charakter. Er tat so, als wäre die zerbrochene Freundschaft mit den Beatles nur eine kurze Irritation gewesen, wie eine lästige Fliege, die man vom Arm scheuchte. Er traf indische Geistliche, die ihn besuchten, nahm die *Lectures* wieder auf und gab Privataudienzen. Die einen sahen es als Beweis dafür, dass er nur am Geld der Stars, aber nicht an ihrer Freundschaft interessiert gewesen war; die anderen deuteten es als Zeichen seiner Meisterschaft, dass er unbeirrt von Verlust und Verleumdung seinen Gleichmut bewahrte.

Als Marie ihm eröffnete dass sie mit seinem Segen heiraten wollten, klatschte er fröhlich in die Hände, wiegte seinen Kopf und sagte:

»*'tis a beeuutiful idea!*«

Lou verstand nur die Hälfte von dem, was der Maharishi ihnen über die Ehe erzählte. Aber es klang liebevoll und weise. »*Aardaghani*«, erklärte der Maharishi, hieße die Ehefrau auf indisch, was bedeute »halber Körper«. Weil Mann und Frau in Wahrheit zwei Hälften eines Ganzen seien. Die Ehe, sagte er, sei der physische und praktische Ausdruck all dessen, was sie hier gelernt hätten – die kosmische Einheit, die bedingungslose Hingabe. Marie fasste Lous Hand, und auf einmal waren alle Anschuldigungen gegen den Guru wie weggewischt. Wie konnte jemand, der so spirituell und geradezu konservativ über die Ehe sprach, ein Playboy sein, der junge Schülerinnen verführte? Spätestens hier, im Schlafzimmer des Maharishi, traf Lou die Entscheidung, Marie zu glauben und nicht Marc. Denn sich zu entscheiden, war das Gebot der Stunde – Heiraten hieß, fest an der Seite seiner Frau zu stehen. Dass er nicht aufhören konnte, sich zu fragen, was Corinna davon hielt, ließ er sich nicht anmerken. Der Maharishi hängte ihnen Blumenketten um den Hals und lächelte glückselig. Sie falteten ihre Hände und verneigten sich vor ihrem Meister.

Am nächsten Tag trennten sich Frauen und Männer. Corinna schmückte Maries Hände mit dem Henna, das die Beatles-Frauen liegen gelassen hatten. Lou und Marc gingen mit dem Schneider aus dem Armeezelt auf den Markt, um einen Hochzeitsanzug zu kaufen. Es war Lous erster Anzug, und der Mann, der ihn aus dem Spiegel anblickte, während der Schneider am Stoff zupfte, kam ihm wie ein Fremder vor – ein Büroangestellter mit Hippiebart und langen Haaren. Marc blätterte die Scheine bar auf den Tisch. Lou ahnte, woher er die Kohle hatte, aber fragte nicht weiter. Dann besuchten sie einen Barber Shop. Der Bart kam ab, aber die Haare blieben, weil Marie sie liebte. Schließlich kauften sie noch zwei Päckchen *Million Golds* – ihr Vorrat, den sie brüderlich teilten, war aufgebraucht.

In der Nacht vor der Hochzeit schlief Marie bei Corinna, und Marc kam in Lous Zimmer. Sie lagen nebeneinander im zuckenden Licht einer Kerze und rauchten einen Joint.

»Hat Corinna dir erzählt«, fragte Lou, »dass sie in Pakistan was mit Marie hatte?«

»Ja«, sagte Marc. »Glaubst du, da läuft was heute Nacht?«

»Hör auf, Marc.«

»Wieso, ist doch schön! Und alles Schöne soll man teilen.«

Er reichte Lou den Joint.

»Würdest du denn Corinna mit mir teilen?« Es war als rhetorische Frage gemeint, aber Marc sagte nur:

»Klar.«

»Also, ich hätte Angst, dass sie sich verliebt.«

»Na und? Seit wann ist Liebe verboten?«

»Wozu heiratet man dann?«

»Hast du Angst, dass Marie sonst wegläuft?«

»Eigentlich brauch ich so 'n Ritual nicht. Ich find's sogar 'n bisschen affig. Hoffentlich muss ich den Anzug nie mehr im Leben tragen ... Aber Marie steht auf so was.«

»Auf den Anzug?«

»Nein. Dass man sich die Treue verspricht.«

»Also machst du's nur für sie? Gegen deine Natur?«

»Nein, ich will das auch.«

»Wovor hast du dann Schiss? Dass sie die Falsche ist?«

»Nein, aber ......«

»Hey Lou. Gibt nur einen Weg, das rauszufinden. Probier's aus.«

»Ja«, sagte Lou und verstand nicht, wie er beim Gedanken an Marie gleichzeitig Liebe und Angst empfinden konnte.

»Du denkst zu viel«, sagte Marc. »Entweder dir geht das Herz auf, dann ist alles gut, oder es macht zu. Gefühlssache. Und bei Marie geht doch jedem das Herz auf.«

Es war keine Kopfsache, dachte Lou. Und auch keine Gefühlssache. Es war eine innere Stimme, die ihn warnen wollte. Plötzlich spürte er die unerklärliche Angst, Marc zu verlieren. Als gehörte das zu dieser Hochzeit. Als wenn er nicht gleichzeitig Bruder und Ehemann sein konnte. Er schob seine Verwirrung auf den Joint und gab ihn Marc zurück.

»Stell dir vor«, sagte er, »wir sehen uns heute zum letzten Mal. Was würdest du mir unbedingt noch sagen wollen?«

Marc zog am Joint.

»Ich weiß nicht ... Du?«

Danke würde ich sagen, dachte Lou, ohne es auszusprechen und ohne zu wissen, warum er es nicht aussprechen konnte. Danke, dass du mich bis hierher gebracht hast.

»Sei gut zu Marie«, sagte Marc in die Stille. »Sie ist besonders. Von uns vieren wird sie am weitesten kommen.«

»Wie meinst du das?«

»Sie ist ne alte Seele. Wir sind eigentlich nur hier, um sie zurückzubringen.«

»Woher willst du das wissen?«

»Weiß ich halt.«

»Hast du dir mal wieder das Hirn weggeblasen?«

»LSD ist das Gegenteil von Wegblasen. Das befreit das Hirn. Wie wenn du einen Schleier vor der Wirklichkeit wegziehst. Du siehst hinter die Oberfläche. Unter die Haut. Wie jemand wirklich ist.«

»Und hast du dabei mal in den Spiegel geschaut?«

Marc richtete sich auf.

»Das darfst du nie machen! Auf LSD in den Spiegel schauen.«

»Warum?«

»Mach's einfach nicht! Okay?«

Marcs Stimme klang scharf, fast bedrohlich. Draußen vor dem Fenster kläffte ein Hund. Lous Herz, das weit geworden war, zog sich wieder zusammen. Er war froh, dass er morgen Marie in seine Arme schließen und den Rest seines Lebens mit ihr verbringen würde.

32

Es gibt Tage, an denen sich eine lange Reise auf einen einzigen Punkt verdichtet. Wie ein Pfeil, den ein Bogenschütze minutenlang mit mentaler Energie aufgeladen hat, zwangsläufig seine Bestimmung findet – das Zentrum aller Ringe. So ein Tag war Lous und Maries Hochzeitstag. Alles, was sie in Indien gesucht hatten, war auf einmal wieder im Überfluss vorhanden: die Klänge, die Farben, die Freude – und mehr. Es war ein sonnig heißer Morgen, keine Wolke stand am Himmel. Die Musik war in den Ashram zurückgekehrt, auch wenn es jetzt indische Musik war, die aus Lautsprechern schepperte. Bunte Girlanden schmückten die Bäume, frische Blüten schwammen in Tonschalen. Alle Schüler kamen auf dem Platz am Kliff zusammen – dort, wo sie das Gruppenfoto mit den Beatles gemacht hatten. Der Maharishi stand in ihrer Mitte und freute sich wie ein Kind, Zauberer und Zirkusdirektor in einer Person. Zwei indische Assistenten eskortierten ihn; einer trug sein Bärenfell, der andere hielt einen gelben Sonnenschirm über seinen Kopf. Zwei Pfaue liefen aufgeregt herum. Lou kam als Einziger im schwarzen Anzug, alle anderen trugen leuchtend bunte Kurtas,

Saris und Tücher. Ein Hindu-Priester, den der Maharishi bestellt hatte, schmückte einen kleinen Altar mit Blumen, Früchten und Räucherstäbchen. Am Boden, in einer Messingschale, brannte ein Feuer. Ein Gefühl freudiger Erfüllung lag in der Luft, selbst der Ganges rauschte heute lauter denn je.

Als Lou Marie sah, begriff er den Ernst des Geschehens. Nicht im Sinne von etwas Schwerem, sondern im Sinne einer absoluten Schönheit, die ihn unvorbereitet traf. Marie war das stille Zentrum der lauten Zeremonie. Ihr Blick, ihr Körper, ihr Gang, alles drückte eine unbeirrbare Klarheit aus, die ganz mit sich im Reinen war. Sie trug einen atemberaubenden roten Sari, eine Perlenkette um den Hals, goldene Armreifen und feine Hennamuster auf den Händen. Unter einem Baldachin, den vier Männer hielten, schritt sie langsam auf ihren Bräutigam zu, geführt vom Maharishi als Ersatz des Brautvaters, der kleiner war als sie und, obwohl er stolz lächelte, neben ihrer Anmut verblasste. Marie verkörperte, was er über die Ehe erzählt hatte: dass sie kein Vertrag sei, sondern ein heiliges Sakrament, das irdische Sinnbild des Yoga – die Vereinigung von männlicher und weiblicher Energie, von Himmel und Erde, von West und Ost. Die Bedeutung dieses Moments machte Lou schwindlig. Es gab keinen Ausweg mehr, kein Zurück. Als er das verinnerlichte – im Moment, als Marie seine Hand fasste – überkam ihn auf einmal eine große Ruhe. Wie in der Meditation, wenn die Gedanken verebbten und einen Raum öffneten, in dem er sich eins mit allem fühlte. Wenn er nichts mehr tun musste und doch alles geschah. Das war Marie. Die Stille am Grund des aufgepeitschten Meeres.

Was auch immer der Maharishi getan oder nicht getan hatte, Marie war davon unberührt geblieben. Und was Lou anfangs so befremdet hatte, ihre Hingabe an den Guru, war vielleicht tatsächlich etwas, das man lernen musste, um sich etwas Größerem hingeben zu können, dem Leben selbst. Marie konnte es. Und sie hatte *ihn* ausgewählt! Den Zweifler, den Zögerer, den ewigen Zachäus. Hingabe, das spürte er jetzt, bedeutete nicht Selbstverleugnung, sondern absolute Präsenz: ganz im Moment zu sein, bereit für alles, was geschah.

Corinna stand etwas abseits, auch sie in einem feierlichen blaugoldenen Sari, schön wie eine Statue, aber mit verschränkten Armen – nicht feindselig, nur unbewegt, als ginge sie der Firlefanz nichts an. Marc stand als Trauzeuge neben Lou, als er sich vor dem Hindu-Priester verneigte. Auf dem Altar brannte ein Feuer. Marie legte Lou eine rituelle Blumenkette um, dann tat Lou das gleiche bei ihr. Eine Hochzeit, sagte der Priester, werde im Himmel gemacht, als Bund für sieben Leben. Sie sei nicht nur die Verbindung zweier Seelen, sondern auch zweier Familien. Lou warf einen fragenden Blick zu Marc, der ihm zulächelte. Fast, als würde er sich amüsieren. Oder als würde er sagen: Tu's einfach!

Auf ein Zeichen des Priesters reichte Marc Marie eine Handvoll Reis, die sie dem Feuer opferte. Dann noch eine, und noch eine, während der Priester seine Gebete sprach. Lou verstand die Bedeutung nicht, aber er musste dabei an den brennenden Bus denken, die Liebesnacht der Frauen in Pakistan und die tote Mutter in Kabul. Als wären es notwendige, unvermeidbare Schritte auf dem Weg zu diesem Moment gewesen. Marc nahm einen Seidenschal aus der Hand des Priesters, band ihn an Maries Sari und legte ihn um Lous Schulter. Der Heilige Knoten, sagte der Maharishi, dürfe nie gelöst werden, auch nicht in schwierigen Zeiten. Dann schritten sie Hand in Hand ums Feuer, sieben Mal, während der Priester sieben Mantren sprach. Jedes Mantra ein Gebet, jedes Gebet ein Versprechen. Füreinander, für ihre Kinder und für den ganzen Kosmos. Treue, Respekt, Beistand ein Leben in Wohlstand und Frieden. Das war nichts Exotisches, im Gegenteil, ihre Eltern hatten sich ähnliche Dinge versprochen – nur dass sie in Deutschland anders geklungen hatten, hohl, moralisch und bigott, so dass sie Reißaus genommen hatten – nur um im fernen Indien die gleichen Werte zu feiern. Der einzige Unterschied war die Art, wie sie darauf schauten: mit Freude. Hier fühlte es sich nicht nach Erstarrung an, sondern nach Aufbruch. Ihre Herzen wurden weit. Sie wollten die ganze Welt umarmen.

Dann zogen sie zum Fluss hinunter. Lou knotete den weißen Seidenschal, der ihn mit Marie verband, um seine Hüfte. Marc und Corinna begleiteten sie, gefolgt von allen Schülern und dem Maharishi. Marc fing an, einen fröhlichen Beatles-Song zu singen:

Got to Get You into my Life.

Corinna sang mit. Aber bei der Anti-Beatles-Fraktion kam das Lied nicht so gut an. Am wenigsten beim Maharishi. Einer von den Älteren begann, ein Mantra zu singen, und die Pro-Maharishi-Kolonne stimmte mit ein. Marc hörte als einziger nicht auf, seinen Song zu singen. Er hatte diebischen Spaß an dem Wettbewerb, trompetete den Bläsersatz mit den Lippen und variierte ihn verspielt, so dass er schließlich mit dem Mantra harmonierte. Lou liebte ihn dafür. Marie hakte sich bei ihm unter und summte mit. Ihre gute Laune steckte alle an, und Lou dachte, dass dieser Tag der glücklichste seines Lebens war. Vielleicht waren *love, peace and freedom* doch kein leeres Versprechen.

Am Ufer sprach der Maharishi ein Gebet zu *Mother Ganga*, der Quelle alles Lebens. Dann zogen sie ihre Sandalen aus und stiegen ins Wasser. In voller Montur, nur knietief, weil der Maharishi sie warnte, nicht weiter hinauszugehen. Also standen sie auf den Steinen im Fluss, statt wild herum zu planschen, wurden still und lauschten dem Gurgeln des Wassers um ihre Beine. Es war frisch und klar.

Später lagen sie auf der Sandbank unter der prallen Sonne. Als es Abend wurde, löste sich die Gruppe auf. Wer Hunger oder einen Sonnenbrand hatte, ging zurück in den Ashram. Nur das Brautpaar, Marc und Corinna blieben am Ufer zurück.

Das war der Moment, auf den Marc gewartet hatte.

»Ich hab ja noch 'n Geschenk«, sagte er grinsend.

»Was denn?«, fragte Marie.

»Kleine Hochzeitsreise.«

Er zog seine Hand aus der Tasche und öffnete sie. In seiner Handfläche lag die Pappe mit dem LSD. Winzig klein.

Lou war es peinlich vor Marie – sein Bruder, das schwarze Schaf, das die Stimmung auf dem Familienfest ruinierte.

»Lass stecken«, sagte er beiläufig, aber Marie nahm die Pappe aus Marcs Hand und betrachtete sie.

»Wie viel nimmt man davon?«

»Kommt drauf an, wie weit du reisen willst«, sagte Marc. »Nur mal die Füße ins Wasser halten oder die andere Seite sehen.«

»Hey, Marc, nicht jetzt«, unterbrach ihn Lou.

»Was ist auf der anderen Seite?«, fragte Marie.

»Die Wirklichkeit.«

»Marc, lass sie«, sagte Corinna.

Marie sah sie ruhig, aber verärgert an.

»Wieso meint ihr eigentlich alle, dass ihr auf mich aufpassen müsst?«

Alle drehten verwundert den Kopf zu ihr.

»Ich kann das selbst entscheiden.«

Marc lächelte sie an.

»Also, wer geht mit auf die Reise?«

Er hob seine Hand. Corinna und Lou wechselten einen Blick, um sicherzustellen, dass keiner von beiden die Hand hob.

Aber Marie tat es. Lou war schockiert.

»Brauch ich die Erlaubnis meines Mannes?«, fragte sie lächelnd.

»Okay«, sagte Corinna. »Ich kann euch ja nicht allein lassen.«

Sie hob die Hand. Und alle schauten auf Lou.

Sie sammelten trockene Äste und bauten einen Steinkreis. Als die Sonne hinter den Tempeldächern untergegangen war, zündeten sie ein Feuer an, setzten sich im Kreis darum und fassten sich an den Händen. Eine kühle Brise wehte über den Fluss, die Äste knackten leise im Feuer.

»Freunde fürs Leben«, sagte Marie.

»Für die nächsten sieben«, sagte Marc. Lou spürte die Wärme von Maries und Corinnas Händen, sah seinem Bruder in die Augen und dachte: Vielleicht wird es doch noch ein perfekter Tag. Wenn wir zusammenhalten, kann uns nichts passieren.

Marc stand auf und breitete feierlich die Arme aus.

»*Welcome to Honeymoon Travels Unlimited!*«, verkündete er. »Gehen Sie auf eine Reise, die Ihr Leben verändern wird! Und, Überraschung, unser Ziel liegt nicht in weiter Ferne. Nein, wir bringen Sie… nach Hause. Zu sich selbst. Aber Achtung, auf dem Weg lauern Gefahren. Also hören Sie mir gut zu!«

Er ging im Kreis um die anderen drei herum. Der Kies knirschte unter seinen Füßen.

»Ich erzähl Ihnen jetzt eine Geschichte. Sie erinnern sich an Odysseus, ja? Zehn Jahre lang unterwegs? Genau, der alte Grieche. Eines Tages werden er und seine Kumpels in einer Höhle gefangen. Dort wohnt ein Zyklop namens Polyphem. Der Einäugige. Ein Riesenarschloch. Aber dumm wie Brot. Und gierig. Also verspeist er ein paar von Odysseus' Freunden, und als der Chef an die Reihe kommt, schindet Odysseus Zeit, indem er dem Zyklopen Wein zu trinken gibt. Zum Runterspülen, sagt er, trink, Alter, trink! Und der Riese säuft. ›Wer bist du?‹, fragt er. Und Odysseus sagt: ›Mein Name ist Niemand!‹ ›Niemand?‹ ›Ja, Niemand!‹ Dann pennt der Riese weg, so knallvoll ist der.«

Marc setzte sich wieder an seinen Platz und beugte sich verschwörerisch nach vorne. Der Widerschein des Feuers flackerte in seinen Augen.

»Odysseus und seine Freunde machen ein Feuer, halten einen Pfahl rein, bis er glüht, dann rammen sie dem Zyklopen das Ding ins Auge! Er brüllt wie verrückt und wird blind. Odysseus und seine Freunde verstecken sich, und er kann sie nicht sehen. Aber die Zyklopenkumpels kommen angerannt.

›Helft mir!‹, brüllt Polyphem.

›Ey, wer hat das getan?‹, fragen die anderen.

›Niemand!‹, sagt Polyphem.

›Niemand?‹

›Ja! Niemand hat mich geblendet! Niemand wollte mich umbringen!‹

›Ach so‹, sagen die anderen, und verkrümeln sich wieder.

Und Odysseus und seine Freunde fliehen unerkannt aus der Höhle.«

Marc grinste triumphierend in die Runde. Alle schwiegen.

»Was willst du uns damit sagen?«, fragte Lou. »Also, wer ist jetzt der Zyklop? Der Maharishi?«

Marc lachte.

»Nein, Mann. Wenn ihr auf dem Trip irgendwo hängen bleibt und 'nem Monster begegnet – keine Angst. Nicht dagegen ankämpfen. Sagt einfach: *Ich bin Niemand*. Dann kann es euch nichts tun.«

»Wieso...«

»Niemand kann nicht sterben. Verstehst du?«

»Nein.«

»Mach's einfach«, sagte Marie. Lou ärgerte sich und fragte sich, warum sie Marc blind vertraute.

»So, hier sind eure Tickets. Gute Reise.«

Marc legte ihnen feierlich die Pappen in die Handflächen. Lou musste unweigerlich daran denken, wie sie als Kinder im Abendmahlsgottesdienst das Brot empfangen und sich angegrinst hatten, weil sie das Ritual so absurd fanden: Wie konnte der Leib Christi in ein Stück Brot gelangen? Wie konnte ein Stück Brot alle Sünden vergeben? Lou verscheuchte den Gedanken wieder und warf als letzter seinen Trip ein.

»*See you on the other side*«, sagte Marc.

Sie ließen sich langsam auf den Rücken fallen, spreizten die Beine und berührten sich mit den Füßen. Lou schaute in den Sternenhimmel und breitete die Arme aus. Er stellte sich vor, wie sie aus der Sicht eines Außerirdischen aussähen: ein Stern aus vier Körpern um ein Feuer, ein menschliches Mandala. Der Fluss rauschte geduldig, Glockenschläge wehten vom anderen Ufer herüber, die Äste knackten leise im Feuer. Uralter Frieden. Lou blickte zu Marie, die neben ihm lag. Ihre Augen waren geschlossen. Er machte sich Sorgen um sie. Was, wenn sie es nicht vertrug? Wenn er nicht mehr in der Lage sein würde, ihr zu helfen? Außerdem, er spürte – nichts. Alles war wie immer. Vielleicht wirkte das Zeug ja nicht bei jedem.

Auf einmal flutete eine angenehme Leichtigkeit seinen Kopf, und sein Körper wurde schwer. Der Boden bewegte sich. Die Augen schlossen sich von selbst. Er öffnete sie wieder, hob seine Hand und schaute sie an. Sie sah ganz normal aus. Er konnte auch alle Finger bewegen. Dann blickte er in den Himmel. Die Sterne standen noch am selben Ort… aber seine Perspektive weitete sich. Und alles begann in einer ungekannten Klarheit zu leuchten, als hätte jemand einen grauen Schleier weggezogen. Es war völlig anders als in der Meditation. Statt Stille entstand Bewegung, statt Leere entstanden Farben, statt *peace of mind* begann ein Konzert von optischen Mustern. Eigenartig schön, verwirrend und anders als alles, was er je gesehen hatte. Als würde sich alles, was fest gewesen war, verflüssigen. Nirgends konnte er sich festhalten. Alle Kohärenz löste sich auf; es gab nur noch einen Strom von Farben und Gefühlen, dem er sich erst zu widersetzen versuchte, bis er bemerkte, dass es zwecklos war, ebenso wie es sinnlos war, einen Sinn in alledem zu suchen; er konnte nur loslassen und sich treiben lassen, in einem Strom, der nirgends begann und nirgends endete.

Ich verliere die Kontrolle, dachte Lou. Ich sitze am Steuer eines Autos, das immer schneller fährt und nicht mehr auf meine Befehle reagiert. Keine Bremsen, kein Steuer, und ich mittendrin. Gefangen in einem Gehirn, auf das kein Verlass mehr ist. Was, wenn ich nicht mehr zurückfinde? Wenn ich vergesse zu atmen?

»Hör auf zu kämpfen«, hörte er Marc sagen. »*Enjoy the ride.*«

Hatte Marc das wirklich gesagt oder war es eine Stimme in seinem Kopf? So ist es also, dachte er, wenn man verrückt wird. Ich verliere den Verstand. Aber wenn ich mir dessen bewusst sein kann, dann bin ich nicht mein Verstand.

Nur… wer bin ich dann?

»*Cosmic consciousness*«, hörte er von fern. Es war die Stimme des Maharishi, aber sie klang tiefer und langsamer, als hätte jemand den Plattenspieler gebremst. »*I told you so.*« Die Stimme brach in kosmisches Gelächter aus. Lou blickte verwundert zu Marie, die still neben ihm lag, mit ausgebreiteten Armen. Ein Gefühl großer Zärtlichkeit durchströmte ihn, frei von Begehren, aber so innig, als wären alle Zellen ihrer Körpern verbunden. Dann drehte er sich zur anderen Seite, wo Corinna lag, und spürte dasselbe Gefühl. Auch Marc war Teil davon, obwohl er ihn nicht sehen konnte. Niemand kann uns trennen, dachte er, denn Trennung ist eine Illusion. Die Zahl Vier war heilig, wie ein Quadrat oder die Jahreszeiten.

Wie die Beatles.

Lou schloss die Augen und öffnete sie wieder. Es machte keinen Unterschied. Das farbige Netz, das ihn umgab, verschwand nicht, sondern veränderte sich nur, drehte sich kaleidoskopartig, verschmolz zu neuen Formen, als wäre die Welt aus Wachs geformt, das von innen heraus leuchtete, und alles lebte! Sogar die Bäume und der Himmel bewegten sich, als träfen sich dort oben Chagall, Magritte und van Gogh, um ihr Meisterwerk zu malen. Er staunte. Kein Detail war bedeutender als das andere, alles war gleich wichtig, es gab keine Rangordnung mehr und keinen Sinn, dafür aber fließendes Licht, rollende, pulsierende, endlos sich erneuernde Muster, so unfassbar schön, dass er die Zeit anhalten wollte, um diesen Moment für immer festzuhalten… aber das gelang nicht, weil alles strömte, wie goldene Lava, ein gigantischer Strom, der alles Lebendige durchdrang; die ganze Welt war beseelt, sogar die Steine unter ihm. Und nichts daran war außergewöhnlich – im Gegenteil, das Erstaunliche daran war, dass alles, was er jetzt zum ersten Mal wahrnahm, immer schon existiert hatte. Der Schlüssel zum kosmischen Plattenladen war nie verloren gewesen. Und jetzt, als er das wusste, brauchte er ihn nicht mehr. Er musste nicht einmal eine Straße überqueren – er stand direkt davor! Das warme Licht, das ihn umgab, war tatsächlich nur eine Reflektion des Neonschriftzugs über dem Schaufenster. In goldorangen Lettern stand dort:

COSMIC RECORD STORE

Lou legte seine Hand auf die Schaufensterscheibe. Das Glas verflüssigte sich. Er konnte hineinfassen, mühelos, wie durch eine vertikale Wasseroberfläche. Ringsherum breiteten sich Wellen aus. Staunend schaute er auf seine leuchtende Handfläche, und im selben Augenblick stand er mitten im Raum. Als er sich an das magische Dämmerlicht gewöhnt hatte, erblickte er ringsherum Plattenregale. Immens groß, turmhoch, gefüllt mit Tausenden, Hunderttausenden Alben. Ohne ein Körnchen Staub, blitzsauber, funkelnd wie Schmuck. Er berührte die Alben, blätterte sie durch, zog sie heraus und konnte sein Glück kaum fassen: Alle Singles, LPs und Doppelalben seines Lebens waren hier versammelt – *Revolver* von den Beatles, *Paint It Black* von den Stones, *Blonde on Blonde* von Dylan, *A Love Supreme* von Coltrane, *Are you experienced* von Hendrix –, und alle Gefühle, die er damit verband, waren präsent wie am Tag, als er sie zum ersten Mal gehört hatte. Aber dann fand er auch Cover, die er noch nie gesehen hatte: ein schwebendes Prisma im All, ein tauchendes Baby, eine Stahlgitarre im Himmel... und Bob Dylan als alter Mann, unvorstellbar! Jedes Cover hatte seinen eigenen Klang, was Lou verrückt vorkam: So wie man auf einem Mischpult Klänge sichtbar machen konnte, klangen hier die Bilder! Es war Musik, die er noch nie gehört hatte – Musik aus der Zukunft! Er fand das letzte Beatles-Album und die ersten Solo-Alben von George, Paul und John. Großartige Songs, die hier darauf warteten, gefunden zu werden. Und Songs aus der Vergangenheit, die übersehen worden waren, wie ungeborene Babys.

Lou griff zu und zog die erstbeste Platte aus dem Regal. In dieser Welt gab es keine Verzögerung zwischen Wunsch und Tat: Im selben Moment, in dem er etwas dachte, geschah es schon, mühelos, ohne Hemmung, Scham oder Schuld. Das erfüllte Lou mit einem Gefühl von unglaublicher Macht: Alles war möglich! In dieser Dimension gab es keine Grenzen, kein Gut und Böse, nur das ewige Sein in unzähligen Formen, die ständig neu geboren wurden.

Er nahm die Platte aus der elektrisch knisternden Hülle und legte sie auf einen Plattenteller, der im selben Moment erschien, als er daran dachte. Sie drehte sich, ohne dass er einen Knopf drücken musste; der Tonarm legte sich aufs Vinyl, ohne dass er ihn führen musste.

Die ersten Takte erfüllten den Raum. Sie waren gigantisch, perfekt und gleichzeitig so einfach, dass er sich fragte, warum noch kein Mensch darauf gekommen war. Die ganze DNA eines Songs konzentriert auf wenige Sekunden. Verzaubert zog er die nächste Platte heraus, legte sie auf, und eine neue Klangwelt flutete den Raum zwischen seinen Ohren. Jetzt begriff er, dass er die Musik *in seinem Bewusstsein* hörte, ohne Ohren, Gehörgang und Trommelfell. Er war eins mit den Schwingungen, die alles in Bewegung versetzten. Wenn er nur wüsste, wie er das steuern konnte! Dann bräuchte er einfach nur zu denken: *Nummer-Eins-Hit 1970* ... und im selben Moment würde ein Ohrwurm erklingen, den niemand mehr vergessen konnte.

Auf einmal sah er John, Paul und die anderen. Sie hingen entspannt am Tresen ab, hörten das Weiße Album, rauchten Dope und winkten herüber.

»*Hey mate!*«

Verdammt, dachte Lou, hätte ich gewusst, wie einfach das ist! Dann hätte ich mir die Klavierstunden ersparen können, das stundenlange Üben und die verfluchten Selbstzweifel! Gut für die Musikindustrie, dass niemand diesen geheimen Ort kannte. Niemand würde noch eine Platte kaufen, wenn man auch direkt zur Quelle gehen konnte.

Lou stöberte Stunden, Minuten, vielleicht Tage in den Regalen herum. Eine Platte war genialer als die andere, aber es gab *einen* Song, der alles ausdrückte, was er immer schon sagen wollte.

Es war der Song seines Lebens. Ein Wunder, dass die Beatles ihn noch nicht gefunden hatten. Er kam nicht aus einem menschlichen Gehirn, sondern aus der Natur selbst. So perfekt wie die Verästelungen eines Blattes, eines Kristalls, einer Muschel. Er brauchte die Melodie nicht aufzuschreiben, weil sie schon in jeder Zelle seines Körpers eingeschrieben war. Der Song war so persönlich, dass es wehtat, aber von universeller Schönheit. So düster, leuchtend und *mind-blowing*, dass er in allen Charts der Erde einschlagen würde, garantiert. Auch der letzte Idiot, der ihn spielte, würde bis zu seinem Tod von den Tantiemen leben können. Lou summte die Melodie, wurde eins mit ihr. Alles was er jetzt tun musste, war, sich dieses Gefühl einzuprägen. Und dann, wenn er zurück in die reale Welt kommen würde, musste er es zu Papier bringen. Keine Note verändern, kein einziges Wort. Bevor er alles vergaß.

Aber diesen Song *konnte* man nicht vergessen. Unmöglich.

»Lou!«

Erst dachte er, er hätte Marie flüstern gehört. Aber als er die Augen aufschlug, sah er Corinna. Ihre Haare leuchteten. Aus ihren Augen strahlte Liebe.

»Komm mit!«

Sie nahm Lous Hand und zog sie zu sich. Es war ein eigenartiges Gefühl, Corinnas Haut zu spüren; da war nicht nur der physische Druck, sondern auch eine starke Energie, die zwischen ihnen floss, wie elektrischer Strom. Er stand langsam auf und folgte ihr zum Wasser, wo Marc und Marie standen. Wie sie dort hingekommen waren, hatte Lou nicht mitbekommen. Marie strahlte ihn an.

»Schau mal!«

Sie zeigte auf das Mondlicht, das sich auf den Wellen spiegelte. Tausende kleine Flussfragmente. Übernatürlich schön. Marie kniete sich davor und hielt ihre Hand in den Fluss. Sie blickte zu ihm auf und lächelte. Er kniete sich neben sie und hielt seine Hand neben ihre. Das Wasser war kühl, aber gab ihm ein lebendiges Gefühl, als würde der Fluss ihn streicheln.

»*Mother Ganga*«, sagte Marc. Er wusch sich das Gesicht. Dann spritzte er das heilige Wasser herum und lachte. Corinna löste ihren Sari und stieg langsam in das Becken am Rande der Strömung. Marie zog sich ebenfalls aus. Ihre Haut leuchtete im Mondlicht.

»Warte, Vorsicht«, rief Lou.

»Komm.«

Marie reichte ihm die Hand. Er zögerte, wollte sich lieber hinlegen und bewegungslos staunen, wie alles sich bewegte. Aber Marie zog ihn sanft mit, bis er knietief im Wasser stand. Die Kälte durchdrang und belebte seinen Körper. Marc lief ins Wasser, fiel vornüber und begann zu schwimmen.

»Wow!«, rief er, und immer wieder: »Wow!«

Corinna schwamm zu Marc, bis zum Rand des Beckens, wo sie noch stehen konnten. Lou sah, wie sie sich küssten. Wie Marc ihr die nassen Haare aus dem Gesicht strich und ihre Hände seinen Körper liebkosten. Er sah, wie Marie auf die beiden zuging, magisch angezogen. Er folgte ihr, bis ihm das Wasser zur Brust reichte. Die Strömung floss um sie herum, aber nicht so stark, dass es sie mitriss. Es gurgelte und rauschte und leuchtete. Wie schräg, dachte Lou, Sonnenlicht von unten! Aber dann fiel ihm wieder ein, dass es ja ein Heiliger Fluss war, eingebettet in die Hügel voller Höhlen, in denen seit Jahrtausenden Mönche meditierten. Er stellte sich vor, wie das endlose Rauschen sich mit den Echos ihrer Mantren vereinigte. Er nahm Maries Hand, zog sie zu sich und umarmte sie. Es fühlte sich an, als würde er den ganzen großen Fluss umarmen. Und die ganze große Welt. Sie küssten sich mit offenen Augen. Er hatte sie noch nie so intensiv gespürt, so durchdrungen von Liebe. Es war nicht nur Marie, die ihn ansah, sondern eine Göttin, die ihn *durch* Maries Augen ansah – die Quelle des Lebens.

Von weitem drang Marcs Stimme in sein Bewusstsein. Als er hinschaute, war Marc gar nicht so weit entfernt. Er schwamm aus dem sicheren Becken hinaus zur tieferen Mitte des Stroms wo im Mondlicht die Schaumkronen leuchteten. Er winkte herüber.

»Komm zurück«, rief Marc, und Lou wunderte sich, weil er dieselben Worte hatte rufen wollen ... ohne es tun zu können.

»Komm zurück!«, rief Marc und schwamm weiter.

Ich muss ihn aufhalten, dachte Lou. Er löste sich von Marie und ging soweit seine Füße noch den Boden berührten, in Marcs Richtung. Er konnte Corinna nirgends sehen.

»Komm zurück!«, hörte er Marc rufen, der immer weiter abtrieb. Jetzt bekam Lou Angst um ihn. Aber er war immer noch unfähig, etwas zu sagen.

Er stolperte, fiel vornüber und begann zu schwimmen. Die Kälte machte ihm nichts aus. So fühlt sich also ein Fisch, dachte er.

Jetzt sah er draußen im Fluss Corinnas Kopf, nicht weit entfernt von Marc, der auf sie zu schwamm.

»Komm zurück!«, rief Marc zu ihr. Dann erreichte er sie.

Erst jetzt war Lou fähig, zu rufen.

»Seid ihr okay?«

»Alles gut«, rief Marc zurück. »Wir schwimmen rüber!«
»Wohin?«
»Ans andere Ufer!«
Lou schaute sich nach Marie um.
Sie schwamm hinter ihm. Eigentlich schwammen sie nicht mehr, sie trieben. Stromabwärts, zur großen Biegung, immer weiter. Unter den Füßen spürte er keinen Grund mehr. Sie waren längst zu weit draußen. Er versuchte, umzukehren, aber die Strömung war stärker. Er bekam Angst. Der Fluss hörte auf zu leuchten. Unter ihm lag nur noch Dunkelheit. Marie schwamm in ruhigen Zügen weiter. Sie schien Vertrauen in den Strom zu haben.
»Ich liebe dich«, rief sie.
Er versuchte sich ihr zu nähern. Sein Herz raste. Solange er die anderen sah, war es noch gut.
»Weiter. Einfach weiterschwimmen«, rief Marie.
Die Wellen wurden höher, die Strömung stärker. Das Wasser trug ihn nicht mehr, es zog ihn gierig nach unten. Er wollte aussteigen, als wäre das alles nur ein schlechter Traum. Doch es gab keinen Ausweg; er war gefangen in der Strömung, ohne Kontrolle darüber, wohin sein Körper sich bewegte.
Aber Marie war noch da.
Wenn er nicht mehr nach unten in die Schwärze schaute, dachte er, würde er die Angst verlieren. Er drehte sich auf den Rücken und schwamm weiter. Kurz wurde es besser. Die Sterne beruhigten ihn; Fixpunkte über den Wellen. Aber dann riss der Himmel auf. Ein riesiges gelbes Auge blickte auf ihn herunter.
Das Auge des Zyklopen, dachte Lou.
Doch es war nicht *ein* Auge, sondern Dutzende! Und es wur-

den immer mehr, sie bewegten sich, teilten sich und wucherten, unzählige Augen im Himmel, die ihn anstarrten.

Ich bin niemand, sagte er sich.

Ich bin niemand.

Die Angst flaute langsam ab.

Er gab auf und ließ sich treiben. Unter ihm der große Rücken von *Mother Ganga*.

Plötzlich hörte er einen Schrei: »Hilfe!«

Es klang nach Corinna. Aber es konnte nicht Corinna sein, dachte Lou. Corinna schreit nie nach Hilfe.

»Corinna!«, schrie Marc.

Und wieder: »Corinna!«

Sie antwortete nicht.

»Corinna!«, rief Marie.

Lou drehte sich um und schwamm in ihre Richtung. Er konnte den Strudel erkennen, der Corinna verschluckt hatte. Ein runder, spiralförmig drehender Trichter mitten im Fluss. Marc schwamm darauf zu.

Und tauchte.

Er kam nicht mehr hoch.

Marie schwamm auf den Strudel zu.

»Nein!«, schrie Lou.

Marie tauchte.

Und kam nicht mehr hoch.

»Marie!«

Keine menschliche Stimme war mehr zu hören, nur das dunkle Wasser gurgelte. Lou war ganz allein auf dem schwarzen Fluss. Kein Mensch und kein Gott waren da, um ihm zu helfen. Er bekam blanke Panik. Wenn er Marie hinterhertauchte, dann wäre das wahrscheinlich sein letzter Atemzug. Aber wenn er es nicht täte, gäbe es nur noch diese furchtbare Verlassenheit.

Er tauchte.

Der Fluss war voller Wirbel und undurchdringlich finster. Lou tauchte weiter, in der Hoffnung, auf die anderen zu stoßen, irgendeinen menschlichen Körper zu fassen zu bekommen. Aber da war nichts. Absolut nichts. Alles drehte sich. Er verlor den Sinn für die Schwerkraft. Er wusste nicht mehr, wo er war. Und schlimmer noch: Er wusste nicht mehr, *wer* er war. So ist das also, dachte er, wenn man stirbt. Als würde jemand das Licht ausknipsen, und das war's dann. Keine Engel, kein Gott, keine Wiedergeburt.

Als *Mother Ganga* ihn an die Oberfläche spuckte, wusste er nicht mehr, wie man atmete. Er spürte die Luft auf seinem Gesicht, aber er konnte sie nicht in sich hineinziehen. Bis er einen Schwall von Wasser ausspuckte, und reflexartig seine Atmung einsetzte. Er hustete und begriff, dass er auf dem Fluss trieb, in ruhigerem Wasser.

»Lou!«

Er drehte sich um. Hinter ihm kämpfte Marie mit einem leblosen Körper, den sie über Wasser zu halten versuchte. Er schwamm zu ihr und bekam Corinnas Schulter zu fassen. Gemeinsam zogen sie sie zum Ufer. Irgendwie schafften sie es. Da war eine Sandbank, da waren Büsche, dahinter Wald.

Corinna atmete nicht mehr. Marie drehte sie geistesgegenwärtig auf die Seite und überstreckte ihren Hals. Corinna bewegte sich nicht. Marie drehte sie auf den Rücken und pumpte mit den Händen auf ihren Brustkorb. Corinna blieb reglos. Lou half zu pumpen. Marie legte ihren Mund auf Corinnas Mund und begann sie zu beatmen.

Vergeblich.

Lou pumpte weiter, obwohl er nicht mehr daran glaubte, dass Corinna zurückkommen würde.

Dann gab er auf.

Saß atemlos da und sah zu, wie Marie sich die Seele aus dem Leib blies. Mit einer Kraft, die über sich selbst herauswuchs, wie eine Göttin, die einer Toten den Atem einhauchte.

Corinna rührte sich nicht.

Marie versetzte ihr einen wütenden Stoß auf den Brustkorb.

»Komm zurück!«, schrie sie.

Lou hatte sie noch nie so außer sich erlebt.

Plötzlich spuckte Corinna Wasser aus dem Mund.

Marie drehte sie schnell auf die Seite. Stoßartig hustete sie das Wasser aus. Röchelte, rang nach Luft, kämpfte sich ins Leben zurück. Sie umarmten Corinna, fielen atemlos in den Sand, hielten sich aneinander fest.

Aber einer fehlte.

33

Lou stand auf, lief zurück zum Wasser und rief den Namen seines Bruders in die Dunkelheit. *Mother Ganga* rauschte gleichgültig vorbei. Er hörte nicht auf zu rufen, bis er eine Hand auf seiner Schulter spürte.

»Hör auf«, sagte Marie.

Dann schlugen sie sich flussaufwärts durch die Büsche, zurück zur Stadt, die sie nicht sehen konnten. Sie rissen sich Arme und Beine auf, halbnackt wie sie aus dem Wasser gestiegen waren, nur in Unterwäsche. Irgendwie fanden sie einen Trampelpfad, dann einen schmutzigen Weg, dann eine Straße. Sie wussten nicht, wie spät es war, nur dass der Mond noch schien und der Himmel im Osten dämmerte. Kurz vor Rishikesh begegneten sie den ersten Menschen, die so früh unterwegs waren. Die Inder starrten die drei Weißen mit einer Mischung aus Entsetzen und Verachtung an. Ein Mann auf einem Ochsenkarren spuckte vor ihnen auf den Boden. Eine Bäuerin, die ihren Weg kreuzte, setzte das Bündel Holzscheite ab, das sie auf dem Kopf trug, wickelte ihr langes Kopftuch auf und reichte es Marie. Mit den Händen deutete sie an, Marie solle es in zwei Stücke reißen; eins für sie und eins für Corinna. Marie tat es, so dass die Frauen sich wenigstens den Körper bedecken konnten. Lou bedankte sich bei der Bäuerin, die still ihre Holzscheite aufsammelte und sich dabei nicht helfen ließ.

Irgendwie kamen sie durch die Stadt – der geschlossene Markt im Morgengrauen, die schlafenden Leprakranken und die abschätzigen Blicke der Sadhus. Sie gingen über die schwankende Hängebrücke. In diesem Moment blitzte die Sonne hinter den Bergen hervor. Lou hatte nicht gedacht, dass er sie wiedersehen würde. Das Licht war überirdisch klar und schön. Als wäre alles gut gegangen. Doch ohne den Schutz der Dunkelheit waren sie allen Blicken ausgeliefert. Dutzende Augen starrten sie an. Es war nicht nur das Fehlen von Kleidern, das ein Gefühl der Nacktheit auslöste. Lou fühlte sich, als wäre sein Innerstes nach außen gerissen worden. Er schämte sich zu Tode.

»Da unten!«, rief Marie plötzlich.

Sie zeigte über das Geländer zu den Ghats. Am Ufer landete ein kleines Boot an. Der Fährmann sprang von Bord, hielt das Boot mit einem Seil fest und half einem jungen Mann an Land. Er hatte helle Haut und lange Haare.

»Das ist Marc!«, rief Corinna.

Lou konnte ihn nicht erkennen. Sie liefen zum Ende der Brücke und stiegen die Treppen hinunter. Der junge Mann, der ihnen entgegen humpelte, hielt den Kopf gesenkt. Er hatte eine weiße Decke um den Körper gewickelt, seine goldglänzenden Haare fielen ihm über die Stirn, an seinem Bein klaffte eine Wunde. Als er die drei sah, blieb er stehen.

Es war Marc.

Als käme er von den Toten zurück.

Lou war wie gelähmt. Corinna musste Marcs Körper anfassen, um zu wissen, ob es wirklich der Mann war, den sie liebte, und nicht nur eine Erscheinung. Dann fiel Marie ihm um den Hals. Lou blieb abseits stehen. Marc vermied es, ihn anzusehen.

»Aber war 'n geiler Trip«, sagte er, »oder?«

Niemand antwortete ihm. Lou hätte seinen Bruder vor Wut in Stücke reißen oder vor Liebe umarmen können.

»Ja, sorry«, sagte Marc in seine Richtung, »ich hab deine schöne Hochzeit vermasselt.«

»Corinna wär fast gestorben«, sagte Lou.

Marc sah ihm herausfordernd in die Augen, wie einer, der den Tod besiegt hatte und nichts mehr fürchten musste.

»Wegen dir!«, rief Lou.

»Und du bist ihr großer Beschützer, was?«

»Nein, Marc, ich ...«

»Sag doch, dass du auf sie stehst!«

»Was soll das?«

»Willst du sie vögeln? Mach's doch. Ich halt dich nicht auf.«

Lou erstarrte vor Scham. Er spürte die Blicke der Schaulustigen, die auf den Ghats standen und sie anstarrten, aber Distanz hielten. Er begriff, wie würdelos sie in den Augen der Inder aussahen – vier Weiße in Lumpen, die sich öffentlich anschrien.

Marc wandte sich ab und sagte schulterzuckend:

»Haste die Falsche geheiratet. Feigling.«

Jetzt flippte Lou aus. Er lief Marc über die Stufen nach, packte ihn am Arm, doch Marc wich geschickt aus. Lou stürzte kopfüber auf den Boden. Er richtete sich auf und setzte zu einem Schlag an, aber Corinna hielt ihn zurück.

»Schluss jetzt! Siehst du nicht, dass er verletzt ist?«

Lou bebte vor Wut. Er konnte ihr nicht in die Augen sehen. Marie versuchte Marc wegzuführen. Er schüttelte sie ab.

»Und du bist die feigste von allen! Das ist so traurig!«

Beim Versuch, alleine die Treppen hochzusteigen, stolperte er und fiel auf die Knie. Marie sah ihn tief getroffen an. Bebend vor Zorn, mit Tränen der Liebe in den Augen. So wie Lou sie noch nie erlebt hatte. Da begriff er etwas Unvorstellbares: Marc war eifersüchtig. Auf ihn.

Corinna half Marc auf und stützte ihn. Unter Schmerzen kam er voran, Schritt für Schritt. Marie und Lou folgten, jeder in ein anderes Schweigen gehüllt.

Als sie im Ashram eintrafen, gingen die Leute gerade zum Frühstück. Rüdiger kam in seiner Backschürze aus der Küche und setzte zu einem Anschiss an, bis er sah, in welchem Zustand die vier waren.

»*Holy shit!*«

Sie gingen kommentarlos an Rüdiger vorbei und brachten Marc zu seinem Bungalow. Er fiel ins Bett. Marie sah sich die Wunde an. Corinna ging ins Bad und kotzte.

Rüdiger schaute zur Tür herein und sagte:

»Morgen früh seid ihr raus.«

»Fick dich selber«, blaffte Marc.

»Hol den Verbandskasten«, sagte Marie zu Lou.

»Und was zum Rauchen!«, rief Marc ihm nach.

Lou holte den Verbandskasten aus der Küche und hörte sich unterwegs Rüdigers Gezeter an, ohne es ernst zu nehmen. Bevor er den Verbandskasten ins Zimmer brachte, bat er Marie vor die Tür auf die Veranda.

»Was ist?«, sagte sie.

»Sag mal«, fragte er leise, »war da was zwischen euch?«

»Lou. Mach dich nicht kleiner, als du bist.«

»Ich will einfach nur wissen, ob du ihn liebst.«

»Ja.«

Ihre Offenheit traf ihn.

»Und ich muss deshalb nicht mit ihm schlafen.«

In diesem Moment kam Corinna aus dem Bad, bleich und elend.

»Na?«, sagte sie. »Wie ist das so, verheiratet zu sein?«

»Großartig«, gab Lou zurück. »Solltest du auch mal probieren.«

Marie nahm Lou den Verbandskasten aus der Hand.

»Machst du uns Kaffee?«, sagte sie im Gehen.

»Und bring das Dope mit!«, rief Marc von drinnen.

Marie zog die Tür hinter sich zu.

»Und, bereust du's?«, fragte Corinna.

Lou ließ sie stehen und ging zur Küche.

»*You are not your ego*«, sagte sein innerer Maharishi. »*You are pure consciousness. Your true nature is joy.*«

Fickt euch alle, dachte er. Und macht euch euren Kaffee selber. Er bog zu seinem Bungalow ab, riss die Tür auf, legte sich ins Bett und zog sich die Decke über den Kopf.

Lou wachte auf, weil er einen Blick auf sich spürte. Es war drückend heiß, sein Kopf schmerzte, und er wusste nicht, wo er sich befand. Er sah sich um und erkannte einen Schatten vor dem Fenster. Es war Corinna. Sie zog ihren Kopf wieder zurück. Lou spürte, dass etwas nicht stimmte. Er zog sich eine Jeans über und ging nach draußen. Das Licht war viel zu hell; die Zikaden zirpten wie verrückt. Corinna stand verloren auf der Veranda. Sie starrte Lou an, der auf sie zukam.

»Was ist?«, fragte er.

»Nichts«, sagte sie. Und sah dabei aus, als sei sie einem Gespenst begegnet. Lou blickte hinüber zu Marcs Bungalow. Irgendwas stimmte dort nicht. Er ging los.

»Warte«, rief Corinna und folgte ihm.

»Wieso?«

»Geh da nicht rein!«

Lou stieg auf die Veranda. Kein Laut war zu hören. Er schaute durch das vergitterte Fenster. Im Halbdunkel des Zimmers leuchtete nackte Haut. Da lagen zwei Körper im Bett, ineinander verschlungen, friedlich umarmt.

Er erkannte Maries Rücken. Und Marcs Arm.

Sofort wandte er sich ab. Wenn er es nicht gesehen hatte, wäre es nicht passiert, richtig? Dann müsste er seinen Bruder nicht hassen und könnte sein Leben mit Marie verbringen. Alles wäre gut. Aber als er in Corinnas entsetztes Gesicht sah, wusste er, dass es geschehen war. Und dass niemand es ungeschehen machen konnte.

Geh nicht rein, sagten ihre Augen.

Wie betäubt drückte er die Türklinke herunter. Er ging ins Zimmer, das nach Schweiß und Cannabis roch. Wie in Trance ging er auf das Bett zu, halb hingezogen, halb abgestoßen. Er sah das weiße Laken, das träge über ihren Beinen lag, er sah Maries schöne Schultern und ihre Haare auf Marcs Arm. Sie schliefen. Ein letztes Mal versuchte er sich einzureden, dass sein Gehirn ihm eine Täuschung vorspielte. Aber es waren unzweifelhaft Marc und Marie, und sie waren splitternackt.

Marie blinzelte mit ihren Augen ins Licht, so wie sie es immer getan hatte, wenn sie neben ihm aufgewacht war. Sie erkannte Lou. Es war mehr, als er ertragen konnte. Nicht nur der Verlust von Vertrauen in Marie, sondern der ungeheure Verrat durch seinen Bruder. Er drehte sich zur Tür und sah Corinnas Silhouette gegen die grelle Sonne.

Als Marie sich aufrichtete, wachte Marc auf. Er blickte Lou mit verkniffenen Augen an, als hätte *er*, Lou, einen Fehler gemacht, als wäre *er*, Lou, in ein fremdes Revier eingedrungen.

Lou hätte cool bleiben können – den Erwachsenen raushängen lassen, Marc verblüffen und Marie Respekt abverlangen. Wenn es nur ein einfacher Betrug gewesen wäre. Aber Verrat wog schwerer; Verrat bedeutete, dass alles, was er mit seinem Bruder geteilt hatte, den gemeinsamen Schmerz und die gemeinsamen Träume, für Marc nichts bedeutet hatte. Dass er Lou in Wahrheit verachtete.

Marc stand langsam auf. Seine Verwundung am Bein ließ er sich nicht anmerken. Lou brachte kein Wort heraus. Die ganze Welt verengte sich auf diesen Moment, in dem er gegen seinen Willen gefangen war, der ohne sein Zutun sein Leben zerstörte.

»Ich geh dann mal«, sagte Marc und wandte sich ab.

Lou hielt ihn fest. Marc schlug seinen Arm weg, und Lou schubste ihn.

Eigentlich war es kein fester Schubser. Aber dahinter stand eine so tiefe, verzweifelte Wut, dass die Energie ausreichte, um Marc über sein eigenes Bein stolpern und nach hinten stürzen zu lassen. Noch im Fall schien er über darüber zu staunen, als wäre er eigentlich über die Gesetze der Schwerkraft erhaben.

Dann schlug sein Kopf auf den Boden.

Corinna schrie auf.

Marc wollte sich sofort wieder aufrichten, doch dann hielt er inne und fasste sich an den Hinterkopf. Seine Hand war rot vor Blut. Er sah Lou an, ohne Zorn, eher verwundert, als wäre der Schlag nur ein Spiel gewesen, das man nicht ernst nehmen durfte. Aber da war auf einmal so viel Blut. Es breitete sich unter seinem Kopf aus, erschreckend dunkel, und Marc sank zurück auf den Boden, wo er mit offenen Augen liegen blieb.

Sie trugen ihn zu dritt in ein Taxi, schrien sich an wie Verrückte, während der Fahrer über die holprige Straße raste, hielten Marcs Kopf im Arm, beteten und brachten ihn zum Krankenhaus. Das Rishikesh Government Hospital. Als sie ihn vor der Notaufnahme aus dem Auto zogen, war die Rückbank voller Blut, und aus Marcs Körper war alles Leben gewichen. Seine Seele hatte sich still und leise aus dem Staub gemacht.

Man hätte meinen können, er lächelte.

34

> Where are you going? You are not going anywhere.
> The fact is that you are not the body.
>
> The Self does not move. The world moves in it.
> There is no change in you.
>
> So then even after what looks like departure from here,
> you are here and there and everywhere.
>
> *Sri Ramana Maharshi*

Dein Vater, ein Mörder. Das willst du nicht hören. Es passt nicht zu ihm. Er war, für dich, der friedliebendste Mensch auf Erden. Du hast nie erlebt, dass er auch nur eine Fliege erschlagen hat. *Peace, love and freedom*, das war Lou. Bis zur Selbstverleugnung. Nur: das war nicht *er* gewesen, sondern *dein Bild* von ihm. Eines, das dir gefiel. Mit dem du gut leben konntest.

Und jetzt zerschlägt er es. Du hast ihn in die Ecke getrieben; er hätte sein Geheimnis lieber für sich behalten.

Hätte er nichts erzählt, wäre alles noch in Ordnung.

Das einzige, was zu meinem Bild von Lou passte, war die Art, wie es passiert war. Ein Missgeschick. Ohne böse Absicht. Aber taucht das Dunkle im Menschen nur auf, wenn eine Absicht dahintersteht, oder gibt es das absichtslose Böse? Juristen würden zwischen Mord, Totschlag oder fahrlässiger Tötung unterscheiden. Die Hindus würden von Shiva erzählen, dem kosmischen Tänzer, der zugleich Gott der Zerstörung ist.

Für Marc machte das alles keinen Unterschied. Sein Leben war beendet, kaum dass es angefangen hatte.

Wie konnte Lou das jahrzehntelang mit sich herumtragen? Er wirkte fast erleichtert darüber, dass er es losgeworden war. Im Gegensatz zu mir. Ich fühlte mich beschwert. Was sollte ich jetzt damit machen? Ich war wütend auf ihn, weil er es mir verschwiegen hatte, und wütend, weil er es mir gesagt hatte. Aber änderte das etwas an meiner Liebe zu ihm? Er war immer ein guter Vater gewesen. Und die kleine Lucy mit dem Blumenkranz aus Zellophanpapier hatte ihm geholfen, sich gut zu fühlen. Was Kinder eben so tun, um in einer Welt, die sie nicht verstehen, zu überleben.

»Warum hast du mich angelogen?«

Er setzte sich in seinem Bett auf. Draußen vor dem Government Hospital wurde es hell.

»Sorry, Lucy. Ich wollte dich nicht damit belasten.«

Ich stand von meinem Stuhl auf, um mich aus der Erstarrung zu lösen. Ich wusste nicht, wohin mit mir.

»Ich hätte lieber selbst entschieden, was ich damit anfange. Du hast mich klein gehalten.«

»Lucy, du *warst* klein. Erst dachten wir, wir sagen's dir später, wenn du groß bist, aber dann... wollte ich nichts kaputt machen.« Er sah mich auf eine zerknirschte, fast flehende Art an, die mich noch wütender machte.

»Und Corinna, hat sie dir verziehen?«

»Was hätte sie denn tun sollen?«

»Dich hassen, dich anzeigen, alles mögliche. Außer dich zu heiraten.«

»Sie wollte das so.«

»Aber du *warst* gerade erst verheiratet. Mit Marie!«

»Ich bin immer noch mit ihr verheiratet. Wir wurden nie geschieden.«

Er sagte es mit einer Selbstverständlichkeit, die mich verblüffte.

»Hat Mama dich deshalb verlassen? Weil du Marie nicht vergessen konntest?«

»Eher, weil sie Marc nicht vergessen konnte.«

»Haben sie damals wirklich miteinander geschlafen, Marc und Marie?«

»Weiß ich nicht.«

»Aber Corinna hat's doch gesehen, oder?«

»Ich hab sie nie danach gefragt.«

»Warum?!«

»Was, wenn sie sich getäuscht hatte? Dann wäre sie mitschuld gewesen. Ich wollte sie da raushalten.«

Wenn ich einen Knopf hätte drücken können, um mich aus diesem Albtraum auszuklinken, hätte ich's ohne Zögern gemacht. *Macht euren verfluchten Mist unter euch aus!* Aber es gab keinen Knopf; das war mein Vater, das war meine Mutter. Und wenn es stimmt, dass die Seele eines Menschen nach dem Tod weiterlebt, dann war Marc, auf seine Weise, immer unter uns gewesen.

»Es war ein Unfall, Lucy!« Er sah mich hilflos und bittend an. Als wäre *ich* diejenige, die ihm hätte verzeihen können. Aber das konnte nur Marc, und der war tot.

»Wenn da ein Teppich auf dem Steinboden gelegen hätte, wär er noch am Leben.«

Der Boden war also schuld, dachte ich. Als könnte er meine Gedanken lesen, sagte er:

»Glaubst du, ich hab mir das verziehen? Es gab keinen Tag, an dem ich nicht an Marc gedacht habe. Jedes Jahr an seinem Geburtstag hab ich mir vorgestellt, wie er jetzt aussehen würde. Wie ihm die neuen Songs gefallen würden. Oder wie er sie verändern würde. Ich hab viele Musiker gekannt, aber keiner war so gut wie Marc. Er war nicht einfach begabt, er hatte diese Gabe. Weißt du, was ich meine? Er hätte der Welt was gegeben.«

Ich ging zum Fenster und schaute nach nach draußen. Der Tag begann. Autos, Rikshas, Menschen vor der Notaufnahme. Wie damals, als sie Marc aus dem Taxi gezogen hatten. Ich drehte mich zu Lou. Er stand neben seinem Bett und kramte in seinen Sachen herum. Dann fand er seinen Tabakbeutel, sah zu mir herüber und sagte:

»Ich hab sein Leben gestohlen. Ich hätte was draus machen müssen.«

»Hast du dich an den Song aus deinem Trip erinnert?«

»Nein. War alles weg. Filmriss.«

Er fingerte in dem leeren Tabakbeutel herum und legte ihn weg. Meine Wut flaute ab, mein Mitgefühl wurde stärker. Ich hatte ihm immer gewünscht, dass er auf der Bühne steht, und nie verstanden, warum er sich im Schatten von anderen versteckte.

»Aber wenn es wirklich nur ein Unfall war«, sagte ich, »hättest du immer noch Musiker werden können.«

»Ich hätte mich wie 'n lausiger Betrüger gefühlt.«

»Nur weil Marc talentierter war?«

»Ich hab ihn geliebt«, sagte Lou. Es klang wie ein Punkt, den er setzen wollte. Ein »Nicht-Schuldig«-Bekenntnis im vollen Bewusstsein seiner Schuld.

»Hast du ihm das mal gesagt?«

»Nein.«

Ich musste daran denken, wie ich Lou einmal ins Kino eingeladen hatte. *Inside Llewyn Davis* von den Coen Brothers. Ich dachte, er würde den Film lieben, weil er von einem Folk-Musiker handelte, der mit einer alten Gibson durch das New York der frühen Sechziger zog. Aber Lou konnte den Film nicht ausstehen. Den ganzen Abend lang schimpfte er über diesen »Penner«, der stur daran festhielt, traurige Folksongs zu spielen, während Dylan eigene Kompositionen entwickelte. Aber tatsächlich – das verstand ich erst jetzt – ging es ihm nicht um die Songs. Sondern um den Spiegel, den diese Figur ihm vorhielt – nicht nur die Weigerung eines talentierten Musikers, kommerziell erfolgreich zu sein, sondern das Unvermögen eines unglücklichen Menschen, glücklich zu sein. In Wahrheit stand Lou nicht im Schatten der anderen, sondern im Schatten seiner Schuld. Am Tag nach dem Filmabend kam Lou ins Yogastudio, um eine Lampe aufzuhängen, brachte Kuchen mit und plauderte aufgedreht mit den Mädels.

Happy daddy.

»Magst du einen Kaffee?«, fragte ich.

Er lächelte.

»Ja.«

Ich stand auf und ging zum Automaten auf dem Flur. Er war kaputt, natürlich. Ich zog mein Handy raus und rief heimlich Rüdiger an. Dabei kam ich mir vor wie eine Verräterin. Aber ich brauchte jemanden, dem ich vertrauen konnte. *Like it or not*, der durchgeknallte *Dopehead* hatte die Wahrheit gesagt. Und Corinna hatte ihn getroffen. Mir war jetzt klar, dass

Lou mindestens so viel Angst davor hatte, sie zu finden, wie er Angst davor hatte, sie zu verlieren. Dazwischen steckte er fest und hielt mich mitgefangen, um nicht allein zu sein.

Rüdiger ging nicht ran.

Verdammt. Wenn es zwischen dieser und der nächsten Welt ein Bardo gab, dann musste es so aussehen wie dieser Krankenhausflur. Ein Zwischenreich der von den Ärzten Vergessenen. Fahles Neonlicht, blutige Verbände, schreiende Kinder und lethargisch gegen die Wand starrende Mütter. Von der Welt ausgespuckt, aber noch nicht erlöst. Ich musste hier raus. Gerade als ich zu Lou zurückgehen wollte, rief Rüdiger zurück.

»Was is'?«, blaffte er ins Telefon.

»Kannst du Corinna was ausrichten?«

»Wieso?«

»Weil Lou im Krankenhaus liegt.«

»*Karma is a bitch.*«

»Sag ihr bitte, sie soll kommen.«

»Lou hat nie was für mich getan. Wieso soll ich jetzt was für ihn tun?«

»Nicht für ihn. Für Corinna.«

»Corinna hat keinen Bock mehr auf den alten Scheiß, verstehste? Die steht da drüber. *Adios amigos.*«

»Ich nehme an, sie ist bei Marie. Nicht wahr?«

»Gibt keine Marie mehr.«

»Hat Marie ihren Namen geändert?«

»Vielleicht.«

»Wie heißt sie jetzt?«

»Mutter Teresa.«

»Sehr witzig.«

»Ich muss los. Bye.«

»Warte! Rüdiger! Ich hab dir zuerst nicht geglaubt, aber du hattest recht. Lou hat seinen Bruder auf dem Gewissen. Nur ... du bist doch ein Bibel-Fan, oder?«

»Was...«

»*Wer ohne Sünde ist, werfe den ersten Stein.* Schon mal gehört?«

»Das ist Neues Testament. Hutschi-gutschi. Ich sag dir: Du musst ein Opfer bringen. Von den Erstlingen deiner Herde. Du musst dich mit dem Tier identifizieren. Und du musst es selber töten. *Ohne Blutvergießen keine Vergebung.* Lies-die-verdammte-Bibel!«

Rüdiger legte auf.

Fuck you all, dachte ich.

Als ich zurück ins Zimmer kam, lagen die weißen Kabel des EKGs auf dem Boden. Lous Bett war leer. Ich ging zurück auf den Flur, suchte ihn und verlief mich im Bardo, bis ich ihn hörte. Er trug seinen psychedelischen Anzug und zoffte sich mit einem Arzt.

»Wo warst du?«, rief Lou, als er mich sah.

»Was ist passiert?«

»Nichts. Wir können gehen!«, erklärte er. Sein Hemd war falsch zugeknöpft.

»*I'm fine, man*«, sagte Lou zu dem Arzt, und legte ihm beruhigend die Hand auf die Schulter. »*Don't worry.*«

Der Arzt sah mich hilfesuchend an.

»Komm!« Lou ging los. »Was ist? Komm!«

»*Is he allright?*«, fragte ich den Arzt. Er wiegte seinen Kopf hin und her. Was alles bedeuten konnte.

»*Your father seems to have a arterial disease.*«

»*What does it mean, precisely?*«

»*Precisely, Ma'm, his blood vessels are full of junk.*«

»Hey, Lucy«, rief Lou. »Ich hab Hunger.«

»Verdammt, jetzt hör auf den Arzt!«, rief ich viel zu laut.

Die Wartenden wachten aus ihrem Halbschlaf auf.

»*I'd highly advise a computed tomography*«, sagte der Doc. Lou wandte sich ab und stiefelte los.

»*Wait a minute*«, sagte ich dem Arzt. »*I'll get him back.*«

»*He'd better not get agitated.*«

Ich rannte ihm nach. Wir liefen Slalom durch das Bardo. Er ließ sich nicht aufhalten. Als wäre der Teufel hinter ihm her.

»Lou! Jetzt mach das CT, das dauert nicht lange!«

»Bin doch kein Versuchstier! Das ist radioaktive Strahlung!«

»Quatsch. Hast du noch nie 'n CT gemacht?«

»Ich lass mir doch nicht die Eingeweide grillen! Was glaubst du, was hier für 'n Dritte-Welt-Schrott rumsteht?«

Er jagte die Treppe hinunter, rempelte zwei Krankenschwestern an und stürmte zur Glastür am Ende des Ganges, dem Tageslicht entgegen.

Draußen vor dem Eingang lief er zu den Rikshas, die dort warteten, kletterte auf die erstbeste Rückbank und drehte sich nach mir um.

»Steig ein!«

Er grinste. Ich blieb stehen, stinksauer.

»Was ist los mit dir?«

»Nichts. Komm, wir verduften.«

Der Fahrer schwang sich ans Steuer und sah mich an, als wäre *ich* das Problem.

»Was hast du für Symptome?«

»Nada. Bisschen Herzflattern manchmal. Alles fit.«

Der Fahrer startete den Motor.

»Hast du dich mal durchchecken lassen?«

»Ich renn doch nicht wegen jedem Zipperlein zum Arzt.«

»Hör auf, dir was vorzumachen! Und hör auf, mir was vorzumachen! *Gimme some truth!*«

Mein scharfer Ton erschreckte ihn.

»Entweder wir gehen jetzt zurück und du machst das CT, oder du verduftest. Aber ohne mich.«

Damit hatte er nicht gerechnet. Er fummelte eine Zigarette raus, um sich eine Denkpause zu verschaffen.

»*Start, Sir?*«, fragte der Fahrer.

»Kann ich ja später machen«, murmelte Lou. »Zu Hause.«

Ich wandte mich ab und ging.

»Lucy!«

Ich blickte zurück. Lou kletterte aus der Riksha.

»Kannst mich doch nicht allein lassen!«

»Doch. Kann ich.«

Ich sah die Angst in seinen Augen. Und dass er sein ganzes Leben danach ausgerichtet hatte, diese Angst nicht zu spüren. Lou, der große Kümmerer. Gib ihm deine Gitarre, gib ihm deine Sorgen. Lou ist für alle da. Damit er nie mehr allein ist.

»Warte. Nur noch die Zigarette fertig rauchen, ja?«

Seine Augen wanderten unruhig herum.

»*Just a second*«, bat er den entnervten Fahrer.

Er sucht nach einem Ausweg, dachte ich.

Und dann, beim letzten Zug an seiner Zigarette, kam ihm ein unverdientes Glück zu Hilfe. In Form des letzten Menschen, von dem Lou sich helfen lassen würde.

Rüdiger bog ums Eck. Wollmütze, Jutebeutel und Jesuslatschen. Er sah uns vor der Riksha stehen. Lou erkannte ihn erst nicht. Rüdiger schlurfte herüber und linste Lou mit schräg gehaltenem Kopf an.

»Hast dich kaum verändert.«

»Hi, Rüdiger«, sagte ich.

Lou erschrak und trat einen Schritt zurück, als könnte gleich ein Kampf ausbrechen.

»Okay«, murmelte Rüdiger und kratzte sich an der Schläfe. »Also, Meera will euch sehen.«

Wir blickten uns unsicher an.

»Wer ist Meera?«, fragte ich.

»Marie heißt jetzt Meera.«

Ich konnte spüren, wie Lou das Herz in die Hose rutschte.

»Ist sie hier?«, fragte er.

»War nie woanders.«

»Hast du ihr gesagt, dass wir da sind?«

»Nö, die kann hellsehen. Was is', gehn wir? Oder willste da wieder rein?«

»Und Corinna?«, fragte ich.

»Die heißt immer noch Corinna.«

»Ob sie bei Marie ist.«

»Wirste ja sehen.«

»*Let's go*«, sagte Lou und warf seine Zigarette weg. Super, dachte ich, dem Arzt bist du vom Haken gesprungen. Aber freu dich nicht zu früh. Bei Corinna kommst du nicht mehr aus.

Wir stiegen in Rüdigers schäbigen Kleinwagen. Ich wollte lieber vorn sitzen, um Lou zu ersparen, mit Rüdiger reden zu müssen, aber er schob mich auf die Rücksitzbank und passte wie ein Schießhund auf mich auf. Wenn Rüdiger etwas zu mir sagte, antwortete Lou. Wenn ich etwas zu Rüdiger sagte, setzte Lou noch einen drauf. Die Fahrt mit den alten Freaks war anstrengend, aber die Stadt, durch die wir fuhren, blieb entspannt in ihren Widersprüchen: schön und hässlich, gleichgültig und neugierig, heilig und profan. Rishikesh bei Tag zu sehen, tat gut. Zurück in der realen Welt, wo die Menschen ihrem Alltag nachgingen, wo es staubte und hupte und kein Schatten die Sonne trübte. Normalität als Balsam für unseren Ausnahmezustand. Aber dann der Gedanke, dass ich nicht hinter die Gesichter der anderen Menschen sehen konnte. Alle Familien haben ihren Ausnahmezustand, nur zeitversetzt.

»Was bedeutet Meera?«, fragte ich.

»Das is' die Geliebte von Krishna«, sagte Rüdiger.

»Auf Sanskrit«, setzte Lou nach.

Meera, also Marie II, erklärte Rahul, also Rüdiger II, wohnte flussabwärts, in einem Dorf. Er belieferte sie jeden Morgen mit frischem Brot.

»Für ihre Kinder.«

»Wie viele Kinder hat sie denn?«, fragte ich.

»Kannste nicht zählen. Sack Flöhe.«

Nach einer halben Stunde Holperpiste kamen wir vor einem schmiedeeisernen Tor an und kletterten aus Rahuls Blechkiste. Die Luft war drückend schwül. Lou sah nicht gut aus, bleich, gerötete Augen. Aber er ließ sich nichts anmerken. Nicht vor Rüdiger. Er richtete seinen zerzausten Samtanzug zurecht, in dem er aussah wie ein verirrter Zeitreisender. Neben dem Tor hing ein Schild, darauf stand in blauer Farbe:

»GANESHA'S GARDEN«

Von drinnen hörte man die Rufe spielender Kinder. Rüdiger öffnete das Tor, und wir betraten einen schönen Hof mit Klettergerüsten und Basketballkörben. Der Lehmboden war mit buntem Farbstaub übersät – auch hier hatten sie Holi gefeiert. Die Gebäude waren einfach, aber gepflegt – eine Schule, ein Gruppenraum, eine Werkstatt, eine Küche. Es duftete nach Rosen. Ein Hund schlief auf einer Türschwelle. Hühner liefen herum. Und unzählige Kinder; die kleinsten vielleicht vier Jahre alt, die größten schon Jugendliche. Sie begrüßten Rüdiger fröhlich wie einen alten Bekannten. Ich staunte, wie freundlich er zu ihnen war. Offenbar kam er mit Brot und Kindern besser zurecht als mit Erwachsenen.

»Where's Meera?«

Die Kinder führten uns zum Gemüsegarten neben dem Schulhaus. Dort kniete, neben einem vielleicht fünfjährigen Mädchen, eine schlanke Frau mit langen, schlohweißen Haaren. Sie setzten Pflanzen. Als sie uns bemerkte, stand sie auf. Sie trug ein weißes Kleid. Erst als wir näher kamen, bemerkte ich ihr Alter. Ihr Gesicht war voller Falten, aber es leuchtete. Sommersprossen und strahlend blaue Augen. Wie schön sie ist, dachte ich; so möchte ich in zwanzig Jahren auch aussehen. Sie sagte etwas auf Hindi zu dem Mädchen, dann sah sie Lou an. In ihrer Haltung war weder Groll noch Sentimentalität. Ich konnte spüren, wie er in sich zusammensank. Ihre Anmut beschämte ihn. Er war immer noch der alte, junge Lou geblieben, während Marie längst erwachsen geworden war.

Aus Verlegenheit, weil niemand etwas sagte, stellte er mich vor:

»Das ist Lucy. Also, meine Tochter.«

Marie sah mir in die Augen und reichte mir die Hand. Ihr

Blick war so offen, freundlich und klar, dass mir der Atem stockte. Ich fühlte mich wirklich gesehen, aber zugleich verunsichert, als würde ich zwischen ihr und Lou stehen.

»Lucy«, sagte sie mit ruhiger Stimme.

»Schön, dich zu sehen«, gab ich zurück. Nicht »kennenzulernen«, denn ich hatte das Gefühl, sie längst schon zu kennen – auch wenn ich wusste, dass es nur ein Bild von ihr war, oder genauer: das Bild einer jungen Frau, die es nicht mehr gab.

»Ist Corinna bei dir?«, fragte Lou.

»Ja. Wie geht's dir?«

»Gut.«

»Ich hab gehört, du warst im Krankenhaus.«

»Ach ja, nichts Besonderes. Die haben mich gleich wieder weggeschickt. Wo ist Corinna, was macht sie hier?«

Marie lächelte.

»Ich glaub, sie ist in der Werkstatt.«

Sie ging voraus, mit dem Mädchen an der Hand, und zeigte uns die Werkstatt, wo indische Kinder töpferten und Geschirr bemalten. Junge Volontärinnen aus dem Westen saßen dabei, aber Corinna war nirgends zu sehen. Lou wischte sich den Schweiß von der Stirn.

»Hast du ihr gesagt, dass wir kommen?«, fragte er.

»Ja.«

»Wie hat sie reagiert?«

Marie lächelte und wiegte ihren Kopf wie eine Inderin.

Wir gingen zu einem Holzhaus hinter der Werkstatt, wo die Volontäre wohnten. Mehrere Zimmer gingen von einer Veranda ab, auf der ein alter Schaukelstuhl, Blumentöpfe und eine Ganesha-Figur standen. Marie klopfte an einer Tür, aber niemand antwortete. Mich überkam das Gefühl, ein Eindringling zu sein. Wir sollten nicht hier sein; sie wollte nicht gefunden werden. Ich fühlte mich in meine Jugend zurückversetzt, als ich Corinna einmal in ihrem Studio besucht hatte, kurz vor der Sendung. Ich war in die Maske geplatzt, wo sie gerade geschminkt wurde. Sie wurde stinksauer, und ich begriff, dass meine Mutter nicht mir gehörte. Corinna Faerber führte ein Leben, zu dem sogar ihre Tochter keinen Zugang besaß. Zu Hause war sie dann wieder ganz normal.

Lou öffnete die Tür. Das Tageslicht erhellte ein kleines, dunkles Zimmer, in dem nicht viel mehr stand als ein Bett, ein Schrank und Corinnas Alu-Trolley, den sie immer zu ihren Auftritten mitgenommen hatte – gerade genug Platz für ein Kostüm, Schminkzeug und ein Buch. Ihr rastloses Leben, reduziert auf eine Klosterzelle.

Ich trat in das Zimmer und roch einen vertrauten Duft. Lou ging zum Schrank und öffnete ihn.

»Lass das, Lou«, sagte ich und spürte plötzlich, wie ähnlich wir uns waren, meine Mutter und ich. Was ich seit Wochen tat, war nicht viel anders als das, was sie hier machte: sich verstecken. Mir hatte auch niemand beigebracht, dieser Welt zu vertrauen; niemand außer zwei Menschen, die an einem entscheidenden Punkt ihres Lebens ihr Gefühl dafür verloren hatten, wo sie hingehörten. Ich war sozusagen die Frucht eines entwurzelten Baumes.

»Komm, wir gehen.«

Lou antwortete mir nicht, sondern starrte auf ein gelbstichiges Foto, das an die Schranktür gepinnt war – das Foto, das in Corinnas Schlafzimmer gefehlt hatte: Marie und Corinna unter dem Wasserfall, nackt und unschuldig wie die ersten Menschen im Paradies. Lou biss sich auf die Lippen und rang um Fassung. Marie blickte ihn liebevoll an und fragte:

»Habt ihr schon gefrühstückt?«

Am Himmel braute sich ein Gewitter zusammen. Die Luft war elektrisch geladen; im Hof irrte ein Wirbelwind durch den Staub. Wir setzten uns in den Speisesaal, wo Maries Köchin uns Frühstück brachte: *Roti, Dosa, Cheela, Chutneys* und ... *German Bread*. Rüdiger erklärte allen, die es nicht wissen wollten, die Geheimnisse der Sauerteig-Gärung und dass ein Drecksack namens Ravinder sein Patent geklaut hatte. Lou brütete unruhig vor sich hin. Machte einen Witz an der falschen Stelle und schwieg, wo es besser gewesen wäre, etwas zu sagen. Er zog sein lila Jackett aus; sein Hemd war schweißgebadet. Allein Marie wirkte gelassen. Die Vergangenheit schien keine Macht über sie zu haben. Während sie uns Chai einschenkte, erzählte sie von ihrem Waisenhaus und davon, wie alles begonnen hatte. Aber sie ließ das Warum aus: den Grund, weshalb sie in Indien geblieben war, statt nach Hause zu fahren. Alles, wovon sie sprach, waren *ihre* Kinder, wie sie es formulierte. *Dalits*, Unberührbare, deren Eltern sie nicht ernähren konnten, Kinder von Prostituierten oder Kinder, deren Vater die Mutter umgebracht hatte. Ihre Geschichten kreuzten sich mit Maries Geschichte – eine gestrandete Frau in einem fremden Land, umgeben von so viel Leid, dass kein Platz für Selbstmitleid blieb. Marie, die als Krankenschwester arbeitete, im Rishikesh Government Hospital, und die Kinder der Unberührbaren, die dort abgewiesen wurden. Weil ihre Eltern die Behandlung nicht bezahlen konnten. Weil niemand aus demselben Wasserhahn mit ihnen trinken wollte. Und Marie fragte sich: Was lernte ein Kind, dem alle erzählten: *Du bist schmutzig; keiner will mit dir zusammen sein?*

Jemand musste ihnen eine andere Umgebung bieten. Wo sie erfuhren, dass sie liebenswert waren. Dass sie nicht als Bettler oder Tagelöhner enden mussten wie ihre Eltern. Weil dieses Kastensystem nur in den Köpfen existierte. Marie nahm ein Mädchen, dessen Mutter es nicht mehr wollte, bei sich zu Hause auf. Dann kam ein zweites dazu, und irgendwann war ihre Wohnung zu klein. Andere Frauen kamen dazu, ein kleiner Anbau, ein winziger Garten und immer mehr Kinder, die nachts vor die Tür gelegt wurden. Irgendwann nannten sie es offiziell »Waisenhaus«.

Dieses Grundstück vor der Stadt, erzählte Marie, hatte ein ehemaliger Waisenjunge ihr geschenkt. Er hatte es bis zum Bauunternehmer gebracht.

»Warum bist du damals nicht nach Deutschland zurückgegangen?«, fragte ich.

»Wozu? Hier gab's so viel zu tun.«

Draußen donnerte es. Die Luft war drückend heiß. Lou stand auf und fragte mich, ob ich mitkäme, Corinna zu suchen. Als wollte er nicht, dass ich Maries Version seiner Geschichte hörte – eine, in der er weniger gut wegkam. In diesem Moment trat Corinna zur Tür herein. Sie trug ein dunkelrotes Kleid, Sandalen und offene Haare.

»Na?«, sagte sie und lächelte in die Runde. Typisch, schoss es mir durch den Kopf, sie wollte selbst entscheiden, wann sie ihren Auftritt hat. Sie wirkte weder depressiv noch glücklich, weder froh noch verärgert, uns zu sehen. Vor uns stand eine Frau, die nicht gefunden werden wollte, aber sich jetzt, da wir nun mal hier waren, ins Unausweichliche fügte.

Lou hielt den Atem an. Marie machte einen Platz frei. Corinna setzte sich und blickte in die Runde, als säßen hier ein, zwei Leute zu viel. Es schien ihr unangenehm zu sein, alle Blicke auf sich zu ziehen. Doch dann, als Lou unsicher zurück an den Tisch kam, lehnte sie sich zurück, mit dem Arm auf der Stuhllehne, so wie sie es immer in den Talkshows getan hatte, wenn jemand sich um Kopf und Kragen redete und sie mit ungerührter Aufmerksamkeit zusah, wie er sich öffentlich zerlegte.

»Also, der Lou war im Krankenhaus«, sagte Rüdiger und reichte ihr ein Brot.

»Hab nur was Falsches gegessen«, beschwichtigte Lou. »Alles wieder gut.«

Corinna schenkte sich einen Chai ein und erzählte, dass sie heute Nachmittag neue Farbe für die Töpferei kaufen würde. Als wären wir nicht hier. Als hätte es nicht über fünfzig Jahre gedauert, bis sie wiedervereint waren. Als würde nicht einer der vier Freunde fehlen. An Marcs Platz saß ich. Der Elefant im Raum war so groß, dass gegen ihn alles, selbst die Geschichten der Waisenkinder, unbedeutend erschien. Ich hätte am liebsten seinen Namen in den Raum geschrien, so unmöglich fand ich es, dass alle ihn ignorierten.

»Warum bist du hier?«, unterbrach ich das Gespräch. Corinna warf mir einen beiläufigen Blick zu.

»Ich besuch Marie.«

»Warum hast du nichts gesagt?«

Sie zuckte mit den Schultern.

»Wir haben uns Sorgen gemacht.«

»Braucht ihr nicht.«

»Eigentlich wollte sie nur für eine Woche kommen«, sagte Marie. »Aber dann blieb sie einfach.«

»Wir dachten, du wärst krank«, sagte Lou.
»Ach was.«
»Wann kommst du nach Hause?«, fragte Lou.
»Mal sehen.«
Ihr beiden kommt nie nach Hause, dachte ich. Ihr seid dazu verdammt, nie anzukommen.

Ein Windstoß warf die Tür auf, und jetzt, endlich, kam der Regen. In dicken Tropfen trommelte er aufs Dach, prasselte gegen die Fenster und flutete den Hof. Marie stand auf, um Handtücher unter die undichten Fenster zu stopfen. Rüdiger lief nach draußen, um die schlagenden Fensterläden zu befestigen. Das war kein Regen, sondern ein tropischer Wolkenbruch, warm und stürmisch. Die Kinder rannten nach draußen. Ich sah ihnen durchs Fenster zu, wie sie voller Freude durch die Pfützen liefen.

Lou nutzte das Durcheinander, um Corinna beiseite zu nehmen. Ein kurzes, hitziges Geflüster hinter meinem Rücken, bei dem mein Name fiel. Ich fühlte mich wie als Kind, wenn ich Mist gebaut hatte und meine Eltern sich nicht einig waren, wie streng sie zu mir sein sollten. Im Zweifel war Lou immer zu gutmütig. Jetzt schien er Angst zu haben, dass *ich* über ihn urteilte. Corinna fauchte ihn an und ging zu Marie, um ihr zu helfen. Das Wasser rann von den Wänden und quoll aus dem Boden. Eidechsen und Spinnen krochen aus den Ritzen. Die Abflüsse seien verstopft, sagte Marie. Wir schöpften, wischten, räumten. Rüdiger textete Lou mit apokalyptischen Sprüchen zu, und Lou ließ es geschehen, damit Rüdiger nicht *mich* zutexten konnte. Es ging um die Sintflut, Tausende Tote und wie man der ewigen Verdammnis durch Umkehr und Buße entkommen konnte. Corinna verschwand, Marie verschwand, Rüdiger verschwand. So knapp wie wir zusammengefunden hatten, stoben wir schon wieder auseinander, wie magnetische Pole, die sich heftig anzogen oder abstießen; dazwischen lag nichts. Lou wollte mich nicht aus den Augen lassen, aber ich schlüpfte nach draußen, in den Regen. Der Sturm störte mich nicht, im Gegenteil; endlich konnte ich wieder frei atmen. Es duftete nach feuchter Erde, Eukalyptus, Blüten und Dung.

Hier stimmt was nicht, sagte mein Freund, der Fremde.

Der einzige, dem ich hier vertraute.

35

Ich fand Corinna in der Werkstatt. Sie räumte durchnässte Leinwände und Papierrollen vom Boden auf die Werkbänke. Ich half ihr, ohne dass wir ein Wort wechselten. Der Regen floss an den Fenstern herunter und schloss uns ein. Wir zogen unsere durchtränkten Schuhe aus. Corinna zeigte mir die Bilder, die sie mit den Kindern gemalt hatte. Acrylfarben, Mandalas, ähnliche Muster wie bei ihr zu Hause.

»Warum bist du wirklich hier?«, wollte ich wissen. Sie wrang einen nassen Lappen aus.

»Sorry«, sagte sie. »Ich war noch nie gut im Abschiednehmen.«

Sie sah mich offen an und fragte zurück:

»Was hat er dir erzählt?«

»Alles«, sagte ich.

Sie schien es nicht zu glauben.

»Warum bist du zurückgekommen?«, insistierte ich.

»Muss man alles erklären?«, sagte sie. Ich dachte an ihre Psychoanalytikerin und ihr Antidepressivum und dass sie nicht wusste, was ich wusste.

»Hast du damals die Sendung gesehen, als sie mich in meine eigene Talkshow eingeladen haben? Als *Special Guest*?«

»Nein, das hab ich verpasst.«

»Besser so. Ich hätte nicht hingehen sollen. Aber ich wollte ein paar Dinge zurechtrücken. Das war die letzte Gelegenheit. Also saß ich da auf der Couch, vor meiner Nachfolgerin mit ihrer piepsigen Stimme, die meinte, ich sei ihr *Role Model* gewesen, blabla, alles geschwindelt, und dann fragte sie mich: ›Sie haben alles erreicht, alle Fernsehpreise bekommen, Bücher geschrieben ... welche Träume haben Sie eigentlich noch?‹

Und ich ... wusste echt keine Antwort. Stand komplett auf dem Schlauch. Ich hatte mich auf alle möglichen Kontroversen vorbereitet, alle Antworten im Köcher, aber plötzlich war ich blank.«

»Kann ich mir kaum vorstellen.«

»Kennst du das Ende von *Confessions of a Dangerous Mind*? Da blickt ein Showmaster auf sein Leben zurück. Und am Ende hat er die Idee für eine Fernsehshow: Drei alte Männer sitzen zusammen und erzählen sich von den Träumen, die sie als junge Männer hatten und was sich davon erfüllt hat. Jeder hält eine geladene Waffe in der Hand. Derjenige, der sich am Ende nicht erschießt, gewinnt. Als Preis bekommt er eine Waschmaschine.«

Corinna verzog spöttisch die Lippen.

»Und was hast du dann geantwortet?«, fragte ich.

»Irgendeinen Mist. Ich weiß es nicht mehr. Aber nach der Show saß ich nachts auf der Terrasse und dachte mir: Wovon habe ich eigentlich geträumt, als ich jung war? Fernsehpreise? Signierstunden? Werbeverträge? Und dann rangieren sie dich aus. So läuft der Laden. Du weißt, du darfst es nicht persönlich nehmen. Aber es tut weh. Sie reißen dir das Kleid vom Leib, und du stehst auf einmal nackt da. Da fragst du dich: Wer bin ich eigentlich? Ich musste weg, den ganzen Mist hinter mir lassen, zurück an den Ort – und in die Zeit – von damals. Um herauszufinden, was von mir übriggeblieben ist.«

»Darum Marie, zum Vergleich?«

»Ja.«

»Und, wer hat die Waschmaschine gewonnen?«

Sie lächelte mich kurz ironisch an. Dann wurde sie still und dachte nach.

»Damals war vieles Mist. Aber wir waren frei. Später umgibst du dich dann mit Dingen und Leuten, die angeblich dein Leben sind...«

Sie ging unruhig zum Fenster, vor dem der Regen herunterlief wie ein Wasserfall und starrte nach draußen.

»Weißt du, ich hab viel Zeit damit verbracht, jemand werden zu wollen. Aber am Ende geht's ums Gegenteil.«

»Wie meinst du das?«

»Du kennst die Geschichte von Odysseus und dem Zyklopen, oder? ›Ich bin niemand‹. Wenn du niemand bist, kann der Zyklop dich nicht fassen. Das ist der Sinn der Reise. Niemand zu werden. Kein Name, kein Status, kein Image.«

Ich erinnerte mich an Lous Geschichte. Die Nacht im Fluss. Corinna lächelte mich an, als könnte ich ihren Gedanken nicht folgen.

»Du wirst es sehen, wenn du so weit bist.«

Sie dachte wohl immer noch, sie sei die Intellektuellere von uns beiden. Erfahrener, abgebrühter, wichtiger. Dabei hatte sie keine Ahnung, was gerade mit *meinem* Status los war.

»Was hat er dir von uns erzählt?«, fragte sie.

»Seine Hochzeit mit Marie. Euer LSD-Trip. Und was wirklich mit Marc passiert ist.«

Meine Antwort klang nicht frei von Vorwurf, und das war auch so gewollt. *Ihr hättet mir die Wahrheit sagen müssen*, dachte ich. Aber ich sprach es nicht aus. Was hätte es jetzt gebracht?

»Das war Bestimmung«, sagte Corinna.

»Seit wann glaubst *du* an Bestimmung?«

»Ich wollte nie Mutter werden. Marie wollte Kinder, unbedingt, mit Lou. Aber in dieser Nacht auf dem Fluss … da ist irgendwas passiert, zwischen ihr und mir.«

»Was meinst du?«

»Als hätten wir unsere Leben getauscht. Ich versuch's immer noch zu verstehen. Ich dachte, Marie kann mir dabei helfen.«

»Und, was sagt sie?«, fragte ich.

»Lass los, sagt sie. Es ist vorbei. Aber für mich ist es nicht vorbei. In dieser Nacht war ich weg. Weißt du, was ich meine? Auf der anderen Seite. Marie hat mich zurückgeholt. Ohne sie wäre ich nicht hier. Also du auch nicht.«

Wir sahen uns in die Augen, um herauszufinden, wem welches Stück der Erinnerung fehlen könnte.

»Und trotzdem«, sagte ich, »hast du sie verraten.«

»Nein.«

»Du hast ihr den Mann weggenommen.«

»Ich hab nichts genommen, was sie nicht hergeben wollte.«

»Hat Lou denn Schluss mit ihr gemacht?«

»Nein. Der konnte sich nicht entscheiden, wie immer. Marie traf die Entscheidung.«

»Und was wolltest du?«

»Nie mehr zurück nach Deutschland.«

»Warum hast du's dann getan?«

»Wegen dir.«

Der Satz traf mich mitten ins Herz.

»War's ein Seitensprung oder Liebe?«

»Das macht doch keinen Unterschied mehr.«

»Für mich schon. Hast du Lou geliebt?«

»Sicher. Aber nicht so wie Marc.«

»Hast du gesehen, wie Lou ihn …«

»Ja.«

»Ich versteh nicht, wie du danach mit Lou … Also, ihm verzeihen ist das eine. Mit ihm 'ne Familie gründen ist was anderes.«

Corinna holte tief Luft, dann sah sie mir fest in die Augen.

»Ich hab Marc zuerst gesehen. Als er mit Marie im Bett lag. Ich war total geschockt. Bin zu Lou gerannt. Er schlief in seinem Bungalow. Ich hab ihn wach gerüttelt …«

»Das hat er mir anders erzählt. Dass er selber aufgewacht ist, und du standest draußen.«

»Nein. Wenn ich ihn nicht geweckt hätte, wäre das alles nicht passiert. Er hätte es einfach verpennt.«

»Warum hat er mir dann was anderes erzählt?«

Corinna sah mich stumm an.

»Um dich rauszuhalten?«, fragte ich.

Sie nickte. Ich brauchte einen Moment, um die Tragweite dieses Details zu verstehen.

»Und weißt du was?«, sagte sie dann leise. »Ich bin mir bis heute nicht sicher, was ich gesehen hab. Ob sie wirklich miteinander geschlafen haben, oder ob Marc sie einfach nur im Arm gehalten hat.«

»Hast du Marie gefragt?«

»Nein.«

»Warum nicht?«

»Weil das nichts ändern würde! Nichts ändert irgendwas, verstehst du?«

»Also habt ihr einfach ein Kind gemacht?«

»Was hättest du denn getan? Von heute aus kann man leicht urteilen. Aber damals...«

»Ich versuch's doch nur zu verstehen! Warum hat Marie ihn verlassen?«

Corinna sah mich lange an, ohne etwas zu sagen. Es verletzte mich. Dann klopfte jemand an die Tür. Lou stapfte herein, ohne eine Antwort abzuwarten. Er sah uns an wie ein nasser Hund, ähnlich wie an dem Tag, als er in mein Studio geplatzt war.

»Was macht ihr hier?«

Der Regen wehte durch die offene Tür.

»Wir sollten dann mal«, sagte er, weil niemand ihm antwortete.

»Wohin?«, fragte ich.

»In unser Fünf-Sterne-Resort.«

Corinna sagte nichts, um uns aufzuhalten. Und ich fragte mich, warum die beiden nicht fähig waren, miteinander zu sprechen.

»Nein«, sagte ich.

»Rüdiger muss los.«

»Ich bleib hier.«

»Aber unsere Klamotten sind dort.«

»Mir egal.«

Er schloss die Tür, tigerte durch die Werkstatt und ließ seinen Blick fahrig über die Farbtöpfe, Pinsel und Bilder schweifen. Ich spürte, dass er nicht zurück in die Stadt fahren, sondern einfach nur verhindern wollte, dass Corinna mir etwas erzählte, das ihm nicht gefiel. Als fühlte er sich existenziell bedroht.

Corinna blieb stumm. Er wandte sich an sie und fragte:

»Wie lange willst du hierbleiben?«

»Ich weiß nicht.«

Er nickte, wie immer, wenn sie eine Entscheidung getroffen hatte und er sich in sein Schicksal fügte. Ich kann mich nicht erinnern, dass er sie jemals von etwas abbringen wollte. Er akzeptierte sie, wie sie war. Vielleicht hatte ihr genau das an ihm gefehlt; Reibung, Widerspruch, Herausforderung. Und deshalb war sie seiner überdrüssig geworden. Vielleicht war aber gerade *das* der Grund, warum sie immer so gut mit Lou ausgekommen war. Ich habe das Geheimnis ihrer Beziehung nie durchdrungen.

»Du siehst Scheiße aus«, sagte sie. Es klang liebevoll.

Er zuckte mit den Schultern, ratlos, wohin er sich aufräumen sollte, in einer Werkstatt, die nicht seine war.

»Ruh dich aus«, sagte sie.

Er sortierte die Pinsel auf der Werkbank.

Wie verrückt, dachte ich, wir haben Corinna gefunden, aber doch verpasst. Sie war selbst noch auf der Suche.

Marie lud uns ein, zu bleiben. Ein paar Tage, sagte sie, solange wir wollten. Als der Sturm nachließ, der Himmel aufklarte und die letzten, schweren Tropfen von den Bäumen fielen, räumte sie mit den Kindern auf, reparierte ein Fenster und zog Blätter aus dem Gully, um das Wasser im Hof abzuleiten. Ein Junge pflückte eine Mango und reichte sie mir. Sein Lächeln, so unerwartet offen, und ich, beschämt durch seine Großzügigkeit.

Nach dem Abendessen versammelten sich alle im Gruppenraum, zum *Kirtan*, wie jeden Abend. Lou setzte sich neben mich, Corinna und Marie auf der anderen Seite des Raumes. Rüdiger war abschiedslos verschwunden.

Die Kinder chanteten.

Om triyambakam yajamahe

Text und Melodie waren mir vertraut, aber hier klang das Mantra ganz anders. Entspannter, alltäglicher, kraftvoller.

Sugandhim pushtivardhanam

Wir hatten es so oft gechantet, in Berlin, ohne es wirklich zu verstehen. Das große, den Tod besiegende Mantra. Hier sangen es Kinder, die so viel Lebensfreude ausstrahlten, dass ich mich fragte, woher sie ihre Kraft nahmen. Ich bewunderte sie.

Urvaarukam iva bandhanaan

Ich fühlte mich ihnen näher als meinen eigenen Eltern. Solange der Elefant im Raum stand, kamen wir nicht zusammen. Und es war unübersehbar, dass Lou sich nicht gut fühlte. Er murmelte das Mantra mehr, als er es sang. Seine Haare fielen strähnig in sein bleiches, verschwitztes Gesicht.

Mrityor mukshiya maamritaat

Als die Kinder aufstanden, um schlafen zu gehen, sah ich, wie Marie die Hand auf Lous Stirn legte. Er wollte weggehen. Marie hielt ihn zurück und nahm ihn beiseite. Ich hörte nur Fetzen ihres Gesprächs. Sie stritten sich.

»Sag's ihr endlich«, sagte Marie.

»Es ist zu spät«, erwiderte er trotzig.

Lou blickte zu Corinna, dann zu mir. Wen meinte Marie?

Ich passte ihn am Ausgang ab.

»Worüber habt ihr gestritten?«

»Nichts.«

»Komm, Lou, rück's raus.«

»Mir geht's nicht so gut, Lucy.«

Es war das erste Mal, dass er es zugab.

»Hast du Fieber?«

Ich legte ihm die Hand auf seine Stirn. Sie war heiß und feucht. Er ließ es geschehen, fast als würde er mich bitten, ihm zu helfen.

»Du willst nicht zurück ins Krankenhaus, oder?«

»*No way.* Vorher ging's mir noch gut. Ich muss mir in dem Scheißloch irgendwas geholt haben.«

»Soll ich einen Arzt rufen?«

»Nein, ich schlaf erstmal 'ne Runde. Wird schon wieder.«

Er zog ab, ich sah ihm nach und fragte mich, ob ich ihn hätte aufhalten sollen.

»Was war das eben zwischen Lou und Marie?«, fragte ich Corinna.

»Nichts«, sagte sie. Und damit wusste ich, dass sie die Antwort wusste. Sie wünschte mir eine gute Nacht und ging schlafen. Auf einmal stand Marie neben mir.

»Worüber habt ihr gestritten?«, fragte ich.

Sie sah mich nur mitfühlend an, aber schwieg. Dann ging sie nach draußen, um mit den Volontärinnen zu reden.

Ich konnte kaum schlafen. Vor Sonnenaufgang ging ich barfuß im T-Shirt hinüber zu Lous Zimmer – wir waren bei den Volontären untergebracht – um nachzusehen, wie es ihm ging. Er war wach. Stand auf der kleinen Veranda und rauchte. Kein Licht brannte, der Mond war verschwunden. Lou erschrak, als er mich sah.

»Hier sind Ameisen«, sagte er. »Pass auf deine Füße auf. Ganze Ameisen-Highways. Wann pennen Ameisen eigentlich?«

Ich setzte mich auf den großen Schaukelstuhl neben ihm.

»Wie geht's dir?«

»Ich bin alt.«

Es tat mir weh, das zu hören. Lou durfte nie alt werden.

»Worüber hast du dich mit Marie gestritten?«

»Wir haben uns nicht gestritten.«

»Lou.«

Er starrte in die Dunkelheit und drückte seine Zigarette aus. Ein Zug fuhr in der Ferne vorbei. Sein Signal hallte durch die Nacht.

»Ich hätte dir das früher sagen müssen. Aber wir hatten's doch gut miteinander, oder? Ich hab was Schreckliches getan, aber ich war doch kein schlechter Vater, oder?«

»Nein. Aber ... ich hab das Gefühl, deine Geschichte ist noch nicht zu Ende. Was ist passiert, nachdem Marc tot war?«

»Wir sind nach Hause gefahren.«

»Du hast gesagt, ich wurde in Indien gezeugt. War das gelogen?«

»Nein.«

»Aber wie kamst du dann mit Corinna zusammen? So schnell, nach Marcs Tod? Du hattest gerade erst Marie geheiratet!«

»Man kann zwei Menschen lieben!«, schoss es aus ihm heraus. »Verstehst du?«

»Okay, dann kann ich ja beruhigt schlafen gehen.«

Ich stand auf. Die Provokation funktionierte.

»Warte, Lucy«, sagte er sanft, fast ängstlich.

Ich blieb stehen.

»Es gibt Sachen, die ich nie jemandem erzählt hab.«

»Warum?«

»Weil du mich dafür hassen wirst.«

»Ich kann dich gar nicht hassen«, sagte ich. Und das war nicht gelogen. Wenn es einen Menschen gab, dem ich immer alles verziehen hatte, dann war es Lou.

»Außer«, fügte ich hinzu, »du erzählst nicht weiter.«

Seine Hände zitterten. Er setzte sich auf den Rand des Schaukelstuhls. Ich setzte mich neben ihn und nahm seine Hand. Das war die Geste, die er brauchte. Er drückte meine Hand fest, als hätte er Angst, mich in der Finsternis zu verlieren.

36

> I am time,
> destroyer of the world.
>
> *Bhagavad Gita*

RISHIKESH, 1968

Die Sache mit dem Tod ist die: Man sagt, die Seele besteht weiter, nur der Körper stirbt. Aber de facto ist es umgekehrt: Der geliebte Mensch ist weg, nur die Leiche liegt noch da. Und keiner weiß was damit anzufangen. In den ersten Minuten nach Marcs Tod, als sie seinen Körper aus dem Taxi zerrten, funktionierten sie bloß: Lou rannte in die Notaufnahme und schrie nach einem Arzt, Corinna bezahlte den Taxifahrer, und Marie hielt mit blutigen Händen Marcs Kopf, damit er nicht auf den Asphalt fiel. Endlich kam ein Arzt, stellte den Tod fest, ließ den Leichnam in ein Zimmer tragen und füllte ein Formular aus. *NAME, DATE OF BIRTH, PLACE OF BIRTH, TIME OF DEATH, PLACE OF DEATH.*

Die Essenz eines Lebens in Zahlen und Buchstaben.

CAUSE OF DEATH: SCULL FRACTURE

Lou stellte sich vor, Marcs Seele wäre aus dem Gefängnis seines Schädels ausgebrochen. Solch dummes Zeug schoss ihm durch den Kopf, und noch dümmeres. Nur damit er seinen Schmerz nicht spürte, seine Scham und seine Schuld. Und wenn er dachte, dass der indische Arzt ihm irgendeinen Trost schenken konnte, irgendeinen spirituellen Spruch, der dem Schrecken einen höheren Sinn verlieh, dann täuschte er sich. In den schmutzigen Fluren des Rishikesh Government Hospital existierten keine Seelen und keine Wiedergeburt, nur kaputte Körper. Und noch etwas gab es nicht: eine Kühlkammer.

»Wir verbrennen unsere Toten ohne Zeitverzögerung«, erklärte der Arzt.

Corinna erhob Einspruch. Wie sollten sie Marcs Vater beibringen, was passiert war, wenn sie Marc verbrannten? Er würde es nicht verstehen. Er könnte nicht Abschied nehmen. Nein, Lou musste Marc nach Hause bringen.

Welchen Marc, dachte Lou.

»Wie soll ich das denn bezahlen?«, fragte er.

»Ruf deinen Vater an.«

Das war das Letzte, was Lou tun würde. Es wäre mehr als das Eingeständnis eines Scheiterns, es wäre die bedingungslose Kapitulation. Er überlegte fieberhaft, was er machen sollte. Was würde Marc jetzt tun? Er hatte immer einen Ausweg gewusst.

Aus irgendeinem Grund existierte auf einmal doch eine Kühlung. Aber die Plätze, sagte der Arzt, seien limitiert. Und nur gegen Cash zu buchen. Corinna lief zum Ashram, um in Marcs Sachen nach Geld zu suchen. Lou und Marie blieben bei Marc. Als könnte jemand die Leiche klauen. Stunden später kam Corinna zurück. Sie hatte nur ein paar Scheine gefunden. Es reichte gerade für eine Nacht.

»Morgen müsst ihr ihn abholen.«

Dann standen sie vor dem Krankenhaus und wunderten sich, warum sie nur noch zu dritt waren. Alles schien so irreal, wie ein Albtraum, aus dem sie in eine schreckliche Wirklichkeit aufwachten.

Die Sonne stand schon tief, als sie im Ashram ankamen. Sie fanden ihre Klamotten auf dem Boden vor der Küchentür.

»Ihr müsst gehen«, grunzte Rüdiger.

»Marie und Corinna können nichts dafür.«

»Mir egal. Ansage von oben. Ihr bringt schlechtes Karma.«

Lou durchsuchte Marcs Sachen nach Geld, aber fand nicht mehr, als Corinna gefunden hatte. Auch der Beutel mit dem Gras und Acid war verschwunden. Er legte sich mit Rüdiger an. Nannte ihn einen verdammten Dieb. Rüdiger nannte ihn einen verdammten Mörder. Marie musste sie trennen.

Dann banden sie ihre Klamotten mit Schnur zusammen, Lou schulterte das Gepäck seines Bruders, und sie verließen den Ashram, ohne sich zu verabschieden. Die Stille vor den Bungalows, das Vogelgezwitscher, das gesprenkelte Sonnenlicht unter den Eukalyptusbäumen – man hätte meinen können, es wäre der friedlichste Garten auf Erden.

Lou schwor sich, nie wiederzukehren.

Sie übernachteten an den Ghats, bei den Straßenkindern und Sadhus. Der Ganges zog gleichgültig vorbei.

»Du musst euren Vater anrufen«, sagte Marie.

»Was soll ich ihm sagen?«

»Dass er Geld schicken soll. Für die Tickets.«

»Ich fahr nicht zurück«, sagte Lou.

Am Morgen wurden sie von zwei indischen Bullen geweckt. Sie trugen Khakiuniformen, Schnurrbärte und Schlagstöcke. Erst klangen sie noch freundlich, sagten »*Please!*« und »*Sir!*«, aber als Lou sich weigerte, mit auf die Wache zu kommen, wurden sie ungemütlich. Sie drehten ihm brutal die Arme auf den Rücken. Lou schrie vor Schmerz und Wut, und sie führten ihn ab. Marie und Corinna protestierten laut, aber es war zwecklos. Am Ende landeten sie alle in einer verdreckten Bullenkarre. Ihre Sachen blieben an den Ghats liegen.

Die Polizei wusste alles. Irgendwer musste sie verpfiffen haben. Und die Polizisten hatten was gegen Hippies. Sie stießen die drei in ein stickiges Büro, wo sie einem dicken Kommissar gegenübersaßen, auf dessen Schreibtisch sich apokalyptische Aktenstapel türmten. An der Wand hing ein schiefes Foto von Indira Gandhi. Der Kommissar befragte sie einzeln und herrschte die anderen beiden an, zu schweigen, während einer seine Fragen zu beantworten hatte. Als wären sie ungezogene Schulbuben. Überraschenderweise interessierte sich der Kommissar mehr für Marcs Leben als seinen Tod.

»Hat er Drogen genommen?«

»Nein.«

»Haben Sie Drogen genommen?«

»Nein.«

»Es ist kein Geheimnis, dass in der Maharishi Academy wilde Orgien gefeiert werden.«

»Keine Ahnung. Gerüchte.«

Sie hielten zusammen. Marie und Corinna deckten Lou.

Es war ein Unfall, Marc war gestolpert, niemand wusste warum.

So ging das stundenlang, bei Neonlicht und Zigarettenqualm. Ohne die Uhr an der Wand hätten sie ihr Zeitgefühl verloren. Offenbar suchten die Bullen etwas, das sie dem Maharishi anhängen konnten. Sie schienen keine Fans des Experiments auf dem anderen Ufer des Ganges zu sein.

»*You hippie people*«, blaffte der Bulle, »behauptet, dass ihr unsere Kultur kennenlernen wollt. Aber ihr habt keinen Respekt. Ihr bringt eure westliche Dekadenz her und zieht unsere Heilige Stadt in den Schmutz.«

»Können wir jetzt gehen?«, fragte Corinna.

Der Kommissar stand auf und verließ den Raum. Durch die Tür konnten sie hören, wie er mit einem Vorgesetzten diskutierte. Nach einer Ewigkeit kam er zurück und legte drei Formulare auf den Tisch. Sie seien frei, sagte der Bulle, mit der Auflage, das Land bis morgen zu verlassen. Jemand von der deutschen Botschaft sei unterwegs, um sie abzuholen.

»Nehmt euren toten Freund und verschwindet.«

Vermutlich wurde den Indern die Sache zu heikel. Vielleicht wollten sie keine schlechte Presse für die Pilgerstadt. Oder der Maharishi, der auch keine schlechte Presse wollte, hatte einflussreiche Freunde. Wie auch immer, es war klar, dass die drei kleinen Hippies nur Bauern in einem größeren Spiel waren, in dem es weder um Marc noch um Gerechtigkeit ging.

Der Typ von der Botschaft stellte sich als Horst von Schirnding vor und sah aus, als hätte er gerade erst seinen Magister in Philosophie gemacht. Anzug, Krawatte und Flaum über den Lippen. Seine formelle Freundlichkeit war eine willkommene Abwechslung zu den unberechenbaren Bullen. Lou, Marie und Corinna unterschrieben die Formulare, ohne sie zu lesen, dann verließen sie die Polizeistation in diplomatischer Begleitung der Bundesrepublik Deutschland. Der Botschaftstyp erklärte, sie müssten ihre Eltern anrufen, damit sie Geld nach Delhi schickten. Mit dieser Garantie würde die Botschaft die Flugtickets vorausbezahlen. Corinna sagte, sie habe keine Eltern mehr. Lou mauerte, bis Marie sich bereit fand, ihre Mutter zu fragen.

Aus dem Krankenhaus klingelte Marie ihre Mutter an. Wer weiß, wenn Maries Mutter zu Hause gewesen wäre, wäre die Geschichte vielleicht anders verlaufen. Aber sie ging nicht ran. Also hing alles an Lou. Er hatte weder Bock, nach Hause zu fliegen, noch seinem Vater etwas Ungeheuerliches zu erklären, das er selbst noch nicht begriff. Aber die Aussicht auf ein indisches Gefängnis gab ihm den nötigen Tritt in den Hintern.

Er wählte die Nummer aus Harburg, die er auswendig konnte, weil sie einmal seine eigene gewesen war.

»Hallo Papa.«

Es rauschte in der Leitung. Lou konnte förmlich sehen, wie sein Vater neben der dunkelbraunen Kommode stand, mit dem schwarzen Bakelithörer in der Hand und dem ernsten Blick, den er immer aufsetzte, wenn er ans Telefon ging. Weil es immer möglich war, dass er zu einem Notfall gerufen wurde.

»Ich bin's«, schob Lou nach.

»Wo seid ihr?«

Die Stimme des Vaters klang nicht einmal überrascht.

»In Indien.«

»Wie geht es dir?«

Es war das erste Mal, dass Lou diese Frage aus seinem Mund hörte.

»Gut.«

Und dann kam die Frage, die er kannte:
»Wie geht es Marc?«
Lou blickte zu dem Typen von der Botschaft.
»Ähm, kannst du uns ein bisschen Geld vorschießen? Für drei Tickets. Nach Deutschland.«
»Drei?«
»Marie ist ja auch dabei.«
»Wie viel Geld?«
Er fragt nicht, was passiert ist, dachte Lou. Er ist so verkorkst.
»Dreitausend Mark. Zahl ich dir zurück.«
Stille in der Leitung.
»Wann wollt ihr ankommen?«
»Morgen.«
Lou gab dem Botschaftstyp den Hörer, damit sie die Details klärten. Der war so klug, nicht zu verraten, dass Marc im Frachtraum nach Hause fliegen würde. *People talking without speaking*, dachte Lou. Diplomatenkunst. Ohne das offiziöse Imauftragderbundesrepublikdeutschlandgedöns hätte Papa die Kohle nicht rausgerückt.

Es folgte ein bürokratischer Akt mit zahllosen Formularen, die Lou als Angehöriger ausfüllen musste. Er hatte nicht gedacht, dass Sterben noch komplizierter war als Leben. Marie lief unterdessen zu den Ghats, um zu sehen, ob die Klamotten noch da waren. Und Corinna ging in eine Apotheke, weil sie Kopfweh hatte. Sagte sie jedenfalls.

Am Nachmittag stand ein riesiger schwarzer Cadillac vor dem Krankenhaus. Mit Heckflossen und Chauffeur. Es war der einzige Leichenwagen, den der Botschaftstyp hatte auftreiben können.

»Leihgabe der Amerikaner«, verkündete er.

Super, dachte Lou, passt wie die Faust aufs Auge.

Sie stiegen in ein kleines Ambassador-Taxi; vorn der Botschaftstyp neben dem Sikh-Fahrer, hinten quetschten sich Lou und Marie rein. Ihre Klamotten waren schon futsch gewesen, als Marie an den Ghats danach gesucht hatte; jetzt besaßen sie nur noch das, was sie am Körper trugen, minus dreitausend D-Mark. Corinna kam als letzte angelaufen. Dann fuhren sie los, hinter dem Cadillac her, der wie ein Ozeandampfer durch Rishikesh pflügte. Jeder, wirklich jeder drehte sich danach um.

Die Sonne legte ein letztes, milchigwarmes Licht über Rishikesh, dann fuhren sie, an Rikshas und Fahrrädern vorbei, in die Nacht. Wenn alles gut ging, sollten sie am Morgen in Delhi ankommen. Der Amerikaner schaufelte den Verkehr mit der Lichthupe zur Seite und überholte wie ein Geisteskranker. Der Sikh hatte Mühe, mitzuhalten. Die Lichter des Gegenverkehrs, das Aufblenden und Hupen, irrwitzige Schlaglöcher, die schwüle, benzingeschwängerte Luft, das Ausgeliefertsein an einen Fahrer, der kein Wort Englisch verstand – es war ein surrealer Fiebertrip. Dabei wollte niemand in dieses verdammte Flugzeug steigen. Lou überlegte, wie er aus dem Auto springen könnte. Einfach in der Dunkelheit verschwinden.

Sich selbst entkommen.

Mitten in der Nacht, als sie am Straßenrand hielten, wo ein Teenager Benzin in Plastikflaschen verkaufte, lief Corinna zum Straßengraben und übergab sich. Hustend kroch sie wieder auf die Rücksitzbank.

»Bist du okay?«, fragte Lou.

»Ich will nicht nach Hause«, sagte sie.

Der Sikh reichte ihr ein Kleenex, dann fuhr er los, in die Staubwolke hinein, die der Cadillac hinterließ.

»Du kannst zu uns kommen«, sagte Marie und krallte sich am Vordersitz fest.

»Wo wollt ihr überhaupt wohnen?«, fragte Corinna.

»Weiß nicht. Vielleicht bei meiner Mutter.«

»Nee«, sagte Lou, »vergiss es.«

Harburg, das war der Vater, der Vorwurf, und jede Ecke würde ihn an Marc erinnern. Wie ein Fluch.

»Wohin dann?«

Lou wusste keine Antwort.

»Ich bleib hier«, sagte Corinna.

»Allein?«, fragte Marie.

»Ich war immer allein«, sagte Corinna.

»Hey, komm mit uns«, sagte Lou. »Wir finden schon was.«

»Nein!«, schnitt Corinna ihm scharf das Wort ab. Lou und Marie erschraken.

Sie starrte nach vorne auf die roten Lichter des Cadillac.

»Ich würd gern bei euch bleiben ... aber das geht nicht.«

»Klar geht das«, sagte Lou.

»Nein, Lou.«

Er spürte die Last, die er auf sich geladen hatte, indem er ihr den einzigen Mann genommen hatte, den sie je geliebt hatte. Eine unermessliche, unerträgliche, unverzeihliche Schuld. Er senkte seine Stimme, damit der Botschaftstyp es nicht hörte.

»Es tut mir so leid, Corinna. Ich wär lieber an seiner Stelle tot.«

»Ich bin schwanger«, sagte sie mit erstickter Stimme.

Erst dachte Lou, er hätte sich verhört. Ihre Körper stießen zusammen, als der Wagen über ein Schlagloch bretterte.

»Von wem?«, fragte Marie.

Corinna sah sie ernst an und sagte:

»Es gab nur einen.«

»Bist du sicher?«, fragte Lou.

»Ich hab vorhin den Test gemacht.«

»Und das kann nicht von jemand and- …«

»Nein, Lou! Es ist von Marc!«

Der Botschaftstyp drehte sich verstört um. Ein Schlagloch schüttelte sie durch. Die Lichter des Cadillac tanzten im staubigen Scheinwerferkegel auf und ab. Niemand sagte etwas. Je länger sie schwiegen, desto weniger wagte einer, das Schweigen zu durchbrechen. Lou nahm Corinnas Hand und hielt sie fest. Corinna zog sie zurück.

Am Morgen kamen sie in Delhi an. Der Himmel wurde hell, aber die Sonne fehlte. Eine dichte, graue Smogwolke verhüllte die Stadt. Auf der vierspurigen Straße staute sich der Berufsverkehr. Kolonialgebäude, Zeitungsverkäufer, Scheibenputzer. Die Hatz durch die Nacht endete in ernüchternder, drückender Schwüle.

Durch eine Glastür betraten sie die klimatisierte Moderne des Lufthansa-Büros. Schreibmaschinengeklacker, Personal im blauen Blouson, Poster vom Kölner Dom, dem Schwarzwald und einer glücklichen Familie. Der Botschaftstyp kaufte drei One-Way-Tickets, zuzüglich Sondergepäck.

»Überlassen Sie das mir«, hatte er gesagt und war allein zum Schalter gegangen. Die Hippies in ihren verdreckten Klamotten standen neben der Zimmerpalme herum. Lou kramte seine zerknüllten Kippen aus der Hosentasche, aber das Päckchen war leer.

»Ich mach's weg«, sagte Corinna.

Vor der Glasfront gingen Menschen vorbei. Angestellte mit Aktentasche, Frauen im Kostüm.

»Nein«, sagte Marie. »Das darfst du nicht.«

»Wer sagt das?«

»Damit würdest du Marc nochmal töten.«

»Nicht so laut!«, zischte Lou.

Corinna wandte sich ab und blickte durch die Glasfront nach draußen. Dann fuhr sie Lou an:

»Ihr fliegt jetzt nach Hause, vergesst alles und macht euch ein schönes Leben. Aber auf mich… wartet niemand!«

Der Botschaftstyp drehte sich um. Sie waren ihm wohl peinlich, seine schmutzigen, zankenden, schwangeren Hippies. Sicher zählte er die Minuten, bis sie im Flugzeug verschwanden. Lou suchte verzweifelt nach einer Lösung. Eine, die für alle funktionieren würde.

»Wir ziehen zusammen«, schlug er vor. »Machen 'ne Kommune auf. Okay? Wir ziehen das Kind gemeinsam groß.«

Wenn man in dieser Welt niemandem trauen konnte und alle Versprechen gebrochen wurden, dann wollte wenigstens *er* ein Versprechen geben, auf das Verlass war. Zumindest das hatte er unter Kontrolle. Weil es seine eigene Entscheidung war.

Corinna sagte nichts dazu. Marie wandte sich ab.

»Oder, Marie, was meinst du?«

»Du kannst nicht immer alles haben, Lou. Manchmal muss man sich entscheiden.«

Sie hatte recht, dachte er, und doch war es, als hätte er nichts von alledem entschieden. Nicht den Aufbruch zu dieser Reise, nicht ihr abruptes Ende und vor allem nicht das Kind.

Es war geschehen.

»Lass gut sein«, sagte Corinna. »Das muss *ich* entscheiden.«

Bevor Lou etwas erwidern konnte, kam der Botschaftstyp und drückte ihnen die Tickets in die Hand.

Ihr einziges Gepäck war der Sarg. Lou erhielt dafür einen gelben Coupon mit einer Nummer. Sie sahen nicht einmal, wie Marc verladen wurde, alles ging so schnell. Ihre Tickets wurden abgerissen, sie erhielten Bordkarten, drei Sitze nebeneinander. Zu dritt waren sie losgefahren, zu dritt flogen sie zurück. Nur in anderer Besetzung. Ihr Flug wurde schon aufgerufen, sie rannten zum Gate, Corinna zeigte die Bordkarten vor, Lou kramte nach seinem Pass, und als er ihn fand – Corinna war schon durchgegangen –, drehte er sich kurz nach Marie um. Er sah sie nicht mehr. Er rief sie. Corinna blieb stehen. Er sah Maries Kopf in der Menge verschwinden. Er rief sie, jetzt laut, aber sie kam nicht zurück. Hinter ihm drängten die Leute nach. Corinna begriff früher als er, was hier gerade geschah. Sie nahm seine Hand und zog ihn weiter, durch die Glastür nach draußen, aufs Rollfeld. Die schwüle Hitze schlug ihm ins Gesicht. Das Kreischen der Triebwerke, die glänzende Gangway, die Hoffnung, sie würde doch noch kommen; vielleicht hatte sie nur etwas vergessen, vielleicht war alles nur ein böser Traum. Das blonde Lächeln der Stewardess, die zuschlagende Kabinentür, sein betäubter Körper, der in den Sitz fiel und der metallische Griff des Gurts, der ihn festzurrte wie eine endgültige Entscheidung, jetzt und für den Rest seines Lebens.

37

> Enlightenment is absolute cooperation
> with the inevitable.
>
> *Anthony de Mello*

Ich wünschte, er hätte es mir nicht erzählt. Jetzt war es nicht mehr *seine* Geschichte; es war *meine* Geschichte.

»Hey, Lucy, du bist doch mein Schatz«, sagte er und nahm meine Hand.

Ich zog sie weg und stand auf. Welcher Teufel hatte mich geritten, ihn so unter Druck zu setzen? Vor der Veranda dämmerte es. Die Vögel zwitscherten, die Pflanzen wucherten, der Morgen duftete nach Jasmin; alles wirkte so unschuldig, dabei brach für mich die Welt zusammen. Der Verrat traf mich so tief, dass ich mich kaum auf den Beinen halten konnte. Ich war nicht seine Tochter. Er hatte meinen Vater getötet und sich an seine Stelle gesetzt. Das würde ich ihm nie verzeihen können.

Lou stellte sich neben mich, klug genug, um seinen Arm nicht um meine Schulter zu legen. Ich hätte ihn vor Wut weggestoßen.

»Wir haben dir 'ne andere Geschichte erzählt, weil wir dich beschützen wollten.«

»Vor der Wahrheit?«

»Die Wahrheit war hässlich.«

»Aber die Wahrheit ist nie falsch!«

»Doch, Lucy. Alles was auf dieser Reise passiert ist, war falsch. Das einzig Gute, was herauskam, warst du. Als ich dich zum ersten Mal gehalten hab... die Geburtsschwester hat dich in meinen Arm gelegt... da warst du so klein und so verletzlich und hast mich mit so großen Augen angeschaut, als würdest du sagen: *Was mach ich hier? Wer hat mich hergebracht? Das wollte ich doch gar nicht.* Da hab ich mir gesagt: Dein Leben soll besser sein als das von deinem Dad. Und als meins. Wir waren doch beide tot, er physisch und ich psychisch. Warum sollte ein unschuldiges Kind dafür büßen? Du hattest doch ein gutes Leben, oder? Es geht dir doch gut?«

Ich gab ihm kein erlösendes Ja. Es ging mir alles andere als gut, aber davon hatte er natürlich keinen Schimmer. Und er hatte mich nicht angelogen, um mich zu beschützen. Sondern damit ich ihn liebe. Mein Vater, der nicht mein Vater war, hatte mir einen heimlichen Pakt aufgezwungen: Er brachte das Opfer, mich großzuziehen, ich war sein Sonnenschein. Und Corinna war seine Komplizin. Ihr eigenes Kind belügen – wie konnte sie das vor sich selbst rechtfertigen? Sie, die immer so hohe Ansprüche an andere hatte. Authentizität. Glaubwürdigkeit. Wahrhaftigkeit. *Fuck you!*

»Ich hab versucht«, stammelte Lou, »es besser zu machen.«

»Besser als wer?«

»Besser als den Mist, den wir in Indien verbockt hatten.«

»Wir?« Ich ballte die Fäuste. »Marc hatte keine Wahl. Er wusste nicht mal, dass sie schwanger war.«

»Ja, aber ... –«

»Ich hab keinen *besseren* Papa gebraucht. Nur jemanden, der mir nichts vormacht. Scharlatan!«

Das traf. Ich ließ ihn verwundet auf der Veranda stehen. Ganz ehrlich, ich hasste ihn. So abgrundtief, wie man nur jemanden hassen konnte. Jämmerlich war er, erbärmlich, das Allerletzte.

Ich stolperte durch den Garten, lief durchs Tor hinaus und rannte die Straße hinunter. Nur weg. Die Konturen der Welt schälten sich aus der Dämmerung, aber ich wollte die Zeit umdrehen, damit alles wieder in Dunkelheit versank. Ich verachtete diese Welt und alle Menschen, mich selbst eingeschlossen. Lucy, das Sonnenkind mit dem Blumenkranz, war das Produkt einer Lüge. Dass sie aufgeflogen war, kam einer Auslöschung gleich.

Ich rannte, als würde ich aus einem brennenden Hochhaus springen. Immer weiter, über Straßen und Feldwege, in ein Feld hinein, durch Gestrüpp und Müll und feuchte Erde. Bis die Erschöpfung mich einholte, eine tiefe, bleierne, uralte Erschöpfung, aber ich zwang mich, ihr nicht nachzugeben. Ich rang nach Luft und rannte weiter, bis meine Muskeln schmerzten und meine Gedanken freier wurden. Wenn meine Identität eine Illusion gewesen war, dann war ich an nichts mehr gebunden.

Die Sonne brannte mir ins Gesicht. Ich verlor den Weg, die Orientierung, das Zeitgefühl, und das wollte ich auch. Nie mehr nach Hause. Zu Hause war alles falsch gewesen. Kein Wunder, dass mein Familienkonstrukt mit Adnan zusammengebrochen ist. Ich war eine Fremde im eigenen Haus gewesen, immer schon, und nur deshalb war alles so anstrengend. Zum ersten Mal begriff ich, warum ich Lou und Corinna, dieser halben Familie, nicht wirklich vertrauen konnte. Ich war in einer Lüge aufgewachsen. Einer Lüge, ummantelt von Liebe. Aber weil ich nicht den Finger drauflegen konnte, misstraute ich meinem eigenen Instinkt. Musste mich von mir selbst abschneiden, um das Spiel mitzuspielen, das sie mir vormachten. Ich hasste sie dafür. Und nein, ich wollte sie nicht verstehen. Ich hatte jedes Recht, sie zu hassen. Dieses Gefühl war echt. Es rauschte wild durch meinen Körper. *Endlich bist du hier,* sagte mein einziger Freund, der Fremde. *Willkommen auf der anderen Seite.*

Das dornige Gestrüpp riss meine Arme und Beine blutig. Im Lehm lagen tote Ratten voller Ameisen. Hornissen schwirrten durch die Hitze. Farne und Bananenblätter überwucherten den Weg, riesige Blütenkelche hingen vom Himmel. Ich lief an einer giftgrünen Pfütze vorbei, an ausgebrannten Autowracks und rostigen Wellblechhütten. Irgendwann wurde der Pfad zur Straße. Die Schilder waren zerbeult, die Buchstaben nur auf Hindi. Es roch nach Holzfeuern. Auf den weiten Feldern arbeiteten Bäuerinnen. Ich bemerkte, dass ich nicht mehr lief, sondern nur noch ging. Meine Füße brannten, meine Kehle war ausgetrocknet. Ich verdurste, dachte ich; ich muss jemanden um Wasser bitten.

Ich kam an einen Kreis aus Staub und Steinen. Ein knochiger Ochse trottete um ein Rad herum. An seinem Joch war ein Baumstamm festgebunden, der mit der Mitte des Rades verkeilt war. Auf dem Stamm hockte eine dunkelhäutige Frau im weiten, roten Rock, das Haar mit einem Tuch bedeckt. Hin und wieder schlug sie mit einem Seil auf das Tier. Ein rostiges Zahnrad und eine Achse führten zu einem Brunnen, aus dem

Schaufelräder Wasser zogen, frisches Wasser, das sich in eine Rinne ergoss, die zu den Feldern führte. Ringsherum saßen Vögel.

Die Bäuerin blickte zu mir, ohne sich zu rühren. Als wäre ich nicht real, nur ein zufällig vorbeiziehender Schatten. Ich fragte sie auf Englisch, ob ich Wasser trinken durfte. Sie antwortete etwas auf Hindi, das ich nicht deuten konnte, aber sie hielt mich nicht auf, als ich zum Brunnen ging, meine Hände zum Gefäß formte und das Wasser trank. Ich genoss seine Kühle und sein Gewicht, und wie sich die Mittagssonne darin spiegelte. Es war das Beste, was ich in meinem Leben getrunken hatte.

Dann setzte ich mich an die Steinmauer neben dem Brunnen und spürte, wie das Wasser durch meinen erhitzten Körper strömte. Die Sonne brannte aus offenem Himmel herunter. Die Bäuerin versuchte nicht, mir zu helfen, aber verjagte mich auch nicht. Sie drehte sich träge im Kreis, manchmal schaute sie zu mir, manchmal auf den Ochsen, meistens in die Ferne. Ich fragte mich, wie zwei Menschen in verschiedenen Dimensionen nebeneinander existieren konnten, und ob ich diejenige war, die aus der Zeit gefallen war oder sie. Dann sah sie herüber und nickte mir unmerklich zu, und ich verstand, dass ich hier sein durfte.

Ich dachte an Marc und musste weinen. Um die verlorene Zeit mit ihm, die verlorene Ordnung der Dinge. Um sein Lachen, das ich nie gehört habe und dass er nie erfahren durfte, wie alles sich änderte, wenn man älter wurde.

Wegen einer einzigen falschen Bewegung.

Ich wünschte, ich könnte ihm meine Augen und Ohren

schenken, all meine Sinne, so dass er durch mich erleben konnte, wie es war, jetzt hier zu sein.

Das Wasser rauschte, das Rad quietschte, und von Zeit zu Zeit schnaubte das Tier. Sonst war nichts. Nur mein Einverständnis mit der Verlangsamung der Zeit, oder besser: ihrer Abwesenheit. Zeit beschreibt eine Linie, die aus der Vergangenheit in die Zukunft reicht, das Wasserrad aber vollzieht eine Kreisbewegung, ohne Anfang oder Ende.

Ich wusste nicht, wie sie mich gefunden hatte. Als die Sonne schon tief stand, rumpelte ein verbeulter Minivan über die Straße und stoppte. Marie stieg aus und kam über den Feldweg zu mir.

»Du musst kommen«, sagte sie.

Ich schüttelte den Kopf.

»Deinem Vater geht's schlecht.«

Ihre Stimme kam aus einer Welt, die mich nichts mehr anging.

»Steh auf, Lucy!«

Die Bäuerin sah zu, wie wir in Maries Auto stiegen. Als wir durchs nächste Dorf fuhren, kam ein Schwall von Nachrichten auf meinem Handy an.

»Wir haben dich gesucht«, sagte Marie, und ich dachte: Wie verrückt – ich war losgefahren, um meine Mutter zu suchen, und jetzt wollte ich nicht von ihr gefunden werden.

»Besser spät als nie«, sagte Marie. »Du kannst jetzt sauer sein, weil er's dir so lang verschwiegen hat. Oder dankbar, dass er sich doch noch überwunden hat.«

Der Schaden ist längst angerichtet, dachte ich. Mein Leben

ist halb rum. Aber Selbstmitleid war jetzt sinnlos. Ob es mir gefiel oder nicht; es war das einzige Leben, das ich hatte.

Tat twam asi.
   Das bist du.

»Ich bin froh, dass du hier bist«, sagte Marie. »Ich seh deinen Vater in dir.«
   Damit musste ich erstmal klarkommen – dass sie Marc meinte. Und ich fragte mich, welchen Teil von ihm sie in mir sah, den hellen oder den dunklen.
   »Hast du Corinna nicht gehasst?«, fragte ich. »Sie hat deinen Platz eingenommen.«
   »Ich hatte keine Zeit zum Hassen.«
   »Warum bist du damals nicht in das Flugzeug gestiegen?«
   »Lou konnte sich nicht für eine Frau entscheiden.«
   »Also hast du's entschieden.«
   »Nein, du.«
   Sie lächelte mich an, auf einmal sehr liebevoll.
   »Hast du's bereut?«
   »Ich hab eine Zeitlang in einer Hütte am Ganges gelebt. Allein. Ich hab viel von dem Fluss gelernt. Mehr als von jedem Guru.«
   »Was?«
   »Dass alles vorbeigeht.«
   Sie winkte einer Bäuerin am Straßenrand zu, die sie grüßte. Wie eine von ihnen.
   »Darf ich dir noch eine Frage stellen?«, sagte ich. »Eine persönliche.«
   »Ja.«

»Nach eurem LSD-Trip im Fluss ... Hast du wirklich mit Marc geschlafen ... oder hat Lou sich das nur eingebildet?«

»Nein, wir haben's wirklich getan.«

Ich hielt den Atem an. Sie lächelte mich an, frei und unbefangen.

»Aber wenn du wissen willst, wie's war ... ich kann mich nicht mehr erinnern.«

Corinna stand vor Lous Zimmer, als wir ankamen. Sie sah mich mit einer fast vergessenen Zärtlichkeit an, die mich so sehr überraschte, dass ich ihrer Umarmung auswich.

»Ist die Ärztin noch da?«, fragte Marie.

»Morgen früh kommt sie zurück. Sie sagt, mehr können wir jetzt nicht tun.«

»Was hat er?«, fragte ich.

»Wissen wir nicht«, sagte Corinna. »Hohes Fieber. Vielleicht ein Infekt.«

»Schläft er?«

Corinna schaute nach drinnen. Sie winkte mich mit hinein, aber ich war nicht dazu fähig, ihm jetzt zu begegnen.

»Er schläft«, sagte sie.

Ich schaute ins Zimmer. Lou lag auf seinem kleinen Bett, ein weißes Tuch über seinem Körper, verschwitzte Haare. Ich war schockiert darüber, wie er aussah. Fahl, fast leblos. Neben dem Bett stand ein halbvolles Glas Wasser und eine offene Tablettenschachtel. Seine Lesebrille lag auf dem Boden. Corinna hob sie auf und faltete sie zusammen. Dann strich sie ihm zärtlich die Haare aus der Stirn und rückte sein Kopfkissen zurecht. Ich war gerührt, die beiden so zu sehen. Fast wie ein Paar. Fast wie meine Eltern, vor langer Zeit. Auf gewisse

Weise war er immer so hilflos gewesen, ohne es je zuzugeben, und Corinna immer so stark. Ich konnte ihn nicht mehr hassen. Wenn du dich nur nicht wieder entziehen würdest, Lou, wenn wir uns anschreien könnten, wenn du zugeben könntest, dass du Mist gebaut hast, wenn wir wieder lachen und uns umarmen könnten!

»War er schon in Berlin krank?«, fragte sie mich.

»Ich weiß nicht. Jedenfalls hat er sich nichts anmerken lassen.«

Wir setzten uns zu dritt in den Speiseraum. Die Kinder waren schon schlafen gegangen. Die Köchin stellte ein Thali auf den Tisch, dazu Lassi und Rüdigers Brot. Marie teilte es.

»Als ihr damals nach Deutschland zurückgekommen seid«, fragte ich Corinna, »was habt ihr da gemacht?«

»Erstmal ein gutes Steak gegessen. Bier getrunken. Und dann hat er mich seinem Vater vorgestellt.«

»Was hat er über Marc erzählt?«

»Was er auch dir erzählt hat. Tropenkrankheit.«

»Und du hast einfach deinen Mund gehalten?«

»Was hätt's denn gebracht, die Wahrheit zu sagen? Nichts. Das hätte niemandem geholfen.«

»Mir hätte es geholfen.«

»Ich glaub nicht, Lucy.«

»Das würde ich gerne selbst bestimmen!«

»Du weißt nicht, wie das ist, sich für ein Kind zu entscheiden.«

Das verletzte mich. Ich wusste es sehr wohl. Auch wenn es keine eigenen Kinder waren, hatte ich mich bewusst für Adnans Kinder entschieden. Oder machte ich mir da etwas vor?

Ich erinnerte mich, welche Angst ich immer hatte, schwanger zu werden. Panisch, fast pathologisch.

»Ich sag's dir ganz offen, Lucy, auf die Gefahr hin, dass es dir wehtut. Ich war mir nicht sicher, ob ich das Kind behalten soll. Ich wollte ja nie Familie haben. Aber Lou wollte dich. Unbedingt. Er sagte mir: In deinem Kind lebt Marc weiter. Und er versprach, dass er sich darum kümmern würde, als wäre es sein eigenes. Ohne Lou wärst du wahrscheinlich nicht geboren worden. Also sei nicht ungerecht mit ihm.«

Sie sah mich liebevoll und ehrlich an. Ihre Worte trafen mich wie eine Ohrfeige. Doch was sie sagte, machte mir klar, dass Lous Liebe echt gewesen war, ebenso wie meine, als ich mich für Adnans Kinder entschieden hatte. Auch wenn ich nicht ihre leibliche Mutter war – mein Wunsch, für sie da zu sein, kam von Herzen. Und erst als ich Mutter wurde, verstand ich, dass Elternschaft zwangsläufig bedeutete, Fehler zu machen. Lou hatte über den Maharishi gesagt: *Wir hatten ihn auf einen Thron gesetzt.* Das gleiche galt für mich und meine Eltern. Damals mögen sie unerreichbar groß gewesen sein. Aber das lag nur daran, dass ich klein war und nicht sehen konnte, dass sie Menschen wie alle andere waren, geformt aus Licht und Schatten, hineingeworfen in eine Situation, die sie überforderte. Jetzt lag es an mir, eine Entscheidung zu treffen: wer ich war und welche Geschichte ich mir über mich selbst erzählte.

Ich brachte es nicht fertig, in Lous Zimmer zu gehen. Aber als alle schlafen gegangen waren, öffnete ich leise seine Tür und hörte ihn im Dunkeln atmen. Ich stand lange dort im Stillen und dachte an den jungen Mann, der er gewesen war und was

aus ihm geworden wäre, wenn ich nicht auf die Welt gekommen wäre. Der Fremde stellte sich neben mich und sagte:
Eure Reise ist zu Ende.
Kommst du mit mir, fragte ich.
Ich kann nicht bleiben, sagte er.

Plötzlich spürte ich eine stechende Sehnsucht nach Adnan. Er war *der* Mensch, dem ich mich jetzt anvertrauen wollte. Wenn ich flippe, hält er mich aus. Wenn ich ihn wegstoße, fällt er nicht um. Ich ging auf die Veranda und rief ihn an. Er ging nicht ran. Ich brachte es nicht fertig, ihm etwas auf die Mailbox zu sprechen. Es war zu spät für Erklärungen. Du hast es wieder mal verbockt, Lucy. Geschieht dir recht.

Warum war ich vor dem einzigen Mann weggelaufen, dem ich wirklich vertraute? Es lag nicht an ihm. Etwas in mir glaubte, dass alles, was mit Liebe begann, mit Schrecken enden musste. Die Angst vor dem Schmerz war so groß, dass ich lieber auf die Liebe verzichtete, als sie zu verlieren. Mein einziges Zuhause war mein Körper; auf ihn war immer Verlass gewesen. Ich konnte ihm sogar meinen Lebensunterhalt anvertrauen. Deshalb hatte mich dieser Out-Of-Body-Trip bei Ikea so sehr aus der Bahn geworfen. Mein sicherer Ort war plötzlich weg. Wie eine Astronautin, deren Nabelschnur zum Mutterschiff abriss. Klar, ich kannte das Konzept, dass wir in Wahrheit nicht unser Körper waren, sondern Bewusstsein, das in einem Körper wohnte. Aber die Erfahrung, außerhalb meines Körpers zu existieren, hatte mich völlig überwältigt.

Und ich fand immer noch keinen Rückweg. Auszusteigen war leichter gewesen als wieder einzusteigen.

38

In der Nacht sang ein Vogel, den ich noch nie gehört hatte. Auf der Veranda tanzten Fledermäuse. Ein Hund bellte. Ich war todmüde, aber hatte Angst, in die Dunkelheit des Schlafes zu fallen. Ich wusste nicht weiter. Aber solange der Vogel zwitscherte, war ich nicht allein. Er klang so fröhlich. So unbeschwert und verspielt, mitten in der Nacht. Wie ein so kleiner Körper so viel Musik machen konnte. Er hielt mich wach, bis zum Morgen.

Als ich auf die Veranda kam, stand Marie vor Lous Zimmer.
»Die Ärztin ist da«, sagte sie.
»Wie geht's ihm?«
»Das Fieber ist gesunken.«
Ich blickte auf die Türklinke und überlegte, ob ich reingehen sollte. Wir würden reden. Versuchen, erwachsen zu sein. So zu tun, als wären wir okay. Aber wir waren nicht okay. Würden nie mehr okay werden. Weil niemand die Zeit zurückdrehen konnte.

Ich ging zum Speisesaal, um erstmal einen Kaffee zu trinken, einen klaren Kopf zu bekommen, mir Worte zurecht zu legen, als Wegmarken in offenem Gelände. Aber nichts klang echt. Auf dem Weg über den Hof hörte ich Musik. Durch die offene Tür zum Gruppenraum sah ich eine Gruppe von Kindern, zwanzig vielleicht. Ein älteres Mädchen spielte auf einem Harmonium, die Kinder saßen im Schneidersitz. Dann standen sie auf und begannen die Asanas ihrer *Morning Session*.

Surya Namaskar.

Ich ging näher hin. Schaute durch die Tür, ohne gesehen zu werden. Die Ältere machte ihre Sache gut, weil sie die Kinder ihren Sonnengruß üben ließ, wie sie wollten; sie tat nicht so, als wüsste sie es besser. Eher wirkte es, als würden die Kinder ihr zeigen, wie es geht. Sie übten Yoga, als wäre es ein Spiel. Sie hatten Spaß, fielen um und halfen sich gegenseitig auf. Diese Kinder sind so lebendig, dachte ich, und du kommst von den Toten. Ein kleines Mädchen mit Zöpfen drehte den Kopf zu mir und lächelte mich an. Ich lächelte zurück. Die Ältere bemerkte es und winkte mich herein.

Ich schüttelte den Kopf.

Aber ich ging nicht weg.

Ich stand dort und konnte mich nicht lösen. Ihr Yoga war nichts Außergewöhnliches. *Basics.* So wie man das Alphabet aufsagte oder eine Tonleiter sang. Es ging nicht darum, *was* sie machten, sondern *wie.* Es war ein Heimspiel. Keine Fremdsprache. Ihre Freude, die jahrtausendealten Abläufe im eigenen Körper zu entdecken, war ansteckend.

Tadasana. Der Berg.

Anjali Mudra. Die Hände zum Gebet.

Ich merkte nicht, wie meine Arme sich mit bewegten. Erst

in dem Moment, als das Mädchen herüberschaute, spürte ich meine gefalteten Hände vor der Brust. *Namasté.* Ich fühlte mich ertappt und ließ die Arme wieder fallen.

Wenn ich unterrichtet hatte, war immer wieder die Angst aufgestiegen, dass jemand den Finger hob und sagte: *Das stimmt nicht. Das hab ich anders gelernt. Wie kannst du Yoga unterrichten, ohne in Indien gewesen zu sein?*

Aber jetzt, im realen Indien, nicht dem imaginierten, gab es kein Richtig oder Falsch; die Kinder wussten sich intuitiv zu bewegen, so einfach und selbstverständlich wie das Atmen. Und genau das war es, was ich damals im Yoga gefunden hatte: ein Gefühl der Verbundenheit mit mir selbst.

Vrikshasana. Der Baum.

Ein Hund lief durch den Raum, blieb vor einem der Kinder stehen, wedelte mit dem Schwanz und lief weiter. Die Kinder ließen es geschehen. Einer streichelte den Hund. Ich mochte es. In Berlin, dachte ich, verlieren alle die Konzentration, wenn eine Wasserflasche umfällt. Das Mädchen, das mich angelächelt hatte, löste sich aus der Gruppe, lief zu mir, nahm meine Hand und zog mich in den Raum. Die anderen freuten sich über den Überraschungsgast. Ich fühlte mich wie eine absolute Anfängerin. Um nicht aufzufallen, klinkte ich mich in die Asana ein. Ausfallschritt, Beine gespreizt, Füße hüftbreit. Arme in Schulterhöhe ausstrecken, Handflächen zum Boden. Einatmen. Rechten Fuß drehen. Ausatmend Rumpf nach rechts beugen. Arme ausgestreckt und ausgeglichen; obere Hand senkrecht, untere Hand am Schienbein. Ausatmen. Brustbein anheben, Rücken strecken, Gesäßmuskeln spannen. Die Energie auf der linken Körperseite spüren.

Trikonasana. Das Dreieck.

Mein Körper erinnerte sich. Die Hand vertraute dem Arm, der Arm vertraute der Schulter, die Schulter vertraute dem Atem.

Jetzt die andere Seite.

Aufrichten.

Nach vorne beugen. Hände auf die Matte.

Rechtes Bein nach hinten. Linkes Bein nach hinten.

Adho Mukha Svanasana. Der herabschauende Hund.

Der Fuß vertraute dem Bein, das Bein vertraute der Hüfte. Erst spürte ich einen Muskelschmerz, dann brach das Eis in mir auf. Ich tat nichts; *es* bewegte mich. Ich wusste nichts, *es* kannte mich. Neben mir lachte ein Kind. Die Bewegungen, denen ich mich anvertraute, hatten nichts mit Lou zu tun, nichts mit Marc, nicht einmal mit mir. Sie geschahen einfach. Es gab nur den gegenwärtigen Moment, keine Vergangenheit und deshalb auch keine Lüge. Lügen sind anstrengend, weil sie an einer Geschichte festhalten, die nicht existiert. Aber im Yoga gibt es nur das, was ist. Du kannst den Körper nicht betrügen. Er spürt, was stimmt und was nicht.

Anahatasana. Das Schmelzende Herz.

Bhujangasana. Die Cobra.

Etwas in mir richtete sich wieder auf, fügte sich wieder zusammen, kam wieder in Ordnung. Ich war nicht mehr getrennt. Als würde ich aus einem Gefängnis ausbrechen. Der Atem wurde eins mit der Bewegung, die Bewegung wurde eins mit der Welt. Nichts als reine Freude. Ich musste es nicht suchen. Es war immer schon da gewesen.

Balasana. Das Kind.

Shavasana. Der Tote.

Die Kinder rollten ihre Matten zusammen, und ich setzte mich langsam auf. Ich fühlte mich leicht wie lange nicht mehr.

»What is your name?«, fragten sie, und »How are you?«, dann liefen sie nach draußen. Ich räumte meine Matte auf und ging zur Tür. Da hörte ich einen Gitarrenakkord. Es klang nach einer alten, einfachen Akustikgitarre. Als ich in den Hof trat, sah ich, wie die Kinder auf der gegenüberliegenden Seite um einen Mann standen, der mit einer Gitarre auf der Stufe des Klassenzimmers saß. Es war Lou. Er stimmte die Gitarre, während die Kinder gespannt durcheinanderredeten. Die Ältere, die Yoga unterrichtet hatte, legte den Finger an den Mund und sagte, dass sie leise sein sollten. Lou sah noch angeschlagen aus, aber erleichtert. Er redete mit den Kindern, während er die Gitarre fertig stimmte und ein paar Akkorde schrummte.

»Do you know the Beatles?«

Die Kinder schüttelten den Kopf und redeten durcheinander.

»Okay, you want to hear a Beatles song?«

»Yeees!«

Er begann ein Picking, dann sah er mich. Hörte auf zu spielen und warf mir ein schüchternes Lächeln zu. Ich blieb auf der anderen Seite des Hofs stehen. Er kratzte sich am Kopf und nahm seine Brille ab. Wenn man sich so lange kennt, braucht man keine Worte, um zu spüren, was der andere meint. Reue, Dankbarkeit darüber, dass ich nicht wegging, und Liebe, die nach Erwiderung suchte. Die Kinder wurden unruhig und drehten sich um, also spielte er weiter. Ich kannte den Song. Lou hatte ihn mir zum Einschlafen vorgespielt, als ich so alt war wie diese Kinder. Er war einfach, traurig und schön. Er erzählte von einer Amsel mit gebrochenen Flügeln, die ein Leben lang darauf gewartet hatte, wieder zu fliegen. *Blackbird*.

Während Lou sang, zwitscherten ringsherum die Vögel in unzähligen Sprachen. Die Kinder wurden ruhig und lauschten andächtig. So wie ich, wenn er mit der Gitarre an meinem Bett gesessen war. Auf einmal war alles wieder da – dieses Gefühl, das ich seitdem verloren hatte: dass alles gut wird.

Als Lou fertig gespielt hatte, war es absolut still im Hof. Nur die Vögel sangen weiter. Dann klatschten die Kinder, kamen zu Lou, und er zeigte ihnen, wie man die Gitarre hält.

Ich ging hinüber und gesellte mich dazu.

Lou blickte zu mir hoch.

»Magst du einen Kaffee?«, fragte ich.

»Ja.«

Ich ging in den Frühstücksraum, suchte zwei Tassen und die Thermoskanne und goss Kaffee ein. Auf dem Rückweg hielt ich kurz inne und schaute aus dem Fenster. Lou saß, den Rücken an den Türrahmen gelehnt, auf der Schwelle, seine Gitarre neben ihm, und er sah den Kindern zu, die mit dem Hund im Hof herumliefen.

Ich konnte einfach nicht aufhören, ihn zu lieben. Er war immer mein Vater gewesen, auch wenn er nicht mein Vater war, und das blieb er, ob ich wollte oder nicht. Ich sollte es ihm sagen, dachte ich. Um ihn nicht im Ungewissen zu lassen.

Dann fragte ich mich, warum er so still war. Er bewegte sich nicht. Ein kleiner Junge kam zu ihm und tippte ihm aufs Bein. Er reagierte nicht.

Ich ging nach draußen, lief über den Hof, erschrak, verschüttete den Kaffee, ließ die Tassen fallen, kniete mich vor ihn und nahm seine Hand. Er lehnte sich zur Seite. Ich fing ihn auf und hielt ihn in meinen Armen. Sein Körper war schwer, als fiele er in mich hinein. Er atmete nicht mehr.

39

Es gibt so viele Beschönigungen des Todes. »Sanft entschlafen«. »Ruhe in Frieden«. Aber tatsächlich ist es ein Erdbeben in der Seele. Nichts bleibt. Er ist auch kein Punkt in der Zeit, sondern ein Übergang. Aus der Zeit hinaus. Lou hatte uns nicht verlassen. Nur seinen Körper. Der lag auf diesem Bett, das zwei Nächte lang zufällig seines gewesen war, zugedeckt mit einem verschwitzten Leintuch. Und wer zur Tür hereinschaute wie die Kinder, die mitbekamen, dass etwas Ungewöhnliches passiert war, hätte meinen können, er schliefe. Ich kniete neben ihm und konnte nicht fassen, was geschehen war. Ich legte meine Hand auf sein Herz. Es war still. Sein Brustkorb, der sich nicht mehr bewegte, und der heftige Schmerz, der mich erschütterte. Er war nicht mehr in seinem Körper, aber immer noch da. Auch wenn ich ihn nicht sehen konnte. Er war auch nicht weit entfernt, sondern ganz nah. Wie ein Duft im Raum.

Corinna saß hinter mir und legte ihre Hand sanft auf meine Schulter. Marie stand in der Tür und redete mit der Ärztin. Draußen zwitscherten Vögel. Der Himmel war strahlend blau. Die Kinder kamen herein.

Marie setzte sich neben uns und flüsterte:

»Gebt ihm eure Liebe, aber haltet ihn nicht fest. Sonst findet er nicht den Weg ins Licht.«

Nein, dachte ich, wir müssen jetzt für ihn da sein. Ich legte meine Hand auf seine, aber erschrak darüber, wie kalt sie schon geworden war. Tatsächlich, er war weg.

Corinna brach in bittere Tränen aus und verließ das Zimmer.

Ich zwang mich, zu bleiben, um das Unbegreifliche zu begreifen. Meine Stirn auf seinem Bett.

Ich habe dich geliebt, Lou.

Danke für die Reise.

Es tut mir schrecklich leid, dass ich wütend auf dich war. Ich hätte so gerne mehr Zeit mit dir verbracht. Jetzt, wo ich weiß, wer du bist. Wenn ich dich verurteilt habe, dann weil mein Wissen zu klein und meine Wünsche zu groß waren. Am Ende liegt es nicht an mir, zu entscheiden, wie die Welt sich dreht. Aber es liegt an mir, jetzt hier zu sein, mit dir.

Ich konnte nicht aufhören zu weinen. Was auch immer passiert war, ich liebte ihn. Und er hatte mich geliebt. Das war alles, was übrigblieb. Eine Amsel flatterte auf die Türschwelle und linste herein. Dann drehte sich eines der Kinder um, und sie flog weg, ebenso rasch wie sie gekommen war.

Kurz darauf holten zwei in Weiß gekleidete Inder den Leichnam ab. Viel zu schnell. Zurück blieben nur Dinge. Ich berührte seine Lesebrille, seine alte Armbanduhr, sein gefaltetes Hemd. Sie lagen dort, als hätte er sie einfach nur vergessen. Aber da war niemand mehr, dem ich sie hätte bringen können. Er brauchte sie nicht mehr, ebenso wenig wie seinen Körper.

»Willst du seine Sachen mitnehmen?«, fragte Corinna.

Ich wusste keine Antwort. Ich konnte nicht nehmen, was mir nicht gehörte. Es waren die Dinge *seines* Lebens. Meines hatte seines nur zufällig gekreuzt.

Der Ganges zog dunkel vorbei. Sie hatten Holz aufgeschichtet und Lous Körper daraufgelegt. Er war nicht der einzige, der in dieser Nacht verbrannt werden sollte. Corinna und Marie standen neben mir, dazu unzählige Kinder. Corinna hielt drei weiße Rosen in der Hand und gab mir eine davon. Marie sprach ein Gebet. Dann legten die Bestatter Feuer an.

Gelbe Flammen, die sich in einen geliebten Menschen fraßen. Die zwei Frauen seines Lebens, die ihn bis hierhin begleitet hatten, auf seiner letzten Reise. Und ich, seine Tochter, trotz allem. Für einen kleinen Hippie aus Harburg bist du weit gekommen, dachte ich. Ja, da wäre noch mehr drin gewesen. Vielleicht wärst du groß rausgekommen. Hättest den Cosmic Record Store geknackt. Und nicht nur alte Songs auf dem Sofa gespielt. Ich glaube, Marc hätte es dir gegönnt. Auch wenn du's nicht annehmen konntest. Du hast eine falsche Bewegung getan und den Rest deines Lebens in Gefangenschaft verbracht. Aber jetzt lässt du dein letztes Gefängnis hinter dir, diesen Körper, auf dem drei weiße Rosen verbrennen.

Gute Reise, Lou.

Wir standen vor dem Feuer, bis es heruntergebrannt war. Vom Fluss zog kühle Luft herauf. Ich fühlte eine große Leere im Inneren. Wir hätten die Gitarre mitnehmen sollen, dachte ich, um einen seiner Lieblingssongs zu spielen. Aber da war nur der

Sound von *Mother Ganga*. Das ruhige Gurgeln an den Ghats, und die Stille über den Wellen.

Wir setzten Kerzen auf Blätter, dazu Räucherwerk und Blumen. Marie stand auf der letzten Stufe, mit den nackten Füßen im Wasser, und streute die Asche aus der Urne. Heiliger Fluss, Quelle des Lebens. Wir ließen die schwimmenden Kerzen los.
Sie tanzten vor den Lichtern am anderen Ufer.

40

Als George Harrison gestorben war, hatte Lou mir einen Song vorgespielt, den Mike Love für seinen alten Freund geschrieben hatte. Über ihre Zeit in Rishikesh. Es hieß *Pisces Brothers*, war ein bisschen rührselig, aber trotzdem ist er hängen geblieben. Er handelte davon, dass man Georges Gitarre immer noch hören konnte, obwohl seine irdische Form verloschen war.

Lou hat keine Songs hinterlassen. Nicht mal einen alten *brother* aus Rishikesh, der ihm einen Song hinterherschickte. Nur seine Armbanduhr neben dem Bett, seine verbogene Lesebrille, sein abgewetztes Feuerzeug, seinen Pass mit einem Foto aus anderen Zeiten. Seinen Laden voller Gitarren, den ich jetzt ausräumen musste. Und zwei Frauen, die ihn verlassen hatten.

Die Volontärin, die heute sein Zimmer beziehen sollte, klopfte an die Tür. Kaum volljährig, Backpack mit gerollter Yogamatte, Om-Tattoo auf dem Arm. Gerade aus New York gelandet, verschwitzt und aufgeregt. Marie begrüßte sie. Corinna verließ grußlos das Zimmer. Ich kam mir überflüssig vor, während Marie der Volontärin ihr neues Zuhause zeigte.

»Wem gehört das?«, fragte die Amerikanerin und deutete auf die Armbanduhr, die Lesebrille und das Hemd auf dem Nachttisch.

»Einem alten Freund«, sagte Marie.

Die Volontärin wunderte sich, aber fragte nicht weiter. Sie warf ihren Rucksack aufs Bett. Ich nahm Lous Sachen und verließ das Zimmer.

Die beiden kamen auf die Veranda. Wir sahen den Waisenkindern zu, die im Gemüsegarten Brennnesseln ernteten. Marie erklärte der Amerikanerin ein paar praktische Dinge, und irgendwann legte sie mir die Hand auf die Schulter.

»Weißt du«, sagte sie, als hätte sie meine Gedanken gelesen, »Kinder sind kein Produkt ihrer Eltern. Wir sind alle Kinder des Lebens, nicht wahr?«

Sie zwinkerte mir zu.

»Also sind wir nie allein.«

Dann ging sie mit der Volontärin in den Garten.

Ich trat hinaus in den Hof. Die Gitarre, auf der Lou gespielt hatte, lehnte nicht mehr an der Mauer. Vielleicht, hoffte ich, hatte eines der Kinder sie genommen. Vielleicht würde es lernen, ein paar von den alten Songs zu spielen. Damit sie nicht vergessen wurden. Ich stand in der Sonne, hörte das Vogelkonzert und sah den Hund aus der Tür laufen. Er kam zu mir, ich beugte mich hinunter und streichelte ihn. Auf einmal spürte ich, wie das Handy in meiner Tasche vibrierte.

Adnan rief an.

Ich stand auf und ging sofort ran.

»Hi«, sagte er. Sonst nichts.

Meine Freude, seine Stimme zu hören, und das Gefühl, dass er schon sehr weit weg war.

Du hast ihn verloren, Lucy, sagte der Fremde. *This is the end.*

Fuck you, dachte ich, das ist *mein* Leben!

Ich wollte Adnan alles erzählen, aber fand keine Worte für alles, was ich erfahren hatte. Dass ich nicht die war, die ich dachte zu sein. Dass ich abhauen musste, um anzukommen. Dass ich etwas gesucht hatte, von dem ich nicht einmal gewusst hatte, dass es mir fehlte. Nenn es, wie du willst; *peace of mind* oder *cosmic consciousness* waren nur Namen für etwas, das man niemandem beschreiben kann.

Ich hatte einfach Angst, Adnan. Ich war eine Überlebende. Ich habe mir nicht erlaubt, wirklich zu *leben*.

Das alles erzählte ich ihm nicht, weil man es nicht erklären, sondern nur erfahren kann. Ich sagte nur ein paar Dinge, die mir auf dem Herzen lagen. Es waren dieselben Dinge, die ich Lou nicht mehr sagen konnte, als er mich noch gehört hätte:

»Es tut mir leid.

Ich liebe dich.

Danke für alles.«

Als Antwort hörte ich das Rauschen von siebentausend Kilometern. Ich wusste nicht mal, ob er noch dran war.

Bis er sagte:

»Wann kommst du nach Hause?«

»So schnell ich kann.«

»Wir holen dich ab.«

41

Es war ein klarer, stiller Morgen. Wir waren die ersten Besucher; nur die Vögel turnten in den Bäumen herum. Bis heute hatte Corinna sich nicht zurück in den alten Ashram getraut.

»Es sind doch nur Ruinen«, hatte sie gesagt. »Ich will den Ort lieber so lassen, wie er in meiner Erinnerung ist.«

Jetzt aber war sie erstaunt, wie viele Gebäude der Zeit getrotzt haben. Der Beatles-Bungalow, die Meditationshalle und das Zimmer, in dem sie mit Marc geschlafen hatte. Wir standen vor der zerfallenen Veranda und sahen die Risse an den Wänden, den rankenden Efeu, die bunten Graffitis. Der Wind rauschte im Laub.

Wir sind nicht allein, dachte ich, er ist immer noch hier, hat den Rückweg nie gefunden.

»Natürlich wäre ich nicht glücklich geworden mit ihm«, sagte Corinna.

»Bist du mit Lou auch nicht.«

»Doch. Ich bin ihm wirklich dankbar. Ohne ihn wär's nicht gut gegangen. Und ich hab's wirklich versucht. Spätestens als du auf die Welt kamst. Er war dabei, weißt du? Das war damals außergewöhnlich. Aber er wollte es unbedingt. Hat meine Hand gehalten. Es war 'ne komplizierte Geburt. Aber er hat mich nicht allein gelassen. Und als sie dich dann auf meinen Bauch gelegt haben... da war es völlig klar. Ich wollte dich. Wir drei, wir gehörten zusammen.«

»Warum bist du dann gegangen, um dein Glück woanders zu suchen?«

Sie drehte sich um und schaute in den Garten, wo Affen spielten.

»Weil er nicht er selbst war.«

Sie sah mir nachdenklich in die Augen und sagte dann:

»Aber das war eine Ausrede. Was ich ihm halt vorgeworfen habe. Die Wahrheit war, ich saß immer noch in diesem alten Bus.«

»Mit Marc?«

Sie schwieg und schaute auf den Boden. Ein leichter Wind wehte Papier übers Gras. Müll von der Vollmondparty. Leere Flaschen lagen auch noch rum.

»Weiß nicht. Ich glaub, auch ohne Marc wär ich abgehauen. Immer unterwegs, weißt du? Nie stehen bleiben. Keine langen Abschiede.«

»Und jetzt? Hast du deinen *peace of mind* gefunden?«

Corinna lächelte.

»Ich hab ja noch ein bisschen Zeit.«

Wir gingen eine Weile durch den alten Garten. Sie wolle noch nicht zurück nach Deutschland, sagte sie. Sie würde noch eine Weile hierbleiben, vielleicht weiterreisen, mal sehen. Zu Hause hatte sie nichts mehr verloren. Alles schon gehabt. Und dann sagte sie etwas, das ich noch nie aus ihrem Mund gehört hatte:

»Weißt du, ich vermisse Lou.«

Das hätte dir auch früher einfallen können, dachte ich im Stillen. Ihr hättet noch Zeit gehabt. Wenn du nicht nach Indien abgehauen wärst. Aber dann hätten sie sich in ein Berliner Café gesetzt und über alles Mögliche geredet, nur nicht das Wesentliche. Und wir wären nie auf die Reise gegangen, zu diesem Ort, der das Ende ihrer Träume und der Anfang meines Lebens war.

Goodbye, sagte der Fremde.
Wohin willst du?
Ich werde es dir sagen, wenn ich dort bin.
Seitdem habe ich ihn nicht mehr gesehen.

42

Unter meinen Füßen rauschte der Ganges. Boote am Ufer, Frühlingswind aus dem Himalaya, Menschengedränge. Ich ging auf derselben Hängebrücke, die meine Eltern überquert hatten, bevor sie meine Eltern wurden. Nur in die andere Richtung. Ich sah sie vor mir, wie sie mir entgegenkamen, die ganze Welt in Farbe, nur sie in Schwarzweiß, unfassbar jung, mit Marc, Marie und ein paar amerikanischen Hippies. Ich wollte sie am Arm packen und aufhalten und ihnen erzählen, was ich über sie wusste. Um es ihnen zu ersparen, die ganze Geschichte durchleben zu müssen.
Ihr werdet nicht zusammenbleiben.
Was ihr euch wünscht, könnt ihr nicht bekommen.
Ihr werdet nicht die sein, die ihr werden wollt.
Aber dann, als sie direkt vor mir standen und wir einander in die Augen sahen, unter uns der alte Fluss, trat ich zur Seite und ließ sie weitergehen. Weil sie es selbst herausfinden mussten. Und ich würde sie lieben, egal was sie entschieden zu tun. Auf den langen, verschlungenen Wegen, die zu dem Punkt führten, an dem wir jetzt standen. Die eine in

Indien, der andere im Cosmic Record Store, und ich auf dem Weg zurück ins Leben.

Was immer sie getan hatten oder nicht, sie hatten mich in diese Welt gebracht. Allein dafür war ich voller Dankbarkeit.

Was für ein Geschenk, da zu sein.

★ ★ ★

DRAMATIS PERSONAE

LUCY Yogalehrerin, Tochter von Lou und Corinna
LOU Gitarrenhändler in Berlin
CORINNA Fernsehmoderatorin, Lous Ex-Frau
MARC Lous jüngerer Bruder
MARIE Lous Jugendfreundin aus Hamburg-Harburg

ADNAN Gastronom in Berlin, Lucys Freund
JASMIN Adnans Tochter
JONAS Adnans Sohn
RIKE Yogalehrerin und Freundin von Lucy in Berlin
FRIEDLINDE OSTERWALD Corinnas Psychotherapeutin in Berlin
RÜDIGER »*German Baker*« in Rishikesh
JOSHUA HAYDEN Yogalehrer auf dem Yoga-Festival in Rishikesh

MAHARISHI MAHESH YOGI Guru
JOHN LENNON Beatle
PAUL MCCARTNEY Beatle
GEORGE HARRISON Beatle
RINGO STARR Beatle
CYNTHIA LENNON Johns Ehefrau
JANE ASHER Schauspielerin, Pauls Freundin
PATTIE BOYD Fotomodell, Georges Ehefrau
MAUREEN STARR Friseurin, Ringos Ehefrau
JENNY BOYD Fotomodell, Patties jüngere Schwester
MIA FARROW Hollywood-Schauspielerin
PRUDENCE FARROW Meditationsschülerin, Mias jüngere Schwester
MAL EVANS Road Manager der Beatles
NEIL ASPINALL Persönlicher Assistent der Beatles
MIKE LOVE Sänger der Beach Boys
DONOVAN Singer / Songwriter
MAGIC ALEX Elektrotechniker
ROSALYN Meditationsschülerin, Affäre von Magic Alex

PLAYLIST

WHILE MY GUITAR GENTLY WEEPS The Beatles
ALL ALONG THE WATCHTOWER Jimi Hendrix
LUCY IN THE SKY WITH DIAMONDS The Beatles
BACK IN THE USSR The Beatles
ACROSS THE UNIVERSE The Beatles
MAGICAL MYSTERY TOUR The Beatles
THE FOOL ON THE HILL The Beatles
STRAWBERRY FIELDS FOREVER The Beatles
SHE'S LEAVING HOME The Beatles
CALIFORNIA DREAMIN' The Mamas and the Papas
SUZIE Q Creedence Clearwater Revival
THE FIRST CUT IS THE DEEPEST Cat Stevens
SAN FRANCISCO Scott McKenzie
CHAIN OF FOOLS Aretha Franklin
STRANGE BREW Cream
THE LONG ROAD Eddie Vedder
THE END The Doors
SUNSHINE OF YOUR LOVE Cream
DON'T THINK TWICE, IT'S ALRIGHT Bob Dylan

A WHITER SHADE OF PALE Procol Harum
MR. TAMBOURINE MAN Bob Dylan
DAM MAST QUALANDAR / MUSTT MUSTT Nusrat Fateh Ali Khan
THE TIMES THEY ARE A-CHANGIN Bob Dylan
OM JAI GANGE MATA Traditioneller Gesang
CHILD OF NATURE / JEALOUS GUY John Lennon
I'M SO TIRED The Beatles
WITHIN YOU WITHOUT YOU The Beatles
CHANTS OF INDIA Ravi Shankar
SOMETHING The Beatles
LAYLA Derek & The Dominos
ATLANTIS Donovan
KATHY'S SONG Simon & Garfunkel
SOUND OF SILENCE Simon & Garfunkel
HOMEWARD BOUND Simon & Garfunkel
ALL YOU NEED IS LOVE The Beatles
LONG, LONG, LONG The Beatles
YESTERDAY The Beatles
REVOLUTION 1 The Beatles
BUNGALOW BILL The Beatles
ROCKY RACOON The Beatles
COME TOGETHER The Beatles
ALL THINGS MUST PASS George Harrison
TRANSCENDENTAL MEDITATION The Beach Boys
JENNIFER JUNIPER Donovan
MAMA DON'T ALLOW IT div. Interpreten
JULIA The Beatles
MOTHER NATURE'S SON The Beatles
WHEN THE SAINTS GO MARCHING IN Gospel

OB-LA-DI, OB-LA-DA The Beatles
DEAR PRUDENCE The Beatles
SEXY SADIE The Beatles
POLYTHENE PAM The Beatles
EVERYBODY'S GOT SOMETHING TO HIDE The Beatles
GOT TO GET YOU INTO MY LIFE The Beatles
OM TRYAMBAKAM Mahamrityunjaya Mantra
BLACKBIRD The Beatles
PISCES BROTHERS Mike Love
Bonus Track:
HERE TODAY Paul McCartney

Diese Playlist ist bei gängigen Musikstreamingdiensten unter dem Titel »Yoga Town« zu finden.

DANKE!

Einen Trip nach Indien macht man nicht allein. Mit im Bulli saß auch die Indienkennerin Cordelia Borchardt (Lektorat), die cool blieb, selbst wenn Elefanten die Straße kreuzten. Julia Schade (Programmleitung) las die Landkarte, kochte Ravioli und besorgte Benzin. Verena Wälscher (Marketing) und Theresa Bolkart (Marketing) malten Blumen aufs Blech und drehten das Radio auf. Marcel Hartges, mein Agent, holte den Hubschrauber, wenn der Bus im Schlamm steckte. Wer die bewusstseinserweiterten Substanzen geliefert hat, verrate ich nicht. Aber eigentlich genügte schon das Weiße Album, um für die richtige Stimmung zu sorgen.

Danke an alle *travelling angels*, die im richtigen Moment erschienen, um den Weg zu weisen: Story Shaman Tom Schlesinger für den Schlüssel zum Cosmic Book Store, Julia Grünewald für die dramaturgische Gruppentherapie, Sandra Maurer für die korrekten Yoga Moves, Andi Weidinger für die musikhistorische Beratung, Dr. med. Peter Powalka für die Einblicke in das menschliche Herz und Alexander Wiesner für die automobile

Inspiration in orange. Danke auch an Hansruedi Gehring und Suzanne Cottier, ohne die ich den Beatles-Ashram in Rishikesh nicht entdeckt hätte. Last, but not least danke ich meinem Yogalehrer Sandeep Agarwalla für die langen Gespräche am Ufer des Ganges, und Roma Singh aus Delhi, die mir das Tor zur indischen Spiritualität geöffnet hat.

Vieles, was in diesem Roman erzählt wird, könnte sich so zugetragen haben, aber in einem fiktionalen Werk entspricht natürlich nicht jedes Detail der Realität. Zur Orientierung dienten mir die spannenden Erfahrungsberichte von Menschen, die 1968 im Ashram dabei waren: Jenny Boyd, Richard Blakely, Paul Mason und Paul Saltzman. Jai Guru Dev!

Sie können den nächsten Roman von

DANIEL SPECK

kaum erwarten?

Wir informieren Sie über diese und andere interessante Neuerscheinungen mit unserem kostenlosen Newsletter.

Hier können Sie sich anmelden:
www.fischerverlage.de/autorennewsletter

Mehr über Daniel Speck erfahren Sie hier:
www.danielspeck.com
Instagram und Facebook: *@danielspeck.autor*

Daniel Speck
Piccola Sicilia
Roman

»Piccola Sicilia«, das italienische Viertel der farbenfrohen Mittelmeerstadt Tunis, 1942. Drei Religionen leben in guter Nachbarschaft zusammen – bis der Krieg das Land erreicht. Im Grand Hotel Majestic begegnet der deutsche Fotograf Moritz dem jüdischen Zimmermädchen Yasmina. Doch sie hat nur Augen für Victor, den Pianisten.
Sizilien, heute: Taucher ziehen ein altes Flugzeugwrack aus dem Meer. Die Berliner Archäologin Nina sucht ihren verschollenen Großvater Moritz und trifft Joëlle, eine unbekannte Verwandte aus Haifa, die ihr Leben auf den Kopf stellt. Gemeinsam enthüllen sie ein faszinierendes Familiengeheimnis.

640 Seiten, broschiert

Weitere Informationen finden Sie auf
www.fischerverlage.de

AZ 596-70261/1

Daniel Speck
Jaffa Road
Roman

Drei Familien, drei Generationen, drei Kulturen – und ein gemeinsames, bewegendes Schicksal.
Eine Villa am Meer unter Palmen: Die Berliner Archäologin Nina reist nach Palermo, um das Erbe ihres verschollenen Großvaters Moritz anzutreten. Dort begegnet sie ihrer jüdischen Tante Joëlle – und einem Mann, der behauptet, Moritz' Sohn zu sein. Elias, ein Palästinenser aus Jaffa.
Haifa, 1948: Unter den Bäumen der Jaffa Road findet das jüdische Mädchen Joëlle ein neues Zuhause. Für das palästinensische Mädchen Amal werden die Orangenhaine ihres Vaters zur Erinnerung an eine verlorene Heimat. Beide ahnen noch nichts von dem Geheimnis, das sie verbindet.

672 Seiten, broschiert

Weitere Informationen finden Sie auf
www.fischerverlage.de

AZ 596-70385/1